当代作家小说文库

武将中短篇小说选

穿行　历史　现实　体察　生活　感悟　人生

光阴的故事

GUANGYIN

　　人与人的精神是相似的，向往成就、向往自由、向往满足、向往快乐是精神生活的共同需要，然而现实世界的完全开放，常常使人们的精神主观起来，飘然起来，虚拟起来，甚至于常常使人们找不到真实的自己。一本好书能提供人们一个端详精神世界的"远景"角度，常给人们安放自己飘浮精神的理由，让人觉悟属于自己的成就、自由、满足和快乐从而体验到既得幸福的真实。

武　将◎著

梦想

未来

现实

历史

中国文联出版社
http://www.clapnet.cn

图书在版编目（CIP）数据

光阴的故事 / 武将著 . – 北京：中国文联出版社，2014.10

ISBN 978-7-5059-9270-2

Ⅰ . ①光… Ⅱ . ①武… Ⅲ . ①中篇小说 – 小说集 – 中国 – 当代
②短篇小说 – 小说集 – 中国 – 当代 Ⅳ . ① I247.7

中国版本图书馆 CIP 数据核字 (2014) 第 248056 号

光阴的故事

作　　者：武　将

出 版 人：朱　庆

终 审 人：朱彦玲　　　　　　　复 审 人：苏　晶

责任编辑：胡　笋　　　　　　　责任校对：张明明

封面设计：中联华文　　　　　　责任印制：周　欣

出版发行　中国文联出版社

地　　址：北京市朝阳区农展馆南里 10 号，100125

电　　话：010-65389148（咨询）65067803（发行）65389150（邮购）

传　　真：010-65933115（总编室），010-65033859（发行部）

网　　址：http://www.clapnet.cn

E – mail：clap@clapnet.cn　　　liy@clapnet.cn

印　　刷：北京天正元印务有限公司

装　　订：北京天正元印务有限公司

法律顾问：北京市天驰洪范律师事务所徐波律师

本书如有破损、缺页、装订错误，请与本社联系调换

开　　本：710×1000　　　　　　1/16

字　　数：240 千字　　　　　　印　张：15

版　　次：2015 年 1 月第 1 版　　印　次：2015 年 1 月第 1 次印刷

书　　号：ISBN 978-7-5059-9270-2

定　　价：42.00 元

谨以此书献给情暖乡村的乡亲们！

每个人的生活积淀中，总有曾经或正在遇到感动自己也感动别人的人和事——因为他们的善良、因为他们的坚强、因为他们的功业；也因为有的人的邪恶、因为有的人的蠢懦、因为有的人的卑微。他们是我们认知社会的基本"素材"，感悟他们的精神，同情他们的苦难，欣赏他们的坚强，体会他们的善良，就是陶冶我们的情操，遇上能写进小说情节的，则是有艺术水准的"精神风景"了，留住它，就留住了人生的感动……

前　言

习作小说，不是缘于生活的被迫，却起步于早年与一位文学前辈的邂逅。

是二十年前的事了。意外的参加市作协为一位作家出版新书举办的作品讨论会，会上来了多省、市的许多文化界领导、报刊杂志负责人、知名作家。我是第一次听到作品讨论会这个新鲜名词的小青年，初次参加那样高规格的学术会议，一个毛头小子意外的与省内外出名的大腕作家遇面，与他们围坐在一张圆桌前，很怵场，心里紧张得很、空虚得很、惶恐得很，看到会场是即兴自由发言，极怕被指名当众说话，幸好没被会场抓出来现丑。会后，一位熟悉的朋友将我介绍给一位资深杂志主编认识，朋友给主编介绍我时尽说褒奖我的好话，历数我获取的新闻奖，在哪个刊物上发了哪几篇作品，为人又多么朴实勤奋。我看到主编对朋友介绍我的话不来兴趣，似乎没有任何感觉，他的眼神很散，全然是很不屑的轻视表象，一幅倦倦的神情，分明对朋友的介绍不那么在意，看样子，朋友与他介绍我的话全从他的耳朵外拐弯飘散了，没依朋友的美意传进那个地方。主编高高在上地打断朋友的话问我写了啥小说，拿来给他看看，我红着脸说小说还不会写，没写过，主编像是自言自语地撂了一句："没写过小说就来参加作品讨论会？"朋友一时尴尬。我知道我在主编面前丢了自己也丢了朋友的脸。随后主编问我是在哪个学校工作的，我连忙热情讲出了我教学的学校，他交给我一个给他朋友的孩子报名的任务，并嘱咐我，要学习写小说。这事似乎一下子拉近了我和主编的关系，让我一时产生了为未来的自己找到了一点发展空间的感觉。此后我看小说时，就留意小说文字背后作者创作的思路，发掘作者的创作意图，再不停在小说情节上只注重消遣时光的层面了。

　　受那次与那位主编见面的启发，我不自主的多读起小说来，读着读着，就构思了一篇《一堂作文讲评课》的微小说，投给报社，一周后《天水晚报》以一个整版的形式，配了两幅插图，加了按语给照载了。再写了一篇《获奖之后》的小小说，仍很快刊登出来，这两次的成功很刺激我，撩拨着我的小说兴趣，继而写了《野雀湾婆娘的吆号》这个短篇，但写完后没信心投出去，朋友督促我投给见过面的杂志主编，目的是让人家提提意见，慢慢进步，以后坚持写下去，写的东西就有可能刊发了。我极担心自己的东西属初写，没质量保证，心里没把握，怕被传为朋友圈内的笑话，还是捂着，放了两个月。两月后在收到《陇南文学》寄给我的发了我散文的样刊上看到了宁夏《六盘山》杂志的征稿启示，想是省外杂志在省内知道的人不很多，就试着誊写一份寄了出去，以全当玩耍的心态寄的，对刊用抱的是"0"希望，结果捡了个"无心插柳柳成荫"的漏，三个月后收到了刊登那小说的两本样刊。朋友传知后，鼓励我说，许多人的小说都是多读多写多投，修练数年后作品才可上刊物的，我第一篇就发出来了，应该坚持。成功是开启兴趣的钥匙吧，至此，我便认真起步研习小说了。

　　那位主编老师的嘱咐是有道理的，小说是人们社会精神生活的基本支撑，倘使没有小说，人们就没有孙悟空的形象可喜欢，就不知道罗密殴与朱丽叶，就没有超人的故事可传扬；倘使没有小说，人世间甚至于会没有龙的传说，没有吴刚嫦娥的想象，没有上帝可信仰；倘使没有小说，人们的世界就是没有神仙的世界，人们的精神就是没有信仰"主心骨"的精神，人们的生活就是没有节目，没有故事，没有消遣的生活……如果那样，人们的精神世界将会单调、苍白、空虚。喜欢文字创作的人，初始有小说创作的目标，起点高些，有很多的益处，就像行者的目标远了，近前的疲劳感会不显著一样。小说是文字作品中的开阔一域，没有生活规范的限制，没有自然规律的约束，没有时间空间的界定，任凭你想象，任凭你夸张，任凭你假设。然而，越是自由自主的情境越是寂寞，越是没有限制的事情越不容易下手去做，对待这样没有边际的事，大多数人先找个样子仿替，结果就掉进模子中给卡死了。我知道被人们喜欢的文字是要表达大众精神倾向、抒发大众心声、塑造大众形象的，是立足于一个时代背景中表达人们共同精神追求的愉悦，是一个时代的速写。我的生活圈子极小，生活体验贫乏，写作能力不足，有很多先天缺陷，就拣自己熟悉的，印象深刻的事件，构思了几条线索，完成了几篇习作，都不是太好，只是学习过程的一点印记。

人们到了耄耋阶段，就走过了职称，放下了职务，交出了事业，回归成只需要冬阳夏荫，清洁空气，无毒餐饮，轻荷活着的"自然人"，这年龄的人都会发现票子、房子、车子都是能丢手的，女子、孩子、日子也是可以空起来的，作为一生归根到底的需要，只有曾经生活的阅历、相识底实的朋友、亲身经历的世事是放不下的，始终围绕你的，是真正属于自己并让你不断做梦的内容。20世纪八十年代的国家体制革新，是一个让人长久回忆的阶段，《冰城上空的红纱巾》是写20世纪八十年代初期，家乡的农村女人致富创业的悲欢离合。业，本就是一群人共同做的事，创一个人的业，越创越乱，创一个地方群体人的业，慢慢会创出小说情节。其实就一句话：为众人牵挂着的人，既是死了，也会活过来。天水的辉煌，光耀在民族历史的深处，留传下来在国家层面执事，在国家贡献中显名，在民族历史中当先的历史名人密集在唐王朝及之前：羲皇故里的传说、前秦称帝的苻坚、唐高祖李渊，还有李广、赵充国、姜维……可以推测，在历史还在那个时代之前，天水一带还是国家的政治经济文化重要地带。史传前秦苻坚时期苏蕙创作的《璇玑图》，是中华诗史中流传下来的独一无二的"回文诗"奇葩，也是天水历史文化的奇葩，《秦州飞翔花手绢》是依秦州旧有的传说故事创作的，所传女皇武则天为《璇玑图》作的序，脉络清晰的留下了苏蕙和其丈夫窦滔的个人信息，这故事为历代文人传扬。《秦州飞翔花手绢》以苏蕙《璇玑图》的形成为线索，一个特色是历史，一个特色是方言。没谁的生活能绕开家庭矛盾，从一定角度看，人们的成就，人们的生活，人们的日子全在生成矛盾和调和矛盾中鲜活着，《闹家务》描叙的是北方乡村的普遍现象，北方人把家庭的矛盾叫家务。狼籍老人因为一场本不该闹起的"家务"，认牛为神而闹凶了，终是没带自己的善良走出命运苦海，让后代在牛肉面馆门口认识他。《百年山庄》是一篇纪实小说，是一个村庄的经历。老家所在地方的乡下村庄，都是在社会大事件中形成，在村庄人的无奈选择中消亡的，看似原野上无序的村庄，实则是地方历史的无字记录，是可读的历史小说。《黑狗娃 白狗娃》里，黑狗娃不忘幼

年家庭贫困时白狗娃一家的接济，在夺妻、讹骗、逼己远走的白狗娃的生命被藏獒犬噙在口中的时刻，他自己也说不清为啥的情况下，从自己的妻子手里费尽周折拿到了枪弹救下了白狗娃的险命，让人看到了社会底层穷人的人性深处也有金子般的闪亮……

人们把时光称光阴，当地方言中，光阴除"过日子"的概念外，还含着"财富""奋斗"的意思，感觉自己小说中需要记忆的那人，那事，那时代不好统一，就选"光阴"这词作书名了。本书所选的几篇中短篇小说，以不同类型为选稿依据，多数已于杂志刊发，处于学习写作阶段，错误一定不少，期望与有缘接触到的朋友商榷，知不足而后有进步。

编　者

二零一四年五月五日

目 录

CATALOGUE

目录
CATALOGUE

冰城上空的红纱巾

1

楼层有多高，城市就有多大。

大黄老汉是头一个发觉事故发生的症结所在的人。在众人脸上各自露出真实心态：有的一脸迷茫，像突然遇上了过不去的大河；有的满脸松懈，像是逢上了意想不到的假日；有的脸上绽开激动，像过去生产队就要分红一样……乳峰山建筑公司的"冰棱市'花岛宛5＃楼'工程"的施工工地上，弥漫开散伙氛围的时刻，大黄突然发现这楼的封顶仪式前，由于忙乱，母元帅忘记了一个重要程序。他先发觉后就挤出人群，急急地蹿进项目办母元帅的住室，一阵希哩哗啦的响动后，举着一杆红纱巾做成的小旗出来了，像举着能使母元帅当即还魂的仙灵芝一般。

谁喊了一声"快给大黄让路"，话音未落，大黄已经豁开人群，几步抢到了塔吊角下。只见他麻利地挽起了裤腿，把纱巾旗往背腰处的裤带里一别，也不给人打招呼，不要安全带，就已经猴似的快速攀上了塔吊架。那是二十六层刚刚完成封顶的楼的塔吊，高得晃眼，在场的人全被老汉的举动给使上了定身法，大家都就地停在了各自的位置，把目光一律集中在大黄身上，如瞅上刀山的杂技表演一样，目送着大黄老汉在塔架上越来越像笨狗熊一样的向上移动。

大黄老汉的每一个晃荡动作，都像把大家从心底鼓劲抬着重物过称的称砣向远处掀动了一档，既是瞅得眼睛发晕，人们也在尽力克制着自己不要眨眼，谁也怕就在眨眼间会发生什么瞅不清楚的事。现在，他们既在担心老汉不要摔下来，给大伙造成房塌又遭连夜雨的被动，又在担心老汉这样严重围返规程的爬塔行为被发现而招监理人员来找麻烦，还在担心这无根无凭的禳解方法这一

次能否一定会显灵，让这工程公司的母元帅死而复生，让他们一年来的劳动报酬不要泡汤，让他们都不要现在就流浪出去找活……

大黄从来都没被众人这么高看过，现在全体人这么揪心的重视他，也着实刺激了老汉的血性，他比往日机灵了许多，什么都不顾，他什么也不想，在众人的仰视中，精神亢奋的专注上攀，猴似的快速上窜，极快就到了塔顶。"成——了"谁喊了一声，就见大黄老汉抓稳塔顶的拉索，最后一用力，稳稳站上了塔吊的横臂，一手从背后抽出纱巾旗，牢牢固定在了塔吊顶端，红纱巾立时像通上电一样呼啦啦迎风飘扬起来，像是在向人们展示出谋种信息。大家都像猛然放下了抬着的重称一般，用手搓着僵硬的脸面，人群又活动开了。"看来天意正合人意"，谁说了一声。"天意还要靠人的努力实现，大伙儿赶紧把头儿截回医院吧"。谁又招呼一声，于是在场的人一下子呼啦啦涌出了工地。被称为大黄的老汉在塔吊横臂上歇息了一会儿，吸了一锅烟才小心翼翼地往下攀。

原来，就在前天早晨举行的"冰棱市'花岛宛5＃楼'工程"的"主体工程封顶仪式"结束后，把前来祝贺的几百客人在市内最高档的"红灯笼"大酒店款待了一天，晚上客人才陆续散去，这个工程队的一把手，一个被大家称"母元帅"的漂亮女人回到她工地的卧室休息时，突然就昏死过去了，是大黄老汉坚持等到深夜，看见母元帅进屋一阵后，去向她汇报后来的几个没赶上庆典的人没到饭店去赴宴的情况时，发现母元帅已经昏死的情况的。

老汉发现这情况后吓坏了，当即喊了人，在家的人立时就把"头儿"送到冰凌市第一人民医院。那是当地最好的医院，经过两天一夜的奋力抢救，市长区长都去看望了，还指示医院院长"要不惜一切代价抢救"，但今天凌晨大夫还是遗憾的给在场的人宣布："脑梗塞的程度过于严重，全力抢救仍无效死亡"。消息传出去，市长区长和多家公司的领导都来了，在众多领导的指挥下，依当地葬仪风俗，母元帅被插上氧气挂上吊瓶，由救护车送往老家奶头山。本来大黄是很在心的和大家一起把母元帅送到医院去的，去了大家却嫌他碍事，会计和几个工程师借口"看工地"把他和一帮小工支回来了，病人怎么治的他们全不知道，等传来信息时，说母元帅死了，已经被拉往回家的路上了。城里人见病找医院，农村人遇难先求神；城里人有事先想掏钱找人做，农村人见事自己来；城里人看到希望不大就放弃，农村人有没有指望先烧柱香。就在回到工地的小工们想不准在哪里烧香，求哪位神灵时，大黄老汉就想到了母元帅的红纱巾，他就把纱巾旗插到了工地最高处。

2

哪位说，这母元帅到底是谁呀？竟然能惊动市长区长。

这样问话就"老土"了吧。现在就时兴这个，地方上的长官忙得管不上自己的娘老子，但老丈人老丈母娘的事是要管好的，既是老丈人老丈母娘忙得管不全面，辖区内的大老板家内的生老病死是要精心照管到位的。城里混久了，就连做小工的也全明白，现在，像冰凌市这样的北方新兴城市，掌权的全是老家在农村，新家在城市的六、七十年代生的头一批大学毕业生，典型的城乡结合官场，个个"一把手"的农村的父母兄妹惧怕官，要求低，容易满足，而城里的老丈人老丈母娘不怕官，要求高，管得紧，更使他们揪心的是辖区内的头面老板，他们的钱既在市里说话：楼层多高，工程多少，政绩如何全捏在这群人手心。他们的钱也能在领导的家里说话，家室的设施更新，内人的消费旅游，朋友圈中的面子全由这伙人安排赞助，他们在政协里一抖"包袱"，谁也能交出大印来。最要命的是他们的钱就在省里说着话，他们真的不愿意了，一个电话打到省里，他的职务不几天就被替下来，谁能脱得开这既成的世道呢？更何况母元帅不仅是本市的最大建筑商，还是个漂亮的女红人，她出了事就等于冰凌市发生了地震，市长区长不得跑快些？

要说这"母元帅"的"法力"，还得从冰凌市西南边缘的奶头山说起，这就叫拔出萝卜带出泥，石头大了得弯着走。

冰凌市西南边缘有座独特的山，不高，但扬名很远。一段五六里长的倒扣铁锅形的慢上斜坡后，"锅底"的中央突然挺起一圆柱状的矮峰，远眺这山的样子极似少妇的一颗奶，更奇的是别的山的山泉不在山角就在山腰，而这山只在最高处的峰柱里有泉眼，一共有三眼泉，其中峰柱顶部的泉水最大，故而此山就被称为"奶头山"了。奶头山的斜坡上有两个相背而居的自然村庄，一名"佐家坡"，一名"佑家坡"，就像婴儿的两只黑手托着一颗奶子。母元帅就是这"佑家坡"村人。其实母元帅本来不叫"母元帅"，她的真实名子叫毒桂花，"母元帅"是她后来捡来的号。

毒桂花的"毒"虽然百家姓中没有，但它同赵钱孙李一样，只是个姓，与"恶毒"、"毒害"没有丝毫关联。"佑家坡"村四百多户人家，姓氏只有"陈""毒"

两个，姓毒的仅十二户，据传是祖上惹了啥祸，被追杀时逃难来定居在这里繁衍成的。农村人是很排外的，这毒姓人家在佑家坡的政治待遇更差，不仅大人抬着村里没人愿意干的公差，就连小孩子也被陈姓儿童肆意攻击，欺凌得学也上不安全，于是十户毒姓人家就改姓氏随村姓了，坚持下来的就两户，毒桂花家就是其中一户。毒桂花自小就生得俊俏，就像村里人编的顺口溜那样，"钓鱼眼眼线灵动，珠带露扑闪迷人；鹰钩鼻鼻梁直棱，呼吸间煽息押韵；四肢长腰细匀称，人前走老小怜惜。"桂花小时候脖子上爱围一条红纱巾，其实桂花并不知道自己喜欢什么，那红纱巾是父亲给她戴的，她也就因为父亲的喜欢而非常喜欢红纱巾了。桂花戴着红纱巾在村里跑，就像一只红燕子在家家户户地飞，全村人就叫桂花为"火火燕"，她的父亲就昵称她"燕儿"。毒桂花一家就是得益了桂花的可爱才被陈姓人放过少受了气，将自己的姓氏留了下来。

农村女孩子的相貌漂亮只是于命运无用的附属，她们生来就是为填补家庭某时的重大急需而成长着的，她们的前程命运与她们的长相没有多少关联。毒桂花不仅生得可爱，以后的"十八变"也全朝更好的方向发展了，但还是没有帮她的前程的忙。她十八岁那年，她的矮个子大龄长兄好不容易说了门亲事，急等彩礼定亲，她就被父母急乎乎如处理积压的货物一样，家人和亲朋一起为她四处找婆家筹为她的兄长定亲的钱，佐家坡何家接受了提亲，桂花就被三天内说定了亲事，家人趁她还没到择偶年龄，还没有能力同世事作对，没有到婚配成熟时，就已经糊里糊涂的在六个月内将她嫁到了佐家坡村。

3

毒桂花嫁的何家倒是家境殷实的人家，凭借老公公何满子的"杀屠"手艺，加上他家的四个儿子也都勤快，生活过得还如意。桂花的丈夫是何家的大儿子，叫何建设，二十岁，中学毕业，生得比桂花的哥哥英武体面多了。桂花嫁过去很容易就融入了何家，跟着丈夫杀猪宰羊，赶集种田，日子过得很快。在一年后她就有了自己的儿子，又一年后她们有了自己的女儿，公爹不知从哪部电影里学的，给她们的儿女起名为红豆、黄芪，意思是希望以后子孙能像中草药那么多的开出来。她们小两口儿女双全后，公爹就主持分了家，建新院盖新房把她们分出去单过了。

说是分了家，但公爹还是亲爹一样给她买红纱巾。嫁到佐家坡，她仍然喜欢戴红纱巾，但婆家村里的人不叫她"火火燕"，而改口叫她"红纱巾"了。公爹把奶头山坡上两个村的杀屠生意交给她们小两口打理，自己到外面成立了个搞建筑的副业队进城了。公爹进城不到两年，她的丈夫何建设见父亲在城里比他在村里混得风光，就动员她去向公爹说，要求将老父亲自己留在家里，让他俩出去接管副业队，她去说了，公爹很乐意地答应了她。

他俩把红豆黄芪留给公爹公婆进城后，她的丈夫感到了后悔。副业队里尽是他们佐家坡佑家坡两个村的村民，不仅熟人不好管理，为他们到处找活更是不容易，他黑明只是作难，长吁短叹，要打退堂鼓，但她没依他，就她主持管理工地干活，他跑外面找活接承工程的迎难而上，坚持苦撑着局面。也就是怪，那时她们刚接了冰凌市到宝峰山的一段高速公路工程，刚开工头一天，活干到中午，她的丈夫就昏倒在工地上，送到医院，人家说突发的是脑溢血，无法医治就死了。对丈夫的死，算命先生说是因为"在太岁头上动了土"。有人说这话"不可不信，也不可全信"；有人说"宁可信其有，不可当其无"；还有人说"信则有，不信则无"。这事就难了，到处做工程，哪有不动土的？难道非得请个骚道加入副业队？她想来想去还是决定不要请的好，因为听说的骚道人欺侮女人的事太多太可怕了。她想到了穆桂英大破天门阵的传说，穆桂英用生杨文广的血裤子把鬼魂阵都能降住，那是多高明的艺人摆成的呀，何不效其法，就用女人的东西来驱赶巫神野鬼呢？

安葬了丈夫，按照奶头山一带的风俗，公爹公婆央求她续给老二何建民作女人。那时她才感到难了，不嫁，她就成了这个社会的祥林嫂；嫁了，又怕成为秦香莲，人那能和野狗一样遇上谁和谁组搭子呢？她思想斗争了一年多，还是接受了这个风俗，转嫁了何建民。

转嫁是转嫁了，但她就是把何建民当不了丈夫，他比她小好几岁呢，他应该叫她嫂子，日子过起来太别扭，她就不带何建民，带上公爹帮忙，自己独自经营起了副业队。她把原来的"佐家坡副业队"的名号改为"奶头山建筑工程公司"，并且贷了大量的钱购买了工程机械，扩招了人员，押赌一样把自己的一生都押给了这个农民工程队，她这样做的目的，就是不打算再回佑家坡也不用回佐家坡了。

她成立了公司，做起了大工程，就不得不请些外地的各种技术人员，但时间一长，她就发现了问题，招来的这些外来技术工大多是背负大案重案的流窜

逃犯，背景黑着呢，不要这些人，正规技术员请不起，工程无法做；留了他们，他们时时都在打着歪主意，对她一个独身而且挑着大梁的女人来说，管理这类人困难太大，总是提心吊胆的，人不闲心也不得闲。后来，她试验出了一个办法，把这些男人的姓名全不要了，给他们叫些乱七八糟的绰号，这样一来，大家就相互谁也不容易搞清谁的底细，各自保护起自己的隐私，还让人在干活时轻松起来。她给人起的外号很难听，她把会计叫黑求，把总工程师叫壮求，把开吊车的叫歪求，还有软求、瘦求、碎求、腰里软、哑炮、煮不烂等等。她给每个人都叫一个嬉戏的外号，连她的公爹，她娘家的长辈也没放过，她把她的公爹叫"老老鸹"，她把她娘家的长兄叫"漫沙气"。她只有给他大黄没起外号，论起来她在娘家要称他"六爷"，他这六爷和她还血统不远，他和她的父亲的父亲是同一个父亲，他的本名是大黄，大黄的"大"念作"代"，是一味中药，但人们都不按药名叫，把他叫"大黄"，大小的"大"，"大黄"是什么呀，记得哪部电影中那是狗的名字，"大黄"就是看门狗。看门狗就看门狗吧，大家都有外号，没了反倒跟人不一样。她在老家是从来不叫他的"大黄"的，向来都叫他"六爷"，在工地上她就叫了，他知道她这是把男人的火都要烧起来，她烧他们时他们就要自己泄，男人们自己泄了自己的火，工地上就少了好多麻烦，她一个独身女人自己反倒安全多了，什么都好对付了。她真是让众人佩服的聪明女人。

她是一直牢记着她的丈夫何建设在没有任何发病征兆就突然暴亡的教训的，这种人们信仰传说中恶神凶煞夺命的事，她听的见的也不少了，所有的人都惧怕，她不能不怕呀，这是卡死她人生命运咽喉的特大事件，她不可不万分提防。她此后于新开工程前，如遇来例假，有女人的血时用自己的血，自己无女人的血时用自己的尿在黑夜里把"场子"洒一番，然后再放鞭炮，开始开工仪式，这招果然灵，十多年来，她的工程队再不出任何的伤亡事故了。她的"打场子"，其实就是用她的红纱巾醮上她从自己身上取的"用物"，掺上朱砂"做法"后，在新开工的工地区域内边向神灵祷告边四角洒出去，然后自己徒手攀上塔吊顶，把这粘过用物的红纱巾固定在塔吊的高处，让它如红旗一起飘扬。她有好几条红纱巾，万一她不在场，工地又必须要新上马工程时，人们就请出她的红纱巾打一圈，也很顶事。尽管她的这些鬼怪行为是在人们不易发觉的黑夜里做的，但还是很快就传扬开来了，大伙一眼就看出了她的用意，再不叫她"红纱巾"，改叫她穆元帅，过了两天，对，就过了两天后，大家又统一叫她"母元帅"了。她自己说："啥公元帅母元帅的，干脆叫她母老虎吧"，还说她这"母老虎要把工地上的男女全吃了"，大家也不理她怎么说。

4

大黄老汉稳操胜券似的从塔吊顶上下来了，工地上空无一人，全去截拉母元帅的灵车了，这种被巨大声响震噪习惯了的地方，一下子没了声息，顿感凄凉惨厉。他在工棚里坐卧不安，就踱出来晒太阳。此刻，他蹲在他门口的阳面墙根下，二黄三黄这两条他养的狗一左一右卧在他两侧，伴着他瞅着塔吊巅飘扬的红纱巾继续回忆着他的往事……

5

出头女人的日子，毕竟"这门"不难了"那门"又要难起来。工程安全问题不出来了，就连他们建成的楼房住进去的人也说"不出凶事怪事"，于是别的建筑队也效法找来女人做起来，可这世上就是一把钥匙开一把锁，一个萝卜一个坑，偷来的野猫不捉鼠。别人照着母元帅的办法做了，不仅没有避邪，反而事故多起来，常常会听到哪个建筑队又动了太岁头上的土，总工程师突然暴亡；哪个工程队也动了太岁的土，开工时塔吊突然断裂，死了多少多少人；哪个副业队犯了煞，工人从架杆上跳下来摔死了。红纱巾飘满了冰凌市面上的所有建筑工地，但事故倒越来越频繁的发生起来。

嘿，他们哪里知道好药方还要配好药引子呢？这母元帅除了新开工时"打场子"驱神鬼外，表面上看她跟男人一样粗野，满口脏话下流话，风风火火，大大咧咧的，实际上她的女人的细心却是比哪个女人都细。工地上，她把会干活的人挑出来领工而不是让自己的亲戚朋友来管人讹人，她把工程的全部管理工作都交给懂行的工程师，自己从不插手，谁要挑谁和谁的矛盾纠风被她识破了，不论是她的什么人，她都要当众批驳得他如冬天里的白杨树一样一叶不挂，既是谁花了自己的钱胡来一回，她也甚而会用她的红纱巾打在他的脸上，哪个男人能不服她怕她？哪个小工家有了红白干事，她必定亲自安排主办，拿上一份不薄的人情；谁家的孩子考上大学，她也要把娃娃送上火车；她说她就是个工地上的后勤部长，后勤工作才是女人的工作，男人是干不了的。在她的工地上，懒人懒散不了，混人混蛋不了。谁要回家，她给他的女人孩子送些衣物零食，

逢年过节，她会统一用大家的钱给每人置办一份节日礼物，因病因故，谁自己的钱不够了，就从总数里匀。这个工程队的人想离开工程队时惜着她，干起活来怕着她，回到家里感激她，她是把她的红纱巾飘扬在了每一个工人的心头了，这个"药引子"谁能拿得去，用得恰到好处呢？

那年，他们奶头山建筑工程公司做完"冰凌市商业大厦"那个六层楼的工程后，一时还没找到新的活，副业队不得不暂时放假。就在他决定暂时放假，等找到工程项目后再召集大家回来时，她给大家说："这个奶头山建筑工程公司现在的总资产就有伍仟多万，这也是大家几十年来劳动积攒的，我自己吃饭一个碗，睡觉二尺板，死后一个坑，谁要是半道离开了，这份钱就自然没他的，大家坚持下去，除了我们靠这些家伙挣钱养家推日子外，我们的子孙也可以借它们在世界上立足"。她当时说得很诚恳，有一半人都为她的话流泪了。果然，翻年的三月她承揽下"冰凌市政府5＃楼"工程后，她们领头的还没开始通知大家，大家就已经闻风陆陆续续，三三两两赶来了。先来的人工程还没开工，没吃没住，她让他们先回去听通知再来，但大多数人不肯随她。

那个说"咱是谁呀，咱是农民，咱佐家坡的农民是什么呀，咱是和要饭捡垃圾的那些是一拨儿的，那些人没指望哪天开工还一年四季在城里过着，我们怎么就不能？没吃，我们自己动手做嘛；没睡，可以睡车站嘛，一来一去花那冤枉钱干啥？"

那个也说："在这里干活时人多多的，说着笑着，爬上爬下，感觉不到累，回去的这几个月，和老的小的在田里干活，连句怪话都不能说，像个闷葫芦，净生了气了。"

"已经手生了，干农活总是丢三落四，撒麦种时脚步不听使唤，顾了手里顾不住脚下，防不住就乱了。话也说不到一块儿，我说的家里人不爱听，人家说的我总听着烦，还不如早些出来。"

"在一搭时一个瞅一个狠人得很，才分开几个月，就相互想念得不行。人真是一种怪物"

……

大家的七嘴八舌被母元帅听着了，她就嘿嘿一笑，说句"这一帮'求'还真不好侍候"，就分几个人搭棚，几个人垒灶，几个人买粮……其实这个工程队里的人，人人知道女人自有女人的长处，不幸背后也有万幸。母元帅死了丈夫是她自己的大不幸，但她被逼出来带领大家，把大家的事做好了，又是这个工程队所有人的万幸。大家都相信她的才能，相信她的善良，相信她的坚韧毅力。在一起共事已经有好多年程了，相处的经历让大家心服口服，让大家团结一心，让大家深信：只要找到她，他们就一定会有活干，有钱挣。

<h1 style="text-align:center">6</h1>

母元帅的红纱巾避邪法被满社会传扬开了。

那天突然就来了一帮人，十几个，都膀粗腰圆，领头的那个脑袋特别大，走路带着风，脸上的表情很痛苦，那脸上的肉像是被疼出来的一片乱坟园，他们气势汹汹闯进来就直喊"要见总经理"。母元帅上眼皮罩着下眼皮的出来了，她自报家门："我就是你们说的母元帅，你们先看清了，我是不是母的？"说着把体重全移到左腿上，斜倚起身材，用右手怄忸地拨弄着她脖子上的红纱巾。那个"满脸痛"也没说话，递给母元帅一个报纸包着的大包裹。那天他大黄老汉瞅得清清楚楚，他想喊人，但她示意他必须不能张口，但工地是敞着的，早有眼馋人凑过来了，围了一圈。大家看着母元帅接过包裹，慢慢打开来，里面是一个黄色的新头盔，她往头盔里瞅了瞅，一镇，脸上的颜色青了，停了几分钟，就从头盔里就抓起了一条蛇。那蛇有拐杖那么粗，四尺来长，活的，在她手里扭来扭去。她瞅着那蛇，瞅了一阵子，猛然狠狠地朝"满脸痛"啐了一口，紧接着头一扬朝自己抓着蛇的右手上面吞了一口，把蛇头给咬在了口里旋即朝地上一喷，她看了看来人，来人吃惊不小，脚脖子都颤起来，从脸上看，像是已经一魂不剩了。她把那蛇身从右手的咬烂处撕开，将蛇皮"吱"的一声倒着捋下来了，那精身的蛇还在扭动，她瞅一眼来人咬一口，瞅一眼来人咬一口，像吃葱一样把那蛇吃完后，将蛇皮放进原新头盔，用原报纸包成原样递给"满脸痛"。看得出来，那来的一帮人的骨头架子已经被她瞅散了，哆嗦得跟筛糠一样。她对来人说："去跟你们的当家的交待，就说他的礼物我这个杀屠出身的女人就这样笑纳了，他可能还不知道我姓啥，你告诉他我姓毒，毒蛇的毒，我的真名叫毒桂花"。来人连滚带爬的逃走了，此那以后，不管到哪里做工程，就再没人来"奶头山建筑工程公司"的工地闹事了。还是听母元帅说的，那次来的那帮人是省城来冰凌市打建筑圈的"场子"的，他们的头儿是一个外号是"蛇王"的大恶霸，几个月前就放出话来了，"要来当冰凌的建筑老大"，还要收什么"工程保护费"。但后来终究没来，倒是母元帅的"奶头山建筑工程公司"越来越大了，成了"冰凌市建筑行业头一家"。

红纱巾的事越传越神，越传越响，竟然当地的大官员也背地里找她施法镇宅，她也就顺势带着她的红纱巾在能去不能去的人家游走起来。"奶头山建筑工程公司"的二百多号人都明白，在外闯世界，女人是更难的，男人就算是苦些和累些，但当今的城市里，如他们一样的农民身上平时不带多少钱也没有什么贵重物品，生命安全是有保障的，但女人不行，长得好看的如母元帅一样又有事业，有能力的女人尤其不好混。大家都明白这母元帅夜间出入于上流官宦人家那是实在不得已，母元帅这人粗看上去张口就"求"呀"求"呀的，转场还挺大，可了解她的人就知道，她本质上还是农村的女人，农村的女人就只世了"一根筋"，认死理，性子直得能做炮筒，看着她在赶不完的筵席上吃香喝辣，可大大小小的饭局，哪一回她不被男人们揪住，用烧酒往死里灌呀，灌晕了还要顺便掐她一把肉，寻她一些欢。大家还是在替她担心，要是哪天真有人要占她的便宜，那她这种口上脏话淌着的女人是绝不会弃身服软的，要是她真被惹火了，犯起脾气来，保不准就会闹出人命来，那时这个工程队也就难保了。工程队散了，谁又能保准自己能找到这样既体贴人，把小工当人看待的地方，谁又情愿离开自己地方的人去和陌生人搭伙呢，所以大家还是很关注母元帅的安危的。就像出门卖艺的马戏团一样，母元帅是被逼上了空中走钢丝的角色，她这样出入上层官宦人家是在为这个"奶头山建筑工程公司"走钢丝，是在为"奶头山建筑工程公司"的二百多号人耍招牌。不是风言风雨就来了吗，说母元帅被哪个哪个市长包养起来镇宅了；说她和省里的谁谁谁用红纱巾镇宅时好上了，在其家里住了一个多月，说了冰凌市谁谁谁的坏话，谁的官就被撸了；还说她在哪里哪里买了小别墅，包养了一个什么什么样的小白脸情人……说就说吧，他们公司的人知道这只是城里人的把戏，他们才不管外面怎么去传说呢，他们只希望他们"奶头山建筑工程公司"的二百多号人靠着她挣上钱，过上好日子绝对是真的，他们从心眼里感激着她，不相信这个乡村女人有那么大的本事，也不相信她是那样天性的人。他们知道，现在想到这公司来做活的人多了，可真正进来是件困难的事，人品不好，手艺不好的人是没指望加盟进来的。冰凌市内二十层以上的楼全是他们"奶头山建筑工程公司"承建的，其它公司没有承担这样大的工程的设备和技术力量，他们的公司已经成为正式单位都要高看几眼的大型建筑公司了。他们知道他们离开自己的责任田来这个公司打工，这个公司就替代了他们的责任田，成了他们比家里责任田收成更好的"责任田"，公司越发达，他们的劳动力回报也就越使他们开心，他们不用关心小道传言。

7

去拦车的人跑得很快，送母元帅回家的车刚出城就被他们追上了。

追上了他们就拦住不让这些汽车把她拉回去，他们和主持拉"灵"的人吵，说他们"已经求了神，神说这母元帅一定能好起来，是神要他们把她送回医院去。"来送行的车很多，有二十多辆，来源很杂，有建筑公司的，有政府机关的，有财政局的，银行的，也有公安局的。送人的人听了这追来的人的理由哭笑不得，劝也劝不了，闯也闯不成，那民工撒了一路，固执的集体坐在公路上。公路堵车了，送"红纱巾"的车上的人全下了车，这些民工是一窝蜂的，和谁说话就都围上来一群，他们找不出这些民工的带头人，不知道和谁去沟通。而民工们咬死只讲相信神的话，别的什么问题都不讨论，就双方僵持起来。

一个人站出来劝民工说："人已经死了，这是医院确认的，再怎么闹，死人也是不可能复生的，闹下去对死人也不好，大家如果对你们的头儿好，就上车一同把她顺顺利利的送回去埋了。"民工只是不理。

又一个人过来对大家说："红纱巾是我们冰凌市的企业家，对本市的城市建设作出了大贡献，你们大家在她手下干了多年，有感情，这可以理解，但感情归感情，人死了是必须要埋的嘛，大家把心里的目的讲出来，政府会看在她曾经为本市作贡献的份上，考虑你们的问题的。"还是没人理会谁在说什么。

过了一会儿，再一个人说："不就一个包工头嘛，有啥了不起，干脆从车上放下来，交给这些人，看他们怎么把她抬回去？"

"老老鸹"、"漫沙气"和红豆黄芪不知道什么时候到了现场，红豆黄芪已是冰凌一中的学生，大娃娃了，虽然他俩不到工地来，但公司的人都认识他们。他们一气儿对民工们说："抬回去就抬回去，农村人死到外面的都抬回去了，要那个声势有啥用？有神没神先烧烧香再看。"有了婆家娘家和儿女的硬实态度，大家对僵持下去心里都有了实底。

……

外面僵持着，一个一直没有下车的人向一个小伙示意了一下，小伙像一只十分通人性的麻利哈巴，机灵地跑过去把耳朵伸进了车窗，又迅速跑到一个穿公安制服的人跟前说了句话，马上再折了回去，那公安人也跟了过去，所有的人就不出声了，混乱局面安静下来。这时只听那车里传出了话："这事你们都没办法？"那公安人瞅了瞅民工手里的红纱巾，回话说"我们这是私人送丧，不好来硬的。"车内的人不高兴了，喝道"我都在这里了，还是私人行为？看你这点政治觉悟，我看今天这些人把我的车砸了，你还没见过匪徒是什么样子。"公安人木讷的呆立着，车里的人见他仍不说话，又喊起来："蓄意堵塞交通，还什么元帅元帅的喊，酿成恶性事故，你能担当得起吗？"那公安人嘴动了动，还是没说出话来，车内再嚷道："你就给我表个态，现在这事你有没有办法吧？"那公安人再瞅瞅民工手里的红纱巾，说"没办法"。没下过车的人把头从车里伸出来也瞅了瞅民工手里的红纱巾，那车掉了头就回去了，其它的车都掉头往回开，民工们还坐在路上，好像就等这结果。拉母元帅的救护车最后一个掉头时，车身晃得厉害，突然就从车上下来个人，慌不择路的疯跑起来，口里喊了一声"死人的眼睛睁开了"。民工们涌过去看时，那母元帅的眼睛果然张着，喉结处动了一下，她的两眼角向两边滚出了两颗泪珠，然后眼睛又自己闭上了。"母元帅果然活过来了！"谁喊了一嗓子，人群顿时沸腾起来，救护车已经掉好了头，又拉开警报，越来越快的将母元帅再送向了冰凌市第一人民医院。民工们目送着顶上插着他们带来的那杆红纱巾旗的救护车远去，人人像刹那间看到了冰城上空有一面鲜艳的红纱巾冉冉起来了，个个眼里滚出了两行眼泪……

原载《岷州文学》2008 年
3 月第二期 总第六期

创作花絮：被我们老百姓认可的无畏山野女人和远隔老百姓的地方高官在运尸途中，以"死亡"与"得意"的两种极端方式相遇了，对抗的结果是高官先掉头撤回，让人为我们老百姓的有知有觉而欣喜。重要的是，毒桂花活过来了……

许多故事都以一切结束收场，这篇小说却将死人写活了，这感觉也不错。

圈 太 阳

望富和他的乡亲们只知道前川里地势低洼，庄稼茂盛，这叫"山下面长麦，山头上长草"。 望富和他的乡亲们还知道深山土壤的肥力都给雨水流到了前川里，前川里才更适宜庄稼生长，这叫"后山人上粪，前川人受益"。但是望富和他的乡亲们不知道河流川道为什么多是东西走向，那里的太阳就能从早晒到晚。

望富和他的乡亲们只知道深山里山高时坡就陡，土地也冷凉，这叫"山高一丈，土凉八尺"。 望富和他的乡亲还知道他们深山人的财富都给商贩拢到了前川里，前川里才会更加便利富裕，这叫"后山人吃力，前川人吃集（指集市）"。但望富和他的乡亲们不知道山里的山形为什么多是南北走向，使山里的太阳只有一半。

望富和他的乡亲们的村庄叫蛤蟆村，蛤蟆村在很远很远的深山里，蛤蟆村在很远很远的深山里的"瘦牛山"的"牛肋条"上。"瘦牛山"只是一道岭的名字，只是从蛤蟆村的后面这一个角度看时，山岭局部的一小段，样子细看时仿佛可以想象成一头向南站着的瘦牛，其实它的另一面就是斧劈刀削的万刃齐崖，它的周围也都是斧劈刀削的万刃齐崖，只有"牛肋条"部位有些曲曲弯弯的平台，蛤蟆村就在这些平台间。不知道村庄的名字是不是一种预见未来的咒语，在蛤蟆村起名时，它肯定还没有成为现在村庄远眺到的样子，也许就只有一两户人，也许就只有三四户人，但那时就没有任何根据的把它叫蛤蟆村，但现在远眺过去，这村庄的形貌就酷似一只不知道从什么地方跳来，头朝上用力巴在"牛肋条"上的蛤蟆了，有用力向外张开着紧扣"牛肋"的"四肢"，有"头"有"眼"，若是冬日里树叶落了再从远处看去，那蛤蟆的颜色、蛤蟆的体纹、蛤蟆的背部图案也就异常生动了。

圈
太
阳

13

蛤蟆村的四周全是高山，村庄的正面是"兔儿嘴"，左边是"猴跳崖"，右边是"骆驼脖子"，背面叫"阎王挂画"，全都是地势险峻的高山，而且山套着山、山依着山、山拖着山、山叠着山，山与山之间的距离很小，由于"瘦牛山"是面南的站牛，所以早晨太阳出来时就从山顶飘过去了，蛤蟆村要醒来得迟些，到十点以后才逐渐由上到下的来了对面山尖上照下来的太阳。蛤蟆村的太阳来得很缓慢，像是从村庄上面一点一点往下在渗，不像前川里的村庄那样，"砉"的一下，说天明就被太阳照透了。在上午十一点以前，蛤蟆村对面的坡全在阴影里，没有太阳，很冷，只有到正午时分，蛤蟆村一带的太阳才能绕进沟底，可是很快就从村庄上面飘过去了，下午两点以后，太阳又从西面的山顶上再照蛤蟆村对面的那面阴森森的陡坡，蛤蟆村又突然的进入了阴影里，傍晚，山外面的太阳还在地平线上面老高，前川的村庄还在沐浴阳光时，蛤蟆村人的太阳早从村子上面的山顶上滑下去了。蛤蟆村从早到晚就只有一小半的时间在太阳下面，"一天早晚黑，一年两头冷；中间一半明，季节逼死人。"

太阳对庄稼很重要，庄稼对农民很重要。

蛤蟆村只有一半的太阳，蛤蟆村的人们就只有一半的产量，就为了一半的产量付出着二倍的辛苦。

我之所以这么熟悉这深山里的蛤蟆村的情况，起因还是因为一个人，这家伙第一次见面的场面太惊心动魄了，那是他给我的一个下马威，我不得不认真研究他们这里的有关太阳问题。

望富家住在蛤蟆村的"蛤蟆"的"鼻子"上，是蛤蟆村最早见上太阳也是蛤蟆村最晚离开太阳的人家。也许太阳是另一种提示，现在望富就是蛤蟆村的村长，是蛤蟆村里号召示范能力最强的人物。

也许因为稀缺阳光，望富和他的乡亲的性格都不太那么阳光。我第一次见望富是在乡干部的引导下去他家的，我和杨指导员踏进他的家门时，他正在他家院子里拾掇着什么，背对着门口，对来人的反应不那么敏感。"牛村长，看你头勾进裤裆里半天了，又日啥鬼呢？"带我的乡干部边推开门边搭腔，感觉他们很熟悉。"嘿嘿，杨指导（员）来了，这乡政府也太不像话了，把咱蛤蟆村不当行政村，派个驻队干部也打发个派出所的指导员，也就是个顶数的蛤蟆官。"他一边回话一边继续干他的活，没有把脸转给我们。"你熊别打哈哈，今天还来了重要人物，是从我们乡镇中学里抽调来的武老师，专门教农业课的，人家可是知识分子，不像咱们'老趄哥儿'，听不惯我们说话胡删冒撮。"杨指导认真的说。"哦，老师也来当干部，而且要驻咱哈蟆村呀？"牛村长说着拾起身来，立到了八成，他穿的是被蹲着压歪了的牛仔裤，两条腿两头内扣中间外撇，活像一付没有内容的空"《》"，上身穿着一件藏蓝西装，腿上套的是牛仔裤，女式的，很窄，裤角处朦朦胧胧可见绣着的花，虽然都很脏，但衣服料子还能看出是高档的，大小也很不合身，把他乔装得瘪三味很浓。这瘪三样的村长说我的头一句话就火药味极浓，像是主要意图在侮辱我，指出我应该在学校教书，不应该来这里冒充乡干部到他们村上来"行政"。并且暗示我：我的到来让他心里不暖和，不是他想象中的要来的人，他和他的村子不情愿接受我。他的话分明让我感受到了我是他们新来的"日本鬼子"。我的感觉越来越阴冷起来，头脑里一下成了混浊的空白，茫然地瞅着眼前的'牛村长'，拿不出同他搭腔的词句。'牛村长'站起来时好像是已经注意到我眼里的不自然了，朝我嘿嘿一笑，说："是城里人捐来的，青年人嫌穿上丢人不肯要，不穿也可惜了，就图个方便"。说着侧过身把我们往他家的屋子让。我不情愿进去，但进去是必须的，别无选择。

屋子是老房，很古旧，很窄小也很黑暗，椽子还大，但墙体多处裂了缝，像是旧社会遗留过来的还在"执事"的"老领导"，给我一种威仪也让我感受到了几分庄重。

屋子里几乎找不到可坐的物件，刚进门主人就把我们往炕上掀，那是用生硬的态度方式表达给我们的热情，容不得你说话也容不得你选择别的方式，在你还没来得急作出任何反应时，主人已经连抱带搡的把你弄到炕上去了。我一时判断不出这情形是出于主人的热情方式还是他在给我一个见面的"下马威"，他的骨头好硬，力气好大，动作好横，我直像是遭了绑架一样，心里发毛。带我的杨指导见我脸上的神色紧张起来，就一面阻挡"牛村长"的进一步热情，一面与我解释说："武老师你别怕，这山旮旯子人就这样，只有对最尊贵的客人才非要让到炕后头坐，他们的炕后头就相当于席面上的上席位置，山旮旯里人不善于说恭维客人的顺听的话，就靠强硬的态度表现他们对客人的重视程度，越是不由你分说，就表明主人越是把你看得尊贵。你可能不习惯进门就上炕，那你就坐炕边上，我替你去坐炕后头了。"说着他脱了鞋子，跳上去靠墙坐在炕后正中间，把腿子呈"女"字状交叉盘起来，如果配上一身古装，样子很类似显圣的土地神。那炕是很粗糙的土台子，没有水泥的装饰，外面糊着一层漆

圆太阳

一样的陈旧脏物，炕面上面铺了一张旧席子，席子的竹篾间填满了黑黑的污垢，散发着炒沥青的那种难闻的热臭，远不比野外的石头坐上去放心。我半蹲着将屁股靠在炕边上，假装坐下了，主人就在炕正中摆上了小桌子，沏上茶，递上烟，才陪上来一些生生的笑。公事的场子就这样支起了，杨指导呷了一口水，点燃一支烟，开始交待说："这次全县搞的'送科技下乡活动'，省上市上都很重视，我们乡被列为全省全市的试点乡镇，乡上根据上面的精神，专门挑了最偏远的你们蛤蟆村作全乡的试点，准备投资些物资，建设些项目，要让省上市上的领导来检查时看得出经验、看得出水平、看得出成绩。当然，我也能看得出来，乡上把这个试点放在你们蛤蟆村，上面的领导检查时十有八九就到不了这儿，文字材料就好编写了。但是你们村上一定要认真准备，必须要当成上面的领导真的来检查一样对待，万一要是上面下来个'生头'领导，出了问题，大家就都麻烦了，假如是省上下来的，那不要说你村长书记，就是县长书记的官也就都有可能被撸了，这其中的份量我们都要掂量……这炕热着哩嘛哪里冒出个这驴日的这东西来……"杨指导突然大惊失色，像是尻子上被不防中溅过来的炭火烧着了一样，语无伦次的一边念叨，一边倏地跳到炕下面，又"突"地蹿出门去了，我朝炕后头他坐过的地方一瞅，一条绿蛇正从他刚才坐的地方探索着爬了出来，炕上的人都吓得一哆嗦，全蹿出门了。

我和杨指导都逃到了院子里，惊魂未定，两腿发软，又气愤又无可奈何，说不出话来。牛村长随后出来了，右手用拇指同无名指掐着那蛇的脖子，漫不经心的表情，看他那手上的老茧厚得铁皮一样，像是蛇就咬不透。他说"一点这东西怕个求哩"，说话间抬起他的左手，把那蛇从下面的细处提起来，两手扯平，在蛇身中间吞了一口，就扔在了地上，口里念念有词地说："长虫七毒人八毒，人的毒性比它大，还能怕它？"果然那蛇圈起来，不一会儿身体就肿了，僵了。许是牛村长的无所畏态度稳定了气氛，杨指导员看着那蛇僵硬后，转脸给我说："这山林子住的人家就这样，野物多，蛇和老鼠经常会钻到被窝里。"我浑身又起了鸡皮疙瘩。就在我的恐惧情绪越来越强烈时，杨指导把牛村长招呼过来说："就这样了，我知道你们这里没地方住，天也不早了，我该回去了，人家武老师是我们全县唯一一位研究农业科技的老师，不像乡干部中的农业专家那样是冒牌货，这次专门把他抽来驻你们村，是乡党委乡政府对你们的照顾，今天就留下来开展工作，这是乡上的党委常委会决定的，你们要好好配合，现在需要搞什么项目你就跟他商量，出了问题你跟乡长书记说去。"说着就往大门口奔去。"哦……"他的这个突然决定对我来说像是又冒出了一条蛇，我真如被绑架后投到了蛇窝一样了……进到了这么恐怖的门里，本来他还算我身边的救命稻草，现在也要随风飘走了，我怎么相信他能做得出这样的事呢？我急得眼泪都下来了，要喊住他，让他不要走，或者让他将我也一同带走，但是不能，喉头像被蛇咬过了，肿了，里面的气出不来，外面的气进不去，说不出话来，不要说他现在的身份是派出所的指导员、是乡上派下来的干部，就凭他五十多岁的年龄，还是乡长指派他带我来这里的任务，人家竟然能这样做事，我还能对他说什么呢？杨指导像是有意不容我说话一样，抢在我还来不及拿出任何反应时，就已经敏捷地蹿出去，活像是逃出了监狱围墙的逃犯，急急地闪过几个弯子，瞬间在我的视野里消失了。我还在牛村长家的大门外呆呆地站着，希望能再一次在空空的村庄里看到杨指导的影子，还是要对他说什么，但是希望却越来越渺茫……突然头顶上传下话来："这个——武老师，你也看到了嘛，我们村最不如人的就是只有半面太阳，你能给咱立个项目，再弄半面太阳来吗？"我回头看时，牛村长在我上面的高崖上立着，只是个大致的轮廓，看不清他的样子，天突然间已经很黑了。"我……"，这简直是小娃娃向家长要天上的星星，我能办得到吗？联想到刚见到这位村长大人对待我们时的冷若冰霜的蔑视，我已经感到了他此时正斜依着身子，居高临下地俯视着我，若不是初次到了这里，我真是死的想法都有了……

第一次到望富家的那个晚上，望富让他的女人给我单独做了饭，那女人比望富好看多了，她为我端上饭来时，是一碗清炒的鸡蛋，还有一碗手工面，屋子里亮着一盏不知道是几瓦的特制电灯，连看清人的脸的轮廓也很不轻松，估计那灯的功率数在十以内。可就在这么昏暗的鬼幽幽的弱光下面，那女人两只手各端着一个碗进来了，虽然看不清她的模样，但就凭她直立的身材，白清的脸面已经可以断定她比她的丈夫生得体面得多。她一迈进门就口里念念有词："中学的老师被乡政府派下来了，也没准备上些好吃的啥，弄得我手忙脚乱的，我就猪 × 和韭菜的做了点这，还希望老师不要嫌弃，将就着吃……"乍听上去就知道这是个受村长的职业训练出来的女人，说话很在行，我谋划着如何应付得过去眼前的场面，明天就该逃跑了，那怕是天亮前逃脱……

屋子里不知道什么时候又来了几个人，也不说话，见望富的女人把饭放在了炕桌上，就都跳上炕围坐下了。大家坐定后，我才知道望富是招呼来了他们村班子的几个成员来陪我，心里好笑，像他这么不懂礼仪的粗俗野人也居然会知道请人陪客，这让我感到很诧异，莫非他一个人捉弄我还嫌不够，又招了些帮凶来了，我不露神色的在内心作着同他们打架的准备……三个新来的将我捉囚犯一样弄到炕后正中位置坐下了，望富自己却在黑暗中翻箱倒柜寻找着什么，也不和来人说话，所有人都朝他所在的黑处张望着，好长时间后，他小心翼翼的捧着一个玻璃瓶子过来了，是他的女人急忙转身接过他手中的瓶子的，她接过来后，就把瓶子上头叼进口中，一使劲，瓶子的铁盖子"嘎嘣"一声下来了，她头朝外面一甩，就"噗"地一声将瓶盖吐掉，朝我笑着说："他们几个的牙板都不好，经常要我给他们咬酒瓶，老师你没了见怪呀"。那时的我甚至怀疑望富在黑暗处那么长时间可能在往酒中装毒，怀疑他们会害我。我警觉地说了声："是酒就你们自己喝，我是从来都不动酒的"。"谁说的呀"，望富的女人竟然折回来说："我敬的酒谁都是要喝的……"她一边说一边拿起酒瓶，倒上一碗递到我面前，我要推辞，要反抗，但已经力不从心了，白天赶了六个多小时的山路，若不是进门就迎上了蛇的情况，我已经不能支撑下去了，现在还有多少力量应对他们呢？他们的人像已经商量好了似的，几个人一拥而上，把我摁得死死的，那碗烈酒就被灌进了我的肚子里，顿时，胃往上提，心往外撞，脑袋开始飞起来，只记得望富他们几个各人几杯酒龇牙咧嘴的喝过后，就说起他们村只有半面太阳的事，他们还没向我发起进攻哩，我就已经不醒人事了……

不知道什么时候了，我醒来时眼前无边的黑暗，脸上很重，身上也很重，意念中直像已经到了阴间受刑，眼前的黑暗程度让我的右手摸不到左手。突然灯亮了，是望富听到我的动静拉亮的，我发现我睡的地方是望富家，是望富家白天窜出蛇来的那炕，我睡的位置正是白天出来蛇的靠后墙处，我刹那间惊得跳起身来，毫无理智地尖叫着扑到炕下面。显然我那声静夜里的歇斯底里的尖叫把其时同炕而眠的望富和他的女人惊得不轻，他俩也随之跳起来，蹿起来老高，站在炕上，女人忙问："咋了，咋了，把人家的人咋了？"一脸六魂不守的寡白样子。说是那特制的小灯泡不亮，但在这么巨大的黑暗中，它突然亮起来却是那么刺眼。我回头时，那炕上站立的男人和女人都赤条条的，全身一丝不挂，像在淋浴下面洗澡。我哇的又是一声不由自主地尖叫起来，望富和他的女人清醒过来，立时蹲下去，用被子把自己裹上了，望富给我说："农村人穿上衣服，在光席垫的热炕上睡不着，这有啥大惊小怪的"。主人全在炕上那样蹲着，等待我再回原位去睡，我还有别的选择吗？那夜已经注定是我此生中最不平凡的一夜，我就那样蜷缩着等待天亮时，那望富突然起身穿了衣服，独自出了门，出去后就把门朝外面锁上了，我也起了床，原本就是和衣而卧的，用不着穿衣服再费时间，但还是被锁在了室内。室内照旧漆黑一团，外面似乎已经亮了，听得清望富出去并没走远，在院子里劈柴呢，我让他开门我要出去，他说他已经知道我要趁机逃走，我逃走了会对他们蛤蟆村造成很坏的名声，所以坚决不肯开门。我诈他说我要解便，他说农村人全部是夜里在屋子里解便的。我诈他说我病了要去看大夫，他说等天明了他自己去为我请医生。无论我好说歹说，他就是没有开门，屋子里就我和他的女人，他的女人睡意正浓，酣声不断，像是就不知道我和她的丈夫之间在争吵什么。我的心里已经哭起来了，那时，我参加工作不久，就遭这样的猥亵，苦恼，委屈，心酸，丧气……什么倒霉心情都有了，实在是拿不出好办法来对付这样的恶人。那是怎样的哭泣呀，外面的天越来越亮了，不时传来路人的声音，但我的眼前仍旧黑漆漆的伸手不见五指，既怕把与我独处一室的赤条条躺卧着打鼾的女恶人惊醒，又怕暴露了我和村长的女人被锁在一起的丑剧，只有咬碎钢牙往肚里咽的份儿……外面一切的动静都完全消失后，那女人终于起床了，她对着我只是嘻嘻地笑，她的笑声带着煞气，直往我的骨髓深处钻，让我不寒而栗。她下了炕，从枕头下面摸出一个细小的什么东西往门扇中间一插一弄，那门就开了，我是以为这下那门就不再上锁了，没料到那女人闪身出门后又把门锁上了。以前曾听说西藏的女人会把抓住的陌生男人锁在家里的传说，不曾想今日竟然在这深山给遇上了……我成了被关进黑房子的这蛤蟆村的不折不扣的囚徒。

我被释放出来时已经是正午了，是望富来开的门，他一开门就满脸堆着笑，说他和他的女人以及村里的干部昨夜已经看出来了，我不是有恶习的那号乡干部。他说他们已经打听过了，我曾经给别的村搞塑料大棚的事社会上影响很大，我是能够给他们村里带来好处的，他们村里的人听说我已经到了这里都很高兴，大家都很欢迎我。他说他们把我和他的女人锁在一起是我刚醉酒时大家商量好了的主意，是为了防我有不测的举动时身边没人。他说他们农村人想不出别的好主意，但实在太想留住我了，他们很希望把我留下来，他们村也就变得和我联系过的靠搞塑料大棚发起来的村子一样了。他说他们已经为我安排了新的能长期居住的地方，他们能保证我满意。他的女人端来了洗脸水，毛巾、肥皂、牙膏、牙刷、脸盆都是全新的，随之来了许多长相和望富同类型的男人，都满脸堆笑。任何具体的事情发生了，对于具体的当事人来说，由于身份，情境，条件的限制，实际上处理的办法只有一个，这蛤蟆村人还能容我怎么样呢？我

圈太阳

的泪早就流下来了，再也克制不了我自己时，我就什么也顾不了了，失声痛哭起来。大家热情地向我赔情，诚恳认错，劝导我原谅他们的粗野……待我停止了哭泣，在大家的注视下，我洗了脸，他们居然像小孩子玩“抬大神”的游戏一样，四五个人将手伸进我的屁股下面两手互抓，将我按倒在他们用手臂搭成的“肉椅”上，又不由分说地喊一声“走了”，就大家极其兴奋的笑着喊着，乡下人耍大神一样将我抬出去了，真是拿这深山里人无可奈何。

到了他们为我准备的“新的能长期居住的地方”，我被放进一个院子时，那房子却是新的，看样子还没有入住，迎面是一幢五间砖瓦房，四围的厨房等配套工程还没有完结，院子里的花花草草很多。我被大家簇拥着进了正房时，屋子里却有沙发，彩电，堂桌上摆着全新的饮水机，喝水杯等日用品。我被来人推推搡搡弄到炕后面的正中位置坐下时，但见炕上的炕柜被褥全套的新，炕后的墙上糊了新报纸，还是湿的。谁告诉说，这房子是望富为儿子准备年底结婚用的，是全村建设得最好的房子。又谁抢过话头说，望富的儿子和我年龄相仿，也考了大学，现在在省城啥单位工作，谈了个省城的姑娘，那姑娘灵利得很，说是要按他们蛤蟆村的习惯回来在他们蛤蟆村结婚……说着脸上洋溢出幸福和自豪。谁再抢了话茬说，望富是他们村顶好顶好的人，昨天我一来，他就打发人到我驻过的几个搞塑料大棚的村里跑遍了，派去打听的人半夜才回来，现在已经摸清了情况，他是一定要把我留住的，今天早上他就喊了人，十多个人来收拾了这个房子院子，他自己进山打了几只野兔，他的女人杀了一只顶大的公鸡，他是在为他们蛤蟆村的每个人谋利益呀……谁还抢去话头说，他们蛤蟆村一带是从来不把为儿女结婚用的东西让别人粘手的，特别是被褥，缝制时是要请神的，是要请儿女双全的命大且有威望的人缝制的，现在也贡献出来了，他们村里的人非常感动……说话间，望富的女人端着一个冒着热气，散发着肉香的大盆进门了，印象中他是打扮了一番，新衣服新面貌，昨夜的紧张气氛还没有退去，我是不敢正眼瞅她的，瞥见这女人我就心里发怵。她将那盆放到炕上围着我坐的一群人中间的小桌上，谁就惊讶地喊了一嗓子“鸡勾兔”，于是炕上的人热闹起来，没给她说话的机会，她就小心地退出去了。那天的午餐就在那些人以我为主题的推崇互敬中开始了，除了我哆哆嗦嗦外，其他人尽挑好话说，很是和睦。饭吃完了，望富的女人进来客套地对我说，时间太短了，她把肉炖得不烂，很对不起我。我说“肉很烂很香”。她说我真是太客气了，她在窗户外面瞅我着哩，她是看我吃肉的样子像是“狗扽筋”才这么说的。大家都笑了，我不得不笑。大家散去时，望富把这门上的钥匙交给我，说我要逃跑也可以，就为了我和他的女人被关在一起的今天，我能逃得脱吗？

　　下午，村民大会开始了，我被陪吃的这些人请到了会场。会场就在望富家的老院子里，院子里来了大约二百人，显得很是拥挤。望富一来就站在上房正门口发话了：院子里的里里外外的人都把嘴闭上，今天叫大家来开会就两样事情，一样是乡上给我们村上派来了真正的驻队干部，就是他，大家见了叫武老师就行，谁若得罪了这位武老师，小心你家的祖坟被挖出来。二样是武老师这次来是为我们村也搞塑料大棚的，上级政府可能会给我们给些钱，但我们自己也要各拿各的钱，我点到名字的，赶下个逢集把家里养的猪呀鸡呀的卖了，把该卖的大牲畜也卖了，准备成现钱。我思想了多年了，我们村子人之所以这么穷，就是因为我们这样的地方缺着半面太阳，人家武老师弄的塑料大棚能把太阳圈住，有了多余的阳光，我们也就和前川里人一样富裕了，人家武老师来为我们办这样的好事，谁若到时间不准备好现钱，谁就是驴日下来的。现在点名：老臭臭、大蛤蟆……好了，两件事都说完了，谁不清楚啥了找村干部再问，现在散会。这会颇像是威虎山的土匪会议。我本来没有想好要说点啥，正考虑呢，望富已经宣布散会了。会是散了，可我突然就有了被望富这位村长当众强奸的感觉，他竟然没让我这个会议的主体说一句话，没让任何人说一句话就已经把会散了。我啥时候说我是来搞塑料大棚了？谁说的我是来搞塑料大棚了？

　　我是住下来了，不能说的原因是极怕他们把我和望富的女人被锁在一起的事传出去，照这村里人的话说，望富是"六月的野狐，不惜毛也不惜皮"，我是在完成这次意外插进来的事后，必须要回到学校的讲台上去面对学生的，能不担心害怕吗？我住下来了，每天都有望富和他的乡亲来陪聊，于是就知道了开头说的这村子人只知道浅川里地势低洼，庄稼茂盛，这叫"山下面长麦，山头上长草"，但不知道河流川道为什么多是东西走向，那里的太阳就能从早晒到晚；不知道山里的山形为什么多是南北走向，使山里的太阳只有一半的情况。知道了这个村子的起源，知道了蛤蟆村只有一半的太阳，蛤蟆村的人们就只有一半的产量，就为了一半的产量这里人付出了二倍的辛苦的困窘状况。时间长了，我就知道了深山里的人"愚"的根源了。这里的人智力基本停留在少儿阶段，此十多岁开始从事重体力劳动后，其行为就全部被农活占尽了，所有的脑部发展即告终结，于是成年人也就只会玩少儿的游戏，他们除了把我锁起来玩

少儿的"捉迷藏"，把我抬起来玩"抬大神"外，他们自己人之间也玩"过家家"，玩"老鹰抓小鸡"，他们没有条件知道人为什么刷牙洗脸，没有条件知道什么样的地方能打成井，什么样的地方种什么好……深山里的人有多苦，深山里的悲就有多大，他们知道不怕路远挑水吃天经地义，他们不知道引水到村能节省气力。他们只知道出得了大力受得了大苦被人景仰，他们不知道借外力去享受也不全错。他们住在林里只拿树枝烧火，他们今年的小麦绝收了明年还种小麦……突然想到了望富的讲话，他说的我弄的"塑料大棚能把太阳圈住"的话是或许对的，但他们这里原本不来多少太阳，既是我帮他们搞成了塑料大棚，又哪来太阳可圈？

在这蛤蟆村的山前岭后徘徊着，把这个貌似蛤蟆的村子横审视侧端详，突然，我有了新发现：这个地方特别怪，田间的庄稼没产量，地畔的枸杞特别大，林间的地上野草少，见到的多是药三七。于是，我有了自己的想法，想到这个方案能够完全埋掉我被望富和他的女人关在一起的事，就着手做起了策划设计……

这一天我正在自己的住处午睡呢，忽听得门外鸡飞狗吠，人声鼎沸，还以为村子里发生了什么不测之事，惊坐起来，就听得受乡政府主要领导指派领我来这蛤蟆村的那个可恶的指导员的声音。"这个挨千刀的终于还是来了？"我顿时恨得骨头发痛，肌肉发麻，他这样的东西有何面目见我？我细一听，果真是他，扯着他的太监嗓子高喊："武老师，快开门，你真给蛤蟆村里做了个大大的太阳！"我的泪库又一次爆了闸，眼泪哗的涌出来了。说到这里，各位可能还不知道，这位杨指导员大人还是我的学生家长，他的孩子去年刚从我代的班上毕业，考进了省城的重点大学，他非但不感激我，还这么害了我。本来我这次被抽借下队，是因为学校对我去年所代班级高考成绩优异的奖励，隆重推荐给政府的，乡政府的主要领导也确实给我面子，鉴于我不熟悉村队工作，就要求一个副乡长把我带下来锻炼，以示隆重，可这位杨指导员大人知道后，纠缠住乡长说他的孩子上学期间我怎么怎么地特别照顾，他为了感谢我，一定要亲自送我下来，就这么厚着脸皮说好话，乡长才让他带我下来的，谁会料到当时的一条蛇，就让他将我如甩流浪猫一样甩在了这深山野林间，让我几近自死，生不如死地在这里熬了这么多的日子，真是坏人坏事无底限呀，他竟然还敢来，我倒要看看他还能给我耍什么样的花招。在我思量之间，那杨指导员已经到了门口，我打开门，就站在当门口堵着，杨指导员闪眼扫视我时，脸上露出了一丝生生的笑，接着就将我撞到了一边，径直朝房中奔去，口里还念念有词："专家到底是专家，学者到底是学者，这下给这野山里人圈来了个大大的太阳……"。杨指导员的强硬让随来的人都看到了，村干部都跟着杨指导员进了屋，只有望富在我面前停住了脚步，他拉了拉我，见我不动，就陪我站在了前面。杨指导员在屋子里坐定后，吆五喝六地指挥村干部说："乡政府本来想叫武老师这熊来把这蛤蟆村人哄一下，走个过场，谁也没想到这熊真的把全省的中药材投资给弄到这达儿了，那是几十万的大项目，全省也就此一家，你们村要发财了，财神爷是谁给你们带来的？线是谁牵的？路是谁指的？还不弄几盒好烟，弄几只母鸡犒劳犒劳？"。杨指导员的话弄得村干部个个一头雾水，谁也不知道指导员在说什么。望富听到了，他进去把杨指导员放在堂桌上的一包纸拿了出来，翻了一遍，脸上笑开了花，他边笑边把那纸一页一页递给我，像是勒索我。原来，我送去省上鉴定的枸杞结果出来了，结论是送检材料比宁夏枸杞的品质还好，我设计的三七开发的项目也被批准立项了……我也激动起来，暂时忘了杨指导员，材料还没有全部看完呢，望富给他们的人一甩眼色，蛤蟆村人就猛然上前将我掂起来，一次又一次抛到半空中，他们小孩子一样激动起来，"圈——阳太！""圈——太阳！"的高呼尖叫着，所有的事情都乱了……

2008 年 3 月于中医院住疗期间

创作花絮：要采撷原生态的美，就来蛤蟆村一样的山林高远乡村，这里除了高浓度的负离子空气、无噪音干扰的宁静空间、没污染的食品水源，还可享受人世间未经加工的纯粹热情、没有虚假包装的人际关系、纯正天然的净瓶朴实。这样原生态的人间情感，体验过了，会留下一生的悠长回味；收获到了，满足一生的精神享受。

圈
太
阳

23

秦州飞翔花手绢

（天水方言小说）

1

"真格是塌房爱遇连夜雨啊！"谁说："听说窦家'屋里的'（秦州方言中指妻子）让皇家来的差人传去了，怕是事情不太美气（方言：不是很好）……"一绰号"学究"的老者捻着花白的胡须说。

"人狂没好事，狗跳挨砖头！喀是迟早的事，今儿个不来，明儿晒是咋都会来的，皇上爷身边的侍候皇家人的人都是'伴君如伴虎'呢，一个犯官的妇人，只凭皇上爷曾经赏赐过，就满世界的给天子捎话带信，在大街上疯传'织锦回文朝天子'的觉不着自己身份高低的话，伴哩伴昏的，给点好脸色，就敢在太岁头上动土，皇上是谁呀，不出事才怪呢。"一个头戴礼帽，身着狐皮衫，门牙显长，人称"大太监"的花胡须齐胸的老者接过了话，神情有点愤愤然。

"俄（天水方言中的'我'）亲眼看着了，昨夜过（方言：昨天）从长安来的那帮人中的三个挎刀锦衣卫，今儿个就和刺史府的那个大个子衙役，吃罢干粮（方言：推迟的早餐）的时分到她家把她拖到衙门去的，敖（方言：同音字，'我们'的意思）倒是盼望着能出件不坏的事"，那个坐在迎门四方桌边的高颧骨，长眉毛，皮肤黝黑，腿子跛着，人们都叫他"灵虫"的中年人，像是在为自己争取较被认可的社会地位，不在此时说话就会被人打压一样，拿出勇气扭转了穿兽衫的老者的话，看没人插进话来，他继续说："喀婆娘真算个人物，新过门就守了活寡。操儿子快痨死了，眼瞅着将要归天的病淋淋老阿家（天水方言中指公婆）成天疯疯颠颠，人事不醒，不是说'落架的凤凰不如鸡'？男人被发配充军了，还不认命，从人上人中掉下来了，吃糠咽菜了，日子推得紧巴巴的，还犟牛一样不分黑明的织她喀《璇玑图》的手巾子到处送人，给皇上刮拐名声（方言："拐"为音近字，有意造成不好的影响），把天子当一般人看，哐婆娘就不是个凡人啊。"说话间，所有人的目光都转向了他，他感到浑身一紧，收了自己的话茬。

"不过她的叫《璇玑图》的手巾子也说不准有啥玄机，那么多有名望有地位的达官贵人都稍带着来买，怕真是个好东西。"又谁说。

……

这个古城中心的半废弃的"皇庙"门庭的护卫间坐着五六个当地自觉有"名望"的闲人，用当地方言自由的闲谝着秦州刚发生的新鲜事。他们现在议论的"窦家'屋里的'"，是上任秦州刺史的结发妇人，当年貌美得那是相当梦幻：脂云粉雾，柳腰鹰瞳，行步踩云，出言似歌，是让才子翻墙、艳妇嚼舌、飞鸟忘食、画图失准，人间难寻的秦州数一数二的心疼（方言："漂亮"的意思）妇人。她的好看常教画画的行家发难，教唱戏的戏子们效仿，教天上飞的雀儿歇脚，人们给她起的外号叫"行走的画人"，意思是她像画图中的美人一样，能想多好看就有多好看，行动如风吹画一样轻盈。自她随夫做官由陕西来到秦州，秦州的街头巷尾，就没间断过公共场所里人们聚集时闲聊她的话题。只是她男人在秦州作"父母官"，当秦州的"掌柜的"时，街头议论"秦州大房（方言：当地人把第一夫人称'大房'）"的人还是得避讳一点，只在相互特别信任的人之间谝一谝，随便凑成的杂乱人群时，人们还不敢明着数落她，怕吃官事。现在，那刺史遭了发配，是因为上书言秦州的官事时不小心，直接惹怒了天子，被削职充军到塞外了，她随之受牵连沦为庶民，家业被操，家人失散，居所搬到了平民区，和平常人一样平常了，人们才敢在任意场合，随意拿她的话题说三道四的嚼舌根，其实所有的人都是极其关心这当地"头一'心疼'妇人"，给自己寻找消遣多余时光，呱嗒呱嗒谝瞎传的话题，仿佛被议论的人越漂亮，这些男人聊他的话题也就越刺激。

"同样是妇人，那妇人咋就那么刚烈？男人成了军犯，一夜间家业散光，一般妇人从被尊抬的高处突然跌下来，不再嫁人就过活（方言：过日子）不过去了，上吊喝药坠金的都很多……可这妇人，好几个长安来的大官，专程和她提亲，缠了好几趟都被她唾出门了，她娘家做官的富贵亲人接她回去，她还是没有答应，就只认得守着寡嗒嗒的旧窝不挪，隔家邻壁的，谁给她送点随便的东西她都不能接受，看家庭如此遭罪，她跟没事人一样，突然从官太太沦落为贫民，过穷人的日子，做百姓的苦力活儿看上去还在行得很，里里外外一把手，

秦州飞翔花手绢

把个穷窝打点得头头是道，能做到这地步的女人，如若不是仙家下凡，凡人是万难做到的！"高颧骨，长眉毛的外号"算盘"的中年人继续闲聊他们的话题。

"要或家（当地方言中的'趟若、假说'）那官差不是皇家打发来的，说不定凭哑妇人的本事，跟着再的（天水方言中的'别的'）衙门的差人去走一趟，她就说不定还能回到敖的这地方来了，她应该是敖秦州人"，谁说："她是敖秦州的妇人。"这个几百年前秦州人的先人隗嚣称帝时，在当地为起事请示天意而修建的"皇庙"，后来就成了自由闲人和信教的教徒们经常光顾聚集的地方，这一刻门庭的护卫间又进来两三个人，谁像是从门外已经听着里面的议论了，进门便接了话。

······

门庭的护卫间虽说曾是"皇家"建筑的遗留设施，有皇家房屋的宽敞，室内空间较大，老木头做的条凳也没全朽，可容十数人品茶坐聊，但毕竟只是个"下人"住宿生活的地方，再添进来几个人，里面的座位已经不够了，谁撂了句"挤斯慌啦的做啥哩"，出门走了，不知道啥时候又来了个谁，接了他的位子。这里的座位有点像衙门的职务，永远都有人抢，有人盯，有人等，多少年了，一直没变。这个"公共聊天室"每到有重大新闻时，都会和今儿个这样你来我往的热闹起来。人们议论着秦州"头一心疼妇人"被皇家来的差人带去刺史府的事，闲扯着不希望那妇人再遭不幸，不希望她离开秦州，不希望秦州再生意外祸殃的愿望。

从门庭护卫间的窗户里，可以张望到"皇庙"的后院。后院里如柱的几株古柏，擎天立地，极像是大厦的柱子，为这里撑起了灰蒙蒙的天和灰蒙蒙的地之间的空隙，给这里的人支撑着有限的一方自由天空。古柏间有一古旧的大香炉，香炉里的香烟，天麻麻亮时就冒起了，天天如此，自古一直自由飘散。今天这香烟冒得格外早，弥漫在这个古老得荒废了往日皇家繁华的寺院，和这些闲聊的人的话题一样，悠悠的在初春秦州的天空下信风飘荡着。不时有男男女女来续上香火，在香烟缭绕出的神力氛围中，跪拜祈祷着让这两天"遇难"的"窦家'屋里的'"遇难呈祥，逢凶化吉。

2

秦州当地人很在心"窦家'屋里的'"是有原因的。

当地人关注这个大家都叫"窦家'屋里的'"女人，并不只是人们被"行走的画人"的美貌所吸引，这其实和这女人的头里人（方言：指丈夫）有关联。

起先人们不晓得，现在人们晓得了，这位曾经为刺史夫人，现在被称为"窦家'屋里的'"、"行走的画人"的女人姓苏，真名叫苏蕙，还有个雅号"若兰"，不仅貌美出头，她琴棋诗画方面的才情更是盖世超人，无论作诗、作文、作画，绣花、织布、裁剪，都让当朝的官宦家属们在她面前显得"不在话下"。之前人们只知道她的当家人（方言，指丈夫）英武，姓窦，叫窦滔，少年风流，就是前任的秦州"父母官"，官宦子弟，那人的相貌，更是英俊得朝野无双，无人能比，豆蔻年华，正当英姿，身段修长，猿臂虎背，目波映月，大方脸，面容比佛。据说他的文韬武略，英勇果决在当朝是"一枝独秀"，是因为当时地处朝野边缘的秦州，羌、汉、胡混居，南边蜀人蜂争，西北胡人侵扰，当地又是多民族杂乱混居，种族之间积怨，相互扯皮，战争不断，成了朝庭的一块"烂疮疤"，无人可医，天子才把他这个攒劲（方言，指本事大的人）官员派到秦州来"当家"的。

那窦刺史年方二十带零，血气正刚，力量才圆，武艺拔群，气势撼山。他这位被天子偏宠的"少年重臣"来天子老家上任时，就一同带了家眷和财产，大有势死终老秦州的感觉。他的到来，不限于给秦州人带到了从国库拨出的皇家银两、粮食补助、武器物资，还给当地人民带来了信心和勇气，带来了日子的奔头。他一上任，三战制服胡房，两战使南蜀称服。振纲纪，正王法；灭盗匪，济贫穷；治水利，兴农耕；改官习，清民风。使秦州自前朝隗嚣割据以来，魏、蜀、吴三国战争拉锯，长期胡人反复强夺的无尽战争苦难得以停歇，百姓的流离避乱生活开始定居，田园兴、畜离旺、官府宁，就在秦州人期待着稳定生活的长久发展时，这位到任不久的"少年重臣"向天子上书言事时不小心，惹恼了皇上，被发配充军了。

人们感激窦刺史，是他给当地人带来了可以定居，市场繁荣，耕田放牧的安定生活，再不操心劳神的躲避土匪了，人们也忘不了刺史的这位随刺史一同到来的，为刺史治理秦州出谋划策，配合他治理秦州的"行走的画人"为秦州人做下的一串搭好事。

世世代代，秦州人最大的祸害其实是西北方向来的鞑子（方言：指北方的游牧民族），那家伙，一来就盘踞数月不走，尽吃带血的，有时候还吃人，骑马舞刀，来去突然，专干杀人越货的事。当地人传说中，有一个叫麻虎子的鞑

秦州飞翔花手绢

子首领，专吃小孩子的心，喝小儿的血，吃不到就犯头疯病。人们惧怕鞑子那真是怕出头了：不敢固定居住，地里收点粮食也要在偏僻的地方挖个窑洞或地窖埋藏起来；不能有资产，所有的家什物件全是招惹鞑子抢掠的目标；不能修宽道路，道路宽敞的村庄鞑子会盘踞不走。人们全在深山老林边上流浪生活，时时做好了逃走的准备。窦刺史到秦州上任后，在朝庭的支持下，前秦军两战都打到了鞑人的老家，但只可平定一时，平静不了多长时间，那鞑人就又来了，一次比一次更加凶恶残忍，整村整村的血袭，杀人不留活口，说是替他们的先人和家人报仇。还是这位心疼得很的叫苏蕙的刺史夫人有办法，将秦州府管制的鞑人战犯全部释放，一一分给了田地，让他们耕种；为他们建起了村庄，让他们独立定居下来成自由人，在鞑人的游牧生活标准之上给其配发了生产生活用具，改变了将战犯剁指、挖眼、割耳、削鼻、刺字标记、集体杀死，或者罚作奴隶、作囚犯的思路，在窦刺史率领的大秦军第三次打到鞑人的老家后，"行走的画人"让丈夫为鞑人的当地人也分发了朝里要来的棉被火炉等生活用品，化解了种族仇恨，在秦州北缘地域形成了一条鞑人氓民定居的隔离带，以鞑制鞑，使鞑人诚服下来，秦州人才有了长期安定的稳定局面，不用随时流窜，了结了人们自嘲的"何似（方言：非常像）野兔一样多窟藏身的'白天满山跑，天黑落不了窝'的'野兔生活'"了。

3

说到这"窦家'屋里的'"的妇人，说到她的才能，秦州人都知道，那是让皇上都嘉奖过的啊！

前年苻皇帝接到秦州老家战事平定的消息，很高兴，御驾到秦州来亲自巡幸故土时，随来了当朝的很多最显贵的文化大人物，宰相，太傅，祭酒都来了。正是春日景胜，天朗气爽的时节，那一天，苻皇帝带领随来的大臣游赏到家庙附近的一处大花园，突然来了兴致，便令在花园摆开銮驾，让大家就眼前万紫千红的胜春景象作诗。文房桌案很快摆起，歌舞表演也当即开幕，太监们依苻皇的意思布置场景，把要赏赐的东西都安排到现场。苻皇传谕：当场作诗拔今儿个的头筹者，赏皇上现场作的御笔画一幅，外加黄马褂一件。说话间，才子佳人，高官显爵已经入位，跪于案侧，等待动笔的信号。现场的气氛煞时像两军对垒大战前的凝重，绣花针掉在地上都可听见。苻皇起身到准备好的御用画案前，一太监连忙上前抚案、镇纸、研墨，符皇接过笔，调墨，顺笔，落在了纸上，其它的人于是都在自己的文案上写起来。很快，符皇的画一气儿作好了，是一幅春耕主题的水彩画，画面上农夫犁田狗作伴，蝶舞花丛蜂采蜜，儿女一旁学耕耘，妇炊村庄散青烟，艳阳初升霞在天，流水潺潺山谷间的祥和内容。画作布局简明，意境深远，太监把画举起来，大家都叩拜称贺。然后，符皇让太监把每个人写的诗拿过来御览，每个人的诗稿由太监一一面呈皇上。符皇帝龙阅了十多份现场写成的诗稿，都没表现出满意的神色，激动的情绪越来越低落下去，看样子有些败兴，似乎不想再逐一看下去了，把诗稿推了一下。下跪被安排作诗的大臣们顿时紧张起来，他们知道皇帝不高兴的后果，他们都是先焚香请得天神护佑后再上朝去面君的，生死就在皇上的一念之间啊，大家的头都随皇上情绪的低落掉下去了，越来越低。

　　"请我皇御览"。一个甜甜的、娇娇的、铜铃一般煞是中听的女人的秦州方言的声音从人群中传出，现场严肃而紧张沉闷的气氛一下子被打破了，激活了，人群动了一下，大家寻声偷眼望过去，正希望有人出头揽走眼前的祸端呢，就看到一个身段娇小的女人跪在了皇上的画案前，双手过头高举着一块写了几行字的白布。"咦？是谁呀，这么大胆！"大家的心里同时冒出了这句话。皇上似乎并不在意这位草民的无礼，示意太监将妇人进献的诗布呈上来。太监依皇上的眼色细步将妇人跪举的诗布取了，小心的展在皇上面前的御用画案上。皇上瞥了一眼，那布上却横横纵纵写着几行不规矩的"口"字型摆着的字：

```
        琴清流楚激弦商秦
        芳            王
        兰            怀
        洞            土
        茂            眷
        熙            旧
        阳            乡
        春方殊离仁君荣身
```

　　皇上瞥眼时先是一惊，继而神情转暖，露出笑意，笑着笑着，突然拍案而起，大笑起来，从桌上拿起那诗布，边喜边叹：妙！妙！妙！他示意太监把诗布拿给下面写诗的大臣们去看。太监提臀迈步，笑盈盈的从符皇手上接过诗布，传给大臣们看。一位年纪显大，髯须过胸，随行人都称他"太傅"的老者看到后，眼泪流了下来，激动得双手颤抖，连连高喊："奇才！"、"奇才啊！"、"奇才！"，说着他张开眼睛瞅着诗布吟出了诗来：

秦州飞翔花手绢

琴清流楚激弦商，

秦王怀土眷旧乡。

芳兰涧茂熙阳春，

身荣君仁离殊方。

　　"这是吾皇此时此刻最真切的心情写照啊，这才是吾皇要我们表现的兴旺景象，我们难以企及！"他摸了一把脸上的汗和泪，继续说："时下，我大秦帝国边疆不稳，苻皇的所有心病都在边关战事上，今日秦州平定，西北无殃，吾皇得以巡幸到故乡秦州，可我们这些作文记史的人，谁能想到用这种修国墙的方式来表达吾皇此时的喜悦，写成这样的'国墙'诗呢？"伴随的歌舞已停，所有人跪倒，一片黑压压的人群山呼"吾皇万岁！万岁！万万岁！"

　　苻皇朝那跪着的献诗布的妇人摆了摆手，用对待大臣的方式说了声"平身！"，示意她抬起头站起来。这小妇人明明听到了苻皇刚才的招呼，却装作没听见，直跪着，一动不动。那太监连忙上前扶她站起。"啊？是窦夫人"，大家在心里惊呼着，才看清她的身份。只见这小妇人生得额饱鼻俊，目如游鱼，面若熟桃，嘴似新蚕，美貌夺人。苻皇示意太监将她带到龙案近前，瞅了瞅她，用秦州方言打趣地说："哦？是敖隔壁的媳妇子啊。"说着示意太监将那诗布收回。太监微笑着将那诗布取回，平铺在御用画案上。苻皇略沉思片刻，拿起朱笔，在那诗布中心位置上御题了个带框的"情"字：

琴清流楚激弦商秦

芳兰　　　　王怀

涧茂　　情　　土眷

熙阳　　　　旧乡

春方殊离仁君荣身

　　苻皇题完字，瞅着这献诗布的妇人，并不说话。这"窦家'屋里的'妇人不敢象皇上瞅她一样瞅皇上，她低着头，眼睛瞅着脚面，脚尖在地上画着圈，两手伸向两腮，动作嚎嚎（方言，秦州当地人形容女人动作扭扭怩怩的样子）的，也同皇上一样不说话，是你不说话我也就不说话的气氛。这是在场的大臣们都从来没遇上过的情形，皇上同民妇间出现这种心里较劲的事极少见，没人能判断下面将会发生什么。人们都明确地感觉到了，这妇人看上去生得娇小瘦弱，行为动作羞涩忸怩，其实她的内心却不弱小。她感觉到皇上在考她，沉思一下，细步上前，拿过皇上的御笔，在诗布上又写了两行字：

```
琴 清 流 楚 激 弦 商 秦
芳         步 林         王
兰             燕             怀
凋             情 水 激 扬 土
茂 流 泉     思             眷
熙             发             旧
阳                             乡
春 方 殊 离 仁 君 荣 身
```

"哈！哈哈！哈哈哈！"符皇认真地瞅着她写完最后一个"扬"字，扔开了帝王的矜持威仪，由衷地大笑起来："好一个'楚步林燕情思发，茂流泉情水激扬！"他对大家说："敖秦州的这个媳妇子不是'奇才'，是'鬼才！'"下面跪着的写诗的大臣们被符皇的情绪感染，陆陆续续凑过来看究竟。那年老的太傅更激动了，摸着自己的眼睛说："鬼才！鬼才鬼才！名符其实的鬼才啊！"他再摸一把眼睛接着说："这诗把皇上的心思全掏出来了，吾皇治理好边关的祸乱后，下一步就操劳发展生产了，所以画了春耕主题的奖励画，这诗也变成了'田'字格式。'楚步林燕情思发，茂流泉情水激扬！'，多么和谐兴旺，国富民强的景象啊！谁能想到这种写诗的办法呢？"大家都会心的笑了，符皇也满足的大笑起来。

符皇归于龙位，准备奖励。

符皇高座龙位，所有臣子依序下跪，刺史妇人单独下跪在大臣方阵的最前面。符皇问刺史妇人：

"可愿意到这位太傅手下做个差事？"

"不愿意！"妇人的话很出所有人意料，竟然不给符皇面子。

"到尚书府做个差吧！"

"谢皇上隆恩，民妇不去！"她的话让人感觉到她能吃铁咬钢的秉赋。

"赐黄马褂！"

"民妇不要！"

"赐…"

"民妇不要！"她竟然打断符皇的话，还没等皇上说出来，她就拒绝了。

"那你有要的吗？"皇上从来没这么温和过。

"有！"

"讲出来，寡人今天满足你！"

“民妇想要……”

“快讲出来！”一旁的太监催促道。

“民妇要请皇上恩准，免秦州本土人一年的皇赋税收……二要请皇上恩准，给刚定居的秦州由战犯和奴隶转变的鞑人氓民，每家自备菜刀，自存火种的自由权利。”她说得慢条斯理。

“全是皇上爱听的。”大家都在心里说。

“准了！”苻皇想也没想，笑了。

“谢我皇隆恩！”她连着叩了头。接着说：“民妇还有字要写”

“准！”

这妇人站起身来，款款来到案前，在那诗布上，又添了些字。

```
琴 清 流 楚 激 弦 商 秦
芳 廊 东 步 阶 西 游 王
兰 休 桃 林 阴 翳 桑 怀
凋 翔 飞 燕 巢 双 鸠 土
茂 流 泉 情 水 激 扬 眷
熙 长 君 思 悲 好 仇 旧
阳 愁 叹 发 客 摧 伤 乡
春 方 殊 离 仁 君 荣 身
```

“王游西阶步东廊，桑翳阴林桃休兰。土鸠双巢燕飞翔，茂流泉情水激扬。旧仇好悲思君长，愁叹发客摧伤乡。”苻皇一边吟诗，一边流下了激动的眼泪“这是说到今天的现场了，‘桑翳荫林桃休兰’，这样说对朕过奖了，国家连年战祸，四海不平，百姓失所，朕还没做到‘桑翳阴林’呢，它还是朕的空想。”所有人一齐跪倒，山呼“吾皇万岁！万岁！万万岁！”谁又说：“‘旧仇好悲思君长，愁叹发客摧伤乡。’这样就回到今天的写诗主题上了，苻皇所有的心事也完全圆满了。能如此透露天机，真是仙女下凡啊！”苻皇满脸喜气，异常兴奋的说：“一国之内，天圆地方，寡人面前的国事，正如此诗布，粗看上去杂乱无序，无章可循，其实是事事交织，件件相依，乱中才有大乾坤的啊。”于是苻皇赏赐了妇人御画，锦缎，纸笔，针线许多。谁疑惑地问“为啥不赐黄马褂了？”苻皇不加思索的说：“不要尚书府差事的女人，是烈女，强求不得。”

4

“窦家‘屋里的’给官府放回来了，皇帝又赏了她更多的锦缎针线，让她给皇上织她的什么《璇玑图》呢!"

消息传开,秦州人终于盼到了自己期望着的结果:窦家'屋里的'是平安的!秦州人的香是烧给真神了!窦家'屋里的'弄的那个织锦回文朝天子的手巾子没有惹怒皇上,引来塌天大祸!窦家'屋里的'还是秦州人!

人们自然的聚集到"皇庙"来了。这个随初建者隗嚣的倒台而遭拆毁,只留了正殿和门卫房的祖庙,由于地理位置好,占地面积大,相当于一个广场,就被当地人改为秦州人的家庙保留了下来,成了秦州人休闲聊天的去处。"窦家'屋里的'给放回来了"的消息首先传到了这里,这里一下子热闹起来了。原来,皇上听说了窦家'屋里的'做《璇玑图》,被传得妇孺皆知的事,就想看看《璇玑图》是个什么样的东西,于是打发差人来秦州府取,还给窦家'屋里的'带来了许多的锦线家什,并不是窦家'屋里的'又犯了事,给抓去杀头的。人们议论着,要是窦家'屋里的'这回把那个《璇玑图》给皇上爷送满意了,说不定她的男人也就给放了,说不定皇上爷还会给秦州人减免赋税,说不定她的男人就又回到秦州来,做秦州的"掌柜"……许许多多的说不定,都被人们猜想着,大家很是激动。

正庙的香火也随着来人的增加而旺盛起来,不时来跪拜祈祷的善男信女,把庙前的烟火烧得很旺,带着草药味的香烟袅袅飘散着,缭绕着整过皇庙,人们很享受这有神的信仰味的香烟味,仿佛神仙乘着这烟雾已然降临到了这里,给这里的人在赐啥福。主殿前的大院子里,成群的儿童在兴高采烈的追逐嬉戏,不时的高声朗颂着由窦家'屋里的'传给孩子们的童谣:

> 夫妇恩深久别离,鸳鸯枕上泪双垂。
> 思量当初结发好,岂知冷暖受孤凄。
> 去时嘱咐真情语,谁料至今久不归。
> 本要与夫同日去,公婆年迈身靠谁?
> 更想家中柴米贵,又思身上少寒衣。
> 野雀尚能寻伴侣,阳雀深山叫早归。
> 可怜天地同日月,我夫何不早归回?
> 织锦回文朝天子,早赦奴夫配寡妻。

5

说起《璇玑图》,说到这儿童歌谣,人们的思绪又回到了窦家'屋里的'身上。

秦州飞翔花手绢

前年苻皇帝来秦州，窦家'屋里的'给皇上作了那个轰动一时的"国墙"诗，得到皇上的高度赞赏后，窦家'屋里的'就威风起来了，亲手将苻皇御赐给她的奖励画用黄缎装裱了，高挂在秦州府衙的大堂里，把皇上赐给她的锦缎针线剪裁成小方块分发给当地妇人，让她们跟着她自己学，在裁成的小锦手帕上绣她献给皇上的那"国墙诗"，她把苻皇题过"情"字的诗布，用彩线绣了，装饰好后，高挂在正房大堂，说是御赐的东西避邪，秦州的妇人都信了她的说道，都深信皇上赏赐的东西避邪，于是所有人家都绣了那"国墙诗"挂在正堂，还给外面的亲戚友人绣了带去，秦州的大街小巷就飞翔起"花手绢"了，"花手绢"满天飞，遍地是，消息越传越远。她的前头人也越来越惧怕她，离她越来越远，家庭裂痕出现了。

那窦刺史也是少年幼稚，扛不住皇上的偏宠，随着妻子出了大风头而抖起烧撂子（方言"抖超过自己身份的威风"的意思）来了。家事上，他给自己在每个行营都修建了房院居所，招收了服侍他的多个少女丫环，还娶了"二房"，供他私人享受，生活上也是一天比一天娇奢起来，特别是娶了一个叫赵阳台的美貌戏子做"二房"，家庭秩序就乱了。他和妻子苏蕙之间，苏蕙和赵阳台两个女人之间，婆媳之间都乱了，矛盾一天天增多，窦刺史就把"二房"的赵阳台安屯在远离秦州府的外地私密住所，将她时时带在身边。苏蕙虽然表面上允许丈夫纳二房小妾，但内心实为不满赵阳台。官事上，窦刺史也日渐狂傲自大起来，在同僚的官员前卖弄才能，以在皇上老家任职炫耀彰显自己，说了些"皇上的江山靠我保着"、"皇帝的主意得我拿着"、"我迟早要做皇上身边的宰相，替皇上治理朝庭"一类的闲话。惹来了官员的嫉妒，也得罪了许多官员，他的这些话被越传越走样，多位大臣在皇上面前进馋言，说他在边关招买轹人的人心，准备谋反。苻皇派人巡查了两次，最终取信了大臣们的传言，将窦滔招进皇宫，削职充军，发配到西域。一个好端端的官府人家就这样散了。

窦刺史被发配了，那叫赵阳台的戏子就被迫回了陕西窦刺史的原籍，他的原配妻子苏蕙苏若兰却死守着窦滔的家人不肯离秦州而去，继续留住在秦州作当地土民。她们一家财产被没收，她死命保住了皇帝赐她的奖励画，保住了皇帝题过字的"方阵诗"诗布，其它的财产一概没要。她的阿公（方言，指丈夫的父亲）没抗过这突然的巨大打击仙逝了，她带着阿家（方言：指公婆）离开刺史府，在河滩上的老百姓的旧房中住下来，白天种田，夜里纺织，看上去并不感觉悲哀，让当地所有人为她的坚强咂舌，都说她的脊背太宽（方言：承受力强的意思），啥事都背起了。

其实只有苏蕙自己清楚，一个妇道人家，离开了前头人，她的日子并不好过。她白天做体力活，拼死累活的供养着一大家人的吃饭穿衣，夜间独守空房，长夜无边，寂寞无尽，鬼影相随，精神陷入巨大的烦躁旋涡。时间多余得无法排遣，有的寡妇女人就倒一炕核桃，摸索着捡起，以消磨黑夜的空洞。她没有用这种方法，她一遍遍思考自己家庭的变故，思考她人生的险恶境况，长夜难眠，情绪焦虑，苦恼无尽。躺下去睡不了，起来了一片漆黑又得睡，夜夜都睡不了也醒不了，她有时会想文章，想诗。某夜，她突然得到了一首诗：

悼思伤怀
日往感年衰
念是旧愆！

叹永感悲
思忧远劳情
谁为独居？

戚戚情哀
慕罗殊叹时
贱女怀叹！

知我者谁
世异浮奇倾
鄙贱何如？

人在精神高度痛苦时，什么事都无心思去做，什么理都无心思去想，但总感觉自己时时在想事，时时在推理，多余出来的时间就像苦水，泡得人只剩麻木，一切就听命于不由自主了。长夜漫漫，一夜又一夜，她不知道她是怎么写成的这句子，但某天拿出来一看，感觉还有点意思。她把它排成文字方阵，就又有了一个和她前年献给苻皇那样的方阵诗：

悼思伤怀日往感年衰念是旧愆
叹永感悲思忧远劳情谁为独居
戚戚情哀慕罗殊叹时贱女怀叹
知我者谁世异浮奇倾鄙贱何如

各人有各人的性格，各人有各人的生活方式。无论在什么情况出现的时候，苏蕙的选择中惟有坚强，天性使然。

一天傍晚，夕阳西下，做田里的体力活劳累了一天的苏蕙坐在自家院子里歇息，突然感觉到黑夜重又逼临了，她的烦恼和黑夜一起变浓，她努力排斥自己的坏情绪，转移自己的注意力，突然发觉了院子边上的桑榆在夕阳的余辉下很是光鲜，夕阳如血，西天如火，地面洒金，这入夜前的景象，幻影迷离，恍若天庭，一片神意。披起霞光的世界，到处都镀上了金膜，一切都那么富丽，树上结满金果，河里涌淌碎银，狗儿变成天狮，鸟儿急掠水面，土舍瞅似金屋。她猛然来了兴致，信手捡起一根树枝，在院子的地面上写了几行字：

```
林西昭景薄榆桑伦
光            匹
流            离
电            漂
逝            浮
推            江
生            湘
民梁山殊塞隔河津
```

写诗，写"口"字形的诗，已经是她的一个固定习惯，自从皇上奖赏了她以后，她就养成了这个习惯，什么句子都往"口"字形诗上靠，靠成了，她就获得了很大的成就感，自我陶醉其中。现在她写成这个诗匡，感觉对其还满意，就想在其中添满其它内容。

中间填啥呢？夕阳已经滑下去了，夜幕从四围合过来，她的思绪不得不回家，她的男人离她二十多个月了，她不得不挂念他的安危，于是就填成了一个诗阵：

```
林西昭景薄榆桑伦
光滋愚诮漫顽凶匹
流蒙谦退休孝慈离
电疑危远家和雍漂
逝容节敦贞淑思浮
推持所贞记自恭江
生从是敬孝为基湘
民梁山殊塞隔河津
```

这个夜晚她可能会睡塌实了，几年来，她已经有了这样的经验：作成自己满意的诗后，她就能放松自己，内心就能歇息一阵。她已经写了许多这样的"方阵诗"了，每次写满意后，她都能宽慰自己，放下烦恼，获得暂时的轻松。现在她突然有了给她这样的"方阵诗"起个名的想法了。

冬天又到了，冬夜是更长的，更冷的，更空的，她在别的寡妇数核桃的夜晚，又熬出了几句诗："寒岁识凋松，贞物知始终。颜丧改华容，仁贤别士行。"写完后，更兴奋了，浑身酸困难耐，但迟迟不能入睡，她试着倒忆她的诗句，以降低兴奋度："松凋识岁寒……始终知物贞……容华改丧颜……士行别贤仁……"哎？对了！她再试一首："衰年感往日，情劳远忧思。时叹殊岁慕，倾奇浮异世。"倒咏就成了："日往感年衰……思忧远劳情……慕岁殊叹时……世异浮奇倾……"哎？又对了！她连着试下去，都对了！就叫回文诗吧！她为自己的"方阵诗"从此起名为"回文诗"。

她是个犟女人，她认定人们做错事时，需要阿嗒（方言：什么地方的意思）绊倒的，就该从"阿嗒"爬起来。她的丈夫是皇上在完全受蒙蔽，完全不明真相的情况下所作的处罚决定，她一定得从皇上那里解救他，问题是她离皇上太远，犯官的妇人，怎么才能让皇上知道自己呢？她想啊，想啊，想到皇上是秦州人，她不离开秦州，就有可能的机会；想到自己的犯人家人身份接近不了皇上，但秦州有皇上的亲人友人，有更多的人能接近皇上，她得借秦州能接近皇上的人为她传话；想到她怎么能让秦州可接近皇上的人为她传话呢？她就有了编民谣的主意，于是她让当地曾拿了她的锦缎织"方阵诗"的大量妇人们，让其给她们的孩子教"织锦回文朝天子"的童谣，把这童谣传得满大街，满秦州，满世界，事情果然成了，现在皇上派人来调取她的"回文诗"了。

<h1 style="text-align:center">6</h1>

皇帝派人来取她的"回文诗"，这是她早就预谋好，早就渴望快快得到的结果，但这事还是希望和风险并存，希望有多大，风险就有多大。她心里明白。

她知道她盼来的这个她愿望中的机会事关重大，弄好了，苻皇看到她的"回文诗"满意了，可能会赦了她的丈夫，官复原职，会由此改变了一家人的命运，还会扭转朝庭上下谗言一片的官习，为江山社稷添彩；弄不好，她的"凶顽漫谗愚滋"的话进一步惹恼了皇上，激怒了官方，那就不好收拾了。她思谋着，怎么样让事情朝好的方向走去呢？

她思来想去，谋划了许久，想出一个自己满意的主意：她要以符皇御题过"情"字的那一篇当初为"考卷诗"的"回文诗"来起首，这样能唤起付皇的记忆，让皇上头一印象就产生好感，很有把握的避免了让皇帝动怒的开头，也让其他人不敢慢待她这曾被有来头的人命名为"国墙"诗的诗阵，狐假虎威。她把她这两年来写成的所有"回文诗"整理了，精选一些自己特别满意的，以之再创造一个大的、符皇欣赏的、能潜藏"凶顽漫谗愚滋"这样句子的"回文诗"诗阵，真实反映她的生活与心迹，希图皇上念旧情赦免丈夫，也希望能改变官场的谗言祸国之风……这样想着，说动手就动手，她谋划着，整理着，修改着，把符皇御批过的那篇放在最前面，再连些反应她自己生活状况的，如"加愁兼悴少精神，退幽旷远离凤麟。墙面殊意感故新，霜冰齐洁志清纯。"和"身我乎集殃愆辜，何因备尝苦辛。深日润浸愆思罪，积怨其根难寻。均物品育施生天，地德贵平均匀。滨汉之步飘飘离，微隔乔木谁阴。心改者惑昵亲闻，远离殊我同衾。禽伯在诚故遗旧，废故君子惟新。"她在连接方阵诗时，不是简单将诗作拼凑在一起，而是以成诗为单元进行再创造，修改字句，依句子横连纵接，接上了表现窦滔被充军所蒙受的冤屈、家庭变故后她生活的无奈，朝野上下谗言误国的危害的诗图，如"秦曲发声悲摧\藏音和咏\思惟空堂\身苦惟艰生\患多殷忧\缠情将如何"和"姿淑窕窈伯\邵南周风\兴自后妃。归思广河女\卫郑楚樊\厉节中闱。逶透路遐志\咏歌长叹\不能奋飞。顾其人硕兴\齐商双发\歌我衮衣。蕤葳粲翠荣\曜流华观\冶容为谁。悲情我感伤\情徵宫羽\同声相追。"她让整体诗阵内诗与诗间横着连，如"琴清流楚激弦商，秦曲发声悲摧藏。音和咏思惟空堂，心忧增慕怀惨伤。"诗与诗的句子纵着连，如"芳兰凋茂熙阳春，墙面殊意感故新。霜冰齐洁志清纯，望谁思想怀所亲。"她也使句与句之间可连可接可叠，也可间可跳可断，可三言可五言可多言，可横着可立着可斜着，玄妙无尽，再依法接连下去，大小共以八"方阵诗"和八"单诗"构成了一个图系，诗与诗之间既独立又有无尽关联，中间仍然留一空心，意即给符皇阅后题字。这是她的法宝，是只属于她一个人的独一无二的法宝。她永远也忘不了皇上为她的法宝题字的事，她是用一般人做不出来的行为给皇上加深过印象的，她感觉皇上对她的法宝是认可的，她相信皇上对那次题字会留下长久记忆，她肯定她的法宝是皇上一眼就能看出是她创作的法宝，她要拾回皇上对她的器重回忆，她于是创作出了她想象中的复杂"回文诗"：

琴清流楚激弦商秦曲发声悲摧藏音和咏思惟空堂心忧增慕怀惨伤仁
芳廊东步阶西游王姿淑窕窈伯邵南周风兴自后妃荒经离所怀叹嗟智
兰休桃林阴翳桑怀归思广河女卫郑楚樊厉节中闱淫遏旷路伤中情怀
凋翔飞燕巢双鸠土逅逶路遐志咏歌长叹不能奋飞妄清帏房君无家德
茂流泉情水激扬眷顾其人硕兴齐商双发歌我衮衣想华饰容朗镜明圣
熙长君思悲好仇旧蕤葳粲翠荣曜流华观冶容为谁感英曜珠光纷葩虞
阳愁叹发容摧伤乡悲情我感伤情微宫羽同声相追所多思感谁为荣唐
春方殊离仁君荣身苦惟艰生患多殷忧缠情将如何钦苍誓穹终笃志贞
墙禽心滨均深身加怀忧是婴藻文繁虎龙宁自感思岑形荧城荣明庭妙
面伯改汉物日我愁思何漫漫荣曜华雕颋孜孜伤情幽未犹倾苟难闱显
殊在者之品润乎兼苦艰是丁丽状观饰容侧君在时岩在炎在不受乱华

意诚感故昵飘施愆殃少章时桑诗　　充颜曜绣衣梦想劳形峻慎盛戒义消作重
感故遗亲飘生思愆精微盛翳风　　　仁颜贞寒嵯深兴后姬源人荣
新旧闻离天罪辜神恨昭感兴　　　　贤丧物岁峨虑渐孽班祸谗章
霜废远微地积何遐微业孟鹿　　　　别改知识深微至婴女因奸臣
冰故离隔德怨因幽元倾宣鸣　　　　行华终凋渊察大赵婕所佞贤

齐君殊乔贵其备旷悼思伤怀日往感年衰念是旧愆涯祸用飞辞姿害圣
洁志惟同谁均难苦离戚戚情哀慕岁殊叹时贱女怀叹网防青实汉骄忠英
清新衾阴匀寻辛凤知我者谁世异浮奇倾鄙贱何如罗萌青生成盈贞皇
纯贞志一专所当麟沙流颎逝异浮沉华英翳曜潜阳林西昭景薄榆桑伦
望微精感通明神龙驰若然倏逝惟时年殊白日西移光滋愚谗漫顽凶匹
谁云浮寄身轻飞昭亏不盈无倏必盛有衰无日不陂流蒙谦退休孝慈离
思辉光饬粲殊文德离忠体一违心意志殊愤激何施电疑危远家和雍飘
想群离散妾孤遗怀仪容仰俯荣华丽饰身将与谁为逝容节敦贞淑思浮
怀悲哀声殊乖分圣贲何情忧感惟哀志节上通神祇推持冬贞记自恭江
所春伤应翔雁归皇辞成者作体下遗葑菲采者无差生从是敬孝为基湘
亲刚柔有女为贱人房幽处己悯微身长路悲旷感生民梁山殊塞隔河津

她把这诗图做好后，用不同的颜色把每块"方阵诗"和"单诗"描了，如此复制出许多，把皇帝派的人带来的锦缎也剪裁好，连针线配备齐全，一同分发给当地的女人，让她们绣出来，留给她们。于是秦州的地面上，再次飞翔起了花手绢，人们头上顶的，胸前系的，肩上搭的全是这锦缎的花手绢，甚至于走到街道上，门上挂的，树上飘的，院子的凉衣绳上晒的，也是这大大小小的花手绢，一时间，秦州成了花手绢的海洋。苏蕙看着这满眼的花手绢，内心欢喜啊，这是他为皇上御览前，为使其多看一眼这"诗图"所造的大势，她知道这势头越大越好，能引起皇帝的注意，为此，她给这诗图起名为《璇玑图》，意思是其中的许多玄机，更能吸引人的兴趣。

秦州飞翔花手绢

7

苏蕙的织锦《璇玑图》被敬献给苻皇了。

苻皇大喜，连连说"庭闱乱作人谗奸，奸佞凶害我忠贞。"他说他当年将这才女留在秦州，就是让她在困难的时候，能向他反应来社会底层的真实情况，现在果然用上了。

苻皇赦了窦滔，降旨东调，让他镇守战祸吃紧的襄阳。

8

窦滔被赦，接旨须即时上任襄阳。

他由塞外起程，路过秦州老家，先回老家省亲。

"窦家'屋里的'就是厉害，终是把男人的官给要回来了！"满秦州人都传着这话。

苏蕙和丈夫团圆了，但丈夫依然对她敬而避之，如待师贤，表现不出"夫妇恩深久别离，鸳鸯枕上泪双垂。"的热情来，这是她不曾预料到的，她再一次感到震惊。那窦滔一回来，就奔了陕西，不用问便是找那戏子赵阳台去了，许些日子后迟迟回到秦州，还是时时要找借口往戏子那里跑，一泡就数个时辰，对她这个结发妻子则不温不火，好像有意躲避，也像极怕她似的，谁都能看得出丈夫此时的心思依旧全在那"二房"赵阳台身上。她的丈夫被她弄回来了，她只是为赵阳台做了与窦滔团圆的好事，那窦滔与她，生活还是各自过各自的日子，没有一家人的气氛，他和她之间，还隔着厚厚的挡遭（方言 障碍的意思）。皇上将他在秦州的居所还给了他，他没有首先考虑苏蕙，考虑他的母亲，却急乎乎地奔陕西将赵阳台接在了老地方，也不顾老父亲的离逝，家庭的破败，成天和戏子赵阳台腻在一起，往日的样子一点没改变，仿佛在他的心里就没发生过家庭重大变故一样。面对丈夫的幼稚，面对"前头人"的冷漠，面对无法面对的夫妻情感危机，苏蕙虽然心里明白，赵阳台是依附型的女人，作戏子的生活造就了她什么都依赖前头人拿主意的习性，使她养成了以"粘人"来处理人和事的风格，这正迎合上窦滔少年狂妄的天性，故而得宠，并不是其貌美内秀超过了自己。而自己自幼喜欢对未知事物刨根问底，养成了独立思考的天性，做事往大处远处看，待人往其情感深处走，这种处世方式常会对群体中爱出风头的人构成威胁，不适宜妇人，不容易讨男人的欢心。但她对自己的天性也无可奈何，要么说"秉性难移"呢。她尽力在丈夫面前表达女人的温存，但窦滔始终上不了道，不几天，他就失急慌忙（方言：慌里慌张）的带着赵阳台赴襄阳上任去了，秦州的一家人，还给她打理。面对无奈的结局，她有啥办法呢？就像天要下雨，娘要嫁人一样，她只能听任一切灾难的发生，只能承受一切天灾的折磨。

丈夫就那么悄悄走了，带着"二房"，带着朋友，带着官职，唯独没有说带上她苏蕙，带上他的母亲及家人的话，连家里吃喝积攒情况也没问，连老母身体状况也没提，连往后的日子咋样推都没留下一句话，"逃跑"似的"私奔"了，她再一次陷入情感的泥淖里，她一时找不出她做错了啥，找不出改变独守空房现状的路子，找不出逃出寂寞阴影的方向。她把皇帝都感动了，把官场都触动了，却没能扭转自己的丈夫，没改变夫妻之间的情感隔阂，没改变漫漫长夜困扰自己的孤独寂寞。她的面前，依旧是病淋淋等待侍候的阿家，依旧是一堆乱麻样混乱的家务琐事，依旧是看不到尽头的长夜漆黑。她悲，她恨，她自嘲。灾难见真情，丧父，蹲监、败家都没能让他回心，她是真切的看透了窦滔，她以前太高估她的官人了，她的官人其实是如此轻薄，如此麻木，如此浅陋，如此不可托付的败家子！她无可奈何，但还得活下去，还得想法使他变好，又有什么办法呢？就是个"好女不嫁二夫"的时代，她是活着就必然从夫的啊！她拿啥去让他醒悟自身，让他回归少年时的聪慧天性，让他走出对赵阳台的沉迷呢？

她只有《璇玑图》，一个人，一个女人，做成一件成功的作品，就把它做大，做出深意，做到长久，就已经够了，不必想再多的办法，贪多的人，往往会哪样都做不好。她决定仍然用《璇玑图》来改变它的男人，改变她的家庭，改变她想改变的一切。"璇玑"是测天相的精确仪器，它和"玄机"同音，俗语说"齐家治国平天下"，人们把治理家庭和治理国家放在同一层面上，说明人们对自古对治理家庭的难度的认识，家事和国事一样难处理，她要她的《璇玑图》在解决家庭困难中也有不俗表现，顺着这思路她想到了给皇帝的《璇玑图》，《璇玑图》是唯一让她有成就感，唯一消磨她多余黑夜失眠时间，唯一能让她看到希望的贴心"伴侣"，她又在《璇玑图》上打起了主意。她又找了几句诗，她把《璇玑图》改变了样子：

秦州飞翔花手绢

琴清流楚激弦商秦曲发声悲摧藏音和咏思惟空堂心忧增慕怀惨伤仁
芳廊东步阶西游王姿淑窕窈伯邵南周风兴自后妃荒经离所怀叹嗟智
兰休桃林阴翳桑怀归思广河女卫郑楚樊厉节中闱淫遐旷路伤中情怀
凋翔飞燕巢双鸠土逶逶路遐志咏歌长叹不能奋飞妄清帏房君无家德
茂流泉情水激扬眷顾其人硕兴齐商双发歌我衮衣想华饰容朗镜明圣
熙长君思悲好仇旧蕤葳粲翠荣曜流华观冶容为谁感英曜珠光纷葩虞
阳愁叹发容摧伤乡悲情我感伤情徵宫羽同声相追所多思感谁为荣唐
春方殊离仁君荣身苦惟艰生患多殷忧缠情将如何钦苍誓穹终笃志贞
墙禽心滨均深身加怀忧是婴藻文繁虎龙宁自感思岑形荧城荣明庭妙
面伯改汉物日我愁思何漫漫荣曜华雕顾孜孜伤情幽未犹倾苟难闱显
殊在者之品润乎兼苦艰是丁丽状观饰容侧君在时岩在炎在不受乱华
意诚惑步育浸集悴我生何冤充颜曜绣衣梦想劳形峻慎盛戒义消作重
感故昵飘施愆殃少章时桑诗端无终始诗仁颜贞寒嵯深兴后姬源人荣
故遗亲飘生思愆精微盛翳风比平始璇情贤丧物岁峨虑渐擘班祸谗章
新旧闻离天罪辜神恨昭感兴作苏口玑明别改知识深微至璧女因奸臣
霜废远微地积何遐微业孟鹿丽氏诗图显行华终凋渊察大赵婕所佞贤
冰故离隔德怨因幽元倾宣鸣辞理兴义怨士容始松重远伐氏妤特凶惟
齐君殊乔贵其备旷悼思伤怀日往感年衰念是旧愆涯祸用飞辞姿害圣
洁我木平根尝远叹永感悲思忧远劳情谁为独居经在昭燕辇极我配
志惟同谁均难苦离戚戚情哀慕岁殊叹时贱女怀叹网防青实汉骄忠英
清新衾阴匀寻辛凤知我者谁世异浮奇倾鄙贱何如罗萌青生成盈贞皇
纯贞志一专所当麟沙流颓逝异浮沉华英翳曜潜阳林西昭景薄榆桑伦
望微精感通明神龙驰若然倏逝惟时年殊白日西移光滋愚谗漫顽凶匹
谁云浮寄身轻飞昭亏不盈无倏必盛有衰无日不陂流蒙谦退休孝慈离
思辉光饬粲殊文德离忠体一违心意志殊愤激何施电疑危远家和雍飘
想群离散妾孤遗怀仪容仰俯荣华丽饰身将与谁为逝容节敦贞淑思浮
怀悲哀声殊乖分圣贲何情忧感惟哀志节上通神祇推持所贞记自恭江
所春伤应翔雁归皇辞成者作体下遗蔫菲采者无差生从是敬孝为基湘
亲刚柔有女为贱人房幽处己悯微身长路悲旷感生民梁山殊塞隔河津

"诗端无终始，诗情明显怨。义兴理辞鸣，比作丽辞日。"再来一个"璇玑图始平苏氏心"，这留给皇上的空缺就满满当当的了，中间的"心"空出来，让他去找，看能找来不？

她把这修改了的织锦，托驿官带给了丈夫窦滔。

9

三个月后的七夕节，"窦家'屋里的'"早早来"皇庙"上香。

突然，秦州的东门外人欢马叫，锣鼓宣天。苏蕙和在"皇庙"门卫室聊天的闲人闻声涌出来，寻声观望究竟，只见一大队人马从远处奔涌而来，尘土飞扬，飞鸟四散。观望的人群中，老"学究"摸摸索索地说："样子像土匪，怕是鞑人又来了啊。""大太监"老人定睛细瞅，说："你看像是衙门的旗号，可能是官家的啥人……"苏蕙认出来了，那个骑着白马，身披杏黄战袍，用左手扬鞭的英俊少年，不是别人，正是她的头里人窦滔，他习惯的左撇子姿势，她一眼就能认出来。她顿时血撞脑门，脸上火烧，心头发闷，全身发软，霎时像招了冲气（方言，被恶鬼附体的意思）一样。她红着脸从人群中退出来，快速朝回家的路上奔去。

"行走的画人"往回家赶时，庙里的人也认出窦滔来了，大家的眼睛随即转朝了苏蕙。苏蕙还没走出多远，突然感觉到有一股强大的力量从家的方向传过来，将她往外驱逐，她猛然明白了，此时不能回家，这不是回家的时候，她怎么现在就和那"官人"回同一个家呢？她略微沉思了一下，就有了去处：她现在只能去她以前住过的百姓的旧房子里去了。她也不直接奔那旧房方向走，而是急急的钻进村庄，七拐八拐的逃出了人们的视线。

那窦滔的大队人马进了秦州城的东门，人都弃马步行，缓缓的向着秦州府旁边刺史府的大路走去。"皇庙"看热闹的闲人们，也都一齐向热闹的中心转移了。人们都到了窦府大门外时，就知道事情的原委了：窦刺史是到襄阳上任后，收到了从秦州他的"大房妇人"那里捎给他的花手绢，意识到自己以前因为轻狂做错了惹怒皇上的大事，不应该冷落他的"大房妇人"，现在必须要改正以前的错误，才赶回来的，他来是要接他的家眷一同去襄阳的。图热闹的人知道事情的原委，个个突然找不到悲和喜的方向了，从"窦家'屋里的'"夫妇团聚，改变一个小女人支撑全部家务的苦恼状况，他们应该喜；但"窦家'屋里的'"离秦州而去，她从此就再不是秦州人了，这是他们最不希望发生的事，这让他们心里一时发空。

窦刺史跨进家门，拜过了高堂，就到处找他的"大房"妇人，他的计划是紧接着要向她赔罪，赔礼，认不是的，却是里里外外都找不着她，于是看热闹的人也帮着满城去找，刺史府只要能容人的地方都翻遍了，她们原来落难时住过的河滩上被人废掉的烂房子里也没有，本来不大的秦州城，由于战乱频发，人烟并不稠密，只是在"皇城"山上有百十户，在黄瓜水和籍水交汇的两河口处有一座军事城堡，里面都没有，到掌灯时分，每个老百姓家里都翻遍了，田园间可能藏身的地方也找遍了，就是不见她的影子，所有的人都无法知道她现在在哪里。窦刺史这次也带来了许多财物，是准备分发给街坊邻居来酬谢他们的，他是一面寻人，一面安排人分发的，秦州城里人得了财物，找不到"行走的画人"，和她的丈夫窦刺史一样急，家家户户高挂起用花手绢做的灯笼，希望她能安全。

窦刺史一进门就马不停蹄的找人，现在也困了，他的老母见找不归儿媳，一急，旧病复发，又疯了，要打要闹，有哭有笑，此时也在高低不平的山梁间疯跑。就在他连着母亲跑时，他突然感觉胸口一软，他伸手去摸，却是一张锦缎的织锦《璇玑图》。哦，他突然想到了一个地方——皇庙，他没通知任何人，他感觉到他的"大房"夫人苏蕙苏若兰会在那里。他吩咐手下人将她母亲强行捉住带回，他自己要办一件别的事。说着他离开了，没带人也不用灯笼，摸着黑上那庙里了。他摸摸索索，坷坷绊绊，弯弯绕绕的向他心中的皇庙走去，他这时才真切感受到他只做了秦州的官而不是秦州人，他对秦州的老百姓走的路一点都不熟悉，但这一回他得下决心熟悉一下。

窦刺史好不容易摸到了皇庙，庙里空无一人，他知道连这里的僧人也帮他找人去了。他摸索着了大庙的门，推门进去，凭印象摸索到了几支蜡烛。他点亮蜡烛，到庙的四周转了一圈，没人。怪了，凭此时的知觉，他感觉人是一定会在这个地方的，怎么会没人呢？他又捧着蜡烛四下仔细搜索了几圈，还是没人，一个单间的屋子，除了圣像，真的再无别物，他开始失落起来。他把庙里十多支蜡烛全点亮，连屋顶上都搜查遍了，确认人不在这里。他端着一支蜡出门，发现庙外还有一间房子，他回忆着，这是当年皇庙的门房，他没进去过，他准备进去碰碰运气。他一推门，门是虚掩的，他抬步跨进门时，呀！的一声女人的尖叫，将他猛然之间惊得魂不附体，脚下一绊，跌倒了。他哆嗦着爬起身，跪在地上摸索着已经摔灭的蜡烛，他在地上摸到蜡烛再次点亮时，一女鬼已经从他身上越过，夺门而逃，他连样子都没看清。一定是她！追！他头脑里闪过这个概念，跃起身蹿出去，鬼哪里是他的对手啊，不出十步，他将她拎到手了。他将她拎到原屋里，再点蜡烛的间隙，女鬼又逃出去了，他再抓进来，如此反复多次，他不得不将她用解下的他的裤腰带绑在室内的凳子上。他将蜡烛点亮时，才看清这"女鬼"披头散发，浑身是香灰，脸上是烟墨，样子凶煞。他定了定神，细细打量，这"女鬼"不是女鬼，是个女人，尽管脸上摸了厚厚的烟灰，但她高档瓷器一样的"内坯"却依然在灯光下透出光釉神彩。她的眼睛里流着泪，但那游鱼一样独一无二的灵活眼神却没有挡，她就是他的"大房"夫人！

10

入夜的古庙，煞气渐长，烛光摇风，鬼影闪闪。

窦滔万万没想到他自己是以这样的方式和他的"大房"夫人在这神话传说中类似阴阳界上的地方如此梦幻般相见，他曾预想过他和她相会的多种可能情形，但绝没预猜到眼前的这种情况。他感觉他自己已经被眼前的黑夜融化了，融化成随风飘走的鬼影，他完全不能支使他自己了。眼前的她——他的满脸烟墨，浑身脏乱的他的"大房"夫人也不能确定是人是鬼，只是感觉现在的她鬼的成分很多。他努力地想找回他自己的自信，他不想就此到另一个世界去，他在全力战胜着已经完全困住了他的信仰神力，他从庙里取来了很多蜡烛，全部点亮，他希望着烛光的照耀能给他带来他迫切需要的光明，能帮他驱走他们夫妇二人世界的魑魅鬼怪，能使他改变眼前摸索他们夫妻对方的混沌状态。但此情此景，蜡烛多了，庙里亮了，反倒陡然增添了眼前的恐怖，塑像更凶煞了，夜更黑暗了，眼前的女人更像鬼了，他只感觉心头一凉，眼泪不由自主的涌出来了。他不知道是谁让他下跪的，他就像被不可抗拒的力量安排好的一样给她跪下去了。他没有解掉他绑她的裤腰带，他知道他一解开，她就一定会跑掉的。他就给她跪下去了。他跪着嚎啕大哭起来，他像给神许愿一样边哭边说出了自己的心里话，他感觉他已经完全被控制了，他给她说："你的那个《璇玑图》就是一个'回'字，尽管外面的'口'比里面的'口'大二十九倍，里面的'口'只是一个字的大小，但仍然是个'回'呀，我也知道'二'是你和我两个，'九'是长长久久的意思，现在我回来了，你得原谅我的过失啊，你得给我修改错误的时机啊，为何要在这夜晚的古庙里这样人不人鬼不鬼的相见？"他说男人其实很脆弱，特别在女人的事上极容易犯迷糊，他是从心底里怕她的，她的敢于在皇上面前施展才能的秉性，哪个男人都会怕的，因为怕她他才要了"二房"，其实真是他自己错了，他怕她不应该丢了家庭，不应该丢了男人的责任，不应该只顾他自己。他说他也很痛苦，他常在夜里梦见她……她还是一动不动，一声不响，一言不发。他等不到她些许的回应，只得继续说话。他说："你把《璇玑图》的心拔了，我现在知道是我的过错将你的心拔了，给你的伤害太大了，我就是回来专程为你补'心'的，你睁开眼看看啊？"他说着将自己的上身脱得精光，熊熊烛火下，他宽阔的胸膛上，映出了一个深色的纹身"口"形诗：

```
纯 贞 志 一 专 所 当 麟
望              龙
谁              昭
思              德
想              怀
怀              圣
所              皇
亲 刚 柔 有 女 为 贱 人
```

　　她仍然雕塑一样一动不动，一声不响，一言不发。他太需要她说话了，那怕她只是对他哼一声，唾一团，骂一句，他都会很满意，甚至会很享受，但她没有，她不给他他想得到的一点点内容，也不给他看到他能感动她的希望。他逗她说："'纯贞志一专所当，麟龙昭德怀圣皇。望谁思想怀所亲，刚柔有女为贱人。'这是你的心里话，说明你还是把我一个当自己的男人，我知道我这个男人多年来只是个空壳，对你没尽丈夫的义务，对家没担起男人的责任，对双亲没尽到儿子的孝道，全是我的错，是你弥补了我，替我做了我的事，我现在很悔恨我自己，我把你的诗刻进我的心窝了，你看一眼啊？"他在声泪俱下的哭求于她了，可她依然干尸一样一动不动，一声不响，一言不发。数支烛火，一间朽庙，无数鬼神，就这样他们两人的世界里，他极需要从她干尸一样的神情中，知道她现在是死是活，但他不感伸手去触动她，他生怕此时眼前的她已经成了人们传说中的鬼魂，他一伸手她便飞走，飞得无影无踪。他没有丝毫的办法让她说话，他就木讷的继续跪述自己的心声，他知觉到他现在还能对她说话，他继续对她说："'神明通感精微望，飞轻身寄浮云谁。文殊粲饬光辉思 ，遗孤妾散离群想。分乖殊声哀悲怀，归雁翔应伤春所。'你的这些话我都牢记在我的肉里了，你看看啊？"说着他跪着把他的背转给了她，他的背上又映出了一首两色的诗阵：

```
纯 贞 志 一 专 所 当 麟
望 微 精 感 通 明 神 龙
谁 云 浮 寄 身 轻 飞 昭
思 辉 光 饬 粲 殊 文 德
想 群 离 散 妾 孤 遗 怀
怀 悲 哀 声 殊 乖 分 圣
所 春 伤 应 翔 雁 归 皇
亲 刚 柔 有 女 为 贱 人
```

他的头和她反向跪得很低，他不知道她是否能够扫一眼他背上的诗，他期望着，只要她能闪他一眼，她就一定能明白，因为这全部是她自己的创造啊，而且是感动过皇帝的创造，是为秦州人带来福音的创造，她怎么能不明白呢？

突然，扑棱棱一声奇怪的响动，随之整过"门卫室"室内骤然一亮，他急抬头扭身看时，却是一对通体铮亮的雪白鸽子从屋脊的大梁处飞出，在室内盘旋两圈后飞出了门外。蜡烛全被扑灭了，他急去摸他绑着的"大房"夫人时，只抓到了他自己的裤腰带，人不见了！情急之下，他一个箭步跨出门，却见他的"大房"夫人乘着那雪白的鸽子向远处飞去，给他丢下一句俗俗的天水方言话："你个坏怂，才是个牲口——"声音就是她！追！他奋力追过去，不知道有没有神仙保佑，在这七夕的节日里，在这无人的旷野上，在这漆黑的夜晚，他真的抓到了她。

他紧紧地抱住了她，她狠狠的在他脸上咬了一口，他感觉到她这一口咬得不轻，他已经嗅出了血的腥臭，他已经觉察到了她的体热，他能够确认她的真实了。他紧紧抱着她，任她咬，任血流，任泪涌。他用舌尖舔了一下他的脸和她的脸间的粘乎乎的东西，热热的、腥腥的、臭臭的、苦苦的、咸咸的，他慢慢回过神来，他忽然记得了，这是血的味，这是泪的味，这是烟墨的味，他此时最想得到这个味，他终于尝到了，他把它吸进嘴里，咽进心里，……就这样舔着，就这样咽着，什么也没有了，他和她的舌尖还是搭在了一起。他感觉他和她的舌尖搭在一起的时刻，天上的天桥通了，这个七夕的夜晚，送子观音踏过了他俩搭起的天桥，来到他和她当间了，似乎那神仙已经为他俩的体内种下了他俩的热切希望。

尾　声

"行走的画人"随年轻美貌的窦刺史去襄阳上任了，人们知道这回窦刺史已经把"二房"夫人——那个长得心疼得很的戏子送回原地，让她继续唱她的戏，从此再也不要多房夫人了。他这回纹身割肉的向他的"大房"夫人悔罪谢罪，带走了他的全家人，他们就不再是秦州人了，他在秦州创作织锦回文诗的事就此完结了，大家送他们一家时心里都很空，洒泪送他们一家出了秦州的东门，满天挥舞的都是"窦家'屋里的'"留下来的《璇玑图》的花手绢，谁要想念或说起他们时，就让孩子们唱一回她的《织锦回文诗》：夫妇恩深久别离，鸳鸯枕上泪双垂……

原载《天水文学》2014 年第
一期总第九十八期

创作花絮：作品的艺术感召力背后，是作者历练生活的深沉。苏蕙创作的《璇玑图》作为"回文诗"孤件从文学史深处传下来了，召示着她人生经历的不平凡。不能怀疑《璇玑图》会永远流传下去，关于苏蕙的故事，文学一直关注，未来一定还会更加关注。

百年山庄

村庄的消失各有各的不得已，但村庄的诞生，多数孕自于社会大事件。

清同治元年，国家内乱，陕西小教人起事了，起瞄准推翻皇权的大事了。陕西凤翔的起义队伍眨眼间已经到了眼前了。

三月时，秦州当地的小教人就已经闹起来了，小教人中的激进分子突然间就夜袭周邻的村庄，不仅抢掠财物，毁庙砸神，而且杀人纵火，灭户灭村，血腥味在四处扩散，气氛一夜间紧张起来。但当时还没有传来起事的消息，人们不知道事情的原委，但预感到大灾大难的即将降临。

"龙头寺被烧了……"

"贾家庄被血袭了，一个活口都没留……"

"昨夜，吴家堡又被'贼人'妇孺不留的拔掉了，几十口人还在露天暴尸……"

遭屠杀的消息一个紧跟一个的传播，天水里，青石里，白环里川区的人们一时之间乱作一团，大家谁也不明白这突如其来的暴力行为其中的究竟原因，人们被动的组织民众，拉起队伍，与下川里前来侵袭的"贼人"械斗撕杀，自保村庄。人人都能够感觉到：这次"贼人"作乱不似往日，挑一个民族事端、来一场武力械斗、打一次村庄群架就歇了，他们这次杀人放火不设底线，啥事情都往绝处做，气焰越来越嚣张，到处叫嚷着"要踏平世界"、"天下眼看着就要到他们手中了"，亡命殴斗的味道很浓，扰乱社会的力量越来越强大，有像青石沟一样十数户人家的好几个小村庄被他们一夜之间就杀得亡村了。到了八月，准确消息来了：确认是陕西凤翔那里的小教人领头起事了，起义队伍已经进了天水……

"又一股陕西凤翔的小教人接连起事，攻进了天水地界……"

　　"秦安的小教人跟着举起了反抗朝庭的'抗清扶明'义旗，天水地界上的小教人也跟着起事，当地的小教人也果真造反了……"

　　"秦州府被小教人打败了，知府赵桂芳被杀……"

　　坏消息接连不断，形势的发展让人们看到了这起小教人引发的哗变中，人们用老百姓的平民力量是保不了自己的村庄、自己的祖庙、自己的田园、自己的家人和财产了，面对"贼人"的强大、贼人的残忍、贼人的恐怖，大家再拿不出对付闹事"贼人"的办法了，所有人都选择了唯一可能活命的途径——逃跑！

　　人人都在逃跑，可反乱的"贼人"有一大部分是出自本土的，有当地"眼线"，逃出本土贼人的视线是一件十分不易的事，本土贼本来对当地的地形道路情况是了如指掌的，而且那"客贼"和当地"土贼"一体闹事，全副武装的"贼军"声势大得惊人，数万人的部队过处，数十里宽的地界就给踏平了，他们进了一个村庄，村里就给马踏如泥了，原地逃跑躲避的人们又能藏身到哪里去呢？

　　"十字路周邻的村庄全被夜来的贼军踏平了……"

　　"何家堡子昨夜被攻破，一个活口没留……"

　　"躲在张家沟的人地方没选对，昨夜被连窝端了，男女老少死了七十多口人……"

　　"秦州新来的托克清阿知府又战败，被火炮打死了，据说脑浆都给炸出来了……"

　　"据乱贼说，皇上都逃跑了……"

　　坏消息在不断升级，日紧一日。尽管逃跑中的人们，有的因逃亡路线的错误选择，巧巧的给贼人盯上仍然给杀了，但只要活着的人除了继续逃跑还是别无选择的，消息紧得如麻绳见水，谁能坐以待贼上门呢，等待遭戮呢？

　　所有的人都在逃亡，都在躲藏，都在保命，人们一方面关注战争的消息，一方面不断寻找并不断转换躲藏的地方，大家不敢集中躲藏在一起，分散在野湾深山中，白天躲藏一个地方，夜晚又转移一个地方，这几天躲藏的地方，过几日就得转移新的地方，一家人分几处躲藏起来，防止万一一个地方不幸被袭了，其它的家庭成员还能延续家庭血脉，这样分散式游动式躲藏，就防的是怕被贼人探去了消息而遭遇突袭。

　　秦州当地的官员一个一个被乱贼所杀，政府继派来的军方官员亦拿不出治乱的方略，陕西调来的平叛军败了，贵州调来的也败了。眼瞅着乱贼力量越做越大，官府屡屡被烧，官员也早逃跑。秦州官府调来平叛的军队数次被"贼人"打灭。一时间，到处田园荒废，粮食斗价飞涨，逃难路上饿死的、累死的、病死的人处处皆是，累死的人比被"贼人"杀死的还多，到处哀鸿遍野，到处尸骨难收，旧鬼未安，新鬼挤路，世界一片阴森，仿佛天将倾地正裂，满世界阴风骤起，随处都是塞道鬼魂，哪里都有难民哭丧。

眼瞅着这起事变，倾刻间成了两教百姓间乱哄哄而起的武力械斗，烧杀抢掠，恣肆破坏，纵欲逞凶，早就偏离起事者们所谓"抗清扶明"的政治纲领，成了货真价实的低水平杀人劫财，纵欲逞凶的社会祸乱，心藏暴戾性情者，像暗伏多年的种子终于等到了最可适宜萌芽的条件，此刻强力暴戾恣睢起来，一心欲依他们的意志重组世界秩序，人们感受的只是无边的民族仇恨，死亡的气息随处可嗅，屠杀者最嚣张的杀人追逐，激励着暴乱日渐升级，比凶胆、赛恶行、竞歹毒、毁人道，一场改天换地的黑色风暴充塞着天空，人们头顶到处飘散着哪个村庄又被血洗了，哪个官府又被烧毁了，哪个暴动团伙的头目又换新人了，官府调来的军队又被打败了的信息。百姓们除了逃跑躲避，别无可活下去的他路可选。

百姓的逃命多瞄准深山险峰藏身。

天水西南部最大的骡马大集盐关，是天水西南地界上最大的小教人聚居大镇，天水里及周边清石里、白环里三"里"与盐关同处一川，共饮一水，相距仅三十华里，前朝曾立过天水县、当时设天水行政"里"的地处盐关上游的天水里等三里，即刻成了小教人攻击的极重灾区，此次乱军的所有袭扰乱事都发生在了这里。这个西汉水上游的第一大川，人口密集，三里一村，五里一集，十里一镇的天水里川区的人们，全都以南北两山为依托，自找躲藏的去处。

天水里等三里的人们自古频繁历经战争乱事，缘于当地南北汉江水与西江水两河交汇，山峦叠嶂繁复，沟渠纵横交错，地形地貌复杂，回汉民族混居，属于朝野边缘地带，且处于南北通衢的战略咽喉要塞处，故自有国家历史以来，秦代的秦仲伐戎、汉朝的隗嚣整兵、三国时诸葛攻魏、唐人的禄山兵变、宋朝的国家抗金、明代的地区造反，因地方的战略要义，有名没名的战争，这里的人民都曾置身其中，自有祖上应付战乱的历史基底。这次突如其来的祸乱一起，他们很迅速的就逃往了能够自保的深山险境。就在"天水川"东缘的入口处有一个很安全的逃难处，人们称其"山庄"，是一个当地人逃难用的秘密隐身去处，外人多是不了解的。

百年山庄

　　"山庄"在天水川东北边接铁堂峡处，有一条十分隐蔽的叫"崖娃沟"的深涧，入涧向北进入，不多的几百米便见大片良田山头绕，恒温石泉遍地流，稠密野菜随处采，五味野果满山岭的一处开阔高地，靠川的门户处千仞绝壁拒飞鸟，余三方岭连沟深匪胆寒，从来都是躲避战祸的佳地。此乱祸一起，天水里川区姓张姓王的、富商贫穷的、东来西往的人们争相来到了"山庄"占领避难用的地盘。

　　这"山庄"只有崖娃沟唯一一条可不易发觉的出入通道，其余地方进入需越绝壁渡天涧，攀数百米高的山坡，是万难进来的。"山庄"的山都是碎石堆，山距极小，崖娃沟，堡子崖，栖繁沟都是天然一夫当关，万夫莫开的险峻紧要屏障。这里沟沟都有可饮用的溪流净水，山上也是清泉密布，红壤土土质肥沃，植被茂盛，野苜蓿、野韭菜、苦苣荠菜等近百种野菜广布，用之不竭。野兔、野鸡等野味也多，自生山梨、山杏山核桃稠密，在战乱使到处的人们将草根树皮全都食尽的年代，在这样的深山里有一块这样资源丰饶的可供避难的地方，实是享受到了人间富有。这个"山庄"的田地、水源、窑洞、山果野菜等等优良丰富的天然生产生活资源，就像是上帝给逃难路上的人们摆设下的饭桌，自古的战争中，一拨一拨不得不逃难的人们，需要躲避战乱的时候就来了，战乱平息后就又离开了，这山里的田地就垦了变荒，荒了复垦，一直延续着当地人的人间烟火不因战争的残酷而断掉，随之或长或短，或大或小的村庄在这片土地上形成了又消失了，消失了又形成了，就像饭馆迎接客人一样，上帝在这里经营着当地人的生命市场。

　　与以往不同的是，这次的小教人祸乱，紧一阵松一阵，没完没了。刚听说叛军西去已经过了洮河，完全远离天水里了，但突然之间，哪个晚上又在当地毁灭了村庄，一直是那样防不胜防。开始是当地"土贼"纠集一些本土的土匪在民间闹事，接着陕西宁夏、张川秦安的多处"客贼"也来了，乱军的势力渐大得看不到哪里是其边际，事情的性质也随"客贼"的来去而不断变化，攻衙门，毁城池，与皇家作起对来，混战中官府累剿累败，战争在天水来来回回的打，许多官员为之殒命还是拿叛军没有更显效的办法。到这"山庄"避乱的人也就一忽儿都涌进来了，一忽儿又离开了些，战争松松紧紧，"山庄"的人随之来来往往，田产不断易手，"山庄"就有了一些长期留守者，定居在这里。

　　战争就是人为给老百姓制造灾难。这场战祸一直持续了十年之久，也就给当地人带来了十年的大灾大难。天水里一带的人们在"山庄"也相应避难十年。

十年避难是多么慢长啊，来到"山庄"的人们，满山满洼的掘土窑埋伏着，但还是没有彻底躲开"贼人"的抢掠，日夜处于匪警信号的惊扰中，为了防御贼军屠杀，见缝插针挤在这里的互不熟悉的人们，不得不于"崖娃沟"最高的山顶修建了嘹望哨，在进山的唯一通道口的山岗上修建预防不测警情，与贼人作战用的城堡。为了活命，死亡线上挣扎的人们不得不开荒垦田耕地种粮，十年垦出了足以维持定居生活所需的大片田地，掘成了可以游击转移的窑洞，有的甚至盖起了足以长期居住的房屋。为了御敌，自由拼凑来的人们人与人之间渐渐形成了防御默契，有了一定的社会组织，产生了村庄式的生产生活秩序，修成了守护村庄安全的公共设施。十年的长期生活中，这里成了避难人们最抢手的地方，乡贤富人来了，商贾旺族来了，道士仙家来了，各色人物都来了，这"山庄"一时成为最热闹繁荣的地方。为了指代方便，传达信息准确，人们给这里的地方取了名：依领地要领把段家人开垦的山湾取名段家湾、把李家人开垦种植的山咀取名李家地碥、把廖家人生活着的地方叫廖家石沟、把道人和尚居住的地方叫和尚庵下……依地势险要把非常险峻的地方取名为天爷屁眼、阎王挂匾、大坡沟……依当地物产为其起名为柳树梁、杏树崖、梨树台……依地形地貌为地方命名为大咀上、洼斗湾、堡子崖……依土地面积和形状给田块取名羊皮子地，七垧地、绺绺地、方地……十年避难，有生有死，躲到这里的人，有的亡故安葬在这里，也有的生在了这个临时避难的地方。来到这里的难民们一直在进来的进来，离去的离去，人口不断流动中，艰辛中始终将这"山庄"作成了自己最后的最可靠"大本营"。十年避难生活，人们对这个"山庄"生出了深深的眷恋依赖，为乱后村庄的产生孕育成了田地，资源，神庙的所有条件。

　　十二年后的同治十二年，朝庭调来的宁夏固原军，一举平定了天水境内的乱事，宣布战争结束了，人们才终于不再"跑贼"了。

　　此一时，彼一时也。战争结束了，大家的逃亡生活也急切需要结束，人们急切需要回到原来的地方恢复原来的生活。于是，"山庄"避难的人们陆陆续续迁回了旧地，杨家大户离开了，安家一族离开了，段家"房头"人搬走了，廖家几户随之回去了……"山庄"往日被争抢的窑洞和田园一时大量空了下来。此时，"山庄"的人们毕竟在这个地方保住了性命，熟悉了这里的地方，创造积累了十多年的属于自己的土地和财富，有的也不愿就此舍弃这里的田园，有几户人家就留了下来。

　　相约留下来的几户人家都是武姓，战乱初，最早来到"山庄"，首先定居

在水泉边上的两家是兄弟两人，由于垦荒早，投入大，在红土土质的池沟湾开垦出了大面积最肥沃的田园地产，故逝的老人已然葬在了这地方，没有再撤回去，成了村庄第一户。由于这家居住的位置最低，而且有最大的窑洞，大家把这家人的住址称呼为"底下尧上"；另有兄弟俩合住在一片旧有的梨树园边上，就将其住的地方称为"梨树园子"；有一家首先在这里建了房院的，大家顺势称其"院边里"；一户住在向阳高燥的人家，其窑洞最为漂亮，由村庄对面看时也最显眼，大家称他家的地方为"尧面子"；一户住在最高处村庄的起头位置，用当地方言，大家就称为"头起梁上"；一家住的地方有个塌了门的窑，就将其称"塌窑门"；还有一家住在山湾的阴面，自有了全部阴山的坡面，大家亲切称为"阴湾里"。由于留守下来的这几户人家是清一色武姓，人们还希望在战争结束后过上不一样的稳定的自由自在生活，结束混乱流亡的祸乱，于是，对这个村就不再叫"山庄"，而叫其"武家尧"了，意思是这地方今后就不再是随意进来垦荒的众人山庄，而是地权有所归属的正式村庄了。在这个不知多少代先人曾躲避战乱的山湾，一个新的被官府纳入注册管理，征税征兵，摊派任务的自然村庄就此诞生了。

这个由"山庄"变来的武家尧，起初只留下来了这数户人家，还有守护山庄的色彩，因为战争虽然被官府宣告结束了，人口被强行撤回原村，但小教人的小规模闹事还时不时在很大范围发生着，人们回到了故地，但防贼的事还在继续，社会尚没有完全安定呢，这些人开始时还有为原有村庄看守山庄，以应付随时发生不测事件的准备。

社会大势逐渐趋安定，社会秩序渐次恢复，武家尧的几户人家就成了正式村庄。

村庄有村庄必要的组成要件，建庙请神是新落村庄的必要步骤。武家尧的几户人家协商后，在村庄依靠的"虎山"山角，有一块台地，建起了山神土地庙，希图在这人烟稀少的偏僻山湾能借神力降伏多种野兽，迎得一个祥和的生产生活环境。原来崖娃沟的对外通路是再不可用了，万丈绝壁下，无路可修，上有落石，危险异常，大家最后决定，缘山修路，在前梁修成了通往外界，用来赶集磨面的通道。但这路实在太陡了，牲畜是没法走上去的，他们还在进一步寻找着第二通道。连贼匪都进入不了的地形地貌，要找条可修的路不是一时半会能得到的，酝酿了几年，大家终于决定在栖繁沟里，沿沟底石崖上凿一条第二通道，但那是几近想象式的工程，没几代人的努力，是难以完成的。可是既然决定住村了，这几家人还是为后代们开启了这个"远景构想"工程，凭靠村庄劳力，挖石成阶，一点一点的动工修建。

村庄建立了，村庄就得有村庄的精神，村庄精神是村庄长久存在下去所必不可缺的主要内在支柱。有好多的村庄因为软弱，被周邻村庄欺辱，田地水源遭强夺，很被人瞧不起，别村的女人不愿意嫁到这样的村庄，村庄就半死不活的样子，没有出路。有的村庄虚伪，村民喜好自吹自大，村民间讹诈纠纷不断，村风民风不好，村庄就不太平，在外声誉很差，村民很不自信。有的村庄颓废，村庄缺少内在凝聚力，村子就打架斗殴多发，人气涣散，淫风赌风大行，村民灾难不断。武家尧的这几户人家，为自己的秀珍村庄选择了刚强，针对自己村庄规模极小，自然条件太差，需要勤劳生存的现实，他们作人做事，都以性格刚强为基本特点，不做的事就不做，不说其闲话，要做就力求做到出色出彩，不惜力，不惹事，不钻歪门左道，村民互助，邻里和睦，一派祥和。正是这种刚强的村庄精神，使这个从逃难中形成的小小村庄内聚力强，各项事务迅速发展起来。

每个村庄都得有自己的村庄文化，以示村庄的品味不那么低俗。武家尧的几家人，住成村庄时就已经开始创造属于自己这个村庄的个性特征。他们推选了最能服众的梨树园子的"高大个"为村庄保长，再配上两个庄丁组成了行政机构，对外协调本村与别村之间、村庄和官府之间、村庄与外人之间的事务，对内召集村民协商修路改水，纳税纳粮、邻里矛盾的事情。"高大个"身过六尺，走在集市上彰然高出人群半截身材，脸上有邪肉，说话瓮声瓮气，猿肢虎背，武艺在身，在外有相当的震慑效应，为武家尧开始就树起了"不好惹"对外的形象。在"高大个"的协调团结下，村庄人将当地同治年的事情编成了唱词，在周邻的村庄间耍起了社火，自编的加上引进的，社火曲很快形成了三十多首，很有耍头的。特别是舞狮表演，因了村庄武术造诣高，技压一方，不知不觉间在当地民间文化中形成了很广泛影响，好评不断，成了常被圈点、调演、交流的有名团体。在种植文化方面，由于山高土凉，全村人不断探索适宜当地土壤，温度，气候优势的作物种类，发展独道的耕作文化，在粗砂石红质粘土中，种植出的洋芋个大皮薄，淀粉饱，口味凸显，成了当地人喜爱的好看、好卖、抢手的土特产。大家不断努力，种植出来的红萝卜，单个重达三至四斤，在当地独一无二。在民间文化方面，村里人依村庄人名的避讳，给当地的部分草木起

百年山庄

55

了只自己能懂的名字，把学名猪殃殃的草叫"麻蠓子"、把扁刺蔷薇叫"玛瑙"、把杏子叫"哼儿"、把沙棘叫"酸刺"、把肚兜叫"底肚"，把脚踝叫"拐核"，把学名茜草的草叫"牛馋涎"、把车前草叫"车串"……村庄人创造自己的村庄方言，相互说姓名时只说名不带姓，但名后一律后缀个无实在意义的"子"音，人们忌讳相互直呼其名，把伯父叫爹爹，弟兄姊妹间照顺序称呼，按排序称呼大哥二爸三太爷……村庄文化使村庄人忠实自己的村庄，热心自己的土地，创造发展着自己的村庄。

战乱中逃亡避祸最佳的地方，毕竟是最不便利，最不适人居的人烟稀少的偏僻穷壤，有了更好的去处时，武家尧的人还是隔段时间就搬离一两家，人口一直处于外流状态。但养人埋人的田园，永远是人们扎根的基础，田地是最根本的财富，不能被人们放弃，这个村庄因为耕地面积大，特产也丰富，所以一直延续着，没人打算丢它。山高皇帝远，在封建皇朝时代，这村的人也因了闲塞而少受了许多战乱灾祸，相对自由的生存下来。

同治时代过去时，武家尧的村庄成形了，光绪时代，村庄稳定下来，到了民国，村里的大事件是被抓的壮丁。

民国二十二年，"底下尧"全村住得最低的一家是村里人口最兴旺的一户，一直处于大房传大房，已经比同来的村邻多出了两代人来，全村只五十余口人的时候，他家已经有近二十口人了。民国政府一直在摊派兵役，基层的县乡政府征兵的压力一直很大，经常搞突然袭击抓壮丁。武家尧由于过于偏远，道路不通，人口极少，加上遇抓兵时的大家都在闻迅逃跑，村庄也就被抓走的很少。偏远也有偏远的好处吧，骤然之间降临的社会灾难，在这样的地方是有很大缓冲的，大多数可以躲过。可是人们总不是那么幸运，总有躲不过去的人和事。那天没任何消息传来，乡政府抓兵的衙门人就已经进了门，这也是为防抓空，抓兵的人是事先就预谋好了的。这家当时有四个男丁，一定要抓走一个。抓兵的人进其家门就逮着了在家的老大，不由分说，就将老大挟持着抓出了门。老三正赶集回家，一进门听得大哥被突然抓了兵，刚出村不远，果断决定由自己替回老大，当即迅速追赶，赶到出村不远的左家坡时，追上了抓兵的一帮人，肯求衙门公差，请求由自己替哥哥去充兵。抓兵的衙役一看追来的少年，生得眉清目俊，大高个，棱鼻梁，四肢特长，体魄健壮，眼光灵动，行为老练，说话钉是钉，铆是铆，给人将后会很有出息的感觉，就幸然同意了老三的要求，由老三替回了老大，他们将老三带走了。老三是武家尧村最俊俏的少年，不仅相貌惹人喜欢，其人品也很超脱，进入部队不久，连升军官，三五年间已经破格晋升到了营长职务，同村和他一样被抓为兵的也有几个，但同全国各地的兵被编在一起时，就显出小村庄人的劣势，做事不够大气，与人相处不够和谐，没有能出头的，这家老三就成了村庄破天荒的头一位领衔军官。到民国结束，武家尧仍然没有出现第二个像武家老三一样在外干出名目的人。

解放时，武家尧还是不多的二十来户人家，全村几十口人，没有地主也没资本家，全村尚旧贫穷，没有革命对象，闹不起大的风潮。上面派来了驻村的部队干部，第一批爬山进村的军管干部一行两人，走了一回武家尧的陡峭山路就给唬住了，两人连叹"没见过这么大的山啊"，一位姓杨的军官，在回到公社给武家尧村注册时，竟忘记了村庄的名号，感受中就记了两字：大山。随后的人都据此以讹传讹，以为杨军官要有意给这村庄更名，以为给村庄改名也是解放军工作内容的一部分，结果武家尧村就无端地被改名成大山村了。于是老辈人都将这村庄叫"山庄"，新辈的叫武家尧，再后来的小辈人就只知道其名"大山"了。

大山村在解放中除分得前川里地主老财的少量家具外，由于村史不够长，没地主也没老财，解放并不复杂，只是走过场，按上面的要求，成立了新的领导班子，有了支书、文书、队长，此后就随国家大政，成立互助组、合作社，后来建立了生产大队，一个大队三个生产队，修梯田、搞运动、一样不落。与以往不同的是，村里成立的农民夜校扫盲班，开阔了人们的眼界，村里人有了指望学习文化改变命运，改造村庄面貌的意识。陆陆续续有人通过当兵被招工招干进了城，村庄也开始有了大的改观。大山村的路陡，是全公社出了名的，公社干部一直希望能改变村庄人外出磨面赶集时，在羊肠小道上蜘蛛人一样攀爬，整过村庄无路可走的悲惨状况。1975年，将全公社第一台柴油机带动的"钢磨"分配给了大山村；1992年，政府为村庄通了电；2004年，村庄建成了移动电话接收塔，成了大山人历史上的三件重大事件。此后的几十年，村里的人通过参军、招工、考学的途径，先后有三十多人被招工抬干，阴湾的一家，全家进城经商，很快发达起来；上庄边上的一家，从城里退休后原返回村庄生活。村庄里的副业头头也有了好几个，大山村成了全乡十多个村庄中出工人干部数头一个村庄，县级干部、科级干部多人，村庄名声渐显，自土地承包到户，村庄道路列入全县"村村通"工程被打通，村民从祖上开始，一直因生产生活条件极差而讨媳妇相当困难的局面渐渐有了改变，娶媳妇比原来容易了，村庄的人口才有了较快发展，二十余年的时间，村庄总人口很快由几十人超过了三百多人，是周邻村庄中，发展速度最快的一个村庄。

谁能预料啊——谁能预料这样偏僻边远的深山村庄，因国家政府的力量，将全村的田地全部用机械免费修整为标准梯田，村庄的道路因国家"十天高速"公路的建设而再次在石崖上拓宽到了八米，并进一步水泥硬化，可赛正规公路，村庄生产生活条件改善到了老辈做梦都不敢想的优越时，村庄却要消失了。

村庄的消失各有各的不得己。一个村庄的消去，只是这个村庄自己的事。世事的变迁，苦力型劳动力价格的飞涨，让开花结实的庄稼无以承载劳动力的价格兑现，到处的农民都离开土地的束缚，钻进城市建设的盖楼修路打零工中去挣每天百元的大钱中去了，不去也不行啊，留在故土种田，高强度体力劳动，累死累活，一年下来的收入出门打工一月就挣到了，而且是老板们先付钱再出门干活的，谁能不去呢？大山人打工去了，所有能动的劳动力都外出谋大钱去了，村庄空下来。空下来的村庄，管理是很麻烦的，本来不大的村庄，青壮年劳力全部长年外出，政府失去了管理对象，啥事都不好办，于是借整村搬迁的政策力量，乡政府将大山村立项整村搬离，经过三年的选址及建设，村庄的人全部搬到了天水川的庙砰河滩，过年时村庄再无人迹。这一年是 2012 年，距清同治元年的 1862 年，整整经历了 150 年时间，成了走进历史的百年山庄。埋在这里的大山村民的先辈，也就五、六代人，对一个村庄而言，一个半世纪的寿命，不算很长。

曾因避乱而来"山庄"的人，至此全部回归旧地——"山庄"来的武姓人家，全是庙坪去的。现在搬去的"新农村"，其实只统建了两间房屋，没有土地田园，没有畜禽猫狗，没有公共设施，没有村庄精神，人口融化到前川村庄中去了，搬去的人不容易找到自己，刚搬去就殴斗不断，多数人在那里无所事事，让人为其忧心。原来的村庄，坍房荒院，道路水毁，田园荒废，野兽横行。行走在这样的旧村址上，坍塌的老堡子叙述着旧故事，一间间塌掉屋顶的黑房圈呈现着村庄突遭不测的坏相，让人怎么也感觉不到幸运的存在。一片片茂盛的山林和一处处人去房空的青砖碧瓦的院落，证明着不久前这里是一个寸土有主的繁华村落。祭祀式的游历，我发现这片土地上的"山庄"故事告一段落了，它已经属于过去的它自己的历史时段，但这里所有的道路已然大通，下田都有汽车通行的道路可走，十天高速，徐礼公路都从门前通达，水、电、路条件皆优，田地全部机修平整，这里依旧生长着贯众、黄芪等自生珍贵药材，依旧能种出独一无二的红萝卜，饱淀粉洋芋，让人联想到这片土地上的有关"山庄"避难故事一群客人又"用完餐"离去了，下一拨客人一定还会随着某个社会大事件的出现而到来。人，一定要凭靠土地生产的粮食来生存，这里大面积的田地也生长优质的口粮，小麦亩产千斤、玉米亩产二千多、洋芋亩产过三千，人们怎么会永远放弃呢？只是下一拨来这里定居，成为这片田园主人的人，不会知道这片田园的旧有故事，就像"山庄"人不知道这片田园以前的情况，自己给山岭地形命名成"阎王挂匾"、"天爷屁股"，以为自己是这里开天辟地的人一样，其实这里的田地的平整程度，物种分布，地下文物已经说明这片土地上曾建立过许多的村庄，他们的"山庄"只是这片土地的历史长河中曾出现过的许多村庄中的一个。再后来建立村庄的人，亦不知这里曾经生活过的人，他们会用自己的方式在这里安家定居，给这里的地形地貌命名，在这里创造他们自己文化，建设自己的灵魂家园……也或许这里再一个村庄形成时，来客将是城市的有钱人，他们需要远离城市的喧嚣，需要一个宁静颐年的环境，他们会看准这里的天然优质水源，他们会看准这里世外桃园般新鲜空气，他们会看准这里的土地资源……他们会用系列化编号方式给这里的田园命名，会在这里发展出特色品牌的产品，会把这里建设成只有富人的庄园……一个村庄的故事写完了，但一片田园的故事不会结束，前一村庄的结尾，预示下一故事的酝酿。

一个百年"山庄"走过了它自己的历史，其故事应该留下点文字，作此文以记之。

2013 年 2 月于秦州

创作花絮：村庄是人们的家园，村庄的诞生与逝去，同样牵动着我们的神经。

百年山庄

黑狗娃　白狗娃

呼—呜—

白狗娃刚跳下一个高高的田埂，耳畔就传来狮吼一样低音调高振动的响动，他是团着身蹲地上的，脚还没站稳，应声猛然抬头，就被唬得魂飞天外。

啊？血！是人血——在他跳下来的崖根下，一只长毛盖脸，像狮像虎又像牦牛的牛一样大的怪兽，血盆大口中正咬着一个血肉模糊的人。那人的血像冬尾春头时正午阳光下房顶消雪的檐水，汩汩的顺着那怪兽嘴唇边的粗毛一行一行往下渗着，一咕噜一咕噜滚动聚集，越集越大，最后滴滴嗒嗒掉下来，摔在地上，溅开了花，那狮子样大怪兽的嘴全被人血浸透了，细毛粘成一片。那是隔着厚棉裤往外这么滴着的血呀，血还顺着裤腿，顺着腿子往下流，流得更多，惨不忍睹。黑狗娃在白家梁去往别村的方向赶路，在一个特别避背的倒"八"字形湾地操近路时，刚跳下一个陌生的田埂，突然间闯进了这幕场景。

他定了定神，突然想起了眼前的怪兽可能是藏獒，他虽然没见过真藏獒，但他听说他们周围村子近几年养的怪物是藏獒。

眼见着藏獒嘴边的血水如檐水一样往下滴，大藏獒狗的嘴里叼着个人，尽管那人已经血染全身，但他还是肯定那人是白狗娃，白狗娃卷毛的头发、左耳门下泡壶形胎记、两眉间的黑痣、鸡胸的高锁骨是独一无二的。他明白人的血水毕竟比雪水宝贵得太多了，每一滴都消减着人的生命，眼见地上的血已淤了厚厚一层了，说明白狗娃的生命已经剩得不多了，再这样下去，流不了多少时间，白狗娃就可能没命了……黑狗娃突然间看到这煞人的情景，一时被吓得完全懵了，他傻傻地站在离藏獒仅仅十四五米远的地方，腿子像被谁啥时候抽去了骨头，身子止不住的往自己的软肉肉里掉，仿佛马上就要掉进那狮子一样大的藏獒的嘴里了，因为他看到那藏獒前额长毛下面极其凶恶的目光已经将自己高度聚焦了，眼前他与藏獒狗间只有两跨的距离，毫无疑问藏獒已经将他置之狗"度"里了。

他和那咬着白狗娃大腿的藏獒专注的对视着，只是感觉自己全身的毛发像遭了大雨被泡弯的麦秆努力着直起自己来一样，每一根都从根上挣扎着要站起来。紧接着他眼前哗的一黑，就什么感觉也找不回来了，只能木木的那么站着，像棵已然干死了的树。对，那藏獒对干死的树桩没兴趣，他应该做成树的样子，但他不是干死的树桩，他作不了树桩，他直不住自己的身体，他已不了自己的瘫坐在了原地。

对面被藏獒咬着的白狗娃似乎比黑狗娃还勇敢些，他横在地上，侧着身和藏獒成 T 字形，将一条腿向上让他自己的大藏獒叼着从腰部提起，另一条腿和两只手从两头在地上支撑着，配合着藏獒成弓状搭在地上，就是农村人捉瞎瞎装的弓的样子。他极其谨慎地向黑狗娃直递眼色，悄声乞求黑狗娃来救他，他微声说他救了他，他就把他的女人春花和孩子一起还给他；他说他救了他，他就给他 100 万或者将这个值 100 万的藏獒厂子送他；他说他救下他，他就将他欠他的那 5 万元认下了；他说……

他说的话他听不进去了，他黑狗娃需要对他白狗娃说你狗日的也有央求我黑狗娃的时候？他想说我日你先人，你是做恶太多在这里给报应了吧！他想说我以为我这辈子看不到你的下场了呢，他想……他想说的很多，但自己需要说的一句也说不出来了，他生怕那比自己身体还高还大的发着兽怒的藏獒狗倾刻间丢下白狗娃朝自己扑过来，将自己作了狗的下肚肉，把自己变成那狗的一泡屎屎尿就太可怕了。头一次亲身经历着仇恨的人遭死的危机险情，慌得黑狗娃六神无主，一切都乱了，他嘴不由己地问白狗娃说，我用啥来救你啊？

白狗娃连忙压着声给他说："枪，只有用枪了，千万不能在此时惹怒它，这是青藏高原的藏獒，不仅能撕碎狼豹，而且威胁狮子也威胁老虎，它的性情执拗得很，特别是见了人血了，不容易轻易就放开我，只有用枪从它的两眼正中射过去，才能瞬间毙命，再没别的办法。"

他说他没枪。

他说枪他有，子弹也有，但被春花藏起来了，他说春花在村里的小卖部里，他让他快快去找春花，去找枪。

黑狗娃说，让我去找春花？

白狗娃说，今日只有你能救哥哥啊。

黑狗娃　白狗娃

61

黑狗娃觉得自己已经不是他自己的他了，他此刻变成了唯一能救命的人了，他没有能力从目前救命责任的束缚中逃脱自己，他不得不惯性的顺着他的话做。

他将身子向后稍稍挪了挪，那狗没动，没有追他的意思；他再向后挪，那狗只是瞅着，仍然保持着原来的姿势。他还不住向后挪时，冷不防一个后仰身翻掉到一个高崖下。

原来，黑狗娃不知道今天遇上的这白狗娃会在这远离村庄，远离官道的偏僻山洼里出现，这个地方叫闹鬼湾，据说旧社会时人们用这湾专门扔死娃娃，大家都很忌讳这地方，除了非来不可的特殊情况一般是没人来的。黑狗娃是为打截路才硬着头皮在这没路的地方走过的，刚跳下一个高高的地埂塄，就十分意外的看到了骇人的情景。他怎么会在这里遇上这事呢？而且就这么突兀地将自己送到了藏獒狗嘴边？他被吓得魂不附体。他不知道藏獒狗会将其主人也这样凶恶的咬杀，他只听说藏獒性格刚烈，力大勇猛，野性尚存，但却对喂养它们的主人是绝对忠诚和服从的，从没听说过它会将主人吃掉的事。他也不知道他遇上这样的事究竟该咋处理，就像学生遇上了从没做过的作业一样，没头没脑的感觉。他是这白家梁村人，这里有他的家产田园和祖坟，但他已经好几年没在这村里住了，自他的女人春花明着和这个今天被藏獒狗咬住了的白狗娃、也是他的发小一起过日子后，他就离开了这白家梁到新疆打工去了。去了就再没回来过。

他到新疆后进了个山西老板的搞建筑的工程队当了建筑工，学了点砌墙粉墙的本事，这几年在新疆扎住了，由于工程连着，多年都没回来了。他今年也不打算回来，他真的不愿意回这儿的家。他知道他本不是这白家梁村的人，他的爷爷早就告诉他，是他爷爷的爷爷于清朝的什么时候在原籍失手打死了人，一家人远道潜逃，逃到这个村子时落了户，他现在才成了这村子的一份子，这个村里像他一样的情况是再没有的，全村就他一户杂姓，其余是清一色的白姓，就在他童稚的那时候，由于外姓被村里的人欺侮得实在没办法，乡野人把杂姓和杂种分不开，他的一家人就被当杂种了，他的父亲为让他们少受欺侮，就让他们归了村姓。他本来姓赵，叫赵学武，儿时归了村姓就叫白学武了，他原本不喜欢白姓，但身份证上写上去了，长大了想改，但一直改不了。他的小名叫黑狗娃，也是因为今天给藏獒狗咬住了的白狗娃的名字。

白狗娃比他黑狗娃长一岁，乡村人朴素，给孩子起名常用上些特别难听的词，什么猪啊球啊，坏儿狼籍的，特别是男孩儿，说是名字难听的人阎王爷也不喜欢要他，在天收人时就容易落下来喂活，白狗娃的小名就这么来的。他们家原先和白狗娃家是邻居，白狗娃家在村里富，说得起话，他的家人就往白狗娃家的势力上挂靠，两家人邻里关系也和睦，他生下来，家长为讨好白狗娃的家长，就顺势给他叫成黑狗娃了，说是要给两个狗娃趁早灌输结盟的意思，希望世代和睦下去，其实他那时长得还不黑。长大上学后白狗娃父亲给白狗娃起了白学文的大名，他的家长就因袭先例给他起了学武的大名。可能也是富人与穷人之间的内在区别吧，他白狗娃有了白学文的大名后，人们就再不叫他白狗娃而叫他白学文了，包括他的父亲母亲。他黑狗娃起了赵学武的大名却没人用，间或父亲能叫他一回外，再没人叫他为白学武，所有的人都依旧叫他黑狗娃，好像没谁接受他有起大名的资格，他有点不服，他感觉没人用他的大名是因为"黑"和"穷"联系起来的，他以为人们太喜欢他的"黑"字才不叫他白学武的。他不服白学文，就不叫他白狗娃为白学文，什么时候都叫他白狗娃，似乎只有他自己一个人这么称呼他。

什么东西都是有寿命的，他黑狗娃和白狗娃两家的这种和睦邻居关系的寿命不是很长，在白狗娃家的势力还很显赫的时候，他们黑狗娃家依然极穷，塌房烂院，是村里最落泪的一户的时候，他们两家的邻里和睦关系就开始分解了。

越穷的地方越盛行娃娃亲，在他们白家梁那样的乡村里，父母的一生基本上就为儿子的婚事忙活了。他俩渐渐长到小学毕业了，十二岁一轮属相转满了后，白狗娃家家境好，就已经给白狗娃订了亲，白狗娃当时还不明白事理，间或还闹着要吮自己母亲或他黑狗娃母亲的奶呢，他订亲后闹着两家的家长也给黑狗娃订亲，于是在白狗娃一家人的操持支助下，黑狗娃也订下了他现在的女人春花的亲。

偏僻山村的订亲可不是件小事，从订亲开始，每年的四时八节都要将十来岁的小"媳妇"领到家来住上几天的，这叫占媳妇，一年十多次占媳妇，每次都要给小"媳妇"购置些衣物用品。他们两家的占媳妇总是步调一致，每次都给两个小"媳妇"买同样的衣物用品，两小"媳妇"也是随意到谁家来玩，于是他和白狗娃自小就没分开过自己的媳妇，自由玩耍。很快就十八岁了，白狗娃娶了他自己的媳妇"水萝卜"，黑狗娃也娶了自己的媳妇春花，但白狗娃的媳妇"水萝卜"特嫌他黑狗娃家穷，过门后再不登他黑狗娃家的门来玩耍了，他黑狗娃的媳妇春花还像没过门前那样老爱往对门白狗娃家跑，一天到晚待在对门白狗娃家，混吃混喝。果然最担心的事就发生了，白狗娃的媳妇头胎生了个丫头，到看不出孩子像谁，没有明显特征，但他的媳妇生的小子一落地就没有疑问的和他黑狗娃自己没有关系了，因为白狗娃那眉心的黑痣，以及独特发黄的卷毛头发，鸡胸的躯干还有左耳朵门上泡壶形的胎记全长在了他黑狗娃的儿子身上，相貌像是照着白狗娃小时候的样子拓下来的。

其实他黑狗娃那时尚混，还没能完全明白其中的究里，但他的老父亲头一个接受不了，像吞了铁石称砣，说要想尽一切办法离开白狗娃一家人，不能与他家邻居了，这个已然生出来了的孙子就算替他白狗娃家喂养了，下一个一定得留下自家的根，栽自家的树，不然自己这一家人就断根了。想来想去的办法是搬家，远离白狗娃。他们家当年就搬到了村子的另一头，其实就匆匆忙忙只搭了两间草苫子，说是害怕第二个孩子很快生出。结果呢，怕啥偏来啥，第二年春花又生了个儿子，样子依然和白狗娃的特征一模一样，他的老父亲气不过，竟然上吊自绝了。他的母亲不久也死了，死于服毒。有的人说他家接连发生死人的凶事，是房子没盖在能住人的地方，犯了土煞；有的说是搬房子时没请走灶神，犯了神忌；有的说是他家迁房时动了太岁，掉入霉运。其实大家心里都明白，是白狗娃和他黑狗娃的女人春花的奸情，夺去了黑狗娃两个老人的命，他们是无颜活下去了。

就是他黑狗娃还不懂得啥是仇恨的时候，白狗娃就与他黑狗娃结仇了，而且结下的是深仇大恨。他那时想到的唯一报此杀亲大仇的办法，是把他白狗娃的女人"水萝卜"给弄了，使她给白狗娃家生出来一个自己的娃，长上他黑狗娃黑黑的皮肤地包天的嘴，黄仁的眼睛鹰勾的鼻，这样就能扯平了。但是空想了，他根本没办法办到，白狗娃家养的那大狼狗睡觉都睁着半只眼留意着他呢，让他做梦都胆颤心惊，再说那白狗娃的女人"水萝卜"，看上去嘻嘻哈哈，大大咧咧，实则是难缠得很，急了会下口咬人，软硬不吃，根本没把他黑狗娃放在男人的行列里，他想尽了办法却是怎么也近不了她，他怎么能使她怀自己的种呢？

黑狗娃从来都没想通，他白狗娃的女人"水萝卜"长得那么白白静静，棱鼻俊目，脸型小巧，长腿高个，身材凹凸有致，不仅是他们白家梁村里，更是周圆几十个村的数一数二的漂亮媳妇，是他们山里人没办法描述她的好看俊俏才给她起了"水萝卜"的外号的，他怎么就有了这么漂亮的媳妇不珍惜，会要了他黑狗娃的媳妇春花呢？春花咋看都是一张塌鼻扁额锅饼脸，糙肤大嘴矬个子，放在哪的女人堆堆里都找不出她来，究竟是啥让白狗娃对她那么上心呢？更让他难堪的是，他黑狗娃的父母才过逝，他家正遭大灾大难的时候，他白狗娃竟然叫春花住过去了，说是怕黑狗娃家的草房子会塌，危险得很，怕房子一塌把春花压死了，叫春花住过去躲一下。啥狗屁理由啊，连三岁小孩子都蒙不了。春花也很听白狗娃的话。春花住过去后，他说他和黑狗娃是弟兄，比亲弟兄还亲，他就让他黑狗娃的两个儿子称他为"爹爹"，对外说春花是他的偏房，他黑狗娃拿这事没办法，是不得不离开这个地方的情况下才去新疆的。

他是和自己的女人撕不开面子，他和白狗娃也撕不开面子，他的女人春花是白狗娃家拿了一半的钱帮着娶进门的，他小时候吃了白狗娃家好多的饭，穿了他家送的好多衣的，他现在仍然拿不出足够的钱让春花买和"水萝卜"一样的衣服，他就走了新疆，他去了就几年都没回来。今年他真的回来了，父母膝前只他一子，他回来是想给他的父母烧纸扫墓。现在年过了，纸烧了，可墓还没扫，清明节还没到呢，下个节是"龙抬头"，日子还多着呢，他一个人在草屋里蹴不住，他照旧怕见熟人，怕村里人来他的草屋子里窜门编瞎传，就独自出门到野坡里躲，结果就遭上了此事。

人是分类分型分拔的，白狗娃就是那种从小就什么事都不管三七二十一的人，所有的人都知道，白狗娃出生时，由于家境好，到他家窜门的男人多，女人也多，白狗娃的家长能随意指使哪个女人给白狗娃喂奶，女人们也乐意给白狗娃吮自己的奶，白狗娃就只记住了奶而记不住母亲的体味，就没形成父亲母亲的意念，以为给奶的女人都是娘，由于奶足，他直到十岁了，还在吮村里女人的奶，这样就形成了根深蒂固的放任自己的习性。其实许多人的习性都是来源于他所处的环境的，就像啥土上长啥草是一样的。白狗娃的家长享受了村里人的奉承热捧，让白狗娃多吃了过多的奶，但没意识到他们给白狗娃应有的活人引导，白狗娃就在空白的情感世界中长大了，一般不去分自己的东西和别人东西，见需要的东西拿来就用，长成了什么事都不管三七二十一的人。

白狗娃成年了，却是个吊儿郎当的花人，啥事都不上心，有粘花惹草的瘾，自小就还爱捣腾些希奇古怪的东西。据他自己说是前些年他去省城打工，在一个家具城做给人送家具的活时，稀里糊涂就就勾搭上了个河南女人，这个河南女人也是出来打工的，在一个有钱人家做保姆，他听那女人说她做活的主人家养了一种十分高价的狗，一条就能值几十万，高的时候还有上百万的，说这种狗叫藏獒。他开始不信河南女人的话，但四处打听了一下，验证了女人没哄他，就想喂狗果真能发大财的话，他为啥要出来打工受老板的指使而受别人的气呢？自己给人作老板不好吗？于是诓着河南女人从其主人的狗仔中偷了一只抱回来养，结果那狗仔真的就让他白学文养大了。

村里人都知道前年村里来了个什么大地方来的很大的大老板，是访问收购乡下稀有旧物的，竟然就看上了那狗，说白学文的狗是啥希罕品种，当时拿了十二万给卖走了。白家梁被剧烈震动了，像白家梁这样的偏僻乡下村庄，价钱最高的就是牛，一头上好的牛就卖两千多元，用一万元成交的东西都难得一见啊，白学文才养了不久的狗就真的卖了十二万，那不是神话是什么？这一下白学文的资本更大了，和过去完全不一样了，过去人们骂他粘花惹草作风不正，骂他好吃懒做是败家毁祖的孽子，骂他不贪正事爱走邪门歪道是不务正业，但就他暴富了，就他一个暴富了，一夜间得了十二万，十二万是做啥事都得不到的收获啊，十二万是让当乡长县长的人也没有的财富啊，要不然，乡长听到这消息后，就把白家梁村的村长职务给了白学文呢？要不然，县长就把白学文树成了全县的致富典型呢？

白学文有了十二万了，当上村长了，当上县里致富典型了，就不能和往常一样了，他在村庄的入口处给他建了厂子，是县里乡里村里联合帮着建的，自然是饲养藏獒的养狗厂。那藏獒狗发展得很快，一窝要下三五只狗仔，几年就发展起来了，他的狗仔很快就送了县长，送了乡长，但村长是不送的，只不过便宜一点卖给了他们。

白学文的狗虽然再没卖十二万，但人们都相信他的狗每条都是真实的神话。地震的消息紧了，人们就问他的狗有没有反应，据说白学文的藏獒狗不仅能预报地震，还是过去的国王、现在西洋教中的什么天神的护卫犬，能传达人间没有的神界的信息，在人世间已成为人人需要的安全与富贵的象征，也是整个白家梁村的荣耀了。

其实白学文也不知道藏獒狗会咬人，他只知道他养的"犬中之王"是举世公认的最古老而仅存于世的稀有犬种，有许多英勇护主的神话事迹，从没怀疑过它有忠心护主的天性，也从没怀疑过它对喂养它们的主人是绝对忠诚和服从的，于是他就想亲自试一试这藏獒狗的真本事，今天就牵了一条最大最凶最值钱的公狗出来，他打算用野物训练一下他的藏獒狗，就早早来到了闹鬼湾，他知道这里没人打扰，野兔、野鸡、野猪很多。他牵着他的藏獒狗来到这闹鬼湾不多时辰，一只野猪不知从哪里蹿出来了，这印证了他的聪明绝顶的判断啊，他一瞬间很得意，只见那野猪如一道黑色的闪电，从不大的闹鬼湾划出了一道漂亮的黑色圆弧，眨眼间闪失了，只是一瞬的事，他不知道他的藏獒狗看到野猪了没有，他想让他的藏獒狗集中注意力发现野猪，他正引导他的藏獒狗向野猪消匿的方向搜索呢，冷不防那野猪就从他和他的藏獒狗的后面将他俩撞到了脚下的田埂下。他是压在狗身上掉下去的，刚掉下去，那藏獒狗翻起身就将他白学文给咬住了，咬得特别狠，他感觉到了他的藏獒狗刚上来的一口就用了十成的咬合力，他右腿齐根就卡嚓一声响动，他判断他腿上被咬住的骨头已经断了。他不知道那野猪是不是黑狗娃给惊吓出来的，但他的藏獒狗咬断他的右腿不久，还没来得急做下一步撕咬时，黑狗娃就在他和他的藏獒狗面前出现了，真是命不该绝啊，这是个被人们忌讳的没人愿意走过的偏僻而荒凉的野湾，又适逢草死田歇的时间段落，他黑狗娃竟然还能出现在他危机的时刻，他得抓住黑狗娃，他抓住黑狗娃，就是抓住了自己的性命！他知道今天如果没有黑狗娃惊了他的藏獒狗，他的被饿了两天的藏獒狗会活吞了他的骨肉，将自己消化成狗屎。

黑狗娃掉下了高崖，哗的脑子里一响，眼睛里一黑，像他的空间的灯意外被关掉了一样，他意识到他这个世界的什么都抓不住了，他通过这一掉，就很可能会到另一个世界，他感觉他的生命之灯已经被关灭了，他心说我这个样子怎么见爹妈呢？

之后就是"啪"的一声传来了，啪！啪啪！像谁的大手扇在了脸上，就像小时候做错了事白狗娃扇自己的耳光子一样，肆无顾忌，没任何提示地就扇过来了，哪怕只是出于一个玩笑。一切都是一瞬间的闪念，他还来不及多想呢，他的身子就"咚"的一响撞到了啥上，随之被弹起来，抛向空中，像是急跑的人冷不防撞到门板上。黑狗娃张开等死的眼时，只是漆黑一团，心说怕是另个世界里面的人不在，地狱的门关着吧，他修理眼睛，渐渐他就看清楚了，他是掉进了一个大水潭，又被水潭里的水给掀了出来，他就落在了水潭的边上，全身都湿了。

黑狗娃打了个冷颤，爬出水潭，简单检查了一下自己，感觉自己并没受多大的伤，神智缓缓回来了，他想到白狗娃的那个大藏獒狗正在他头顶的高崖上面杀死白狗娃呢，他想起了刚才看到的那血浸着狗嘴的样子就不寒而栗，他看到他已经失了很多的血了，他只向他一个人求救了，在这鬼密人稀的闹鬼湾，再没有第二个活物，他要不救他，谁来救他呢？再说他眼底的那份乞求人的可怜相，那种清晰完整的真诚，那种让人肉麻的哀声，让他无法摆脱去从藏獒狗的嘴里救下他白狗娃生命的责任，他决定救他，他不得不拿出自己全部的能力来搭救白狗娃的性命。他爬起身就向村庄冲去。

春花果然在村里的小卖部。这个小卖部是白狗娃替春花开的，已经开了多年了，是黑狗娃还没离开村庄去新疆打工时就开起来的，应该是属于他黑狗娃家的，没人说过不是，虽然不是开在他黑狗娃家的地方上，也不是他黑狗娃出的钱，就因为春花是他黑狗娃的女人。

小卖部里就春花一个人。春花没在货架前，在后室。黑狗娃寻着春花时，春花在后室的炕边坐着，手里捧着一杆枪，用抹布正在擦拭它。黑狗娃以前从没玩过枪，不知道那是啥枪，只认出那和电视里兵人用的枪一模一样。他是马不停步疯跑来的，一见到春花，就指着春花手里的枪说："枪……枪……枪……"他从小有见到春花就头晕的老毛病，现在加上气短缺氧，头脑更加晕起来，事急加上本来的内向习惯，说不出完整的话。

春花正低头揣着枪想心事呢，耳朵里猛然传来院子里急急慌慌的脚步声，还没来得急抬头察看呢，黑狗娃就进来了，她想黑狗娃一般是不来找她的呀，怎么会在这人人都午餐的正午时候就来了呢？还这么火急火燎的，人没进门就指着她拿的枪说结巴话，这一切使她大吃一惊，她本能的站起来夺门而出，将枪藏回去了。

黑狗娃极力克制着自己，大声对春花喊到，是白狗娃叫他来取枪的，白狗娃被藏獒狗咬着，已经快死了。

春花说，白狗娃已经快死了，快死的人不咽他的气，走他的魂，归他的天，咋能叫你来取枪呢？

黑狗娃说，白狗娃真的被狗咬住了，快断气了，很危险，是他让他来取枪的，不然他也不知道这里有枪啊？

春花蔫蔫地问，白狗娃断气是啥样子？

黑狗娃说血流得很多了，脸色刮白，说话时气很短……

春花说看你大做下的你的出息，还是个男人，我倒了八辈子霉才嫁进了你家的门，跟了你这样的男人！她一边说一边走出来了，继续说他黑狗娃应该趁他白狗娃还没死的时候给他头上给一脚，让他白狗娃死在他黑狗娃的脚下，就才是真正的男人。

黑狗娃说没时间把这话说清，白狗娃就要死了，他得让他活着，活着就一切都有可能，只有他活着，他才能挣够足够的钱了，把所有的仇都报了，趁他自己遇死的时候弄死他是不算报仇的。

春花"哦"了一声，不紧不慢，稳稳地说，那人家的一条狗就卖了十二万，现在有二十多条狗呢，你啥时候超过他？

黑狗娃说如果不管，就看着白狗娃给狗咬死，所有的人就都说是我把他弄死的，那我自己也就自毁了啊。

春花说你以为你自己还没自毁吗？

黑狗娃说凡正得把他从狗口里弄出来，再怎么说，和他一块长大的，不能就这样看着他死在狗口里，变成狗屎。

春花说那是你自己的事，就看你的本事了，你别给我说。

黑狗娃说他真死了，他借我的 5 万元就真没处要了。

春花不说话了。

黑狗娃看春花真没给他枪的意思，急了，咣的一声给春花双腿跪下了，说再磨一会白狗娃就真死了，白狗娃死了，他向他的家人说不明白！他向所有的人都说不明白！

春花厉声说，你不是男人，男人的双膝是跪天跪地跪父母的，哪有跪自己女人的呀？

黑狗娃哭了，他哭着说他背的骂名已经够重了，他再不想背骂名了，他得快去杀狗救人。

春花看他哭得那么真实，毕竟算是自己的丈夫，也没了主意，她自言自语地说，你看我的这狗命啥，满世界的村庄，投胎偏偏投到了卧狗湾，满世界的男人却偏偏嫁了个黑狗娃，狗都不如的一个人过寡妇日子，还叫白狗娃捉弄了一辈子，真是狗皮褥子有处用没处放啊。本要狗一样活到哪天算哪天的，不想今天又摊上这狗咬狗的事，她真是没办法了，她说她的这辈子怎么就被狗熊缠住了呢？

春花的自言自语让黑狗娃很震惊，他熟悉春花有骂他的狗名的意思，已经骂得很多了，父母起的，就这么顺口，他以前不往心里去，但今天的话跟从前大不一样，他在她的话中，听出了她其实并不愿意白狗娃，真心和白狗娃好，听出了她在意的还是他黑狗娃，这是他以前从没想到过的。他由春花的话忽然

想到白狗娃今天乞求他救他时认真说给他的话，他说他救了他，他就把他的女人春花和孩子一起还给了他。原来白狗娃不是他表现的那么什么事都是不管三七二十一的人啊，他今天吐了真言，是他给他使了多年的阴谋啊！他还说他现在救了他，他就将他欠他的那 5 万元认下了。那是他白狗娃前几年他老子得急症住医院时借他的钱，当时他也很急，就把打工挣的全部积蓄都借给了他，他没让他立字据，他也没主动给他打借条，后来他就不认这笔帐了，由于他没凭据，他就拿个什么事都不管三七二十一的浪荡分子没办法，今天他这么说，原来也是白狗娃的阴谋啊！从春花的话中，从他白狗娃的话中，黑狗娃今天才明白他一直处于阴谋当中被算计着啊。可是，生活的乱麻，不是谁愿意理就能理清的，比高明人还高明的人也理不清，他黑狗娃就从没打算去理清它，仿着周围人的样式凭自己的良心活着，还能怎么的呢？白狗娃的父母是好人，一直关心照顾着他黑狗娃，白狗娃和春花的事也让他俩大病一场，之后就去了外地打工了，去了也再没回来过，说是无脸面对他黑狗娃父母的在天之灵，他黑狗娃对白狗娃的父母还是认可的，没人不认可啊。世事本来就好人和不好的人在一起搅着，谁又能分得很开呢？白狗娃一时烦恼透了，他不知怎么做才合适，他让他白狗娃死，他今天就死了，他让他白狗娃活，他也许还有一线希望，他真不能决定他该让他死还是让他活，他只感觉他现在所做的一切都不是他自己的主意，他现在就只有鬼使神差的感觉。

春花对黑狗娃说，既然事情真的这么急，那狗事就让狗来了断去吧，也请示一下老天爷的意思。她说你到后院来，我喂下的母狗正好下了一窝狗娃，巧的是黑白很匀，黑的三只白的三只，我把狗笼打开让狗娃自由出门，若先出来见你的是黑狗娃，你就立刻给我走人，若先出来见你的是白狗娃，我就考虑把枪给你。

黑狗娃说行。他不说行也没办法了。

他俩来到后院，黑狗娃一时从内心里求天求神的，希望白狗娃先出来，免得他再费周折。

春花把狗圈的门打开了，黑狗娃两眼死死的盯着狗窝狗门，门洞的深处很暗，大狗还是原来白狗娃家养的那只狼狗，果然有堆狗仔，不大，还站不稳，看来产下没几天，憨憨的幼稚的样子，门一开，狗娃都往里挤去，黑狗娃心里着急，说要是狗娃都不出来呢？

春花陪黑狗娃站在狗洞口，没有任何表情的说，心急吃不了热豆腐，你急啥哩。

不知过了多长时间，黑狗娃无语，只是希望先出来一只他期望中的白颜色狗娃，他就摆脱春花的纠缠了。

一只看上去长得稍硬气的黑颜色的狗娃等适应了一会光线后，先朝门口动起来，黑狗娃的心提到了嗓子眼，都能听见自己的心咚咚的击打胸口的声音了，正在他纠心的时候，那只黑颜色的狗娃往外走了两步，又回去了，黑狗娃的希望中"等下次"的机会出现了，他不敢弄出任何声响，他怕此时弄出声响，狗娃全都挤回去，又得等许长时间。

第二只来洞门的还是黑颜色狗娃，纯黑的颜色，黑狗娃想黑狗娃是不是比白狗娃强壮些，若这样，那先出门的一定属黑狗娃了，他是听说过白颜色是什么他不懂的白化基因，是身体不强壮的颜色，可是已经这样和难缠的春花说好了的啊，就赌下去吧，也许越急事情会越糟糕。第二只黑狗娃快倒门口时，又折回了，他再等下个希望。

第三个起身来门口的依然是黑颜色的狗娃，身后跟了个白颜色的狗娃，两个狗娃一前一后朝门口走来，可是黑狗娃走着走着，出了圈门就停下了，四下看，似乎很谨慎，张望了一下，折回了。后面跟来的白颜色的狗娃超过了黑狗娃，进一步朝前走，看样子有点傻，是因为判断能力差才继续朝前走，终于来到他黑狗娃面前了，黑狗娃的心终于放下了。

黑狗娃对春花说，看来老天爷让白狗娃活。

春花说，我得再想一下。

黑狗娃说还要咋样呢？

春花转身回里屋去了，她说不许他跟进来。

黑狗娃傻傻的原地站着，不知道说什么，也不知道怎么做好。

春花出来了，拿着她刚擦的那枪，还有三粒子弹，她说她说过的话算数，她不跟没腰子的男人说话了，就把枪和子弹扔在了门外。

黑狗娃捡起枪和子弹就向闹鬼湾奔去，他觉得他的一切都在他脚下的速度上了，包括他白狗娃的性命。

白狗娃白学文看黑狗娃白学武离开了，突然间觉得他所有希望都破灭了，什么村长，什么带头人，只要被藏獒狗逮住，离狗屎就差不多时辰了。他更后悔是自己亲自让黑狗娃离开的，是他让他去取枪的，他会去取枪吗？他会再来

吗？他能救他白狗娃的命吗？他想除了是黑狗娃，是白家梁村的别的任何一个人，都有可能会再来，因为他是必须到白家梁地界上生活的，到白家梁住就不得不听他白学文一家人的话；因为白家梁的人中间，他再没和谁结下大仇，谁都可以救他。但黑狗娃就不好说了，他本不是白家梁人，他的爹妈都死了，他的女人从开始就没跟过他，他离开白家梁已经好多年头了，他为了他的女人和他结了仇的，他太后悔叫他离开了，他离开他就没有任何指望的目标了。他心里一撒劲，身上一冷，昏死过去，他真的失血过多，该休克了。

黑狗娃回来了，按白狗娃的交待，他把枪拿来了，除了在春花那里耽误了一些时间外，再没耽误时间，感觉也就个把小时的时间他就又到了闹鬼湾。到了这闹鬼湾的出事地点了，他发现他真的是错了，他这次听了白狗娃的话又听错了，他慌乱中依旧被狗日的白狗娃愚弄了，他连子弹从那里装都不知道，他怎么使得了枪呢？他看那大藏獒狗还原地原样原姿势咬着白狗娃，白狗娃已经没气了，动都不动，一点反应也没有了，心说看来你是该死啊，该死的娃娃屁朝天，不是我不救你，是我救不了你啦！他心说死了就死了吧，还得没让狗吃了尸，也算一点弥补。可是咋样能把他的尸骨实从狗口里取出来呢？他忽然间想到了一计：不就是拿到尸体嘛！

他又奔回了村庄，到了春华的小卖部，他把枪和子弹都扔给了春花，说白狗娃已经死了，他得用一个东西去从大藏獒狗嘴里换出白狗娃的尸骨实。

春花没说啥。

他像主人一样就抓了只春花养的鸡，又从货架上拿了把菜刀，二话不说又奔回了闹鬼湾，他把那鸡杀得半死，在咬着白狗娃的大藏獒狗眼前抛起来，那狗果然扔开了白狗娃，向喷着热血的鸡扑去。

黑狗娃趁机抱起白狗娃的尸体就逃，幸好那狗抓了鸡后再没转移兴趣追他们，他就把白狗娃的尸体给抢下来了。他抱着白狗娃的尸体一口气跑出了大藏獒狗的视野，很困，实在挪不动脚步了，就放下他换劲。他想他应该查看一下他是不是真的死透了，因为他听说人真死了身体就彻底硬了，他感觉他抱着他时，是一半硬一半软的。他把手放在他的脖子里一摸，还有脉动着呢，他又突然紧张起来：他得在最短的时间内将他送到医院！

黑狗娃使出全部本事将白狗娃往医院送。

黑狗娃送白狗娃去医院去得很不顺利，他将血肉模糊，身体僵硬，呼吸微弱的他尽力送到了当地医院，当地医院见病人的男根已经彻底坏掉了，大腿骨折严重，不接收，让他快送城里条件好的大医院，他不得不把他再送进城里的大医院。大医院的大夫说，病人的病情太重了，已经深度休克了，再晚一小时就不能接收了，现在只能试着抢救，但没多少救活的把握。黑狗娃说死马当作活马医就行。他需要他白狗娃的家人来医院接手安排照顾他，但他的女人，他的家人都去外省挣钱去了，没谁知道在哪里，一时联系不到，他只得在医院守他。

　　白狗娃在医院的第十天张开了眼睛，他第一次张眼见病床边的人是黑狗娃，眼泪下来了，他一把抓住黑狗娃的手说："说，兄弟，你要啥？要啥我都满足你！"

　　黑狗娃看着白狗娃醒了，他醒了竟然这么说话，他眼眶一热，泪下来了，什么也想不得地站立许久，他背过身去，拖着哭腔说："我只需要水萝卜"。

　　白狗娃说，春天来了，城里的大棚菜应该下来了，我让人赶明儿逢集，把全街的水萝卜都给你买回来！

原载《秦州文艺》2014 年
第一期

　　创作花絮：西北一些地方的人们习惯用"狗娃"代指小辈男青年。狗娃分黑白，人性有善恶。被贫穷摆布得善良有余而自信缺失的黑狗娃让人感动其人性的善良，也使人愤怒弱者的蠢懦。被自幼无限宠恣而人性缺失、玩世不恭的白狗娃胡作非为，撞上大运，死而复生的头一句话，您也没想到吧？每个人都照自己的类型做事，谁也没得治！

谁弄丢了我的好运

　　最近几年，城建局的"大老板"家里家外老是不顺，真是走上霉运了！

　　前年，区政府分管城市建设的赵副区长的母亲去逝了，各单位都行了单位人情和个人人情，由于赵副区长是东北吉林人，他的母亲就去逝在吉林哪个偏僻乡村的老家，各机关单位都不方便各自前去吊唁，区政府见从西北到东北去的人多了，路况又不熟悉，出了安全问题影响太大，费用也实在太高，就决定让城建局的"大老板"曹仁泰带上大家的人情去一趟，做个当地的代表就行了。曹大老板临时受命，从县办公室主任手中接过各单位的人情份子以及区委区政府的叮咛，带着城关区四大组织的沉痛哀悼之情，也带着城关区六十多万人的深情厚谊，吆喝上自己的司机就上路了。

　　一个平常的吊唁，曹大老板回来后脸却歪了，他开始没有向外人透露真实情况，就说感冒了在家休息，怕这病说出去又成为全体机关单位议论的焦点，怕社会又要戳他的脊梁骨，就自己偷偷去医院了。曹大老板去了好几个医院，有几个小医院说是"中风"后的"面神经麻痹"，是由于乘车时间太长吹风多了，也可能是旅途劳顿，劳累过渡出现小脑供血供氧不足所致。有几个大一点的医院说不是这种原因，但也安顿不上个病的名字，结果按"面神经麻痹"治疗时，病症却越来越加重了，他的上嘴唇扭到了右面，下嘴唇拧到了左面，把他的脸病得像是从哈哈镜里搬到脖子上了一样，要动嘴时动不了嘴，要动眼时动不了脸，针扎不痛，火烤不暖，喝进去的水又会流出来，吃饭就更加困难，好像他的五官都没有长在他脸上。家里人急了，请了阴阳风水先生为他禳解，阴阳风水先生说他的这病症，好像是因为"祖坟的风水可能被有仇的人给弄坏了，他的好运就给弄坏了，他要走霉运了"。且莫急着说家人的俗，老乡遇急时都在两条腿走路，一条腿跑医院，求医求药，另一条腿跑神路，求佑求灵，没人知道是从啥时候开始的，自古的先人就在这么两条腿走，一辈接一辈，没谁改变过，也没谁改变得了，看似很远离迷信的人，遇急难事情时也没真放弃另一条腿。曹大老板就极信仰风水运道，所有人都说他的官职是他家祖坟的风水中来的，他不信也再没可信的呀。

曹大老板家祖坟的风水出奇的好，在当地被传得神乎其神，几乎达到了妇孺皆知的程度。

曹大老板也是深信自己祖坟的风水是不平常的。在他还很小的时候，他的爷爷就给他说过，他们家的祖坟后面依靠的小山丘是个将军坐帐相，前面隔了一条沟的对面山头上四方的堡子是一颗官印的象征，站在他们家祖坟向前面眺望，四面的山头似乎都朝他们祖坟所依靠的小山头倾过来，风水学上把这种山形叫"将军坐帐"，他家祖坟的"穴位"和背后小山头的地形位置关系，正好处于地形"貌似太师椅"的"座位"上，说他们家的后代中，要出来一个大官员，不过由于那堡子的位置隔了一条沟，在对面的缓缓升起来的坡上，要生出的官员也得一级一级的往上升，几辈人后，大官最后才会出来。当地人也一直在这么传说。

曹大老板的爷爷二十年前去逝了，但他说的这些话不仅曹大老板记得越来越牢，他们旋风咀村庄的人也都越来越牢的记着，曹大老板以工人身份进入大学去进修的那年，他们旋风咀的全村人都一个口径，说他的大学是他们家祖坟里出就了的，不上也得上。曹大老板大学毕业后，就赶上了好政策，被分配在了区政府办公室当秘书，再没回原来的面铺子，所有人都认为这恰恰印证了他爷爷遗传下来的断言，让村里人笃信他家祖坟的风水好，曹大老板那时就已经感觉出自己的命运是坐进"轿子"里了，果不其然他作了八年秘书后，就被任命到区里的城市建设局当了局长，成了区城市建设局的"大老板"。他坐上了区城建局的"大老板"位子后，他觉得他们曹家的祖坟里的"脉气"旺得很，首先这个六十多万人养活着的城市这么快就落在他手里，由他签字批审其建设和规划，这就是他的爷爷预言的"入相"吧。"入相"的感觉也妙得很，就觉着有一股很大的力量作用着他，有一种凌驾人寰的味道，世界上所有的人都得让着他来走路，他要骂谁就是谁，他要高兴大家都必须跟着他高兴，他要不高兴谁也就高兴不起来，他就喜欢这种感觉。

他还记着他的爷爷的遗言，他的爷爷说这块祖坟地原来不是他家的，是旧社会时，村子里的大家都叫"商户"的人家的私有财产，由于那家当时财大气粗，

在清末有一个先人过逝时没把阴阳先生和风水先生放在眼里，得罪了阴阳先生和风水先生，阴阳先生和风水先生就合谋把他们的先人没有葬在正穴位上，葬在了穴位的"人中"部位，他们家后代的家主就染上了大烟，很快家败了，最后全家人都死光了，成了"绝户"，是他爷爷的爷爷历尽周折把这块地给转腾着，以四十个银元给弄下来的。现在他家先人都葬在这里，但几辈人已经葬进去了，还是没见阴阳风水先生预言的结果，他的爷爷本来就是他们村里的风水先生，他审来审去，找出了症结，已经葬了的人都没葬端字相，为防再这样下去，他活着时就给自己定了死后埋葬的"穴位"，并且预言这坟里一旦开始出了人了，就要从"入相"，也就是先有人做上小一些的但是掌握着实权的官开始，以后就会逐步"充相"，即就是后面就有人要做上大一些的官，最后就出来一个"拜相"，成为一方的诸侯那么大的官了。他清清楚楚记着他爷爷的反复叮嘱，他说他们家的祖坟明明是出官的穴，可是用上多少年了都没见感应显示，可能是什么地方漏脉了，他就倒着选用了"毒"时辰，倒用"毒"定位方法，走了"以毒攻毒"的险棋，为他自己划了死后埋葬的穴位，还使上了什么以毒攻毒的"七星箭"的风水学险棋翻修了他家的房子，他自己"估计能起些作用"，但一定要代代相传他的警告，哪代一旦做了官，就一定要做毒官，要突出一个"毒"字，才能以毒攻毒，这样毒赶毒，毒借毒，毒解毒，毒克毒，他们祖坟的官脉人脉就能连续下去，无毒链延续时，官运就会断掉。他的爷爷去逝才二十多年，他就已经"入相"了，好运频频光顾。周围十里八村和他一样的孩子们都在务农，那招工的人偏偏就找上他的家把他招进了城。他的同伴没一个考上大学的，他也考不了，但他自己就被推荐上了大学进修，拿了大学文凭。好多大学毕业生都被派到基层单位，就他被留在了政府办公室工作，跟上了大领导。跟领导的人多了，好多跟了几任领导都安排不了，他跟了两任就坐上了城建局一把手的交椅。一切都像是后面有个强大的力量在帮他，他不进步都不行的样子，实实在在的交上好运了。他的好运让村子里的人感觉到他的爷爷预言的准确，都想把那块地买去一角，但他们始终没卖出去的意思，他们家祖坟地的身价就不停往上蹿，现在一个坟角那么一块，就有人出三万，但是给上十万的价钱，他们也是不能卖坟园的。他们没卖，谁也就动不了那地方，怎么能坏了他们家祖坟的风水呢？

曹大老板内心很看重他家祖坟的风水传说，他相信众口铄金，说的人多了，既是不很具体的传言也就客观起来，实在起来，可信起来。他经常请相关方面的艺人去堪察他家祖坟的风水龙脉，利用搞城建的便利，他动用多种关系请来各地的阴阳风水学的高超艺人，有名的藏教喇嘛，佛寺主持去勘察了多次了，连开设风水学专业的大学学校的教授都请来堪察过，说法与他爷爷的遗言基本吻合，没人说有啥问题，现在出现自己歪嘴歪脸这个事，他还是找了许多人了，公开的秘密的都有，能用的办法都用过了，照旧是谁也找不出其中的啥问题。人说大福之中也可藏下大祸，大祸当中也潜伏大福，他相信他是交了不平常的好运，就是这好运一时遇了故障罢了，他现在需要查明、排除故障就行了。

真是"祸不单行"，不仅曹仁泰大老板自己的脸疾变得越来越严重，他觉得脸上裹着的牛皮一样的东西一天比一天厚，正在求神问药未果，修理神仙的高人都拿不出治疗方案的紧急无奈关头，他的女人突然间就疯了，间歇性的发生了胡说胡闹，乱逃乱跑的疯癫现象。他的女人头一次发病时，谁也不知道，她就拿了厚厚一沓钱跑到了他的单位，说她梦见某某老板送来的这些承包修路工程的钱上有鬼，是鬼用过的钱，自这些钱到她们家里后，她的男人曹仁泰就脸面变形了，她说是这钱上的鬼把她的男人的脸拧成了那么可怕的样子，扬言要让曹大老板把这些钱哪里来的原退回那里。这时，曹大老板的单位上的人并不知道她已经疯了，由于他当时外出公差，不在现场，早就有人把消息传到了区委区政府了，在他得到消息的同时，区委办公室和区政府办公室的电话也先后到了，曹大老板猛然间被惊出几身冷汗，他连忙跑到"两办"去，想说明一下他得病的情况和他的女人估计也已经疯了的情况。把坏影响尽量消除一下。

曹仁泰大老板局促不安的到了区政府办公室，办公室主任把他领到区长办公室，区长好长时间没同他说话，坐在大办公桌前批注着什么文件，他在区长的门后边站立得汗都下来了，看着区长背后墙上醒目的"立党为公　执政为民"的红色大字，这时也像被鬼附了魂似的，像在拧来扭去的动，一会儿又像在起起落落的跳舞，越瞅越害怕，心里不由得像麻绳掉进了水里，嘎嘎的尽往紧处拧，拧得他的身子都颤抖起来了，腿上身上如打摆子一样抖动起来。由于来得仓促，他此时的兜里什么东西也没有，摸了几遍了，连一包中华烟也没有，怎么能这样来见区长呢？他把自己快恼成求了……"曹局长来了？来了咋不打个招呼，我还没发现呢"，不知过了多久，区长边抬起他年轻的光头边埋怨着他。"……"，曹局长要说话，嘴里却不住的流出口水来，一个完整的音阶都发不上来。"脸让哪个女人做成那样了？"区长瞥眼看了看曹局长，取笑的说："不

要说了，女人疯了要认真给她看，切勿错了治疗的最佳时期"。区长呷了一口茶，继续说："另外，接下来还要注意，萝卜坏了就给它埋了，不能拔出来，拔出来也已经臭了没有使用价值了，还不如就让它快速腐朽，尽快转化成肥料，方便下茬再利用，拔出来干了就不容易转化了，懂吗？"曹仁泰大老板只是点头，区长看他紧张的怪样子，打发他说"明白了你就去吧，抓紧把病治好，不然分管城建的副区长脸上也不好看，我脸上不好看，四大组织的脸上都不好看"。曹大老板用一份文件遮挡着自己感觉被牛皮裹着一样难受的病脸，装成看文件的样子退出了区政府大院，一出大院就拦了个出租车去了医院了，他和大夫约定的为他针灸的时间已经到了。

　　曹仁泰大老板的女人被送到医院去了，全面检查后，医生说她得的是惊吓所致的"抑郁型精神分裂症"，需要住院观察治疗，她就被控制在医院病区了。一切住院事宜办妥当后，曹仁泰大老板特意找了医院的院长，院长又找来了他的女人的主治医师和护士长，专门叮咛坚决不能让病人跑出医院，出院时他一定要亲自来接送。但人有防灾之法，天无免灾之意，正应了"马莲绳绳在细处断"的俗话，第二天清早，他正在医院的病床上被几个大夫如对待癌症病人一样，一会儿用机器给他放疗，一会儿又要让他化疗的忙乱时，他的女人从精神病院逃跑出来的消息就传来了，消息说他的女人天还未亮就从精神病院逃了出来，逃出来就把身上的衣服全脱光了，一丝不挂的从城市的东关大街裸奔到了西关大街，衣服也不知道啥时候丢到啥地方了。本来她把衣服脱光了，脸上再弄脏人们就不认识她是谁了，但她口里在大喊大叫，只是说她的男人曹仁泰大老板，在一个茶楼同两个狗屁经理把一个女娃娃给弄死了，说是她自己看到的，那几个人还用烟头烧了那女娃娃下面的毛……可恶的是，有几个别有用心的黄毛少年挑逗了他的精神病女人，要她学那女娃娃的样子，她也学了，问她那个女娃娃最后到哪里去了，她说她亲眼看着那女娃娃飞了，是被观世音菩萨抢过去，拉进她的汽车里飞走了。还说是那女娃娃向观世音菩萨告了那几个男人的状，观世音菩萨就把他的男人的脸扭歪了……邻病床的家属并不知道他就是曹仁泰局长，所以把情节讲得一清二楚，听得曹大老板全身都肿起来了……

　　海市蜃楼不一定全是假的，科学测算的产量也不一定全是准的，这个世界的现实，就是人的需要是真的，人的嘴要把啥说成啥就是啥，就看是谁说给谁听呢。这个道理曹大老板是非常熟悉的。他的女人散播出去了这些疯话，真真假假，假假真真，有些人能分辨出那是疯女人的疯话，但同他不对路的人就会抓住机会研究起来，就会做出另类文章来，他必须得有些准备。他曹大老板是个聪明人，他能充分发挥自己既成的优势，凭借他在区政府伺候领导的锻炼积攒，他处理什么事情都记着"千条线，一条根"，记着他的"人永远是政府身份的人"，办的"事也永远是政府的公事"，正是"瘦死的骆驼比马大"，再小的公事都大于个人的私事，他只要能把他的私事一个湾转到公事上，小事就弥天的大起来。如果把公事的失误转一个湾顺利转移成私事，再大的后果就都化成小事，不甚了了。现在他的当务之急就是把这件私事靠到公事上去，要靠得艺术些，靠艺术了，区长就高兴了，谁就都不敢不高兴，世界把啥人都容得下，把啥事都装得下，他目前出现的这些情况不全是个人的事，是受区长之托去了副区长老家吊唁时惹来的，不会转化成大不了的事，只是他的女人这时候出现了这个疾病，那是神附了身的标准症状，这样的时间，这样的症状，这样的疯狂，让他领教了坏了家庭风水的厉害。真是人力不可阻挡的灾难呀！

有的人说活人的事是活人做出来的，凡人看不见，老天能看见，阴宅的风水没那么厉害，这么大的事故应该是活人惹恼了上天，上天降灾了。

有的人说世界上的人们把风水信仰了那么多年，没有人不信风水，既然多少辈人都信仰它，那它就应该是有说道的！

曹仁泰大老板此时是宁可防其有的，医院都没办法的病，不防其有还有啥办法呢？

曹仁泰大老板夫妇的病情都尚未好转，就在她的女人住院后的第七天，他的老家的主房塌了。

那天一早，天还没大亮，就突然传来急急的敲门声，曹仁泰大老板为自己的病情烦恼得一夜没合眼，天麻麻亮时刚打起盹，就传来敲门声，他最烦这样的敲门声了，他家的灾变就是由这样的敲门声中开始的，他愤怒地朝门口喊了声"滚！"。"是我呀，哥哥，开个门，出大事了"，门外传来了二弟的声音。他一下就听出来是二弟的声音了，他最近老感觉家里还会出事，总担惊受怕的，不知道会有什么凶事出现，也很担心老家的安危。前几天还刚梦见了二弟，二弟就来了。曹仁泰大老板开了门，他的二弟进来，一进门就说父母亡故了。曹仁泰大老板急问缘故，二弟说，前几天，他们老家的人都听说了他们夫妇得了歪嘴突疯的怪病的消息，他们的父母亲就异常着急，像着了魔似的，出来进去不安定，里里外外不顺心，直到晚上十二点过了，老人们去了厨房，说是要煎些油饼，第二天作为礼物带上来探望他们遭遇病灾的儿子儿媳。老人们眼睛不好，又是心里难过一直流着眼泪，不知老脚老手的咋弄了，半夜三点多，厨房里突然着火了。是他们的父亲先发现的，老人本来心里有事没睡着，闻到呛人的烟味后警觉地爬起身来查看，发觉出厨房着火后就大喊大叫，其它人起来去查看时，只是灶前的一点干柴着了，火却并不大，只是冒了些烟，并没有烧到什么，奇怪的是第二天天还麻麻亮的时候，俩老人刚刚入睡，他们家的主房子就突然塌了，两个老人全被砸在了下面，同时离世了。

又是怪事，凶事，神事！

"塌房遭逢连夜雨"，这是"阴宅不喜，阳宅不安"的不好兆头。曹仁泰大老板老家周围的人都在这样议论。

曹仁泰大老板想："风水，风水，又是风水！"。他突然想到了，既然所有请来的高艺人都看不出他家祖坟的问题，是不是他的爷爷当年的过错，用什么"以毒攻毒"的险棋步，由于他老人家学艺不精，一知半解的走截道，把他自己身后的事情弄成这样了？他小时候听他的爷爷说过几个风水出事的案例，其中一个他记得很清楚，大概是说清朝时期有个风水艺人，其艺道修行已经到了出神入化的地步，能夜断阴，日断阳，就如钟馗罚鬼背他赶走夜路的那种人。但他一般决不和旁人说风水的事，也不行艺赚钱，不帮人采坟葬墓，说是他一说"就会说破天机"的，上天就要惩罚他，他只是到处乱游，一心想为自己家里寻找一个绝好的风水宝地，但从来都没遇上他自己满意的"穴位"。忽一日他在野游中坐在一片草地上休息时，无意间看到他对面的一个崖壁轰然塌了下来，其时那崖下面正有一个"花子"（方言：指乞丐）路过，被砸死埋在里面，那艺人一看那地形，正好那地方是个四山低首围朝，"将军坐帐"的极好风水宝地，那"花子"恰恰就被压死在了将军椅的中坐位置，他掐指一算，这花子家有一儿子，还是个养子，也是个小花子，将来必定成气候，成王成侯，封疆封地。这么好的风水宝地，要不是崖塌了，他还是打这里经过了也发现不了，老艺人于是记住了这个地方，长叹一声"生有时辰，死有地点，天意难违"后就走了。这老艺人一辈子口紧得很，却唯独把他的这个发现说出去了，由于是这个名望极高的艺人说的，大家就口口相传，全社会都知道了这件事情，所有人都关注着那老花子留的小花子的命运。后来那老花子留的小花子果然成了王爷，这件事就轰动一时了，大家在回忆老艺人指的地点时，被一个有心计的人记了下来，在人们都不知道时，按老艺人的指点，把那小王爷的父亲，就是当年的老花子的尸骨确实刨出来了，把自己的父亲的尸骨偷偷埋了进去，不料随着这一动作，小王爷就犯了事，上朝时不由自主的说错了话，被推出午门立刻斩了。可是那刨出老花子尸骨后埋进自己父亲的有心计的那人，不出一年家里连续出凶事，人全死尽了不说，这"穴位"附近的几个村庄也连续出现凶险事情，人们死的死，逃的逃，成了废弃的村庄了。大家都说那一切全是损了地方"龙脉"的缘故。

突然想起来，曹仁泰大老板就怀疑起已故的爷爷会不会在祖坟的里面把什么弄错了，如果这样，那他的爷爷就成了成事不足，败事有余，聪明反被聪明误的罪人了。他决定要尽快把他爷爷的旧坟启开看一看。

几个月过去了，曹仁泰大老板的歪脸依然没彻底康复，他的女人再没有逃跑出来，但他俩的病情也都没有好转，这让曹大老板精神快要崩溃了。

几乎所有的"大老板"都知道，官场是容不下像他的那样的歪脸相貌的。他们区上前几年就发生了一起火灾事故，是区政府家属楼上，住在六楼的一个一般干部，星期天两口子都到单位上班了，幼儿园也放了假，他们的一个四岁的小男孩没人照顾，就给反锁到家里让他自己一个人玩耍。可不知怎么弄的，小男孩突然被杀一般哭喊起来，人们寻声望去，就见哭喊声传出的窗口里浓烟滚滚，小男孩家起火了！

"六楼起火了——"人们只是跑到楼下的院子里高声呼喊，像是通过呼喊努力了，就可以减少自己再去救火救人的努力一样，谁都巴望着通过自己的呼救让更多的人听到，巴望听到的人中能有人快速站出来救火救人。星期天那楼上在家的人还是很多，但大家闻讯后都是只朝楼下跑，跑到院子里就喊叫起来，有的说要通知这家的主人；有的说要是能把那窗子弄开，孩子或许就会有救了；有的说应该通知消防队来救火……就在所有聪明人都朝楼下跑，站在院子里议论时，一个四十多岁的笨男人却朝楼上挤去，等他到了楼顶以后，人们才看清楚他是供电局的王局长。人们知道这个王局长虽然年纪有些大，脾气倔，但为人热情，好管众人的不平之事，这院子里经常有人就把水果呀，罐头呀，大肉呀的食品坏了，坏了就叫个架子车拉出去倒了，一旦这样的架子车被王局长遇上，他就要出来进去咒骂上几天，一闻到那股味道他就要咒骂，直到闻不出那味了他才罢休。就因为这个王局长的咒骂，这个院子住的区长和副区长，还有其它的"一把手"们都搬走了，这个院子住的大官越来越少了，所以以前人们看不惯这个王局长，但这样的事情出现了，就得另当别论，好像就是专门给王局长发生的，人们都看到他上到楼顶上去了，大家就都不再如被捅的马蜂窝一样乱嚷嚷了，在场的人都把目光死死盯在他身上，瞅着他像个猿一样迅捷的用绳子吊住自己，俯身滑下来翻进了浓烟喷涌的窗口……原来那孩子不知道小心，把家里的煤气放出来，点着了，烧得时间一长，煤气罐都可能爆炸，形势已经万分危及。王局长进去后出不来，情急之下用室内的木头凳子砸烂了防盗门的铁皮，才把孩子救出来。

那家的孩子是救出来了，但王局长被严重烧伤，脸上被烧得变了形，全身血肉模糊，经全力抢救，生命虽然是保住了，但他的脸通过皮肤移植，永远失去了原来的样子，成了重度伤残人。按理说王局长的这种行为应该属于见义勇为的高尚行为，社会不应该因为他的脸不好看了就嫌弃他，但事实是主要领导不得不放弃他，谁能和一个那么怪模怪样的人坐在一起吃饭呢，谁能把脸上贴着屁股皮肤的那么怪模怪样的人放在主席台上去坐呢，谁能忍心去听一个发不清楚音的人向他汇报工作呢？于是王局长最后被调到了地震局当局长。说是他调到地震局当局长，可是通知局长开会等等公事，人们都只给地震局办公室的女干部小王打电话通知，并指名让她参加，"不要打扰王局长"。

真是"人情薄，世情恶"呀。曹仁泰大老板想到王局长的故事后，不寒而栗，由不得他就浑身抽搐起来。如今他自己的脸同当年王局长的脸一样难看了，现在那个王局长已经老了，一两年就要退休，如果让自己接了他的班，那他的亏就吃大了……他是刚刚被"栽培成功"，放到全区的重要位置上去的，他到任才两年多，他还肩负着区长市长给他托付的许多重要得很的任务呢……自赵副区长的母亲去逝后他的事情就乱了，而且越来越乱，乱得一塌糊涂了……他猛然记起区长给他说过的"萝卜坏了就埋了"的话，真是大雾当中不见天呀，他怎么把这么重要的带着指示性质的话给忘记了呢？险些耽误了大事，他立刻为区长的话动起了脑筋，他想区长给他说的"萝卜"当是在暗指他的女人了，他若是把坏了的"萝卜"埋了，要是他的脸这样一直歪下去，区长会不会把他也会当"坏了的萝卜"一样给"埋了"呢？他到底该不该对他的女人采取措施呢？他能够采取什么措施把"坏萝卜"埋掉呢？他觉得他的脸上头上被牛皮一样的东西裹得更扎实了，直箍得他脑袋发痛。

女人，毕竟是他自己的女人，虽然只是个农村妇女，但她把他一直当神一样顶待着，为他生了儿子也生了女子，他从来没有想过要把她怎么样，他们俩就一直是各自干着各自的事，他并没有觉察到他的女人啥时候有啥不好，现在一下子要"埋了"她，他还是于心不忍，但区长已经这样给他发话了，是"埋"还是不"埋"，就等于选择是要继续发展的未来还是放弃继续发展的未来，他面对这个问题，真是比一面是结发妻儿，一面是被托付来的嫂嫂，两个只能活下来一个的选择时的戏台上的周仁还难……

曹仁泰曹局长的女人突然死了，死在了精神病院的病房里，医生说是样子像自己偷服了过量的安眠药死的，但他们医院的药物管理很严，不知道她是哪里来的安眠药。还说病人最近恢复得不错，已经一个月没有犯病了，死的前一天她的丈夫还去看望了她，她吃过喝过用过的东西都化验过，没有任何问题。消息传到区政府，区政府办公室主任很快来了电话，说区长在找他，曹大老板就去了区长办公室。他进了区长办公室，区长一脸的严肃，让他把门锁好，然后张口就问："你的女人是你给的安眠药吃死的？"他点点头，心说你安排的事我已经办了，现在一切都看你的了。"我说的'坏萝卜'是指你们城建局把修北大桥工程转包的事，群众的状都告到省里，告到北京了，要你把这事尽快去抹平，就地消化，给有关人员给一些钱把事情了了，给你说了'另外'，还说了'接下来'，强调了又强调"。曹大老板如梦初醒，恍然大悟，这时才记起了群众闹事告状的闹心事来——

也是这告状的人惹出来的事。

今年，国家给他们区投资了市内的北大桥"Ⅱ号桥"建设项目，区政府把这个省上市上督办的两千万大项目给了他们城建局具体实施招投标后，驻当地的几家建筑工程公司就一夜之间变疯了，四十几伙人蜂拥而来，他们把他的家就变成了战场，有的要和他搓麻将，有的要请他吃饭喝茶，有的把皮包落在了他们家里，还来不客气办法的，半夜用砖头砸了他家的玻璃，用什么枪打死了他养在阳台的画眉鸟，给他家门上插了刀子……他简直成了众人练习枪法的活靶子，从那时他的女人就不对了，经常嘴里说着什么，他当时没留意她是因为他顾不上去管她，只是睡在床上颤颤抖抖的，他以为她是被惊吓了，但给她吃了些药也就好了，再没出现什么现象，他也就把她给疏忽了，结果后来成了那样。就是那些人的告状，让他几个月都家也不能回，公也不能办，一直要东躲西藏的过日子，使他饭吃得少酒喝得多，觉睡得少烟吸得多，话说得少心操得多，越来越频繁的出现了脸木头晕腿子软的现象，其实区长让他代表区四大组织去吉林吊唁赵副区长的母亲，就是向社会公布他不在本地，让他出去躲一躲，休息休息，大家都是好心，组织上也对他关怀，谁想到他的嘴就歪了呢？也是那个一开始出现的哪个庙里的什么大雄宝殿里来的为他摇卦的高僧的错，自从他说了"这病症是因为'祖坟的风水被人给坏了'"的话以后，他所有的心思就都被禁锢在他家的风水上了，什么也想不到了。他愣愣的瞅着区长，嘴里说不出话，心里却在说："谁让你当时没有与我交待清楚呢，现在人死不能复生了，是我自己做死了我的女人，我的孩子谁来管呢，我的可怜能给谁说呢？"

区长已经看出了他的心思，恼怒的说："你说你多少年的秘书工作怎么干出来的？脑子比猪还笨！简直是昏了头了你，我一个数十万人的区长，能跟一个农村女人过不去吗？我听到这个消息就估计是你把话听岔了，果真还就这样了。那么，事情既然这样了，也就只好这样吧，公事你就彻底放下，你还是到乡下去静养一段时间，等病彻底痊愈了再说，工作我另安排人代替你先顶着。"曹大老板不知是该感谢区长对他健康的关怀还是该埋怨他把他害惨了，他往出来走时，不由自主的抹了一把自己脖子，似乎他的脑袋已经不是他自己的脑袋了，摸上去有一种摸旁人毛发的奇怪感觉。

曹大老板没有回到乡下，他回不到乡下去了，他的父母新逝，他回去料理后事时村里的人就全用下眼观的眼神瞧他，让他心里发冷。现在父母离世，谁能照料他的生活呢？他猛然想到了一个人。真是性急之下易出纰漏，他怎么就没想到这么重要的一个人呢？这个人帮市长从一个乡长干上来了，圈里的人都知道市长最近请他收拾了一下坟葬，三个月就挂上了省里的职，他求得了他，也许就能解开眼前的难题。

曹大老板想到的人是一个游民，没正式职业，一个人在数片远离村庄的树林里野兔一样住着，几个县的人都在传言说他读的古书很多，对周易钻研的程度很深奥，就喜欢养些稀奇古怪的鸟儿和花草，表面上看不出他有仙风道骨，但据说现任市长的阴宅阳事都是他一个人给布局的，他以前也找过他多次了，那人就是软硬不吃，不收钱也不受物，死活不承认他有阴阳风水的技艺，好多官员都拿他的闭门谢客无可奈何，给其取了个"茅厕门的石头"的代号。他现在相信他那是"真人不露相"了，他感觉只要求动了他，自己的问题就能找出症结所在了，他这时一定要想尽一切办法去求动他。

曹大老板还是性急。他不能不急呀，他知道他从前把私事靠到公事上，大事就化小了，但任何事情都有个其存在的"度"，超出了"度"的界限，经验就不灵了。他现在惹下这么大的麻烦，已经严重影响到政府的威信，政府的形象，政府的声誉了，影响到与政府有关的很多人了，政府是没他不少的。他知道自己这种情况就像身上糊了层屎的人，谁离他近谁就臭了，他凭啥让县级政府的比自己大的官员为他提心吊胆呢？他预感到他的灾难将威胁很多人，那些被威胁的人都是极不情愿的，他除了自己解决好自己的危险外，别无它径可走，身不由己呀。他得想尽一切办法消除他的女人散播出去的丑话。

曹大老板需要找的人，还是能找到的。

曹大老板找到"茅厕门的石头"时，他正在他的茅屋后的一株古铁线莲树下睡觉，依然是村夫打扮，和衣侧卧，气息匀缓得像河里的流水，睡得很满足的样子。他知道他不能冒然打扰了他，一旦弄烦了他，他就从这里离去再不容易找到他了，他知道他有许多个这样的宿处，全都在林间，求仿的人多是不知道究竟会在哪一处的。他知道他没有多次找到他的机会，他这人很倔，让他感觉不舒服的人不容易接近他，他得到了这次机会，就不能放开。他在一旁坐下来等他自然醒来，他却越睡越死，好像不打算睡醒的样子，直到太阳落山了，他还在睡。曹大老板守得时间长了，内急起来，他看看"茅厕门的石头"没有醒过来的意思，就起身到离得稍远的地方小解，他想他得谨慎一些，不能让眼前这个古怪的"茅厕门的石头"再生出厌恶自己的情绪来，就离远了小解。他小解完回去时，"茅厕门的石头"不见了，他在草苫房周近找，却没了人迹，他内心真是太悔恨自己内急得不是时候，是自己一不小心就弄丢了已经到手的重要机会，他除了这人帮助再没有找回好运的办法，他只得猜测那人的去向。

夜的大幕徐徐落下，他怅然地离开了那"茅厕门的石头"的茅草房，期盼着能再次和那老农相遇。他是步行了四十多华里山路才来到这里的，现在所有的希望再一次破灭了，内心的空落惆怅是盛得下整过黑夜的。他已经好多天没正常进食了，身体虚弱得很，走不多几步，虚汗已经满脸地流下来了，他想哭，他就大声的哭泣起来，他知道这样远离村庄的野树林里是没有人的，他可以放荡的哭给他自己。他哭诉自己的遭遇，他哭诉自己历往的不得已，他哭诉自己灾变中的可怜……他哭着哭着，猛然想到了个主意：他突然想到他离开时，"茅厕门的石头"的炕洞中有烟冒着，他这时杀个回马枪，也许"茅厕门的石头"并没离开，是给他使了个调虎离山之计。对！应该是这样。曹大老板收起眼泪，振奋精神，原道返回去，果然远远就见那茅屋的油灯亮着，杏黄的光从他的屋门透了出来，泄在夜空里，在无任何遮掩的天空下射得很远。曹大老板见到这光又兴奋起来，他感觉他自己还是有救的。

　　曹大老板在黑夜里跌跌碰碰摸到了"茅厕门的石头"的门前，他内心里已经认定的"真人"——官场上都传的"茅厕门的石头"已经打开他的屋门迎出来了，他没说啥就让他进了他的草屋子。他一进他的草屋子，就哇的一声又痛哭起来，他内心积攒的憋屈到这一刻完全超出了他忍耐的极限了，他不知道他怎么了他就嚎啕大哭了，他有一种放弃一切的冲动。对面的"真人"很平静的瞅着他哭了一阵后，起身拿了条毛巾递与他，他抬起头看到递来的毛巾，心里一暖，噎住了哭泣，接过毛巾拭去了眼泪。真人没说啥，在他擦脸时与他舀来一饭面，他也说不出话，鬼使神差的就接过那面条，很自然的吃起来。面吃下去了，他感激地对"真人"说了声"谢唉……谢唉……谢谢！"，就站起身，给"真人"跪下去了。"真人"连忙扶起他，说他求他的事他自己没能力办到，才对他这样不礼性的。他问是不是他要问的事他已经全知道了？他说他已经知道了大概。曹大老板见他此时此刻对他破例"露相"了，心中一喜，问是不是他测算出他今天要来。"真人"并不承认，他只说是他不防间听到了他刚才给神圣说的话，动了恻隐之心，才让他来他的草屋的。他说他是来求他救他的危运的。"真人"说他确实的救不了他。他说没想到他还在这个地方，就把自己有的丑事都哭出来了，现在他听到了，就等同于他已经把他所有的不能给任何人说的事都给他说了，他说他现在能求的人就他一个了，肯求他一定要与他想想办法。"真人"还是推说他不懂易学，他就再一次给他下跪了。"真人"再扶起他，才让他讲他的想法，他就一五一十的把他嘴歪不能治的事，妻子疯了的事，父母塌房的事，打算求他禳运的事讲了出来。"真人"问他："见没见过亡人替活人做事的事？"他说"没有"。"真人"说风水是不是和学生娃的数学一样计算结果？他说他不全懂，但想象中应该不是，因为那是社会学的性质。真人说人们信仰中的风水，命运，全在活人过程中的修行，修养好，行为正的人，胸怀天下，放弃个人得失享受，受人敬仰，自然为众人诚服，大家就说其祖坟好，来了龙脉，其实风水是从他活人的心胸当中有大智慧，大景观，大修养……"真人"说所有的神其实都是人们尊抬起来的人，没有那个神不是人们需要中的有大胸怀的人……

　　一盏世上已然退役得不很多见的油灯，闪闪的跳动神秘的光亮。两个身份不不对等的陌生人相对而坐，促膝长谈，"真人"说没有预兆的塌房，而且塌的是主房，恐怕兆头不好，主大凶！嘴脸歪邪，内人突然失常，主犯七煞，都是极恶之兆，看来信家的好运是到头了！他由伏羲八卦谈到文王周易、从姜子丫封神谈到了祭祀风俗、从天干地支的结合谈到了命运八字的信仰……谁也没打算睡觉，在一盏油灯的昏光里，他俩就这样长谈了一夜……

谈了一夜，"真人"还是没谈他曹大老板的风水问题。天亮了，"真人"欲结束他俩的谈话，对曹大老板说："风水风水，空中刮风，原野淌水。风从空处来，水在顺势流。命运的风水在人们活人的胸怀境界中，运道的风水顺了，能使有本领的人施展自己的才干，能使心地善良者多修善行，做善事，成善果；使德行高尚的人谋大事，救苦难，兴世事，没有说谁家阴阳宅的风水好了，没本事的就变有本事，做恶的就能变成行善的"。曹大老板看"真人"欲离开，急于肯求他，为他像为市长家使艺一样出手使艺，改造一下自己被弄丢了的命运。"真人"若有所思的说："你的灾难已经开始过去了，内心气血通了，嘴脸就不歪了，不是现在说话已经不那么结巴了吗？"曹大老板摸向了自己的脸时，才发觉他自己说话不结巴了，嘴也端了。他还是坚持着肯请"真人"能像与市长家作法那样替自己也做一回法事，"真人"说法事不是数字计算，到处适用的，各人有各人的修养情况，一事有一事的解释办法，你现在的问题是从根基上错解了风水之理，身负六条误归阴槽的人命，游魂未得安置，将身外之物看得过重，命运损伤到元气，不可再多空求，平安已经不易，躲祸需先正心。曹大老板听"真人"漫条斯理的说话，脸上红一阵白一阵，很是尴尬。他硬着头皮继续肯求"真人"去把他爷爷曾经弄的啥"以毒攻毒的'七星箭'给退了。""真人"说那些过去已经许多年的事，不必认真，过去就过去了。他说他的爷爷用的风水学技巧都没错，错的是他"入相"后没珍惜好运……他一再肯求，"真人"告诫曹大老板说："你祖坟藏进的黄鱼阻断了墓园的神道，前几天已经有人偷去了，你只要莫再徒劳追寻，首要一点是须暂且躲开事非，虔心为新亡魂赎罪。"哇？曹大老板记起来了，他刚被任命到城建局时，他就带着那份关于他的任职文件去了他爷爷的坟上，他把文件烧给他爷爷看的同时，把一枚金币埋在了他爷爷的坟里，新近市内的北大桥"Ⅱ号桥"建设项目开工后，他不得不把几个老板强塞给他的几条"黄鱼"偷偷藏进了他爷爷的墓里，到底是他的女人那里不够安全啊，他以为那是个最安全不过的地方了……曹大老板再无辞纠缠，他从他的话中确定已经有许多人知道了他在他爷爷的坟前埋金条的事了，而且那"黄鱼"已经不复存在。他张开了口，却无音可发……他连地震局局长也当不上了！

"真人"走远了，天明后，他就既在曹大老板预料之中，也在曹大老板预

料之外的离开了曹大老板，从曹大老板的视野即将消失的时刻，回头冲曹大老板喊了一句话："恶鬼好赶，心魔难驱——除了自己，没人能弄丢你的好运，弄丢了就再找不回来了！"

2009 年 10 月于秦州

　　创作花絮：不必迷信职务，纱帽下面偶尔会出现糊涂虫。古往今来，在民众间混得不咋样，于官场浪迹风光起来的现象，从来都不匮乏其人。我们的主人公在自设的荒诞异境中迷失了人性，让我们看到的却是官场的某种真实的迷茫与丧失。

闹 家 务

"呜—败家子！"

"呜—就是败家子！"

"哞—日他娘的全是败家子！"

……

是狼籍的声音，音色像在砸破锣，刺耳的程度让所有人想到了从脖子下带
把戳进尺二长的屠刀在心尖一剜的猪吼，凄厉绝望。聚在巷道晒太阳消遣时光
的人们被这叫骂声惊呆了，全不自主地朝下村头狼籍家望去，脸上同时生出了
恐怖，包括女人和孩子。

"看看去，狼籍打架了。"谁说了一声。

"要出人命了吗？"谁又说了一声。

大家玩耍的兴趣被紧随着传来的"啪——哗啦啦——"的砸物件声猛然间
冲散了，都像抢头条重大新闻的记者一样往狼籍家赶去。

"引来了这样忘本的畜牲后代，还要先人做啥！"狼籍边说边掀翻了上房
正堂的供桌，白多黑少的杂头发愤怒得像刺猬的背刺一样竖着，眼睛气愤得成
了燕麦籽样，毛茸茸地张着，眼球从眼眶中压出许多，像牛眼一样怕人。他的
白眼球变红，黑眼珠变白，瞳仁中窜动着幽蓝的火苗，样子活像只被逼得扎煞
着要最后拼命的麻雀。围观的人一进院就被唬住了，常规的解劝经验拿不出去，
不知道怎么办才好，包括狼籍家族里的长辈。人们全没想到 60 多岁了大人娃娃
全都喊他乳名的一辈子的"老好人"会有这级虎威，镇压了这么多人。

比狼籍年长的老人首先觉悟到了，人们被吓成这样，不是屈服给狼籍老汉
的，狼籍不可能有这等威力，他年轻时也没有，他是被附体了，让人胆怯的是
他身后的神圣或是鬼怪，他就是跳上供桌的兔子，借上了身后佛龛里显灵大仙

的威势。是哪路神圣呢！他们想到了狼籍的哥哥。

"老汉怕是被神鬼抓住了"，谁说。

"神鬼闹事，非死人不可"，又谁说。

凶相在村庄上空弥漫，仿佛血案马上就会在眼前上演。如同看迷路的夜物一样，几个人拔起脚根，伸长脖颈往里探着身子，似乎要长什么见识，但没谁往狼籍近前凑。

"把我哥哥都卖了，还要家、要我、要你们做啥！"狼籍扯着乌鸦嗓边吼边奔到厨房，举出老铁锅朝厅房前的花栏水泥桩上狠命摔去，那锅底碰硬，咔嚓一响爆成了飞溅的大大小小的碎片，如一朵黑云在人们眼前一旋，惊得大家心上一缩，脸上身上刮过一股冷风。

"把我哥哥卖了，我不等你们卖，我折迭尽了就给你们腾窠窠"，狼籍叨告着，抓起一把木刨子折回上厅朝炕面上砸。尽管他此时的两条麻杆细腿像钢化了似的，走路杵得地咚咚作响，状态极利爆发全身的气力，但木刨子砸了十几下，那混凝土炕面非但不塌毁，竟连一点坏相也留不下来。老汉越来劲了，呼哧呼哧地砸，隔门传递着他愤怒的火焰。

"把花盖头找来不就结了"，老会长先苏醒过来。

"就是吗，大家赶快分头去找"，谁附和说。

受这话点拨，大家像是突然发现了逃离火灾现场的出口一样，猛然还魂似的活过来，这才发现狼籍家的人一个都不在场，他的"哥哥"花盖头也不在了，于是借"寻找"四散开来。老会长和几个和事佬冲进里屋把狼籍老汉强擒住了。

狼籍像委曲的孩子遇上了发怒的父兄，知道自己的横劲发不过去了，就哇哇地放悲声痛苦起来……

"到底咋了吗？"老会长问。

"呜——哥哥，哥哥能卖吗？"狼籍哭问老会长。

"不能，不能，谁把哥哥卖了？"

"哞——哥哥哩？哥哥到哪去了？"

"你不要急，我包准把花盖头找来！"

"狗日的肯定把哥哥卖了！"

"不管卖了，咋了，我包准给你找回来！"

屋里只剩了七、八个好事的人协助老会长扭制着狼籍，院里的人走空了。听老会长和狼籍有了对话，在场的人都抬起眼睛瞅老会长，巴望他支走自己。

老会长的紫洋芋脸亮了一下，把屋里的人来回扫视一遍，对年龄比狼籍小，但狼籍该称四叔的年轻人说：

"他四爷，麻烦你辛苦一趟，到镇上二娃家看一下，三虎妈如果在，教他把花盖头寻回来"。

老会长知道这家务事的根源：狼籍的三儿子三虎去年开年以来给他说过多次，说他近几年搞副业挣了些钱，现在想把盖头卖掉，要凑钱买辆四轮拖拉机跑买卖，说辞是花盖头已经生了12头小牛，再不下牛娃了。它出苦力也20多年了，老了，盖顶的纯白花子变成了杂毛，贪睡嗜歇，耕地卧犁沟，碾场用不上，牛毛脱落，骨架子越来越干瘦下去，不趁早卖点肉，以后就卖也卖不出去了，该到倒换的时间了。狼籍的老婆也对他说过这事，说她同意儿子的意见，可气的是狼籍老怪物蓄着一个怪僻，楞把花盖头认"哥哥"虔诚地供着。对此，老会长一时很难发表意见，也就没有表态，因为他熟悉狼籍的情况：老爷子一辈子很少和女人娃娃一屋住过，尽管近几年他们家三个儿子都出门打工挣了些钱，生活好起来了，各人都盖起了红砖碧瓦的宽房大院，把老爷子当活神供养，专门腾出最好的正堂给老俩口住，但老爷子脾性倔得很，横竖不舍旧习，在自己屋内炕后墙正中挂了一件多瞅少穿的皮袄，填格子似的占着一家之主的尊严，本人却到牛圈里和牛一起住，把他们家弄成了儿女孝敬父母，父母孝敬老牛的笑料，让周圆的乡亲们编成了顺口溜：

牛儿岭上怪事多，

错把母牛认哥哥。

哥化清风托一梦，

恋牛（着）哄（老）了俏老婆。

三虎认为这是嘲弄讥讽，在笑他们的令尊的愚，这笑还连累了牛儿岭全村200多口人，像把戏架里丑角脸上的黑色抹在了全村人的颜面上，村里人无故不受辱，又把压力转给他们一家，让他们弟兄憋屈。起先贫困生活的压力比这谣言的大，他们就没太多在意，现在发展起来了，声誉问题就凸显出来，像毒瘤一样在思想中恶长，成了他们越来越重的心病，他们要解除它，把花盖头处理出去。他们越琢磨顺口溜越觉得不对头，是一种咒语，"错把母牛认哥哥"的罪孽追究起来全在老爷子的愚倔，众口叫真，对他们弟兄将后的预兆很是不祥。这也是他们共同要卖出花盖头的原因。老会长对三虎娘们的求助拿不定主意，几次都告诉他们要从长计议，暂时要把这谋划对老爷子保密。可过了半年

他们终于忍不住了，人的心计也同庄稼一样会成长，自然成熟。他们再也坚持不下去了，就偷着老爷子把花盖头卖了，还寻了个好人家．

老会长半年了也没构思成好主意，让他作难的，是他知道对花盖头最倾心的莫过于狼籍老汉了。这许多年来，狼籍是和花盖头在同一屋檐下生活的，夜夜他都要警心地按时起来三四次给花盖头添草喂水，留心花盖头在干什么，有无异常反应。他添进花盖头槽里的草，全是夏日割来晒干积攒的青饲料，铡得很碎，放在很干净的草棚里。如果哪天他在草棚里发现了虫子鼠类留下粪迹，他会把一棚的草废掉再铡新的。对牛来说，他认为这是世界上所有的牛都不可能顿顿会吃到的美味，就像人在冬季顿顿吃辣椒、黄瓜、西红柿等鲜蔬菜做的饭食一样。他经常给花盖头拌好草喂上水，提醒它去取用，自己便躺下来，侧耳倾听它咀嚼漫咽的声音。这声音是最能陶醉他的了，只有听到这样的声音他才心安，仿佛是报他家仙逝的祖辈的平安、也是报他的子孙后代像近几年一样兴旺发达的喜讯，他便能在这响声中舒心地睡熟过去。凭他的敏锐，这声音有些许变化他都能辨别出来花盖头身体发生了什么、心里在想什么。他关心花盖头，也重视和花盖头有关的一切。老会长也清楚地记得狼籍告诉自己的事。从去年 5 月 18 日起，狼籍说他发现家人在自己背后挤眉弄眼的有鬼相，背过他还对花盖头眦牙裂嘴的，他判断是自己惹他们不满意而连带了花盖头。他想他们家从前很穷，一缺粮食二缺房，住着茅草屋，缺吃少穿，就在大儿子一岁刚过的那年春上，他家断粮达一个月，靠挖草根野菜活命，看儿子喂不活就送了人。第二年花盖头生了牛犊卖了钱，土地可耕了，粮食才一点点多起来。花盖头是他的哥哥托生来他家的活神，他的哥哥投了牛胎来帮助他、照料他、为他家赐福换门风来了。"哥哥"看他把头个儿子送了人心里着急，还没到婚配年龄就抢先一年为他家生了小牛，头胎犊就卖了 500 多块，比一个公干人一年的工资都多。停了一年又生了第二胎，又卖了 600 多元，他家的茅屋开始换成了砖房。条件好起来了，"哥哥"还记着他送掉的儿子，就把收养大儿子那家人田里晒着的苜蓿衔到了自家地里，神不知鬼不觉引起了两家矛盾，发展的结果是那家赌气把大儿子给送回来了，哥哥真把心操周全了。花盖头两年一个三年一个的生牛犊，每犊从四百元卖到了 1200 元，就是这些钱养活了他们一家，供给了三个儿女长大，为他们盖房、娶亲、成家。这些事全家人都应该不会忘记，他断不会去想家人会打起花盖头的主意，他想一定是自己越来越无为了，也许是自己古板惹他们不满意的。对着狼籍的心事，老会长预感到了自己没有能力摆平狼籍家的家务，要退出来，但村里的事一旦找准了谁，谁就逃也逃不掉，身不由己。再说自发的积习有惯性，又免不了时时想起摆平的办法来。

老会长知道狼籍为了"哥哥"，一年多了忍气向老婆和儿子、儿媳妥协，他和他闲聊时他说过：

"我知到自己老了，越来越被'老'压迫起来，'老'像剥洋葱一样的一层一层揭掉了他的家主地位。我越来越压不过儿孙的挑战了，有一种在儿孙眼中我已死去的感觉。"

他说他对老的感受是"'老'也像鸦片烟瘾一样，钻进血里一点点不停地侵蚀人的脏器，让你能想不能做，病乏病乏的，怕啥啥偏来，内能不断亏空。"

自己接茬劝狼籍说："还说呢，多大的干部老了要退休，退休就是丢官，再不情愿也得给人家无条件放下。再有钱的人老了就要把钱交给别人，不用钱支使人，万金都不顶一壶开水。把你说的那些算啥哩！牛老了不是病死就是被杀，一时要说一时的话，杀了比病死要少受折磨。不服老不行啊。"

狼籍感慨地说："猫老不逼鼠，这话的份量太大了，他的家人丢给他的鬼相分明就是鼠辈耻笑欺负老猫的眼神。为了报达哥哥这许多年来的悉心照料，这许多巧妙的策划和细致的操持，我不跟女人娃娃计较，我万没料到这帮无情无义的东西会先打了花盖头的注意，我还指望着自己在不行的时候能沾上花盖头无量功德的光让他留一点老子的威风……"

老会长心里清楚：老汉还这样盘算着呢，今天他的家人竟能背着他真的把花盖头突然给出卖了，他能不急吗？他看出了他犯罪的欲望如不断冲涨的气球，抱定了爆炸结局，再也没有顾及了。

真正投河的人常常会被人救起。狼籍老汉被老会长一伙人强行擒住后，危情出现暖转，就像众人圈独狼一样，老汉的疯狂胆量一旦被众人的合力治服后，他也就只有听之任之了。大家七手八脚抓胳膊压脖子地摁倒老汉，抬到炕上，见他胡说乱叫不止，以为发生了神经失常，一面攥住他能动伤人的部位，一面派人去找他的家人，并强行灌服了催眠药片，注射了镇静剂。起初老汉张着血红的眼睛向上望，似乎眼前的人他一个也不认识。狼籍是第一次这么近距离地看群体对他的俯视，鬼相森森，所有的脸上阴霾滚滚，煞气扭动着他面前的这些人的脸，他看清了村里人"仁道"的青面獠牙，包括挤进来的小孩子也高高在上，满脸淫邪。他头一次看到了众人大槽牙后面的无底贪婪，冒出的味道全

是沤血的恶臭。那么多对鼻孔一律黑洞洞的，把他们的废气全吹到他脸上，让他恶心。他看到这些人把他上面的天空围得死死的，感觉如掘成了天井，把他死置在井底了。他还看到这些人脸上的恶意结成了黑云，罩在井口，让他憋闷，像做梦遭遇土匪一样，喊也喊不出来。谁突然发现了老汉瞳仁里燃烧着不屈的火焰，放射着强烈的反抗决心，让人发怵，害怕地松了手。老会长似乎察觉出了众人的残忍，突然觉得像是有人从后衣襟上往人圈外拽了一下，心里一紧，撒手出去了。就在这一刻，狼籍老汉看到了他的哥哥，在大家都圈住他要整死他的时候，他的哥哥赶来了，哥哥仍然扎着白毛巾，脸还是很黑，身子单薄，他一看见这些人在欺负弟弟就愤怒得两眼冒出绿光，伸手和这些人搏斗，他看着哥哥把老会长扯出去了，他亢奋得大笑起来……

老会长出去了，其他人继续死制着老汉，像在田禾地里抓住了一头疯牛，小心地牵制着，直到他在疯笑中合上眼缝，躯壳发软，确认其药效发作，老汉睡着后才放了他。大家松手后才看到老人的手上、腿上、脸上、脖颈上烙满了众人攥出的发青的白手印。

狼籍老汉昏睡了一个白昼，亲眷在他身边守了一个白昼。老汉睡去的眼缝中不断沁出眼泪，擦掉一滴又流下一滴，一直到醒过来他接着嚎哭。花盖头被三虎娘俩擦黑时赎回来了，其他家人亲眷在狼籍入睡后也陆续赶来。那一夜除了老汉的长子大虎给爹擦一把给自己抹一把地陪父亲流了一夜泪外，邻里乡亲聚在狼籍家打牌的、聊天的、赌博的，蹭到了烟也蹭到了馍，热热闹闹玩了一夜，和给死人守夜一模一样。狼籍老汉天明后才从药睡中醒过来，照旧张眼不认人，脸色蜡黄蜡黄的，如被开水烫洗过一样，额头眼角的皮肤线全变成了深深的皱纹。他的身体稀软稀软的，没有一点弹性，串骨的筋像被抽掉了，眼缝中透出一种乞求，显然不具备动身的气力。大虎把花盖头牵在了老父亲面前，三双儿子、儿媳妇齐跪到炕檐下向他认错，老伴也坦言承担出谋策划出卖花盖头的"罪恶"，再加上众人晓理明义的规劝，狼籍老汉慢慢通窍了，一点点收起了敌意，又自然昏睡过去，大家也就散了，一场家务暂时化归平和。

这启家务从根上伤了狼籍，让他再难回头。老汉的身体恢复起来后，决计再不与薄恩寡义，不认先祖，出卖良心的儿子妻子同室相处下去，牵着花盖头到野外的一处破窑里住下来，一天三顿饭由子孙们轮流送到。娃娃送来的饭他还是照常吃，但身子止不住一天天瘦削下去。他的性情愈加怪僻，不愿和人碰头，常常在乡亲们发现他赶去和他搭言时，他就躲开了。

这一天，他把花盖头牵到野外，早春的坡里草还没长上来，只能放放风，花盖头浪得很安闲，狼籍老汉蹲在一边想起了心事……

爹妈死得早，是同一年死于痨病，那年自己8岁，他还有一个哥哥，10岁，叫玉宝。哥哥比自己还不幸，3岁上感冒发烧烧聋了耳朵。有人说哥哥遭遇的不幸可能与取名有牵连，太金贵了，影响了命运。父母抱着宁信其有的态度给自己取名狼籍想让恶神阴鬼嫌弃他而远僻，让他没有灾难的活下去。爹妈死后他们哥俩孤苦伶仃，耳聋的哥哥并不傻，对自己百般疼爱，领着他行乞谋生。为了养活他，哥哥总以长兄为父的姿态拿主意想办法，经常把讨来的饭让自己吃多份。就在他们慢慢长大，活路渐开的时候，大祸又一次降临到了他们头上。那是哥哥16岁零一个月的春天，3月23日，那天他们讨来的馍核挺多，布袋差一拃就满了，够吃4、5天的。弟兄俩对着收获很兴奋，回家时贪耍，进村前天就黑透了，哥哥突然提出要在山坡的野窑里过夜，拔些草生上火，可以狂欢，比在村里自由，没人笑话。他们的精神被长期压抑的生活很需要放松，难得兴奋，他们就按想法行动起来。由于过度激动，玩到半夜后他们都蜷在野草上死睡过去。不知什么时候火灭了，自己被冻醒来，身上像被浇了一泼冷水，从头到脚凉了个通，不由自主地打了个寒颤。四周黑森森的，一害怕，尿憋了，就大着胆子走出窑门去小解。哥哥睡得正香，鼾声匀匀的，还美美的咂嘴。一泡尿没撒完，轰隆一声窑塌了，哥哥被重重的砸在下面，埋得很深。自己被吓坏了，忘掉了害怕，不顾一切地极声哭喊着跑回村里挨门门求救。正是午夜，村里人迷信，没有一家开门应声，任他如何哀怜苦诉，人们还是装死不予回应，包括他家的亲房本眷。跪遍了所有的大门求不到援助，没人对这可怕的黑夜出声，这恐怖的世界只是他这小叫化一个人的。他像遭遇了奇耻大辱一般，突然浑身愤怒得生电，麻酥酥的来了无限的力量，瞬间长成大人了。他意识到自己错了，不应该跑回来求人，耽误了时间。他狠透了见死不救的村里人，他独自折返回去，他要用自己的手把哥哥挖出来。

土溜得跟小山一样，他看不清也无暇看埋他哥哥的土有多少，就把手连小臂插进去狠命往外刨土，他必须要尽快把哥哥救出来。他听说过房子塌了，如果救得快下面的人还能活着出来。他努力地刨着，泪水汗水来不及擦，被晃动的脑袋甩进土里。他全身木木的，没有任何感觉，一门心思刨土。他突然觉得手上粘粘的，湿湿的，一股钻心的痛让他控制不住地颤抖起来，他以为是饿了

闹家务

95

或是累了，就克制着一直挖下去……他这样拼命地刨了一夜还是没挖出哥哥。天放亮时，村里人三三两两来了，老会长那时还是个大少年，是第一个到的，他一来就看见他的手是个泥球，他抓起一看，泪下来了，手上的肉一串一串的，粘着泥土，指甲不见了，尖尖的骨头白嚓嚓的。他们把他拿回村里，他昏死过去。大家把哥哥挖出来时已过了正午。哥哥被挖出来的样子他没见上，传说其状残忍透了，脑浆全挤出来了，身体被压成了像片饼。哥哥被挖出来就埋掉了，是软埋的，没有棺木。

花盖头生了牛娃卖了钱，生活好起来后，特别的记忆不多，就是没有父母关照的少年时期的漫长日子，如哥哥用线串起来的杂乱的树叶，把哥哥的线扯断了，辛酸的往事哗啦啦撒落……

哥哥去了，自己竟活下来，只是指头没了指甲，肉后来长起来了。哥哥的死让他连饭也讨到的很少，世界上所有的人一下子全认识了他，视他如"穷神""灾星"，他走到那里，人们都会见影闻风把院门关得紧紧的，堵死了他讨饭的门道。这种世界性的歧视卑遇让他成了没有灵魂的活物，谁也不拿他当条命，连跟他一般穷的小子，瞧他的眼神也像警路上的野狗。忍耐饿肚是抽髓剜心的痛苦，对这种痛苦的忍耐，让他吃遍了人食圈外的野草树叶，路遗饭渣，尝尽了没有归附的心酸。现在回想起来，人在困难中看世故，就是冬天里观雪景，越是站在高处的人，视野被雪堵住的越多，就是茫茫一片白；越是到低处，从下往上看，雪埋住的世界就越少。世人的高低全在他们的眼神中了，那时的他只能从所有人底下往上看，从来就没见到人世间的美丽温暖……

那天他行乞到他现在的丈人家，就眼冒金星了，他迷迷糊糊看见哥哥从他身边走进院子进了厅房门，给主人说了些什么，主人就出来把他拽了进去，给了他吃喝，救了他的命，还说他是他的远房舅舅，想把他留下来做学徒。他正犹疑时，一直看着他的哥哥给他递来眼色要他答应下来，他就半信半疑地应允了。

狼籍越回想越难过，不觉就泪流满面了，不自主地瞥了眼花盖头。花盖头同时也瞥见了他，看他伤心，就走过来把头凑得很低，在他身上腿上蹭来蹭去，裸出的眼里流出了泪。老汉激动起来，这世上就花盖头能低下头平等看他了，这样的眼神他在儿子妻子脸上也看不到。现在的儿子妻子看他，就像瞅扑灯的飞蛾，心里恨而出手小，想捉住蛾子又怕煽灭灯。花盖头的眼神逗出了他许多心事，不住的流泪中太阳已经落山，看看花盖头肚儿已圆，他收拾收拾和花盖头回家了……

那夜他怎么都入不了睡，他想起了自己的老婆，老婆也是花盖头撺弄来的。远房舅舅收留他作木匠学徒，他的艺道进步非常快，活干得也很到位，很漂亮，师傅对他特别关照，吃得饱穿得暖，日子推得无忧无虑。生活的顺利，让他老觉得有人在把手教他，把师傅的本领偷到他的脑袋里，让他把师傅没教的先知道，把师傅做不好的能做好。师傅说他是"贫苦的娃娃心眼稠"，其实他知道这是哥哥从另个世界里帮着他。学艺很快满两年，也是 3 月 23 日的午夜，独自睡在院东面工棚里的他梦见哥哥扎着花毛巾从师傅家大门里进来，站在当院喊他的名子，他急着要扑上去，要把所有的话给哥哥说，可腿却像瘫痪的一样怎么着都拔不动，急得他大汗淋漓，喊也喊不出来。惊醒后，很心悸，他不相信这是梦，最少哥哥的灵魂刚才来过。他连忙起身来到院里，院里什么也没有，仔细听了一会儿，突然牛棚的门啪啪的响，寻声推门进去，母牛产下一犊，犊仔是个花盖头，纯白的花子，形状很像扎着个花毛巾，他惊喜坏了，"这就是我的哥哥"！

花盖头的降生，让自己的精神有了依托，除了干活以外，他把所有时间，所有心思都给了花盖头。他给它喂奶、给它洗澡，把它的体毛梳得溜光溜光的，只要蚊蝇接近就帮它灭掉。无事可做了，他就爬在花盖头的一旁看他如何反刍，如何消遣，看他的睡觉姿势，把耳朵贴在它的肚子上听它肚子里的声响，量他的角长长的速度，很快，他就学会了牛的一些生活方式，平时喜欢在嘴里衔上生菜或是冰草，睡觉学着蜷胳膊侧卧，走路迈犟八字步，喝水要把头伸进泉里，干活有了很大的耐心，被牛格式化了。空闲时，他就和它做游戏，他教它说话，教它洗脸，教它跳舞玩耍，时间长了，花盖头不仅能看懂他的肢体语言，听懂他的口令，还能模仿他的动作行为。他也因为爱花盖头而对谁说话都先说"哞"。师傅看他对花盖头如此倾心，自然打心底里高兴，就把养牛的事全权给了他。

在不知不觉中，花盖头就长大了。那天他在河边放牧花盖头时，师傅的长女花叶也来那里洗衣服。那天河边就花叶、他和花盖头三个，他头一次觉出自己长大了，见了女娃心里发烫，耳根都红了，那从前学的骂人的脏话全来了，勾起他火辣辣的欲望。他偷眼看到花叶脱得只剩挨肉小衣洗头发洗身子，他的那东西流湿了裤裆，他可笑的躲开了。忽然想起小时的事来，哥哥去后他一个人行乞，人人欺负他，他把愤怒都用在了说脏话，干坏事上，那是他向自己证明自己有人格，排解苦闷情绪的唯一办法。他经常给路上的"野"猪、"野"

闹家务

97

牛的屁肛里戳小棍，甚至于在坡里逮着公母两只蚂蚱或是甲虫，迫使他们干那事，一玩老半天，直到把它们玩得自己不能再动，才扔在地上，骂一句极端的脏话，还要踩上一脚，踹出去方能让他解恨，让他轻松。他现在成长了，回想从前，有着深深的忏悔，心里害怕起来……回家时花叶在晒衣服的坡上到处找什么，找了好长时间没找到，骂骂咧咧回去了。他回家时，在自己割草的背篓里出现了花叶的贴身小家伙，这事除了花盖头还有谁干呢？要在以前，他会以鞭子抽牛来发泄他的青春期躁动，撒野疯。但现在不敢了，他幻想有了哥哥的神力，他这辈子指不定还真能被哪家招上门娶妻成家呢。还就真神了，不知什么时候，花盖头又把他的脏衣服弄给了她，她偷着洗净晾干送还了他。此事那夜，他梦见哥哥肯求师傅把花叶嫁给他，师傅铁着脸不答应，哥哥就钻进其心里摇晃，极像是电影中孙悟空钻进了铁扇公主的肚子里闹腾一样，师傅招架不住，就答应了哥哥……果不然，在他16岁谢师时，师傅就把花盖头送给了他，把花叶嫁了他还照看他们成了亲，没有招亲，无偿为他们盖了房，完了婚。这一切都是哥哥的主意，花盖头实施的。哥哥活着时就对他说过要帮他成家立业，现在还没有忘，在另一个世界里关注着他，关注着他家，神指仙派的通过花盖头导演着他家的发展，他能把哥哥忘记吗？他一辈子不磕头作揖，不烧香点蜡，不信迷信，就信他哥哥，哥哥就是花盖头，花盖头就是神，活神在眼前不供不行，活神在眼前供虚神也不行。哥哥这样费尽心机地照管着他，当然在所有人之上，也比老婆重要，他全心全意服侍花盖头就是报达哥哥，他从来没管过别人对他说什么，也没管过老婆子嫌他什么……

　　花盖头睡去了，鼾声和哥哥出事那夜一样匀匀的，舒心惬意，可狼籍老汉就是睡不着，索性坐起来，不点灯，换一个姿势想打断胡思乱想，能睡一会，他实在太困了，但没起作用，心事还是不断涌来……哥哥是男的，为什么要托生成母牛，让别人说闲话，他甚至怀疑过花盖头不是他的哥哥的转生，但后来他不敢了，他从来没想出这个问题的答案，今夜他突然走出了迷雾，知道了哥哥托生母牛的缘由：母牛能生牛犊，牛犊卖的钱多，哥哥不托母牛而托别的，能给他挣来这么多的钱吗？哥哥还是跟往日一样把自己的一切舍去尽力帮助着他呀！花盖头一到他家就发情产犊，给他卖儿卖女的换来成百上千的钞票，拉扯成了一家人，使他家走到今天成了牛儿岭上的富庶人家。现在他的三个儿子长得虎威闪闪，三个让人眼馋的砖房院落让乡亲们再不欺负他了。尽管村上人没给他排辈序给他正常称谓，一律叫他"狼籍"，这是历史造成的问题，再说这叫法是父母定的，也给他带来了好运，他并不计较这些，只是"哥哥"已老成这样了，这畜牲一样的老婆子合着这帮狼心狗肺的儿子居然敢出卖花盖头，出卖他哥哥，出卖先祖，他该怎么办呢？他知道因为他的牛心牛相，老婆子从来没和他一心过，她就从来没看起过他，他知道老婆子不懂他的心事，他知道自己哞腔哞调的，喜牛话不爱人话，浑身不离牛粪臭，经常舔尝牛饲，和牛喝一桶水，也让别人难以接受。不和他一条心也就算了，闹了一辈子了，可她不应该把儿子儿媳教坏，也跟着她一道出卖先祖，应该多少给他留点余地，就看在他老而无为上，看在花盖头卖儿卖女供给她们的份上，看在他毕竟是娃娃的父亲的份上，她们都应该留他一线活下去的缝隙，但她们就这样抛弃他，抛弃他哥哥，他苦恼极了，满脑子荒凉，找不到一根救赎的草药。

三个月后，老婆子得了急症，住进了医院。狼籍先说"这是神灵对她出卖哥哥的惩罚"，不予理采。可过了十来天他又念及师傅大恩，就在长子大虎两口子陪同下去探望她。他不知道这是不是设置好的圈套，等他陪了三天她回来时，花盖头没了，三儿子明确告诉他：

"花盖头已卖给了卖牛肉的屠户，是全家人一致同意的，要剜掉他迫治全家人的根"。

"花盖头的肉也许已经送到城里的牛肉面馆了"，三虎还说。

这是给狼籍老怪物强制灌服的一颗下决心制作的猛力药丸，是最后的强力炮弹。老汉不知道这炮弹是怎么钻进他的脑中央的它已经爆炸了，脑髓像从眼眶中迸出，黑眼珠不知飞溅到那里去了，唯有浆色的白眼球沁出腥臭的液珠。血从口里爆出来，大口大口的，哇哇喷开了，七窍都被堵塞。爆炸波在他身上一阵又一阵滚过，像是灵魂跟他的瘦皮贴在骨头上一样，拔起来很费劲似的。大家可怜老汉的一生，想办法挽留他的残魂，把他送到了医院急诊。狼籍被送进医院抢救了半个月，人们没见他张嘴说话，没见他下床走路，也没见他吃饭喝水，一直不醒人事，但他突然失踪了，是夜里失踪的。人们不相信是他自己跑出去的，他没有那个能力。大家也都寻了，但是没一点音迅，谁提议"做一个广告"寻。三虎一家都赞同，大家就回想起老汉的特征来：

"他是小眼睛"，狼籍四叔说。

"他是经常半眯着眼，其实眼睛大着哩"，三虎妈争辩说。

"就没留意到他睁开眼的样子"，大虎说。

闹家务

99

"算了算了"，他的身高有一米六五吧"，执笔人问。

"平时狗蜷着要一米六五，站起来有多高还说不上，反正要高出许多"，三虎妈回想着说。

"说点显著特征吧"，执笔人又说。

……

争吵了半天，大家还是描述不出老汉的准确相貌，这才发现人们"狼籍、狼籍"的喊了他一辈子，却没有谁认真对待过他，他在牛儿岭生活了一辈子，连自己的相貌都没对任何一个人发表出去。一个寻人启示众人都没凑成，牛儿岭的人从狼籍的悲哀中发现了各自明天的凄凉。

狼籍失踪的日子也是 3 月 23。

3 天后，电视里播出一则寻人启示：一位 64 左右的老人因体力耗尽，病故在城里某牛肉面馆门前，死者身高一米七八，穿黑色旧棉袄，旧棉裤，光脚，十指无指甲，请家属知情后速与县公安局联系。

大家从电视里看到，死老汉斜依在牛肉面馆门旁，瘦得能看出骨头与骨头是咋样连接的，眼睛瞪着，嘴张得很大，像是要吞掉所有出出进进牛肉面馆的男男女女，样子可怕及了。

此后，人们立刻忘记了那首童谣，人人不允许别人也不允许自己提起狼籍和他的哥哥了，好像狼籍就没在这方水士上来过。

原载《开拓文学》2006 年第 2 期

创作花絮：我只能为狼籍老人这么样的死法叹一声哀，因为依照风俗，有名望的老人的丧仪上，是要请戏班子热闹的，谁都能想到他的死给人们带来大吃大喝的场面，世道有制，顺理成章，哭又顶啥用呢？

大婚前夜

1

夜，总是无边的厚重，总是按时把无限的塌实送到出大力、流大汗的艰辛劳作的人们的炕头枕边，让他们在酸困木涩中归于平静，让他们放下今天操劳奔波的重担而休整出明天太阳出来前新起点上的新状态。但这强制埋没人的视觉、强制收回耕作硬件、强制给天地降温，让所有人的思想及感觉收归于己的深重辽远的夜，也犟不过不遵守规律的人而成就出他们许多的新主意。

"现在房子院落都修成了，村里人让我当学校的校长，上面的领导也给办下来了，我们把学校也盖了，下一步该维修啥了？"女人对着黑漆漆的夜空问身边刚打过哈欠的男人。

"我计划新建一个果园"，男人随便地回答女人。

"我问你正经事呢，没开玩笑。"

"你说应该做啥，咱就做啥。"

"你说咱俩现在最缺啥？"

"最缺钱，是人就缺钱。"

"屁话，你就感觉不出我和人不一样吗？"

"那你说缺啥？"

"缺证，缺一张结婚证。女人的婚事就是女人在人面子上的结婚证，我想着还是再举办一回婚事"。

"啥？"男人朦朦胧胧听到再婚二字像是脚心被锐锥扎了，噌地蹿起来："你说啥？你要再办婚礼的干事？"

"能压住男人的是房院，压着女人的是婚姻，现在房院都有了，你已经得

意起来了，没人说你穷酸透顶的过去了，你该抖威风信马由缰了，我知道你把这茬早不提了，我却感觉我的压力越来越大了，像是把该你担的那份也扔给我了"。女人直截了当地说。

"再办婚礼宴席？"男人忧忧虑虑地问，他谨慎规劝女人："娃娃都这么大了，看你和我这些年过来的路，还折腾个啥呀？乡长给我们亲自办的，已经办好了啊，我让村长把给咱补办的结婚证再取回来就行了。"他不乐意女人的提议。

"不！"女人态度很坚决："婚事又不是别的事，咋能让旁人给补办呢？"

"人家说没大德者没大智，胡日鬼弄棒槌，下三烂的那个东西能弄出啥好事来？女人一辈子就图个名正言顺，你和南滨的女人领了正式的'证'，和我就让旁人给补办一个是啥意思啊？我心里可不塌实，咱非得再堂堂正正办一次不可，你得从仇家堡子把我娶过来。"女人认真的说。

"文雅死了婚姻就自动解除，你是二十年前就嫁过来了，现在再娶就成你娘老子一女二嫁了，就犯了老祖宗的规矩了，会让人耻笑的。再说红豆的脸往那儿放，他可是正式上学的大孩子了，正爱面子的时候，他将来也要结婚成家啊。"男人极力要劝女人改变主意。

"我不在乎，我是死过的人了，现在等于活第二辈子，你不要再劝我，要想安安稳稳过日子，你就得按我说的办！"女人不给男人回旋余地。

"我俩当年在你父母坟上说过的，那就是办喜事，现在重办就违背了当年的誓言，对先神许的愿是不能反悔的。"男人还是不肯放弃。

"不要耍你的鬼心眼了，我现在总算活明白了，婚姻和婚事是两回事，我们俩经过这么大的波折没散是有婚缘没婚事。"女人稍稍停了一下又说："男人都是一样的嘴脸，都是只关心婚姻不重视婚事，变着神鬼把婚姻和婚事搅乱了，就简化婚事得到婚姻，让女人上当。我现在清醒了，女人应该既要婚姻也要婚事，婚事就是女人的人格，也是女人的面子，女人的面子和男人的面子一样重要。我把两辈子加起来嫁了你，你说你给我那样的婚事就算了？还敢用我答（方言，父亲）我妈的名义压我，我答我妈的心思我最清楚，他们能希望我就这样不明不白地跟了人吗？我正是为了了却爹娘的心愿才这么决定的。"女人一点也不让步，她的决心好像比眼前的黑夜还大。

"按规矩，嫁出去的女人是不能再从娘家重接出来举行结婚仪式的，从迷信讲对你的命运影响很大，对娘家的门风、名誉都有损害，你还应该为你娘家着想啊。"男人伸手扭亮床头灯，屋子里哗地亮了，室内的黑暗全被逼出去了，人的眼睛也被逼得张不开。今天的"入烟"庆典仪式，庄里人算是给足了面子，50扎啤酒、20箱白酒全是村里人送来的礼品，还有不计其数的柴米油盐，糖果饮料，大量没用完的还各自乱堆放着，连床铺上都被客人的礼物杂乱地摆满了，人的心情也变得像屋内摆设，随客人选择地方堆放一样杂乱起来。他的心弦如被火车恣肆地轧辗着的铁轨般开始颤动。

"把灯关上！"女人像被火烧了似地吼道。

男人扭息了灯，一声不响。

"我为谁活着？我管不了那么多，我答我妈为了我搭上了他们的性命，死了还被村里人镇压，我们又接来一对你前妻的养父母来喊爹叫娘，这对我答我妈公平吗？我觉得该这样办就得这样办！"女人果决地断了男人最后的希望。

……

"好了好了，你想咋办就咋办。"男人挖掘不到退路，被女人婚姻和婚事的说辞压得张口不来词，对着愈加深重到来的夜色感到了婚姻中的人在姻缘面前的无奈，能拿姻缘有啥办法呢？你说现在新房新院的，儿子也上学了，乡长还亲自给她办成了学校校长的职务，要人有人，要钱有钱，要势有势，近十年的飘泊生活，让她和他差一线丧命于异土，好不容易回归自己家乡，又建成了全村第一家楼房，为何就在新房入烟的夜里人困马乏的闹这别扭呢？

吴家叉的夜比不得南滨市也比不得北疆市，屋外没有霓虹也没有喧嚣，屋子里的黑暗比外面更加沉重，让所有新旧屋子的主人见不着自己也见不着屋子的存在，一切处于"冻结潜在"状态。一番争论深深刺痛了男人和女人，从根上扯起了他们心田里的苦瓜蔓，他俩的争执就像两条打架的蛇，相互纠缠对方，但谁都知道这样的纠缠少有结果，男人先退了，他的思绪退回到了他俩姻缘的起点上，退回到了生养他的二十多年前的三界山。

2

三界山是仇家堡子、莫家河和他们吴家叉三个村的交汇点，以海拔高而声名远扬。在缺粮短菜，人们眼巴巴望着公社拨给的红薯干救济粮维持生计的农业社时期，可下口的菜就成了人人千方百计攫取的目标。吴家叉毗邻的三个大队为减少社员偷盗，便于管理，都把集体饲用的苜蓿安排在离村子最远的三界山一带的最高山上，各大小队都派专人吃住在那里看护，守护生产队野外财产的人叫"看山员"。尽管每个大小队都有"看山员"，但黑夜里行远路的可怕和被抓后的重罚只能吓唬那些胆小的社员，和大小队干部、看护员沾亲带故的以及胆大一些的社员，还是趁黑钻空子到三界山盗采算得上那时最可口的苜蓿，从苜蓿发芽到开花芟割偷盗不断。自己在老师和邻居的帮助救济中艰难的上完了中学就回到了村里，因为他们村其时识字的人很少，就被重用了，被任命为队里的记工员并照顾安排做了大队的"看山员"到三界山看护苜蓿。说是重用，其实那是没人愿干的得罪人的苦差，一个人独独地生活在最偏远的山顶，生活用水也要从很远的地方带去，像看门狗一样被拴在那里，一步也不能离开，还被几个村的所有人盯着要钻其空子，而且野兽也最多，遭遇危险也没人搭手救，只要能且过的，谁愿意做这活啊。他实质上是无家庭拖累才被队长那样安顿的。

或许是注定的命运吧，不然他怎么能遇上她呢？虽然那样的困难年月人人都很穷，但"光棍"的情况还是不普遍的，他们吴家四百多人中也就三、四个"光棍汉"，他们爷父俩就两"光棍"，还有一个丧失劳动能力，腿子不能用的五保户，一个老寡妇和一个傻子。他就是他们村里那一拨的了。其时他家屋上无片瓦，进门无炕席，茅草棚屋子过了二十年，五尺宽的院子没围墙，没地种菜种树也没处种粮种草，既缺劳力又缺人缘，他的父亲靠乞讨活命，那时的他是没任何指望娶妻成家的。在乡村，家产是人们在人前说话做事的通行证，合伙做事要凭家财多少的情况，家财多的可做大生意；当个干部要有光阴好的硬件，光阴好的才在人前说得起话；讨个媳妇要和较富裕人家成亲，富裕人家给的彩礼多。他家那样的条件，在当时的人眼里等于是没有提亲通行证的，就动不了娶妻成家的念头。

世界的好多事情在人的预谋之内，世界的有些事情也在人的意料之外。越穷的光棍汉往往越爱盯漂亮出头的女人，癞蛤蟆还就只想吃天鹅肉，有时候也就真吃了天鹅肉，上天也要笑有钱有势的人啊。这不，他们那一带的"天鹅"现在不就睡在当年的他——这只当年众人眼中的癞蛤蟆身边？

幸好这世界有阴差阳错。

女人的漂亮长相就是女人混世界的通行证。女人长得漂亮了，才能从穷苦的人家嫁到富裕的人家，不然，就只能嫁更穷的人家。女人长得漂亮了，才有人围着她转，人们把长相漂亮和能力超群是混为一谈的。在那个还没使用身份证、土地证、林权证等等证件的缺证少差别的年代里，女人的漂亮长相就成了被人们认可的重要证件。他是没活人用的男人通行证的，只能是男人群的被指使的"边角料"，但他的女人是有女人混世界的通行证的，而且是最得力的通行证。那时他们那一带有这么一个老少都熟悉的传谣："啥花都不是花，就看仇石花"，其实是传扬他现在的女人——仇家堡子大队的仇石花的，大家都说她是方圆数百里的头号俏妞，上学时他的同学都传扬她是"月亮弯的眉毛桃花瓣的脸，凉粉坨的嗦嗦风摆柳的腰，卖衣服的架子人世间的妖，电影演员的材料戏台上的俏"，是天仙女的化身。他从学校初回村到队里上工时，喜欢嚼舌头的男女社员常在工地上歇气的当儿议论她的嘴的长相，年老的说："因为她的一口长米牙太好看了，老天爷才把她的上唇长得稍窄，下唇显收而又爱笑，圆圆的脸蛋比电影里七仙女的嘴还动人许多"。少年人都说："亲一口仇石花的樱桃嘴，死了三年还流口水"。女人们说"鼻子惹人眼勾人，翘绷绷的屁股馋死人"。在吴家叉，他的穷酸和仇石花的美一样出名，一间做饭睡觉、养鸡贮杂的综合用茅草屋，天外下雨时里面落泥，一口破铁锅，锅底三个洞。这样的家庭条件，他怎么敢指望娶支书的老孙台女儿，怎么奢望仇石花作自己的女人而成自己的家呢？他多次做梦一样假设：如果真的地球某天倒转了，出现了碌碡拽蔓马长角，河坝的石头滚上坡的不可能事件发生时，仇石花找上他的家门免费要做自己的女人，那他也是决不能要她的，因为这样的女人不可能是他的配方，他看不住她……两个极端，两个世界，两种出名，中间隔着的就是人世，他俩曾是遥遥不可企及的男女。

许是天命难违吧，人一辈子干啥也像已经是注定了的，父亲从小希望她当老师她不愿意，但命运让她转了一大圈，许是命运已经注定了，她转一大圈回来时还是不得不当个学校教师，还有人登门三番五次请她出山当校长，让她成了他们村学校的校长？她今天还是不得不干这职业。是不是父亲的在天之灵像过去一样一直在守护着她，照顾着她呢……像是有心灵感应，女人的回忆退得更远。

她很小时候的家境不算糟糕，父亲是仇家堡子有头有脸的人，虽然不当大队书记了，但家家户户的红白干事、大小队的大小事务还都要邀他拿主意，是全村庄威望最高的人。母亲是老实巴交的农村女人，她把她当心头肉一样疼爱。

她还有三个哥哥，大哥已成家另立门户，二哥在外地当工人，也早就有了家室分出去单过了，父母跟前就她和三哥两个，她便是父母的"老孙台"了，家里所有人都在宠着她，好吃好喝全让她占了，在城里当工人的二哥回家时给父母带的"的确良"大部分穿在了自己身上。大哥二哥比她和三哥大十多岁，三哥和她年龄相仿，是个吊儿郎当的人，常惹麻烦事，父母的喜欢全都给了她。

常言"女大十八变，越变越好看。"，在仇家堡子周围人说长道短的不知不觉中，她自己不知道就已出落成方圆近百里无人再与她相争的俏姑娘。可是她把父母给她的优裕资源全给亲手毁掉了，那时自己的个性太强，她却浑然不觉。长相的天生丽质和父母的偏心疼爱，这些被同龄女娃娃渴求憧憬的东西倒给她滋生了麻烦，她的同伴姐妹都从过了十六岁就无声无息的被东村占、西家抢已陆陆续续地被娶过门成家立业了，自己就是没人上门提亲。过了十八就是十九的姑娘没人提亲，在女孩子十七、八岁就大部分被娶走的老传统氛围里，她的婚事把父母愁得心理长了结，眼瞅着"锅里"可选的男娃娃"主儿"一天天哗啦啦变少，父母就一边急着拖人"倒提亲"，一边指桑骂槐地叨叨"女大不中留，留下结怨仇"、"该嫁不嫁，老养着算啥"。

那时她的脾气也变得越来越坏，倔劲上来，专做些和父母打犟的事。小的时候父母让她上学，她觉得学校的老师偏心她，疼爱她很好玩，考试常给个第一名，谁也考不过她，她很得意。可上到三年级时，学校的女娃娃都一个个停学了，女生就剩她一个了，她看停了学的她们每天提一个菜蓝子漫山遍野边玩边挑拾野菜或赶着牛羊放牧悠闲自在，散漫舒适，自己在学校跟她们不一样，反被同龄女孩子说怪话，甚至于耻笑她，感觉被关在教室里见不着天也耍不好游戏的挨日子很枯燥，就硬是哭着闹着要停学，当时当大队书记的父亲背着老大不小的她到学校里陪她念书，守着她上学，想尽了办法要她多学点文化，她还是经常逃学，趁父亲和老师不注意就跑出去找同伴玩耍去了。那时父亲终日说"天下的职业，当教人知识的老师最好"，每次说到老师职业时，神情就异常向往，可她看老师啥都听大队书记的，哄着一帮孩子混日子很窝囊，就是不喜欢。老师也不是很喜欢他自己的职业，最爱说"学好了将来当队长"，所以给她形成的概念就是本领最强的人才当队长不当老师，她也就艰难地勉强上到五年级还是停了学。她把父亲为她画的那个圆梦的圈撕毁了，终于提上菜蓝，赶上牛羊，闲下来做做针线活，过上了和同伴一样的正常生活。那时她很满足，从来没觉得自己还缺什么，从来没觉得自己和同伴姐妹有啥不一样。但年龄大了她才发现，父母的愁思和讽刺让她感到她不仅和自己的同伴不一样，还差别大得说不清楚，她开始苦恼了。别人长得丑陋遭人瞧不起，家里穷遭人瞧不起，邋邋狼籍的给人看不起，可她自己长得好看了怎么也变成了一种错，家境好了也被人远躲，穿戴整洁干净了也要被人说长道短，她弄不清怎么才好，怎么样才能让自己和正常的女孩子一样。

也就是她十九岁那年三月的一天，全队的人去锄洋芋，在去田里的路上，她的鸡毛头发洋芋脸，倒梨身材萝卜腿，绰号"气死母系"的二嫂说：

"吴家叉大队的看苜蓿的人换新人了，新来的是吴霸子的后人。"大家便开始议论起吴家叉大队这新来的'看山员'吴喜生来：

"喜生是个好娃娃，上了一趟中学，墙上的奖状贴满了，吴霸子家的穷门风从这娃手里就可能转过了"。她家对门的邻居，也是母亲的结拜姊妹、她的拜娘菊叶妈说。

"你知道那是些啥奖状？"二嫂抢过话茬，又把拜娘的话转回去说："他和我妹子同班，我妹妹说他是个认死理的人。那些奖状是啥呀，全是长跑呀、跳远呀、铅球呀的，没有一张是得了先进的正传货，让那娃看苜蓿，认死理，脑子不够活泛，对大家来说，恐怕好不到那里去。"二嫂见引出了偷苜蓿的议题，便以为说到大家心里了，停下来想把话传过去。

"不过，听说那娃长得不赖，还是个光棍。"见没人接话，二嫂停了一会继续说。

"吴……"她刚要张口，想说说她自己听说的关于吴喜生的传言，凭她的性格，在众人议论人的场合，她是不憋话的，但她刚一张嘴，话还未吐出来，就感觉到了异样，像是有啥将自己噎了一下，她抬头向人群扫视，才发觉自己二嫂那张小眼睛的洋芋眼恶狠狠的瞄着自己，那凶相使她激凛凛一颤。

"挤眉弄眼的咋哩，爷父两个两光棍，家里穷得精求打得光炕响，一间旧草房人与野物和在一起，盯着石花做啥，你别想望把石花塞到那里，还是嫂子哩。"拜娘像是觉察到了身边的她的难堪，立时为她打掩护，语气有些愤怒。

"你……"二嫂脸一红，想发怒，但见没人附和着帮自己的腔，停了停，把吐了一半的话咽进去了。

那一帮女人都不吭气了，像是所有的话全被说完了，大家只顾走自己的路。那些平日一会面就尖声大嗓吵个不停，甚至在工地上常抓住一个老男人，当着众男众女的面，把他的衣裤脱光耍笑逗乐的泼妇人突然出奇的安静下来。她知道这安静是给她的二嫂的，她的二嫂人缘不好，她早就发现，只要二嫂说话时，旁边的人就都不说话了，没人愿意搭理她，她是长相丑心事和本领都不俊，是个谁见谁躲的多是非女人。

她是永远也淡薄不了对那天的记忆的，那是毁了她一生的开局之日。那天自己走在队伍的前面，努力地装作对其她人说的话一个字也没有听进去。她得给拜娘面子。她没说话，但她的内心确是翻江倒海的气愤，那种无聊讨论分明是冲自己的，每个细节都直往她心底钻。二嫂无非就是想早点将她揭出门去，甚至于让她嫁给穷透的人家，将来的日子过不好嘛。姑嫂矛盾，遇上特别的小心眼人，就是长久的家务纠缠，核心是让身边的人活得不如自己，以填平自己谋些方面的欠缺亏损。她当时想，既然没人上门来给自己提亲，她就是嫁给那个穷透了的大家都不以为然的喜生，也要活出个样子来，过得比眼前这帮女人要强。思谋来思谋去，她进而就真想真跟她二嫂这野蛮的泼妇人赌一把，还真要愿意嫁到那个穷透的家，再靠自己干出一番样子来让这里的人看看，她需要证明给大家：她仇石花不光是个"花瓶"。从那天起，她就时常想着这个问题，还就真想象到了嫁给大家说的这个吴喜生。

到底是咋弄的，她到现在也没弄明白，她一开始就将自己的婚姻绾成了死扣……再想，女人仍想不清楚。

她头一次见他，是那年过年，她到吴家叉亲戚家去拜年，正好路过吴喜生家门口，他家的篱笆门敞开着，正堂上贴满了红堂堂的奖状，当年的他穿着件前胸后背都破了洞的红背心，端着已经吃空的碗斜依在门外的一株杏树下，失魂的样子像在沉思什么。她和他擦肩而过，他头一次留给她的印象不很差，是个子高高的，长得黑黑的，浑身的肉像是冬天河里冻溢的硬冰，像是很有力气的形象。过年那么冷的天穿背心太少见了，她就多留心瞅了他几眼。那时他的长相还算英俊的类型，四肢梢长梢长的，隆鼻浓眉小平头，显瘦但五官端正有个性，据说是高中毕业，还在学校当过班长。她想队里让他看守苜蓿，是做众人的事，说明他在大队的影响不坏，属于可能会出人头地的那种，不然，他刚毕业回乡，这轻巧而又露脸的活儿怎么就选中他呢？

事怕回头看，她那时咋就那么傻呢，和自家二嫂赌的啥气呀？人家说女人喜欢上当受骗，陷于婚恋情境中的女人就像排卵期的母蜘蛛一样啥都是麻木的，而她就这样不明不白的受了自己的骗，唏哩糊涂就把自己送进了近十年的痛苦流浪中，咋就麻木出头了呢，要是没有那天的错事，她就活另外一种人了……

她忘不了她葬送自己也葬送了父母的和他的头一次独处。

二嫂说那话过了不久，也就是苜蓿开花的时候，她家的酸菜缸空了，她哄母亲说她的手快，去挖些苦苣，让母亲去顶她上一天工。母亲同意了。她就早早出门，鬼使神差的就奔三界山真的去找了他。

那天的苜蓿花开得咋就那么火，远远看到，三界山像是一夜间走进了仙界神话，一张大大的如水滟滟、如火燎燎的苜蓿花的紫幅裹住了三界山，眼里的景象，到处生机盎然，成百亩的苜蓿地分不出田埂看不见道路，一匀儿被苜蓿花严严实实裹着，明丽碧眼。她被这种盛大的景象感染了，冥冥意念中，她似乎快要化到那一片景色中了，山野突然变得湿漉漉的朗润，清碧如洗。阳光也似乎突然变暖了，扑火扑火烘得人浑身躁热。她觉得脸上烧烧的，身子轻了许多，有些飘飘然起来，心底里突然来了山歌，不自觉地就唱起来：

妹子我大了想哥哥，就盼着郎哥哥来抱我。

对面山上的小哥哥，今儿个我给你掏心窝：

女儿家心事你不懂，夜夜我心烧得睡不着；

夜想郎哥哥早懒睡，帽辫子锈成了雀儿窝：

看我有意往背处走，就在背古湾湾来等我；

亲你一口就美死你，教你一辈子要记住我；

对面山上的小哥哥，啥时候你才能来抱我；

哎——哎——小哥哥——

想你想你实想着你，想得我眼泪就大淌里哩……

"骚情！"她突然骂自己，不知道从什么地方什么下流人嘴里听来的骚山歌居然从自己嘴里冒出来，"恶心！"。

那天她要打住胡思乱想就没有后来逼死父母的错误了，但遗憾的是当时没克制住，又想起他来。她们那时的乡下女孩子，过了十岁，自己还啥都不明白的年龄，父母就已经给其找婆家，为的是女娃娃让将来的婆家供养，减轻自家的生活负担。女孩子一旦被占了亲，就特别留意情事了，很早就从集体劳动的女人堆堆里听传些骚情的事，骚情的话，甚至于会玩些出格的游戏，对男女之事很上心。她是被父母抬惯了，脾气倔，父母越抬她越倔，性格就变得越来越糟，有时连她自己都认不得自己。谁越说她嫁不出去，她就越想把自己尽快嫁出去，钻进了和自己较劲的死胡同，别人帮不了，自己出不来。她就这样单方面把她和他给联系起来的。她那天就特别想发生点新鲜事，她就鬼使神差的去见他了。她没见到他的时候，她还就认定他一定会喜欢自己的，她还没见过吴霸子就认准了社会传言，断定了他的父亲吴霸子是个老实疙瘩，属于被泼妇人在工地上抓住脱掉衣裤一号儿的，不挡她们……多幼稚啊，她竟然还想到了喜生是高中毕业生，还当过班长，一定会有队长的胸怀、队长的风度，应属于社员堆里的人稍稍那种，将来也许会当吴家叉的文书，因为他有文化，会写字，会计帐……还是当大队书记好，全村的干部都归他一人管，如果自己和他有缘，自己现在不会嫌他家穷的，只要人好，盖一院新房应该不难，如果他当了大队书记，新院落还要选在吴家叉最好的地方……她又想到了自己，如果她要跟了他，自己的父母会怎么做，怎么想，哥嫂会怎么样阻挡，她一起耍大的姐妹会怎么看自己……越想越多，转脸就到三界山了……

<h1 style="text-align:center">3</h1>

　　夜，粘稠粘稠的黑，它用它的黑把人们的眼睛粘住，把活物都粘在窝里，把世界都粘住，让一切都安定沉稳下来，极像是上吞浩宇下镇九州的超级菩萨，温柔贤淑，专门给弄丢自由、懒于思索的人以自由反省的机会。这一对夫妇从分手近十年在苦难的夹缝间死死活活的偷生，头一次正式团聚，加之这是男人和女人刚回到属于自己的家乡，体体面面的被乡亲抬举他俩，大家听说她在大城市当过老师，现在是回家定居，就一致要求女人当他们村的教师，因为他们村因缺教师村学将被撤掉，村支书和村长把这事已经张罗定了。这大概是她父亲早就替她定了的此生职业，他们也为学校新建了教室，现在按照女人的意思做了十八桌酒席宴请了乡亲们，既打消了他们与村庄的陌生感，也提起他家祖祖辈辈在吴家叉活不起人的精神，还为她正了名，了却她的心病，并由村上头号人物亲自张罗，在既向阳宽敞又近水源，多少人争了十多年都未争去的最好风水的院址盖成了一砖到顶，上层为安架式，上下各五间的老先人手里没经过的头一家楼房，在这些变化的刺激下，他俩体验到自由之夜的安祥，往日的回忆和思考便潮水般涌起来……

　　姻缘是已经注定了的命运，这所有的一切都是神指仙派的，不然怎么总在他绝望透顶的时候就会那么巧的出现巨大的转折……男人和女人都感受到了。

4

男人的眼前也浮现出来他头一次见女人的情景。

他是没任何准备就见到她了。他无依无靠的从学校回到家里，自小就在村庄人的冷眼中野生着长大，没人陪伴，没有归附，没有方向，他不知道他怎么生活，父亲的智力能力只顾讨自己的饭，他找不到改变家庭的希望。他意外被队上安排去作"看山员"，他很是感动，他是怎么也没想到他一回村就从事上了众人的公事，这对他是莫大的鼓舞，他极努力的从事着他的工作。

那天他早早就起床了，习惯地先站在他的庵房前嘹望，突然发现了预谋来偷苜蓿的"女贼"，从她一进入他的"防区"他就盯住了这个"偷盗者"，他要等她下手后"抓赃"，看了半天，发现她不是"老手"，迷失在了深丛岔路中时，才喊了她：

"喂，干啥的？"

"我找吴喜生"，她寻声望过来，他还真在这种没有第三人的情况下被女人讹过，顿时紧张起来："吴喜生跟前没空子，还是收心回吧！"

"我跟你说要紧事哩"，"女贼"打起了和自己周旋的主意，纠缠说"我上来说成不成？"他思量着既要制止又不得罪女偷的办法。

"那你就立在那儿别动！"

他到她近前时傻了眼，看她的容貌年龄他就把她和人们传言中的仇石花联系在一起了，她憨憨的眼睛饱饱的胸，水嫩嫩的肌肤翘翘的臀，长长的腿子白皙皙的脚，大体扫一眼就跟传言中的仇石花对上了，再没有一个人有她这般的美貌。他一联想到人们传言的仇石花，就心里乱跳起来，迟钝得无话可说，被她的眼里的余光扫来扫去的，害羞得低下了头，觉得自己的寒酸让他丢掉了所有的精神。他尽量掩饰自己的寒酸穿着，垂着头，身体有些僵。他只看清了她戴着红纱巾，侧脸上有深深的酒窝，皮肤白皙得像涂了明油，闪着亮光，特别是大大的耳垂下面的肉肉白嫩得让他吃惊……他在心里骂自己"熊"。他不敢端详她，他不怕她偷苜蓿了，还是懵懵地说不出话来，头越垂越低。

"喂，高中生，我家的酸菜没了，我妈让我出来寻点苦苣，到处赶得不让进地，我到你的苜蓿地里挑一点行吗？只挑苦苣，不偷苜蓿。"孤男寡女初遇，这女人到大方，往近处凑了一点，娇声问自己。

"那不成！"他像被针戳了一下。

"不行？我白跑了这么多冤枉路不说，我知道这山上就我们俩个人，再说我又不偷苜蓿，这苜蓿开花了也不能吃。"她大方地扬脸看着自己，还不把他当回事地说："太小气，不行我就回了。"

"那你叫啥名子？"

"我是仇家堡子的，我认识你。"她这话就等于确定她是仇石花。

"那你要快一点。"

"放心吧，这山里没人，这么高的苜蓿，钻进去，就是骆驼也不会被发现的，只要你不卖了我就行。"她一副得胜的傲慢："嘻嘻，把我卖了也好，就怕你没那个胆！"

"你挑去吧，越快越好"，他说着要回到原来的地方。

她往苜蓿深处走了两步，忽又转过身来，问："你就不帮我，好让我快一点离开你？就像吃你身上的肉似的。"

"……"他动了动嘴皮，但说不出话来，还没见过这样的女人，摊上了又有啥办法呢。

他就地挖苦苣，低着头很专心，手来得比她还快。她自己到挖挖停停，不时瞅瞅他像有话要说，不是她说的专门来挑菜的样子。他想和她搭话，但一时寻不出话头。

突然起了一个不易觉察的喳喳声，他朝她一瞥，只见她头上高高的苜蓿花上面一条菜花蛇吐着信子正瞄着她。"蛇！"他惊叫着朝那蛇拼了过去，把她扑倒在自己的身下。他俩爬起来后，她问"蛇在哪儿？"，他却死活再寻不着了，她也没多追究，这让他觉得他俩可能有戏，早把"不能要她"的茬忘干净了，实实体验到了这种感觉比那种感觉要美得多……

女人也想到了他们愚蠢到顶的头一回。

那天他把她压在了身下，她先是一惊，但她没有反抗，她想他那一次要弄她的话，她可能会接受，因为那时她太年轻，太任性，太单纯了，她以为如果那样的事发生了，她也就占有了他，她是事先做过这种设想的，但他没有，也许真的有蛇，他吓得汗都下来了，脸色煞白。她也是那么胆怯，原希望着要发生的事真要发生时，她确害怕起来，就回家了，计划又从头开始。那次试探后，她不断寻找借口去和他见面，他没让她反感，她觉得他很好玩，她感觉到了他还真是个当班长的料，她感觉她需要攥住他，她还需要进一步征服他。她幻想着他来抱她、吻他、强奸她，但那"死木头"就是"烧"不出烟，一副当班长做大事的神态，一直等着她主动哩。

几个月了他也没有动过亲她的念头，没有让她进过他的庵房，眼看那苜蓿花从下往上开到顶了，花期就要过去了，那保护她们的紫色就要消失了，她心里很是烦躁，当她数到她和他第八次谋面的时候，她决然地冲进了他的只有一炕、门槛砍头的小庵房，"死木头"正光着身子睡哩，她推醒了他，他翻身惊起，紧张得牙齿都哆嗦，慌慌乱乱穿上衣服要溜。他的反应让她心里好笑。她上前就把他仰面按倒了……她开始时也紧张，但看到他比她更紧张时，她就放松下来。想到苜蓿花很可能就被割掉时，她的野性上来了，全身的血只是往头里涌，使她什么都顾不得，只觉得身体里面很饿，饿得如神敲鬼掏一般，饿得她嗅着眼前的肌肉散发出了神羹的芬芳……她闭紧双眼咬住了他……她一头扎进他的肉里用脸、用嘴、用牙、用舌、用喉就吃起来，但还是很不够用，她觉得她全身的每个穴道，包括每个毛孔每个汗眼都变成了张得大大的嘴巴使劲吃起来了。她吃了他的脸、吃了他的嘴、吃了他的舌、吃了他的喉、再吃他的脖子、他的身子、他的腿。她吃了他的肉、吸了他的油，她像传说中的妖精一样，从他的根上把他的全部精华、全部灵魂、全部归属都吸收到自己身体里。她满足得呻吟、满足得大叫、满足得流泪。她头一次太贪婪了，一下子把她从姑娘吃成了妇人，把她从一条命吃成了两条命，把她的命运她的前程吃成了大窟窿……不是他不让吃，也不是她不饿不想吃，但她就是再没有那样吃过，像是那位神仙把守住了她的嘴一样……

5

婚姻证不同于其它的证件，它是实在的证也是隐形的证，实在的那张政府签发的证，多是有名无实，不常用；隐形的证在人们的思想意识里。在那个证件还停留在稀罕布证油证面证的必须消费品配给年代里，消费票证紧缺，但户口证身份证结婚证并不常用，证明用证件处于可有可无的状态，人人结了婚都不自己去领结婚证，但其他人的结婚是给社会认同的，走了社会认同的媒人牵线，彩礼协定，认亲结亲的婚嫁程序，她俩的结婚没请人，众人对没办晏席、没付彩礼、没走嫁娶仪式过程的结婚不认可，当然就得不到社会的支持，就是无证婚姻，无证婚姻是无效婚姻。她现在知道了，结婚证只是一张字纸，它是需要被人们接受，被人们认可的，主要的内容是众人的肯定认可，是参与社会生活的基础，她俩的婚姻没得到社会的认同，其实就不算婚姻，充其量就是一时冲动，可冲动是夺命的魔鬼。得意时的人总要丧失警惕，追随上帝的从来都要遭到上帝立竿见影的惩罚……父亲母亲就那么被夺了性命，任性的代价总是那么的沉重。

6

女人想着想着，像看毛片一样情感腺慢慢兴奋，兴致渐渐潮热起来，她推了一下男人，男人在装睡，脑子里突然冒出了一件很搅人的事，刚萌动的那点热情又被浇灭了——他还敢在这时候提她的父母，女人心想，还不都是因为你，我的父母才过早离开了人世，父母是她心底最不可揭的一处伤疤……

她到现在也不知道是哪个环节出了问题，他们的初次偷情被藏在隐蔽处的本村看苜蓿的另一个人偷看了，在方圆几个村沸沸扬扬传起来，很快就传到了他们家人的耳朵里，是她的二嫂先听到的，那天正好二哥回家省亲，那婆娘上工时探听到消息，回到家里又嚎又闹，说是"出了家丑，无脸见人"，见二哥蹲在墙角只吸烟没主意，就嚎着跑到大门外又扯着嗓子张扬开了，说"老的偏祖石花，硬是出事了，给祖宗的脸丢光了……要打断石花的腿，要打死'那小子'……"当时她确实吓坏了，她正在水泉边洗衣服，就听见了二嫂杀猪一样的尖声，听到了她叫的内容是说自己的丑事，惊得直冒冷汗，哆嗦着探听了一会儿动静，突然想到要趁她家还没来人时把衣服收起来逃跑，就怯森森回家。她脑子全懵了，乱着步子，跌跌撞撞进了大门，院子里静静的，她跑到上房一看，父亲已经仰面坐在正堂椅子上，脸色铁灰，嘴角挂着两道白沫，眼睛紧闭，腮上停着两颗泪，没了呼吸的样子。她的泪涌出来了，摸了一把父亲，父亲已手脚冰凉，浑身犟犟的，连忙跑到厨房找母亲，妈妈也倒在了灶前，不停地抽搐。她禁不住放声痛哭起来，哭声把在二哥家看热闹的人全引过来了，大家在拜答的指挥下，一边掐人中，一边呼唤着抢救。她料想自己闯了塌天大祸断难被饶恕，就决心逃出去找一个人们发现不了的地方以死谢罪。

寻死是大多数人说说就止了的，可以吊在嘴上说，也可以用来吓人，但要做时是极难做到的。怎么才能死呢？其时她尚且是个丫头，还不明白人间的磨难是咋回事，她真找不到死的地方，也没有弄死自己的办法，见自己的父母突然成了死人，她吓破了胆，她也不知道该咋弄，就糊哩糊涂的逃出人们的视线，钻到了自己也不知道是哪里的一处麦草垛子里，把自己埋起来了。她当时心想这些事都是二嫂惹出来的，若没有那天二嫂在路上对她的刺激，也就没有眼前的灾难，她其时真不知道尝了不该尝的禁果会惹出这么大的事，她那时尚且是个未涉世事的小丫头，完全是冲动了一下，她那时哪里能想到姻缘也是索命绳，不知不觉间就绑定了谁，不防就要拿命呢。

　　她的父亲到底是当过村长的男人，过了一阵子就缓过气了。她的妈妈没缓过气，自己醒不过来，住进了镇上的卫生院，邻居她的拜娘陪着。一直到了第三天深夜，她才到了她妈妈的病房里，一进门就跪在了母亲的病床前，把没注意到她的拜娘惊得从床边掉了下来。病房的灯亮着，拜娘看清她后爬起来说：

　　"石花，看把你死娃娃，你深更半夜的进来咋没个响声，把我快吓死了"，一副惊魂不定的样子。

　　母亲一见到自己，愤怒得蹦下床来，狠狠地踢她的背，抽她的脸，掐她的肉，咬着牙说："我咋没把你生下来就塞到炕眼里呀，到半路把我害成这样……"语气哽哽咽咽。

　　"哎哟，石花妈"，拜娘醒过神来，赶紧抱住她母亲劝解："你的病身子，生不成气，你要把这住院的钱扔到水里呀？"

　　"你没拦，我今晚把她打死，咱娘们死到一起就对了！"，母亲又愤怒又无可奈何地说。

　　"就是，二娘，我就是想见一回我妈后去死的！"，她动情地边哭边说："你让我妈打吧，我长了这么大还只有我三哥打过我，我妈还没有碰过我哩，你让她今晚就全部打够，她的病才能好"。

　　"死丫头！"拜娘的火上来了，把她的母亲抱到床上后，转过身在她脸上响响地打了一巴掌："你还真要你妈死呀？要死你自己去死吧。"

　　"哇……"那天她不知道哪来的那么大的勇气，哪来的那么大的胆量，也不知道为什么就那样窜到病房里和自己的母亲顶牛使泼，一面放声大哭，一面捶胸顿足地打自己。

　　夜深人静，卫生院里没有其他病人和大夫，没人来劝，母亲和拜娘也不理她，瞅着她尽情哭打自罚。过了很长时间，到底是亲情难舍，还是母亲先开口了：

"你不要哭了，我问你，那事是不是真的？"眼里的信息分明希望她回答是假的。

"嗯？"拜娘在一旁搭声，意思是提示她不管怎么都说是假的。

她看出了她们的意思，确有意点了点头，似乎不违背她们不行。

"宠坏了，宠坏了！石花，你妈都成这样了，你咋还像待后妈一样呢？你今晚把她气死，就自己殡葬了，我不管了！"拜娘眼冒金星，咬牙切齿地说着，跳下床拉开门气冲冲地走了。

"她拜娘，她拜娘——"母亲紧喊着，但没有气力下床。

她们母女似乎希望这个结果，她没有去撵，母亲也没催她，病房里就剩下她们娘俩，电灯咝咝嘤嘤的发着刺眼的光，刺得她们娘俩眼前紫花乱飞。不知过了多长时间，娘又开口了，问：

"这四五天你到哪里来？"

"到队里的麦草垛中藏着。"

"那东西是个高中毕业生？"

她觉着气氛开始转暖，就抬起头，看着母亲又点了点头。

"高中生咋还干这事？"语气像自言自语。

"高中生也是人"，她狠狠回答母亲。

"……"母亲无话可说，狠狠瞪了自己几眼，不说啥了。

"那他人咋样，属啥？"沉默了一会儿母亲还问。

"属鼠；说不上有啥不顺眼，还能凑活。"她本来是打算见母亲一面，痛快哭一场后就了断自己的，现在她明显觉得母亲这样服软是防止她出意外，一时没了主意。

……

"你属牛，子鼠丑牛，子丑化合土，属十二支六合，倒没啥，只是你要往火坑里跳，我也没办法。我的娃，婚姻可是一辈子的大事，现在走错了，日后没法反悔。吴霸子可是穷出了名的，我养的娃骨不臊肉不臭的，你说我怎么能把你塞到那么穷的窝里去啊？老子那么穷，儿子没成人，就怕将来老鼠的儿子学打洞，跟他老子一样可怜啊。"母亲若有所思地对她说。

"反正就这样了，我也没办法。"

"噢——你们娘俩合着赶我走呀？"拜娘突然推门进来，扬起声调问。原来她气呼呼走出老远，见没人追，觉得害怕就又折回来，不好进门，就站在门外听里面的动静，她们娘们的话让她恼火，像被捉弄了，就推门进来。

"唉——她拜娘，我死了不能把她带上啊"，母亲说："现在咋弄哩呀？"

"你真想把她塞到那穷窝里呀？我是看着她长大的，打死我也不支持你把她塞到那穷窝里去，她也是我的娃，我的女孩！"拜娘像准备了很多话："再说你们一家人的脸上咋抹下来哩，山前里后会怎么说，你教她答答还咋活人哩？"

"老天爷，我咋不死唉——"

"我的命不好，我只能认了。"她觉得这世上只有母亲一个人是她能够交流，能够顶撞的了，就继续在母亲身上发泄。

……

7

"姻缘问题，人算不如天算"，母亲一辈子在说，却没有给自己用上。

岁月已经带走了她的父母也带走了那个年代，但永远擦不掉她的错误她的记忆的伤痛。她永远也淡忘不了那个场景，那次给她植下的悔恨，她的罪孽就是从那晚开始的。

8

不知那一夜是咋过的，天明时。母亲让她吃饱后赶紧逃跑，晚上再来，怕被她父兄发现后气头上打坏她。可她没走，拿定主意要挨打受罚，要用自己的性命来抵销自己犯下的错，要让这事早早过去。俩位老娘说不转她，拿她没办法。

到了下午，大哥来到了病房，是来送衣食问情况的。他见到自己先是一惊，举起手想打她，但又下不了手，最终打在他自己脸上，小哭起来。是拜娘和母亲一起劝说大哥的，最后大哥听了劝，把她领了回去。

那天她被大哥领进家门时，二哥三哥和亲房本家都尾随而来，父亲在正房炕上躺着，喝令叫把她在隔壁的房子里锁起来，饿着。她一直记着那次被锁起来的四天里，只有大嫂在夜里给她偷送一块馍，一碗水。说来也怪，妈妈从见了她哆嗦病开始停了，病情迅速好转，没满三天就出院回家了，仍然料理着她的家务。

就在母亲出院的第二天，三哥背着所有人去找了他，回来时头上脸上手上

身上全是血，他说他把那畜牲的一条腿给打残了，还阉了他。这话传出去了，越传越生动。父亲听到传言，就把她一直锁着未加处理。她确越听越急，心惊肉跳的。

　　过了半个月，她突然呕吐起来，大家都知道就自己不知道她是怀孕了。那年月人穷，家家户户喝稀延顿挨日子，人们见了面唯一的招呼语是"喝过了吗？"她家这么一折腾，下锅的粮食一粒不剩了。母亲见她身体成了这样，生怕耽误她一辈子，就打起了怪主意……唉，也只有母亲能那么疼爱自己，为了她而断送了自己……

　　仇家堡子种剩的洋芋籽被人偷了，社员大会连续开了三个晚上，人人揭发线索，说是一旦找着偷洋芋籽的贼，要以"破坏春耕生产"罪戴上高帽子游街，要罚到倾家荡产，要当"四类分子"批斗。决定谁举报有功，要给予奖励，推荐家人当工人。就在连续半月的社员会开得无果，将要把事情搁起来的时候，谁跑到大队革委会主任家报了案，说是他发现洋芋籽就在二队的麦草垛里藏着，革委会主任和其他干部带人跟着谁去取了回来，于是这把火又重燃起来。那天晚上正在对着寻到的洋芋籽开社员大会哩，她的大嫂急乎乎跑到会场把大哥叫到外面说，"你们的妈死了，还吊在家里的梁上"。他们兄弟赶到时，母亲已是气绝身亡。当时她并不知道发生了什么，是大哥慌慌张张跑来看见她的炕头放着一碗蒸洋芋，赶忙把洋芋收拾了，事后她才知道的。料理完母亲的丧事，父亲也突然病倒了，吐了血，大队干部来探望时，父亲向书记央求了一件事：说他并不愁自己的女子，他放心不下的是三儿子，如果自己两腿一蹬走了，这小子在山前里后影响不好，说不上媳妇，浑起来会闹大事，请大队书记帮忙，在招工或招兵时把他打发走，这事就解决了。大队书记说这事好办，他前天去公社，听说现在就有一批洋面厂的招工指标，可以争取一下。隔了一天，大队书记晚上来了，说是事已谈好。父亲一激动，一口气没上来，随着母亲去了。

9

　　姻缘就像走棋局，一步走错，所有步子就难走了。命运的棋局更难走，开局没布好局谱，步步就跌入被动，越来越被动。她仇石花疏忽了姻缘的开局，乱了的不仅是她自己的婚事，甚至迁连到周围所有的人，这种命运对凡人的神不知鬼不觉的玩弄实在让平凡的生命难以承载。

乡村的夜，往其深处走时，可感觉出眼前的水分会越来越浓，气温往下沉，阴气变浓重。子时辰的夜叫子夜，寅时辰的夜叫寅夜，不知道丑时辰的夜能否叫丑夜，凭吸来的空气的湿度判断，大概已经进入丑夜了，但这对不遵守时序的男女仍然在回忆中出不来。男人知道女人现在比他还劳累，也怕她不睡觉又会生出啥事来，就尽量保持安静，想让女人睡去，可不料睡着睡着，女人倒哭起来了，他不由心里一紧，不知道她的哪门子心病又犯了，就乖声讨好女人："今天你比我干的活多多了，我都觉得快累死了，你肯定比我的浑身还酸痛，不要哭了，你指个地方我给你捏捏？"女人的眼泪更多了，她狠狠蹬了男人一脚，也不说话，把脸埋起来。男人了解女人的脾气，不好再劝。

10

男人猜想女人的哭可能是女人可能想到了她的父母，显然，今天的干事场面上唯一缺少的就是她的父母，她的父母亡故了，给她又多了一个他死了的女人的父母要其供养，她一定心理难以平衡，再说她父母又是非正常亡故的，这事是她最大的心病……

怎么能忘记啊，她的父亲母亲！他俩的婚事！

当年，他知道由于他们那时的错误让她的母亲死了，她的父亲死了，她的三哥当工人走了，她二哥是怕老婆不敢帮助她，她自己一个人独守空屋空院。那段日子噩耗接连不断，他时时心惊肉跳，他耻辱，他见不起人，他经常盘算着怎么样自杀，但他又牵挂着他的老父亲、牵挂着她而等待着万不得已的时刻……那天他躲在他的土庵里百无聊奈的时候，她来了，张口就问：

"到处传扬说你被我三哥阉了是咋回事？"

"吹牛皮"，他赶紧说："那天我在庵房外边正做饭呢，他来了，我认识他他不认识我，他一见面就问：'你就叫吴喜生？'，我点了点头，猝不及防，他从身后拿出一根木棒照我腿上就打，我没反抗，转过脸把背给他打。我本想他打我是人之常情，在意料之中，打一顿解解气，事情就可能开头了，我迟早要面对你的家人，面对他。可没想到他在背上腿上打了几下见我不反抗，就朝头上来了，一下一下往要命处击，见我还是躲一下挨一下的不还手，他拔出一把尖刀要阉我，我气上来了，挥出一拳就把他给击出三四步远，他站立不稳，

从地埂边掉下去了，爬起来时我见他的刀戳伤了他自己，他就急急地跑了。"

"那我家的情况你都知道了？"

"大体知道"。

"你把我害成这样，你就这样一直装没事人？"

"要不是我老父亲太可怜，我会以死谢天下的……"

"呸！熊包蛋！"她狠狠吐了他一口。

"咱成亲吧！"沉默了一会儿，她说。

"啥时候？"

"现在"。

"那能行吗？"他没想到她的主意是这样的。

"不行也得行！"她语气很坚决。

"在哪里？"

"就这里！你还有去的地方吗？"

"……"他想说什么，但又被自己堵了回去。

　　她说着，把庵房炕上的被子抱出去，铺在了外面的草坡上晒好，又找出他上学用过的书和作业本拆了，让他去打浆糊。他打好浆糊后，她教他往纸上刷，自己就往墙上贴，把庵房糊得白生生的，亮堂了许多。糊完了，她又让他去弄些香蜡面粉来，没白面时玉米面也行。他不知道怎么就从自杀路上回来了，心里明白她这是真要结婚，结婚是要祭祀先祖的，她要做祭祀道场。他一下子觉得自己不属于自己了，他顺从地答应着离开了三界山。

　　那天他才知觉到了缘分是可遇不可求的，就像天上的黑云堆的太厚太久了，让人在失望的情绪中走不出去的某一天早晨或傍晚太阳就出来了，把黑云照成了一天美丽的紫霞。面对这突然到来的缘分，他还真不知道怎么才能抓住它。他第一次朦朦胧胧体验到了天上掉馅饼还真不知咋吃的滋味。

　　到哪里去弄这些东西呢？他想起了他的一个女同学。反正仇家堡子吴家又都不能去……他想起的这女同学是莫家河的莫春花，她在上学时给他写过两封情书，那情书还在他家正堂的他的奖状下面藏着呢。他知道莫春花着实还没成家。他曾想拖人去莫春花家提亲，但明知自己家里太穷，他和她只能是有情无缘，他料想试也是白试，就没搭量。离校后，他们甚至没见过面。现在自己去求她弄一点白面香蜡还是有希望的。他到了莫家河，拣小娃娃打听莫春花家的方位，很快就找到了。他看春花见到自己先是一惊，然后一连声"老同学"地热情招呼，问长问短，激动得一定要留自己吃饭。他看情况琢磨着一时难以脱身，便撒了慌说自己的父亲病得很重，阴阳先生看了，说要一些香蜡纸火等用物，还要借些白面侍侯阴阳先生。莫春花见他面泛难色，就把白面装了两碗，玉米面也装了一些，香蜡烛火家里没有说要去村里找些来，他说那怕等不及，就只拿了面出门赶路，也没让莫春花送。

他怎么也忘不了那天他回来时的惊喜，她在庵房炕后用采来的一色紫的野花粘了两个套叠的心形图案，用的野花品种繁多，许多品种他都没见过。一进门她就让他在心形的花圈里写"双喜"。他一面认真写一面汇报面粉找到了，香蜡烛火由于"牛鬼蛇神"抓得紧，一时没找到。她问是找谁家的，他骗她说是他找了他的舅舅家，舅姥爷给的。她也没多追究。看他写完了，他们就在门外露天下用三个大石头支起铁锅生起火，蒸了六个白面和着玉米面的死面馒头。她让他把糊墙剩下的纸片收拾起来，裁成一样大小的小片，找了一枚 5 分硬币蘸上水把那小纸片印了一遍。馒头蒸好了，她没让他吃自己也不吃，全部和印的纸片一起收拾起来。这时夜幕已经下来了，她让他洗了手脸，自己也认真洗了，就提上收拾的东西拉上他出门要去一个地方。他问去哪里，她说去了就知道。

11

她和他在自己都很不熟悉的崎岖山路上走着，四周黑得瘆人，比他眼前的这个黑夜还黑很多，耳畔不时传来夜行动物的尖叫声，他有些害怕，心里紧张但不敢问她要去哪儿。她只顾自己往前走，一点也不在意夜的黑暗。他们来到了一个山弯，他没注意时，她走着走着突然跪下去嚎哭起来："答答，妈妈，你的娃来了啊……啊啊啊………啊啊啊……"他被她突然间的举动，全嗓门的嚎哭泣惊得六魂出窍，头皮发麻，脚心冒汗，在胶黑胶黑的黑夜里，他不知道他俩来到了啥地方，他知道这一切的祸殃都是他自己给她造成的，他不知道怎么才能安慰她。他劝她，劝不了，只能听任她继续哽咽着哭诉："答答，妈妈，你的娃寻着你来了，给你俩磕头来了啊……啊啊啊………啊啊啊……人人的女孩都要出门的，家家女孩出门都是喜事，是好事，是正常事嘛，我咋来呀，我的命咋这么差来呀，把本来的喜事弄成了丧事，还把父母两个都弄死了啊……啊啊啊……啊啊啊……你俩个走的时候咋不把我领上啊……啊啊啊……啊啊啊……你俩一辈子弄啥都把我带在身边，从来都没有放手过，这一次咋了着就

不领我就你俩都走了啊……啊啊啊……啊啊啊……你俩个的死都是为我来着，全是我的错，你俩为我来咋不把我也带上走啊……啊啊啊……你俩咋这么狠心来着，把我一个扔在这野湾湾里，我咋活啊……啊啊啊……"

她哭了一阵，歇了一阵，又往前走，走着走着停住了，凭感觉眼前是到了一块坟地，她的爹妈就埋葬在这里，还是新坟，冢上的土还散发着地下的潮湿气息。四周的野草长得很长。到了父母的冢前，她拿出蒸馍和小纸片在下角摆好，点起了自制的用一种特殊的干野草做成的香蜡。他在一旁弄了些柴草烧起了一堆大火，然后和她跪在了一起，她再次放大声哽咽着哭诉起来：

"答答，妈妈，你的娃来了啊……啊啊啊………啊啊啊……石花哭你们来了啊……啊啊啊………啊啊啊……这半年来，你们一个个走了，我一点点都没想到啊……此打你们把我生下来我就没离开过你们，现在突然只剩我一个了，空屋空院的夜夜我都听见可怕的鬼叫声，你们让我咋活啊………啊啊啊……原来你们说我是你们的心头肉啊……啊啊啊……爹妈离开了啊……哥哥不是哥哥嫂嫂不是嫂嫂了啊……啊啊啊……他们不问我吃不问我穿，连我们的门都不进了啊……啊啊啊……原来他们到那个院里来送吃送粮都是冲你们来的，我晓得我是一分钱不值啊……啊啊啊……答答，妈妈，你的娃来了啊……啊啊啊………啊啊啊……所有的人都咬死说我害死了你们，我知道你们心里清楚的，你们到底站出来说句话啊……妈妈你也是过来人，缺一两天饭是饿不死人的，你为啥就拼老命干了那蠢事，我心里烦那洋芋我一口都没吃啊……啊啊啊……我是准备和你两个人吃的啊……我一点都不知道你的想法，这反倒害了你的命，谁能知道啊……你们都念叨我嫁不出去多少年了，我是替你们想的呀……啊啊啊……看人要看本质，要看以后的前途，这都是你们教我的，为啥在我身上你们就不用了，给我一点解释的机会都不留啊……啊啊啊……你们还不知道他呀……"

那个夜晚湿漉漉的，她的头发上和她周围的水草上都结了露珠。那坟冢的新土也越来越湿了，周围的虫鸣也呜呜咽咽的渐渐少了，像是哭累了。山头埋进了看不着的地方。不知过了多久，也不知夜已多深，他下身麻木得忍不下去了，就抬起头擦擦泪，心头上涌出了一股无法阻止的酸酸的咸咸的苦苦的热流，原来的瘆人害怕的情绪一点都没有了，他换了个跪姿继续陪她放声痛哭。

"答答，妈妈，你的娃来了啊……啊啊啊………啊啊啊……你们当心头肉把我养了这么大，但你们去逝了他们也没让我哭你，没让我戴孝，我委屈，我难受啊……啊啊啊……"她哽哽咽咽诉说着："答答，妈妈，你的娃来了啊……啊啊啊………啊啊啊……你的娃已经感觉到了，作父母不易，这样的心痛比死了都难受啊……啊啊啊……我是打算以死来报答你们的，但是你们或许知道或许不知道，有些人就巴望着我立刻就死，他们说我命硬克死了父母，说我是克夫的命嫁不出去，说从小就看出我是妖狐狸转世，是来害人的啊……啊啊啊………我明白他们是看你们老了，白消耗粮食了，还占着家产，才使我们家这些年家务纠纷不断的，你们走了我还在，他们不高兴啊……啊啊啊……我死了他们高兴了，我在你们那边也受不了啊……啊啊啊……我也不能再给众人留下指你们的脊梁骨的口舌啊……啊啊啊……我早些死了就能换回你们，现在连死都没路数了，你们让你们的可怜娃咋办才好啊？"

"答答，妈妈，你的娃来了啊……啊啊啊………啊啊啊……我知道害死你们还有他的一份，今晚我把他给你们带来了，你们就狠狠惩罚我俩啊……"她说着狠狠抽自己的脸，他也不由自主地边大哭边抽自己的脸。说："答答，妈妈，你的两个娃来了啊……啊啊啊………啊啊啊……我很早就听说石花没见过石花，哇一天见了啊……啊啊……我就觉得我们很有缘份……份份……我家里很穷……穷穷穷……我没有勇气来你们家提亲……亲亲……那天三哥来打了我，我是做好先让你们打我折磨我再慢慢提亲的……的的的……的的的………没想到你们先走了，现在谁来管我们的事啊……啊啊啊……啊啊啊………我不是人，是我害死了你俩……俩俩俩……"他越哭越伤心，越打自己越用劲。她看他这样真情实意地打他自己，过了一会儿，就先停止了哭泣，像刚才一样蹬了他一脚，示意他不要哭了，他们两个都停住哭，把灭了的火再生起来，默默的坐着。

夜，地狱一般的深暗寂静，风不刮，虫不鸣，云不动，树弯腰，全世界仿佛只剩下他们俩个有气息的活物坐在那阴阳界边的乱坟堆里等待着什么。不知到了什么时候，火灭了，她站起来捋了捋头发，整了整衣服，拉着他又端端正正地跪在坟前角，非常虔诚地哽咽着说：

"答答，妈妈，你的娃来了啊……啊啊啊………啊啊啊……今晚我就和他去成亲……亲亲亲……没人参加我们的婚礼，我们先来祭奠……奠奠奠……在后你们要保佑你们可怜的苦命孩子……子子子……"他也赶紧说："答答，妈妈，一切祸端全由我惹起……起起……从今往后，我要好好侍奉石花，山神土地，各路神仙……仙仙仙……在身后站着……着着……我当着所有神仙的面发誓：我吴喜生对石花若有二心……心心心……心心心……就吐血生疮，死在外面车碾马踏，雷击河湔无处葬身！"

突然，一种隆隆的响动传来，越来越响，是从地下深处发起来的，坟堆叭叭地响，似在裂开。他俩是头一次于深夜到墓地，被这种阵式吓得魂飞天外，手足无措的埋头等待下面的发生。地声过后，面前有了声音："石花，我的娃"，是她的母亲的哭声——他没有见过她的母亲，就确认是她母亲的声音。他俩同时抬起了头，眼前一片光亮，女人的父母真真切切的在距离他们四、五步远的地方站着，泪流满面，表情悲怆，还是生前的穿着，一点没变，四面围上了许多青面獠牙的彪形大汉。老汉使劲拉着老太婆，老太婆拼命要挣脱过来抓她的女儿。一边哇哇哭着说：

"我的娃，我的娃，你把我愁死了……"

"妈妈……"女人一见到自己的父母就不顾一切地往过去扑。

"后生，快扯住她"，老汉喝令："不能让她过来！"

两个女人扭打着要拉手相拥，两个男人极力地阻止着她们。猫头鹰、咕咕鸟、野猪、黄鼠狼等等的夜行动物都来了，不时发出让人骨酥的怪叫。那种叫声每响起一次，他全身的每个汗孔毛孔就张大一次，身体里的东西就减少一次。他尽力拖着他的女人，但感觉越来越困难，快支撑不住了。女人的父亲一边扯着老太婆一边喝令他：

"还不背她回去好好过日子等啥哩！"

他把女人背成杀的过年猪肉一样搭在自己背上，从彪形大汉的围拢中挤出一条道就逃，女人的父亲还在后面喊：

"后生，你说的我们都有听到了，你要善待石花，把日子过好，若有变心，我决不饶你。"

……

那夜的誓言，那夜的恐怖，钢钉钉铁板一样深深钳入了他的灵魂，使他后来做事懂得了负责，但他一直对那夜所经历的奇怪现象，一直都搞不明白究竟。后来传说女人父母的坟冢上有个窟窿，四面山上的一些树也奇怪地跑到了那坟园，越传越怪，越传越神。说女人的父母常在那坟园现身闹夜，所有的人都不敢再去那里，怕被勾魂，那道湾里的田地都被撂荒了。他和她心里都在猜那夜的巨大地声可能与树的移动有关，那彪形大汉可能是借树显灵的神圣，但谁也没给谁说过自己的猜想，那越来越凶的言传就像随时要斩他们一家的利刃一样在他俩的头上悬了起来。

他很担心女人再去那里找她母亲，但是没有，女人像忘记了她的父母一样没再提起过，努力地过起了日子。感觉像真结婚了一样，虽然没有任何的结婚登记和认领结婚证程序、虽然没有媒人的介绍婚礼的仪式、虽然没有热闹的场面亲人的祝福、虽然没对外宣布也没人承认他俩的婚事，但他俩有自主的决定，有鬼神的准许，有相互的默认，就这样糊涂又清醒的生活在一起了，在最远离人烟的三界山，一间草苫子里，没人教他们什么是夫妻生活，没人教他俩夫妻怎么生活，他俩就生活在一起就过起了想象中的夫妻生活。

那年月的生活虽然缺窝短粮，但他们两个彼此的心里有了塌实的依靠，日子一天一天也就往前走了，她父母的阴魂竟再没纠缠他们。

他的父亲见天上掉来个儿媳妇，他不管别人咋说，心里乐滋滋的，要把他们接回村里住，可她不肯，老汉就转出门去讨饭，每到月尾来看她们一趟，来时总带些城里人吃的白面馒头，偶尔也竟能揣着些碎肉回来。那年冬天，她生了红豆，他想到这娃是打苜蓿地里来，苜蓿是豆科植物，它的紫花中以红为基本色，就给儿子起名"红豆"。大家都觉得这名字好，既有学问又顺听，很高兴。

红豆二岁那年，大队实行包产到户，她觉得那是他们命运的转折，她思谋着，只要分给她几亩田土，由她自主经营，凭她的精明，他们去劳动生产，用不了几年就可改变他们俩一个村庄的野居状态。她很厌烦那种远离村庄，远离人烟，远离亲情的野人一样的生活，那是万不得已的事情，她觉得她是逢上了搬回村建新房过正常人日子的机会了。可不料分地的时候，队里按入社时谁家祖上的地优先划包给谁家、多余部分才调整给入社无地的人的办法进行。他家祖上就没有家业，他们也没有领结婚证，她和红豆属于无法律保障的黑人黑户，就分不上地，队长鉴于他家情况特殊，他的影响还好，就顶着全村人的争议给他家调整了一块较近的二类地。谁知他拿着刚分到手才捏了两天的合同，还没暖热，一个单身的五保户老人就死缠硬磨的请求兑换，他看不惯老人可怜巴巴的样子，就心一软换给了他，只落得队里种苹果树的那块又远又薄的树还不让砍、田又没法种的一小块。她知道后肺都气炸了，她说她算看透了像他这样的高中生了，就是个再怂不过的怂包蛋。她知道他把到手的希望之田换给了别人再也无法返回来时，她和他大吵了一场，整整吵了一个月，她能不吵吗，她自小就思考着她们的乡村生活，她发现她们乡村人穷困的原因是思想意识的僵化，只按老先人种粮买粮的模式生活下去，谁也就跟老先人一样活在继承来的老屋下，在食不裹腹，衣不蔽羞的古旧的贫困中，如果改变了种粮买粮的格式生产方式，种

上些价钱贵的东西，拿同样的体力，就得到了好于种粮数倍的收益，就能生活在村庄人的前头。她已经想了好多年了，她想她会种药材，会种别人不种的东西，但没土地使用就咋都落空了，她能不吵吗？最后她抱着红豆出走了，给谁也不打招呼，去了一个谁也不知道，谁也找不着的地方。

12

那年她走了。他的心里像着了一把火，他四处寻找，但预感很不祥。他知道她的倔强，一旦决计的事九头牛也拉不回来。他懵懵懂懂寻找了她半年，像一片被风吹着漫天飘飞的青枝上掉下的黄叶，无助无奈无目的地朝着有价值没价值的线索跑跑停停，寻寻觅觅，日子一天天过了六七个月，但毫无她的踪迹。他的女人没了，他的儿子没了，他的缘分没了，一切都没了。寻妻漂流的苦痛就那样渐渐噬尽了他的希望，他终于又回到了吴家叉属于他的那个让他心痛又没办法离开的家。由于土地承包划分到户，集体的苜蓿都分掉了，在三界山其他大队的庵房都拆走了，把他剩成了一个人的村庄。他在学校里学的一切也全都成了废物，这里人种田他不会，像同学一样做生意又没本钱。他越来越觉得自己的根虽然在这里，但自己不是这里的人，这里没有他的活路。他痛苦极了，更揪心的是每当听到人们议论像她一样出走的女人，听到说这些没出过门的乡里脾气大的女人赌气出门后，就都被人贩子拐卖了，全卖到边远得很的地方，买主大多都很野蛮，买到妇人后，为防逃跑，先将其致残或想尽毒着限制其行动一类的话，他就心悸，浑身发怵。到那时他和她虽然只做了两年的夫妻，但他知道她不会接受传说中被致残侮辱的情况，她是宁肯去死的，她也许已经死了，死在一个消息传不到娘家的地方了。那儿子呢？她若要是自己寻短见，是一定会把儿子安顿活下来的，也许会送了人。他待不住了，三年来，他像心把把上垂了一块铅秤砣，他时常心痛，心烦。他困乏，贪睡，沉默寡言，不愿和人接触，总是一副魂不守舍的样子。他常和父亲生气，他离开了他一个人的村庄卷了行李出外打工去了。

他夹在民工队里，到处干苦力，遭冷遇，一点点高中毕业生的味道都没有了，真是贫乏到连供应自己须发、体毛、指甲生存的能力都没有了，头发大把的掉，指甲也钙化得酥骨一样。在学校时，他的组织能力强，擅长篮球和长跑等体育项目，文化课成绩也好，受到了学校革委会主任、全体老师的赏识，被委以各种重任：班长、团委书记、学生会主席等等，他有着很大的优越性。现在奔到别的民工队门口找活，他除了多干活、抬重头才能混下去以外，别无办法，他要从头向没进过学校的民工学习，他开始干没技术的体力活还不如没上过学的民工，他十分怀念过去的学校生活。

头一次出门求生，他真切感受到了外面的世界之大，大世界之残酷，残酷世界之无情。他走到哪里，都有人盘查民工人的身份，要他们出示身份证。他哪里有身份证呀，他没结婚证，就不能办身份证、宅院证，土地证，啥证都不给办，由于在吴家叉也没人使用这类证，他也就没去办，但一出来，处处都要身份证，没身份证的，干同样的活得的是少一部分的工资，名字也被单列，像是犯了罪的人，真他妈的窝囊。他到处挣不到多少钱，只好打一枪挪一个地方，从全国的最西到最东的大城市倒跑了不少。他想回去办个身份证，但一想到那个地方就心里作痛，次次想一想就打住了，许多年了，他一次家都没回。

转了两年，他发现出来打工挣钱的人，越是发达，越是富裕的地方出来的人越多；越是贫穷，越是落后的地方出来的人越少。他被相好的工友裹着到了特区南滨市，在一家商场的家私城找到了一份送家具的干事，这份活没要身份证，凭着他的身强力壮、吃苦耐劳有眼色，重要的是为人诚实稳重还有知识会计账赢得了商场老板的赏识，他就在那里扎下来了。幸好他人机灵，为了钱他白天干完本份活，晚上出来找钟点工干，以图多挣点。

他干活的商场的对门有一名叫"济世堂"的私人诊所，是老两口开的，当地人，男主人姓庞，女主人姓乔，都已年迈，据说是祖传医技，看上去生意挺红火，特别是傍晚那会儿，顾客来来往往，直到午夜老两口忙乎不停。他是在红专班学过一些医药知识，一笔字也写得洒脱漂亮，晚上找不到活时就去济世堂帮助老两口抄处方，整理药柜，计算收入。用了不长时间，老两口再三考验，觉得他诚实稳重，就和他商量把他固定了下来，每天傍晚到诊所干四个小时，每月给 120 元。他欣然接受了，干得很称庞叔夫妇的心，他还认了他们做干爹干娘。两年之后，老两口在省城当大军官的儿子把老两口接走了，把济世堂以四万元的价格赊给了他。其实这种结局是他调查筹划到了的，他的预谋实现了，真是喜出望外。他认真经营济世堂，苦钻医技，仅用了两年就用济世堂的经营把赊帐还清了。他想把老父亲从吴家叉接过来，再也不回让人痛心的吴家叉了。

周围的人都看出他把家安在这里了，邻居一位特别和善、喜欢帮助他的大妈热心地为他说起媒来。大妈姓井，老伴姓柴，大妈嫌大家称呼她井姨谐音难听常发牢骚，他就按当地习俗称她柴婶。一天吃过了晚饭，他刚进了诊所，柴婶兴冲冲来对他说，他的缘分来了：城西的一家，女人和他年龄相仿，属猴，他属鼠，申子辰化合水局，属十二支三合局挺般配的，虽然那女人带着一个孩子，但不是亲生的，是前夫买来的，那女人还没开怀哩，她是男人另有了新欢和她分的手，已经半年了，现在那孩子女人的娘家愿意养，说好了女人嫁出来就对了，成了家时他们的孩子自生自养。听了柴婶的话他当时只对孩子是买来的信息感兴趣，他决定先去看一看，再碰找红豆的运气。第二天就跟着柴婶来到城西。柴婶说的女人叫文雅，个子不高，腿粗腰圆，脸面上鼓腮凸额，五官全没市场份额，细部一瞅，塌鼻梁厚嘴唇，扫帚眉拔光了，画了两条蛆一样的黑油彩，稀黄的头发窑窝子眼，那相貌直让他联想河滩上多次砍过头的老蹲柳，咋看咋不来感觉。他想难怪前夫跟她离婚，就这副怪相谁能守着下去过日子呀？长得难看的萝卜还常有怪辣味呢，谁知道这女人还有多大坏脾气？正想着，突然一个白白胖胖的孩子从门里进来，是个男孩，七八岁的样子，见了人怯森森的，张望了一圈屋里的人，眼神怯怯的溜出去了，看来和这家人的感情还没建立起来，估计就是柴审说的"买来的孩子"。照面瞅见那孩子时，他顿生一种无法压制的亲切感，那孩子的样子，他怎么看怎么像他的红豆，外貌中有石花的影子呢。他装模作样的应付着柴审坐了一会儿，柴婶和那女人的爹妈说的啥他全听不进去，他的一门心思全在这个像红豆的孩子身上了。

他借故出门，那孩子正和七、八个年纪一样大小的孩子在道路上低头玩拍纸片的游戏呢，他小心地溜到他们背后，孩子并没发觉，他盘算起了怎么知道这个像红豆的孩子是不是红豆的办法。突然记起红豆的右小腿前面中部有一片胎里带来的红记，右耳朵正上方的头发边缘有一颗黑痣，他怎么才能看到呢？他突然用家乡话叫了一声"红豆！"，别的孩子都像没听见，似乎听不懂北方话，唯有像红豆的孩子抬头看了一眼他又忙着低下头去玩了。"有门道"，他心生一计，从路边的小卖部买了8个飞机玩具走到孩子们跟前说："这些都送给你们，你们把裤腿卷起来，我看谁的腿子白讲卫生就先给谁。"像红豆的孩子半信半疑，先卷起了裤腿。他一眼就看见了孩子腿上的胎计，他激动得泪都下来了，把玩具一下丢给孩子们，就抱起像红豆的孩子，一边说："这个娃娃最聪明"，一边掀起他右耳上边的长发，那颗记忆中的黑痣出现了，他顿时热泪直冒："这就是我的红豆"。他一时不知怎么做才好，正高兴得发狂呢，柴婶出来寻他了，见他抱着那女人的孩子万分喜爱的样子，就把他和孩子喊回去，嗔怪他：

"哪有第一次见面就这样和人家孩子亲热的？"他喜形于色，但不多说话，对柴婶的责怪他一点也不在意，头脑中发生着激烈的斗争，答应亲事，那女人实在是出乎想象的丑陋，恐怕将来过不下去；不答应亲事，那红豆如何才能回到自己身边？既是回来了，他又怎么带他？他是如何才被卖到那丑陋女人手里的呢？石花又怎样了呢？不答应，这一切又从何知晓呢？为自己——为孩子，为孩子——为自己……他心里的天平左起起右起起，始终稳定不下来。

回到济世堂，他连续十多天夜里失眠，他想红豆在他的女人一定在，而且可能会离这里不远，他怎么才能找到她呢？他一定要找到她！他现在还不能暴露自己的身世和他的女人的信息，这里人生地不熟，大家都不知到他的真实情况，他若立刻就找到了他的女人，和那女人的亲事就泡汤了，和红豆也就团圆不了了。再说快十年了，他的女人既是在，也或许早就又嫁人了，找到她说不定还会在这异国他乡惹出大祸呢。一连十五天，他思想上烦透了，搅得他夜夜难眠，不思茶饭，白天在家具城干活也老把商品摆错地方，让老板不高兴。他连着十多天梦见石花和红豆了，一会儿在吴家叉和他的老父亲逗笑，一会儿在三界山他住过的庵房里和他生气，一会儿在漫山遍野的苜蓿紫花里玩耍，那紫花美得醉人，也让人烦恼，每每梦正好时，石花和红豆在紫花中一闪就寻不见了，急得他惊醒来一身冷汗。第十六天晚饭后，柴婶来问他对那女人满意否，要给人家回话。他还是拿不定主意，他觉得自己也拿不了主意，就有口无心的说请她老人家看着办。柴婶的人肠子直，就以干脆应允回话了。

就那样，丑女人文雅在柴婶的全权设计操作下嫁给了他。柴婶还做主说双方都是二婚，他又没家没寄的，干脆把女方接到济世堂算了，宴席也就免了，只把娘家十来个人接到饭馆招待一下。家具由于地方窄小，尽量从简，有人就有一切，以后有了大房再往齐里置。那女方的父母文叔和文姨也都开朗，一切主意全依了介绍人。他坚持把孩子接来了，那孩子现在叫浪浪，他也不改名就现成叫了。他的做法赢得左邻右舍一片赞扬声，说他有男子汉的胸怀气度；说他有上好人品；说他将会有美好的婚姻。他也就这样心思没在婚事上就和上次一样懵懵懂懂地结了第二次婚。办完喜事他才知道他的红豆是这丑女人文雅的前夫从一个老汉处买来的，那老汉家里只有老俩口，看看养不大这孩子，就以5000元卖给了她家，她前夫现在每月还准时给浪浪付40元的生活费呢。婚后，他除了心里有红豆外，对文雅一点感觉都没有，他以狠命的干活来远离文雅。他思念石花的心情更加急切了，他觉得他还需要石花亲口告诉他这孩子就是红豆，告诉他红豆是怎么到这里来的经过他心里才塌实。他在心里念叨着："石花，红豆找到了，你到底在哪里？"

<h1 style="text-align:center">13</h1>

吴家叉的夜还在向深处滑，让人感觉其夺走人体温的欲望越来越强烈，使人发冷，冷得我们的主人公头脑清醒了许多。

哦，最有效的婚姻证是你自己拥有的财富，财富是众人给人群中的个人排序时所依据的唯一根由，财富带给人的就是在社会生活中人品地位的高下，有多少财富，你就对应的享有多少社会认可。财富作用于人的，首先是婚姻，有多少财富，婚姻就有多少胜算。男人的富首先富婚姻，富裕的挑品味的好女人，一般的凑合组成家庭，穷人就无真正意义的婚姻了，打扫夜市一样只求不落单。他家早年的穷是不会让他有真正婚姻的，他的家也是他女人的失误让他捡了便宜，所以他这些年过得才如此苦恼，幸好财富是流动的，现在他的财富在老村子里凸显出来了，他从以前没有的高角度看三界山一带的人，看他们的婚姻，就觉悟到姻缘其实是上帝装在人的灵魂世界里的土石磨，就是吴家叉人的土磨子，男性是石磨的下扇，女性是石磨的上扇，一个一个的人就是替上帝拉磨的驴子，被绑上了套索，蒙上了眼睛，驴子就昏昏噩噩的走起了那个圆，这就是凡人的正常生活吧。如果那头驴子偷懒、使小性或者走错了道，上帝就会教训他，甚至会抓来一群驴子出气。男人也有了心得。

看来主管人间姻缘的神仙也是俗不可奈，为了信众的恭维，常常要将一部分人的姻缘证扣留，让他们有婚事没婚缘，陌生的生活在一个屋子里。

男人和女人都有这样的觉悟。

<h1 style="text-align:center">14</h1>

走诧了姻缘的道，咋样路口选择都是错误的，就如把料子剪错了就怎么也缝不成好衣服一样，尽管她也优秀，她也努力了，但仍然耽误了许多。近二十年来，错误的日子，错误的履历，网络病毒一样侵染到她命运的计算机上，饿鬼纠缠一般无法删除。现在，她出走后的情形又在今夜的"显示器的屏幕"上播放出来了。

她现在知道他在南滨和那个女人领证结婚的时候，她就在离他很远的河江市的一家私人服装厂里做工，还任车间副主任，领着22个姑娘加工服装，要不是没身份证，要不是识字少，她还能越过这个"中层领导"的"槛"当上会计副厂长一类的官。在城市里混，没证件的人直像飘荡在人群间的游魂野鬼，没人接纳你的归属，没人承认你的存在，没人同情你的遭遇……结婚证、身份证、学历证、技术等级证、房产证、居住证啥都得凭证说话，而她没结婚证，所有的证就一证无有，那些年来，招工要证、乘车要证、住店要证、看病要证，就差解便凭证了，也就因为差了这点，一证无有的她才庆幸自己没被城市把肛口堵死，她算是吃尽了没证的苦头。走到哪里，人们都将她当逃罪的嫌疑人看，就凭她没证。她没证就上不了工厂的花名册，上不了花名册就没人当人待。她没证就不能干活，谁都拒绝与背景不光彩的人牵连。她感觉到了她父亲当时的正确远见，她深深感到了文化知识对出门人生存的紧要。她虽上到小学五年级，识些字，但自她对上学没兴趣停学以后，这些就都忘光了，看着能认些，就是拿不起笔，唯一能写上来的也就止于自己名字三个字和一串洋码数字。服装厂新接的活每一批设计都不一样，什么"胸围"、"臀围"等等的，要是给她说透了意思，她觉得简单极了，她自己设计裁剪出来的服装甚至很是畅销过，但她不会说不会写，请人把自己的设计想法按原理写出来，专利奖金大部分就成别人的，揽上一批活也要先找识字人给自己把意思讲透，耽误时间不说，还教别人瞧不起。为了适应服装厂的工作和兼干的幼儿园做饭工作，她又从头学了不少字，基本能看简单的设计书籍，还能使用电脑设计，但她始终感到这种弥补的没有正规学校毕业原装的来得好，总是差一截，那时她认为这是她命中注定的，她的命就是"差一截"的命运。

　　本来她在那家厂里是能够长期干下去的，兼干的附近幼儿园的差事也很顺利，一直很安心，但自打过了去年的春节，她夜夜梦见红豆和他，那个月一连十多天她不间断地梦见红豆被她找到了，带回了吴家叉，她的老公公吴霸子喜出望外地对自己笑呢，很高兴地欢迎她，可她的男人不要她，拿着棍子在漫天的苜蓿紫花里追赶着她，要打死她。她被撵得无路可逃，突然被一条吐着信子的蛇咬了，她急得大喊……惊厥起来，浑身直冒冷汗。人们说前半夜的梦灵验，可她前半夜做的梦老是自己还在三界山的那间庵房里生活，她的爹妈还穿着活着时的打扮结伴来到庵房外喊她的名字，她从嘹望孔见是自己的爹妈正和善地朝自己笑眯眯招呼，她刚一开门，两位老人闪进来就把还是月里娃的红豆抱走了，飞一样消逝在了苜蓿地的一片浩渺无边的紫花里。怪了，真是怪了。她把红豆寄养给别人的前两年，她真想梦见他和红豆，她和他那时毕竟夫妻母子一场，她的赌气出走没有事先给他说，也是她独自做主把红豆送了人，她觉得她对不起他们父子，理亏，她想和他们在梦里相见，那是唯一可安慰自己的途径，可死活就是梦不到。她听人说"日有所思夜有所梦"，她就白天不停地想他们，能数得来的夫妻日子她不知道回味着捋了多少遍了，但就是梦不着他们，尽梦了披发裸体、怪模怪样的女人在演戏跳舞。她小的时候母亲就给她讲过，这种怪女人跳舞演戏的梦是说明鬼魂纠缠，久梦必生大祸，是不祥之兆。她为了阻止这可怕的梦魇的纠缠，还请了街头卦摊上的阴阳先生画了咒符，她按嘱咐缝进红荷包戴在内衣的腋下，还是没起多大作用。自从进了服装厂工作稳定了，恶梦就少了，也还是梦不见喜生和红豆。

她知道她当车间主任里面有蹊跷，从她进厂后女工一茬接一茬的换，换了几十批了，就她们一起来的三个人一直留了下来，这其中一个主要原因就是那白眼珠大黑眼珠小，矮个子的中年老板对她们几个打了不良的主意。进厂一年后，老板摸清了她是北方人，在河江市也没有任何亲朋依靠又不识字，没有出门经验，便把自己弱智手残，在当地无法成家的弟弟介绍给她并逼诱成亲。她当时没办法，是三个和她一块被招进来的结拜姐妹帮着她出主意，她们和她一起想了对付黑心老板的办法。她们弄清了这服装厂是老板祖上的家业，是近几年落实政策时政府归还给他们重办的，他现在只有兄弟两人，再无姊妹，按理说兄弟两人各有一半份额。大家在一起商量着让她先诱老板把一半工厂分给其弟，立了文书，这样对她们来说就可进可退了。进嘛，图不了人可也有这一半工厂作底，以后有看情况的机会；退嘛，只要拿到文书，那胖墩墩的老板娘是孙二娘式的母老虎，借着她的威力，可以要挟老板，以图减少在这里做工时的麻烦，万一有情况可以麻痹老板随时有可抓住的机会脱逃。那老板做生意精明，心黑得硬邦邦的，他的人情世故老差一筹。他以为他的弟弟又呆又傻还左手残疾，娶了这样俊的媳妇也免不了要自己关照，当前最重要的是让她和弟弟领了结婚证，以后的事情就由不得她了。她看出了老板的鬼主意，可老板还就真按她说的立了一张厂子财产和经营权兄弟两人各一半的文书，并在公证处办了公证手续交给她收藏。她有了字据，老板每催她办结婚一次，她就让老板先把厂子分出一半，老板两难，就一直拖着，她不走，老板不赶。其实她很心虚，她没身份证，在当地是办不了结婚证的，她的这个情况是不敢让人知道的，她进厂时就凭了个从收旧书旧报的地摊儿上捡到的女人的身份证,她就把捡来的身份证上的照片弄破弄模糊,直接用了那上面的名字。在老板想占她和她的三个结拜姊妹的便宜时,她们也限于让他拉拉手,摸摸脸的"底线",平时四个人合住集体宿舍,老板招呼去一人,超过两小时其余人就非要把她找回来,团得紧紧的,谁也没钻她们的空子。那几天不知怎么了,她老梦见自己故去的父母把红豆笑眯眯地抢走了,她预感到了一种十分不祥之兆,莫非红豆已不在人间了?这种感觉像大钳一样卡住了她的思维,她反反复复思度着,她猜喜生也许已经又和别的女人结婚了,是自己把他推给了别人,他是高中生,如果像她一样出来,他有知识又长得帅气,肯定不会成四五年时间空等。再说她也没给他任何消息,说不准他会以为她不在人世了呢……红豆现在是她所有的希望和寄托了。她前天去看红豆,那老俩口还是没有音讯。她找不到他们已经半年了,这么多年那老俩口看起来是诚实善良的,从其家境看,也确实需要一个孩子,她是看了又看,确认了又确认,试了又试,认准了才把红豆送给他们家的,她至少每半年去看一次红豆,没发现有什么异常,他们是今年过完年突然不见了的,他们会把红豆怎么了呢?或许就是因为她没见到红豆才产生这么多恶梦的呢。

她的经历和心事连她结拜的姐妹都不知道,她一个人正思想得心力焦瘁呢,突然出了大事。他们加工的一批发出去的高档呢绒西服被退了回来,原因是衣领裁剪不合适,退货鉴定书上说是衣领剪大了。我的天!那可是五百件,每件是四百八十元出厂的,成本价就两万四千,再加上违约损失赔偿,谁能赔得起呀。这批活是她一手剪裁的,责任无可推卸,她从出门六年来,从来没有出现过失误,这一下可失误大了。她这几年拼死拼活就攒了一万两千元的积蓄,真赔那何年何月才能赔清。姐妹们和石花一起商量怎么面对这意外,谁也想不出好办法,最后干脆来了个"三十六计走为上",趁老板还没清醒过来,她也没给她兼职干活的幼儿园打招呼,就和姐妹们于深夜的黑暗中人不知鬼不觉地各自分开逃跑了。逃出来后,她先奔送了红豆的人家,硬是要打听到了红豆的下落才肯罢休。一位邻居老妈妈见她泪如泉涌,心切至极,动了恻隐之心,就悄悄把她拉到一个无人的地方告诉了她真实情况:她寄养娃娃的那老头看着面善,其实吸毒贩毒的事都干,红豆被他卖了,听他老伴和他吵嘴时说买了5000元,好像是被卖到了南滨市。石花又朝南滨市奔去,她拿定主意要和红豆共存亡,她思谋着无论如何也要找到红豆。

她逃到南滨市后，白天不敢在街上走，怕暴露被抓回河江市，她估计这会儿到处的警察都在找她抓她。她在市郊租了一间房子落了脚，白天潜藏，傍晚时分出来打探红豆的消息。寻了一个多月无踪影，正无计可施着急呢，忽然在一个中午女房主进来说，附近的新苗小学一名 7 岁的二年级学生放午学过马路时，在她家大门外被一出租车撞倒，当场身亡。那孩子是个男孩，知情人说他不是父母亲生，是花了 5000 元买来的，太残忍了，那孩子的命运太可怜了。她闻听，心上像被针戳了似的，急急忙忙赶到出事现场，孩子血肉模糊，警察正保护现场。她发疯地挤到近前撩起出事孩子的右裤腿，一眼就瞥见了胎记，形状也和红豆的一模一样，他又掀起了孩子右耳上面的头发，露出了一颗刺眼的黑痣，她当场就昏晕过去。及至醒来，她发现自己已躺在了医院的病床上，病室的人说她是被路人送到医院来的。她迫不及待地下床要走，不料腿子软得站立不稳摔倒在床边，把脸擦破了。医生进来呵斥说："出事的已经出事了，活着的还要活着，你还年轻得很，不往开处想，像乡里人一样再折腾个啥？"她只是听不进去，只记得医生说她是警察送来的，还没找到家人来办住院手续。到了入夜，她趁周围人来来往往不注意溜出了医院又来到了出事地点，这里的一切都恢复了正常，她的红豆没了，这里也是她生命的终点。

她的大脑躯干里像被掏空了一样的困，她看到她的父母就站在她的面前要她跟着他们走，她浑身冰凉，挣扎着幽魂野鬼一样向城外走去。她终于到了河边，看看四下无人，就头朝河里扎了下去……再次醒来时，发现自己又躺在病床上，正寻思为什么求死对她都这么难哩，难道父母早逝的孽寿阎王爷真的都划给她了？她紧闭着眼睛，但泪水还是冒泉一样往外涌。突然听到有人叫她的名子，她就像梦里的父母亲招呼她一样不由自主地应出了声。大夫走到她身边问：

"你是仇石花？"

她张开眼缝看到了穿白大褂的大夫，谁能想到这大夫就是他呢？在她的意识里他根本就不存在了，她只是本能的喊着：

"我的红豆呢，我的红豆呢……"

他一下子楼住了她，一连声告诉她：

"红豆在呢，红豆在呢……"他说着全身发抖，泪扑簌簌的落着，热热的，咸咸的。她本能地拼全力推开他，不停顿地问：

"红豆在哪呢，红豆在哪呢……"

"红豆在家呢，红豆在家呢……"他赶紧说。

"你是？"她真的不认识他了。

"我是吴喜生，吴家叉子的吴喜生！"

"你是吴喜生？"她不知道从哪里来了气力，一轱辘爬起来扑向他，狠狠地咬住了他的左手。"嘎嘣"一声，她就把他左手小拇指最上头的一节给咬断了，痛得他"哇"地大叫一声昏了过去。她眼瞅着他的血染红了他的白大褂，还不住往外溢，这时她才完全清醒，她惊叫着跑到门外大呼：

"救命呀，这家医生出事了……"

……

他被大家送到了南滨市人民医院，医生看了，说断指无法接活，需要截掉，她的女人文雅一家人很快赶来了，那女人哭嚷着问是怎么回事，他只是咬着牙不吱声，装作被麻醉了的样子。医生征求家属意见，那女人立时站出来说同意截掉断手指。他被送往医院时，她喊来的人把她当疯子锁在了济世堂，她是撬开窗扇逃出来的，她不知道自己哪来那么大力气，现在打死她都没有那样的本事了。她撬开窗户逃出来就一路寻访来到了病房。他进病房时人们还没发现她，她目睹了医生问话的全过程。医生问家属意见时，她冲动了一下，上前一步，想说话，但被人抢去了，大家就注意到她了。那女人问他她是他的什么人，她抢先说她是他的妻子。医生要病人家属在同意截掉他手指的病历上签字，她抢着要写她仇石花的名字，那问她的女人却给了她脸上一巴掌，让她滚远点。她从包里掏出了一张结婚证，递给大夫，大夫看了，大夫就让她签了字。她也慌乱的忘记了她用的假名，掏出自己的捡来的假身份证，谁抢过去一瞅，她说的啥都对不上。他一声没吭，南滨当地女人签了字后，他就被推进手术室了。那女人出来，又把结婚证给围观的众人传看，大家都以为她这个投水寻短见的女人是个疯子，在说胡话呢，就逗她说：

"你说病人是你男人，有结婚证吗？"。

"我和他没有结婚证，但生了孩子，叫红豆，是个男孩，今年都8岁了……"

"没有结婚就生了男孩，今年还8岁了……哈哈哈……"大家一阵狂笑，以为她一定是疯了，就七手八脚地把她哄了出来，她被赶出去时仍大喊着说：

"他真是我男人，他头上有三个疤痕，是我三哥打的。他肚脐下有一颗黑痣，右腋窝还有两颗呢……他最爱吃烤洋芋，他最爱穿红背心……吴喜生，你这个吴家叉的怂蛋，你又有了新家，我是自找的，我不稀罕你，你说红豆在你家，你让我见一见他，只要红豆真的活着我就不死了，我要把红豆领回去，为你老子养老送终⋯⋯"

15

她现在知道了，她跳河后，那天他商场的一个工友顶了他的下午班多挣了一份钱，下班后觉得又累又困，想多挣了一份钱就去找了一家爱吃的包子馆改善改善嘴馋，在临河一家叫"回头乐"的饭庄吃了包子出来，悠着游着，坐在河边消遣。正在河堤下的深草丛中方便时，看着她跳下去，还是动了撞个救人英雄又不想担责任，混个政府奖励的念头才把她救到了济世堂的。

她就那么缠着医院，赖着病房，是邻病房的一对夫妇病人见她实在可怜，就偷着文雅给她一口干粮，说来说去他们正是那出车祸的孩子的真正父母，别的地方条件差转院到这里的。出车祸的孩子还活着？而且孩子的父母就在自己的身边？能有这等巧事？她很不相信同病房的夫妇的话，这等事情在她的仇家堡子吴家又一带是绝无可能的。然而在南滨这样的大城市它就真真实实地发生了，那出车祸的孩子就躺在和她相邻病房的相邻床位上，她急忙过去查看孩子腿上的胎记，孩子的父母却说孩子腿上没胎记，左看右看都没有，大夫说那是她当时急花眼了，把一块粘到腿上的啥东西看成了胎记。她再查看孩子右耳上面的黑痣，却和红豆的一模一样，孩子的面相模糊，伤得太重了，看不到是不是红豆。其实她缠着医院，赖着医院，最要紧的不是和谁来抢丈夫，他说红豆在呢，在家呢，她就得在这儿等，在这儿等到孩子的希望最大。她缠着医院，赖着医院，还是就被强行赶出来了，她和他说不上话。等到第三天，他让给他做手术签字的女人把红豆领到病房来了，她才确认红豆真活着。是在医院大门口看到红豆的，她一看到红豆，就不要自己的魂了，不要自己的命了，不要自己的身体了。她扑上去就抱住了她自己的孩子，她亲，她哭，她诉，她说她为啥把孩子送人的原因；她说她把孩子送人后的苦恼和折磨；她说她犯了的错和寻孩子的艰难⋯⋯她失控了，医院的人拿她没办法，医生护士拿她没办法，保卫人员也拿她没办法。他来了，他也哭了，也失控了。为她签字的那女人跟着他来了，也哭了，也失控了。那女人很快就发觉她说的他的人不知道的特点全对，就哭闹着质问他是咋回事。他被逼得没办法了，就把真情告诉了她。"投水寻短见的疯女人就是他自己在老家的原配妻子，浪浪也是他们的孩子。"消息水一样的传开去，因为事情太巧了，迅速传遍了整个南滨市。那女人见事情成了这样，人家的女人人家的孩子都找上门来了，一时想不开，服了一瓶的安眠药，等发觉时已经过了六个小时，抢救不及而亡，他和那女人的家人无奈，不得不殡葬了她。

16

婚姻中的人，多象在走夜路啊，只感觉到脚下的道道，摸摸索索的向前，却无法知道前面路上有啥，前途很黑，全是碰上啥是啥的状态，等走过了夜路，却是好多简单的事都做错了。石花现在回头看这些，还真是印证了母亲的"艰难日子巧合多"的话，由于她的倔，她的无证婚姻，她才吃尽了人世的苦头，她这些年和人不一样的走过来的每一天，每一件事都那样清晰的刻在了她的心里。

17

五年前，她带着红豆赌气出来，凭着听父母说的赶麦场人的经历的印象随便爬了一列拉货的火车，她是头一次出远门，她是没想到那车一气儿就跑了三天三夜，她不知道火车有这样一口气三天三夜的跑法，困在又高又黑的车箱里又饥又冷，她想哭，但她的哭只有她的父母能往心里去，现在父母没了，她哭给谁呢？父母没了，精神的后山墙倒了，她成了没人牵线的风筝，她的命运在风里了，只能任听任风吹雨打。她是头一次体验三天三夜不进食的饥饿感受，那种刮骨拧肠，剔魂扒髓，吸血剜心的痛苦，直使人生不如死。她挨着巨大的痛苦，直到第三天夜里，火车才停下来，她急忙探头要下车时，只见站台上警灯扑闪，警察来来往往盘查得森严，她怕下车被收容遣送回去，就没敢下车，在车厢里一藏又是整整一天一夜，又冻又喝，红豆哭时，她就用空奶塞住他的嘴。隔了一天，火车起动了，一下子又跑了两天两夜，车刚一停，她趁天黑逃下了车，凭路边高楼上的大字，知道了她们来到的这座城市叫河江市，她们娘俩下车后一直沿街行乞。她知道她到河江一个月后，喜生也到这里来寻过她们，差一点就被他发现了。那天傍晚她带着红豆准备到火车站候车室里去过夜，突然看见喜生正坐在火车站靠墙的座位上打盹，她开始想喊他，但不知为什么马上就改变主意离开了，她知道那是喜生在寻她回去呢，他灰头土脸的样子就已经告诉她，他是跑了许多地方在找她，她也需要被她找回去，但她一见到他就

大婚前夜

逃了，她也不明白自己为啥要逃出他的视线。那时城里招聘人的机会多，像她这样的人也很多，可是人家都有证件，没拖累，所以大家相互帮助，相互撺掇，在饭馆里给人家洗碗，给人干家政，蹬三轮车送货的活计容易找。但她不行，人家都嫌她没有证件，还带着个小孩，就不给她活干。为了维持生计，她在乞讨中遇到了一位老汉想要红豆，经过再三斟酌，那老汉是北方口音，无儿无女，和老伴两个人生活，都是退休工人，宽房大院，家境还好，就骗老汉说把红豆送给老两口，实谋着待自己稳定了，挣了钱再把红豆赎回来。老两口看娃娃长得白白净净，接受了红豆，还给了石花 200 元钱。她是不得不把孩子送人，自己身上的肉，谁愿意送啊，就她抱着讨饭的日子里给孩子的付出，想想都不能送，但她和孩子都得活啊，不送就不能工作，不能工作就存在不下去，实在是迫不得已她才送了孩子的。送了红豆后，她马上就用假身份证被招进了服装厂，技术不会她从头学，老板还给了她一台旧缝纫机，安排了宿舍。她当时把所有的时间和精力都用来练技艺，一年就熟悉了厂里的全部活儿。她知道她将来供孩子不易，需要钱，就又干了一份一家幼儿园做饭的事。坚持干了这几年，在厂里还被提升为车间主任，在幼儿园常常顶替老师给学生教课。她是经常去看红豆的，也有看老两口老了为他们送终的盘算，但不知为什么，今年过完年那老两口突然不知去向，怎么都寻不着了。她思念过度，才在服装厂里闯下了生产次品的大祸，逃出来找红豆了。其实她的心里一直就只有他一个，她也给他带来了很大的麻烦。

他的丑女人死了，她知道是因为自己的出现她才死的，再没有别的原因，她是女人，她知道女人的心事。她死后，从邻居的议论中，她知道他死去的婆娘文雅是文叔文姨收养喂大的，也是个命运悲惨得很的女人，从小没亲娘老子的照顾疼爱，和世界就很隔阂，前夫放弃了她，还没从阴暗中走出来，再婚本是平复心里的办法，但怎么能想到买了个孩子还是再婚男人的骨肉，人家原配的女人又出现了，她就面对不了，只能自己了断。她没想到她会死，一点也没想到，她知道一个人的死是很难的，不是需要死就能死了的，但她真的就死了，她的死让她很震惊。她似乎朦朦胧胧意识到，无知使人冲动，理性让人犹豫，是她的无知冲动让她的父母，他的女人丧了命，都是她不曾预料也不愿惹出的事。她感觉到眼前的两位老人中年丧女的可怜相跟她的父母当年她出事时很相像，能有什么办法呢？他的主意是要留给老俩口一笔钱，雇保姆照顾老人，他自己离开这座城市投往别处，她觉得不妥：当年自己在老家的乡下村庄里惹了事，死了自己的老人都待不下去，残年风烛的老人遇上这老年死了孩子的灾难，还能原地活下去吗？男人显然因为她的出现疏远了眼前的俩位老人，但她的个性不能让她这么做，她必须把她造成的灾难承担起来，她把她俩的身世反复给老人讲，老人只是不接受，要打官司，一病不起，她就穿上了老人的女儿换寿衣时扒下来的她生前穿的全套衣服，为他们洗屎送尿，陪护起居，很长时间，老人终于被感化，才认她作了干女儿。等老人情绪平定后，他们才把济世堂卖掉，不关也没办法啊，大城市人挑剔得很，这么一闹，名声臭了，谁还上这来诊病呢？她和他要离开这座城市，但没有去处，两老一小，老家还有一老，能上哪去呢？他俩只有回吴家叉，回老家一个地方了。他俩动员老俩口时，老俩口愿意离开这个地方，但很担心去了他们不熟悉的地方落不了户，他就给他俩打了保证，回他俩的吴家叉会办成一切手续证件，老人慢慢同意了，他俩就接上文叔文姨两位老人，准备起程回吴家叉的家里一起过，她抱定了为他们养老送终的决心。

18

夜，还是随不可见的地球转动，被不可抗拒地消耗尽了。男人和女人这一夜都没入睡，他俩的人生回忆反省伴随着夜的脚步，深入子夜，穿过丑夜，掉进寅夜，漫漫的，男人和女人对自己的姻缘思考走完全程，夜也剩最后不多的黑暗了。

近几年城市开发建设速度很快，地价飞涨。他接手济世堂经营加上在家具商场也挣了两万多块钱，这么几折腾现在一半已经没了。没想到济世堂要卖的消息一传出去，有人就还价 6 万元。她和他把所有的事情处理妥当，终于以 8 万 5 千元卖出了济世堂，文叔文姨也没同他俩商量就把全部房产变卖了，老人拿出三仟元作为女儿的丧葬费用，他们没有接受，又添上五千元将老人的钱全存了，存折交与老人，为了踏实，男人又找到女人打工的服装厂赔上了一万两千元的损失，才带上红豆和两位老人回家吴家叉的。

她们回家的火车票是文叔文姨买的，共买了 5 张，是他俩没给他俩说就已经买回家的，看来老俩口还满意石花的作为。

呜——回家的火车起动了，红豆爬在车窗向外张望，突然问了一句话：我们这是要回哪里啊？回去干什么啊？四个人不约而同的用南北方言说出同一句话：

大婚前夜

回吴家叉的啦（外母嘎差代啦）！

回家——过家庭生活——给红豆办上学的证去的啦（外嘎——勾嘎地啥喔——格奋丢罢桑约丢争亏代啦）！

尾　声

婚事的程序开始了，吴家叉，仇家堡子，莫家河三个村的人都来了，莫春花带着全家人也早早来了，为他们孩子的新校长庆贺来了，当然，仇石花办的是不收礼金的喜事，所有的村民也有奔"舍饭"的意思。迎亲、祭祖、拜堂、开宴一切水到渠成，顺风顺水的流动，圆满的气氛弥漫在三个村子，婚事像个写在什么文章终结点上圆圆的句号，人们内心都有一种说不明白的憧憬。就在吴喜生和仇石花为客人依序敬酒的过程中，冷不防红豆从哪里蹿过来，揪住吴喜生和仇石花的衣角，偏着脑袋一脸营养不良的问："我们凭啥要给这些不认识的人白吃白喝啊？"新郎牵起儿子的小手，来到文叔文姨前，认真的说："我儿听好了，姥爷姓文，姥姥姓井，你妈姓仇，你我姓吴，我们许多姓氏的人要组成一个把日子过好的和睦家庭，就需要最最庄严的承诺，你以后会懂的！"所有人静悄悄的听新郎说话，个个眼睛红红的，涌出了激动的泪……

2006 年 5 月于向阳小区书斋

创作花絮：本篇原题《无证婚姻》，也试用过《流浪的爱情》，其间有明明暗暗四条线索：上世纪七八十年代北方乡村社会大变迁的"历史线"；两位主人公的婚姻由座胎、膨大、锻炼到成熟的"爱情线"；上世纪六七十年代出生的人在社会大变革中所经历迷茫、困苦、磨砺到成功的精神"成长线"；一个完整夜晚沿子丑寅卯顺序回忆叙述的"时间线"。每条线都可成为制作标题的依据，经过再三比论，还是敲定了这个依时间顺序的《大婚前夜》，以"前夜"一词既含盖明线又潜伏暗线，比较扣主人公辛酸磨难婚姻历程的主题。

二度夕阳红

夕阳与大雾就像太阳与月亮那样不会同时出现。

今天的晚霞中突然起了雾，那是受了神的支使。

带雾的晚霞多神奇啊，黄灿灿的富贵就从那个扫一眼就让你双眼冒金星的炽光夺目的金洞里不停地冒，冒，冒，溢流的黄金像穿透了血幕带着抹红不停的溢，溢，溢，瞬时就把眼前的世界堆满了金山银山，山角迅速推到了旺田老汉面前，整个世界都镀上了厚厚的黄金。披着血红的黄金，山变成了金山银山，水变成了金水银水，连树叶也变成了结在树上的金果银果了。鸟儿全部出动了，拼命地给各自搬运，连地上的蚂蚁也贪婪地驮运着大块的金银给各自往窝里攒。大雾倏的就来了，雾把无边的金银送到了旺田老汉身边，把他埋进了金山金水里。

今天的发财机遇是只属于旺田老汉一个人的，因为他环顾六方一个人也没看到，他知道他的周围一个人也没有，他来到黑鹰崖顶是经过他精心挑选的一个人也没有的地方。他正想这么多的黄金没有人帮他积攒时，突然听到他的女人喊他，他抬起头朝那个金银冒出的不敢多瞅的地方看了一眼就看见了他的女人，这世界上就她一个是黑的，分不清眉目看不清打扮，只是有许多五颜六色的神奇花朵打着旋儿从她那里向他飞来，恰似天女散花，那是她向他撒来的。她要他和她一起赶快去取品质最好的黄金。他边应声边站起来，感觉轻松透了，像是腔肠中的重量全被剔除尽了，身轻如雾，自由如燕。他的女人一边招呼着，一边朝金银冒眼快速奔去。他离开他的女人一年多了，没有女人的日子让他尝够了儿女不是儿女，家壁生虫的空虚孤寂，今天遇上她，他一定要抓住她这个比金银还要紧的女人，他一纵身就撵着她飞了起来。他还是头一次飞，飞的感觉爽极了，风助神帮，想什么就有什么，要怎么施展就怎么施展，不受任何限制的感觉真是妙不可言。

"旺田老汉跳崖了,是从黑鹰崖顶上向西面的黑龙潭跳下去的。"消息传开,刺槐湾附近的天空一沉。

黑鹰崖是刺槐湾村周围最险秘的地方,每隔三年五年,刺槐湾这个仅有八百来口人的村里就要有其中一、二个人从那崖上跳下去摔死,因此村里人一直忌讳黑鹰崖,从没有人轻易到那上面去。据传那里有一影黑鹰鬼,恶鬼抓住了一个人从黑鹰崖上摔下去,摔死了还把其亡魂扣下来监管着,隔上三年五年才把他放手,让其在村里迷住一个人来到黑鹰崖跳崖摔死,有新亡魂顶替后才能得脱,如此循环,已有几百年了。不过,以前到黑鹰崖跳崖自杀的都是最穷人家的女人或孩子,借了闹家务或心事不顺的由头去的,还从来没有轮到富裕人家,人们都相信鬼怕富人的说道,可是近两年出这事的却是旺田的女人和旺田,这个反转吓坏了刺槐湾的富人们。旺田是刺槐湾的首富,他们害怕从旺田女人开始把村史给反转过来。

旺田的女人是去年被迷到黑鹰崖的,从一个不高的埂崖上跳下去就窝死了。从前到黑鹰崖跳崖的人,都是从黑鹰崖向着村庄的那面不陡的坡上摔死的,包括旺田的女人,有的只跳过一个一人高的田埂也就死了,从来没有一个向西面的黑龙潭跳的。黑龙潭是一个目不达底的深渊,在黑鹰崖的正下面。黑鹰崖有数百丈高吧,下面承着一个乌黑乌黑的深潭,扔下去一块大石头连个回声也没有,只冒两个气泡就没别的反映了,就像给黑虎嘴里投了只小蝇子,从那里下去注定是连尸首也难留的,刺槐湾里寻死的人从来没跳过那个地方。

旺田跳了那个地方,旺田没有死,被山腰的那棵老刺槐挂住又掉下去了,掉进了黑龙潭里,不知到为什么黑龙潭又把他掀了出来,是邻村山庄村的放牛娃发现的。那娃娃发现后就喊了人,刺槐湾的人们一见到旺田就给他的儿女送了话。他的儿女五个,四个女子,大女儿芝芳失踪5年多了,二女儿芝瑞、三女儿芝英、四女儿芝玉和儿子志宏都在姐夫新求的工程队里干活,接到电话,远在新市的女婿新求就派了他的会计和司机把旺田接走了。

姐夫?谁的姐夫呀?咳!那狗日的新求是邻村山庄里的光棍,别看他现在人活得蹄活,光阴跑大了,当了经理了,抖起来了,蛮起来了,动不动就支使一帮人开上黑卧车到村里显摆,把土地全送了人,把一家子全接到新市去了,其实土地刚放到户那阵儿,他也是穷得人求不像,旺田把大女儿芝芳给他成亲时,结婚席上给人吃的是看不到油花的箩卜菜,买不起三分钱一包的"双羊"纸烟就给人传着吸干烙(方言:一种羊股骨自制的水烟锅)。别看他把一家子全接到城里享福去了，其实他妈生下他就死了，一家子也就爷父俩,他把他答(方言:指父亲)接到城里，他的那熊老子还不是没黑没明地在儿子的工地上干活,成了送上门的用不着开工钱的小工,能把他的费用多少?他和芝芳成亲都生了两个娃了,他说不要就不要了,还要芝芳去顶给她妹妹芝瑞定了三年的婚,他把芝瑞勾搭跑了。芝芳是个好娃娃,没脸活人就失踪了,谁知道是那狗日的给弄死了还是自己逃跑了。谁又说,还说呢,他把芝瑞领了两年就又不领了,自己翻倍掏了定礼,让芝瑞顶了芝英的亲,又把芝英领去了,现在连已经定亲的芝玉和旺田唯一的儿子志宏都领到了他的工程队里,他其实就不是个好求熊,是阳世上稀罕的坏熊,好熊能干出这等出卖仁义的事?

也有人说,有钱就是爷,老先人手里就这样,他旺田前半辈子出尽了力受尽了罪也没见他过一天像人的体面日子,是人家新求不让他出钱出力,自己出钱出人领着副业队把他的狗都嫌黑的50年的老房院翻修成了白啦啦的建设,完全是按照城里最好的标准建设的,那屎尿都不下楼的房子咱乡下人谁住过?吃的好的喝的好的又有钱花,还跳黑鹰崖呢,这不是福烧住了吗?不就是大女婿把几个小女孩弄去了吗,人家给他投资了那么多,就应该有收益。人家新求起初跑副业时,还是吃尽了苦头受尽了罪,赔过本也遭过暗算,那次贩半夏时差一点就把命丢在广州了,人家那么不容易的挣来的钱给他旺田家修房修院,现在好不容易发展起来,既然瞅上那几个小的,又凭什么不要?再说了,如今城里那么多的洗头房洗脚房、饭馆招待所、夜总会桑拿按摩黑窑子不全都是为咱乡下的女娃子开的?如今山里的女娃子谁家的又留住了?说是出门干保姆当工人,可又有几个的话是可信的?不服世道不行,就算让他新求胡弄了,也算肥水没流外人田,总比让城里的尸狗流氓二流子糟蹋了强嘛。就旺田的那几个女子,个个细腰大啮啮(方言:指双乳)的,哪个在乡下能待住?哪个进城后又保准不被糟蹋了?电视里常演着哩,乡下进城的女娃娃有多少把命都丢了,跟上他们的姐夫最起码安全有保障不是?还想不开跳黑鹰崖哩,其实他旺田早就应该知足了。

"屎!","假村长"站出来说:"人活嘴脸树活皮。把事情放到你头上试一下,那杂种把自己头上的一撮毛弄得红呲呲的,还把几个妻妹子都染成杂毛,让个个穿得连尻子(方言:指屁股)毛都护不严,你让旺田俩口子的脸往哪儿放?这不是从心把把上扒掉了他活人的根基吗?女人跟别人弄了都受不了,几个女孩全被那猪牲眼瞅着一个个糟毁,他旺田跳黑鹰崖时应牵上那猪牲

二度夕阳红

一起跳才对。再说钱是干啥的，钱是让人积德行善长智识的，旧社会的财主还讲究个修桥铺路、接济病残呢，那杂种把钱都用在骚情上，把周围的看上眼的年轻媳妇大姑娘都勾引去了，养了一大帮，不成天家跟放叫的驴（方言：指种公驴）一样巴完这个巴那个才怪呢。狗日的都是两个娃跟上叫答的人了，瞎字不识还狂，看你再转世十回也还不清这样的孽债。老天爷长着眼睛哩，你急啥哩！"

"二杆子"跟着也站出来了，说："人家能挣钱，人家有钱耍女人那是人家的本事。你看望田的那几个女子，见了姐夫的车开来就没命了，抢着给新求脱衣裳端洗脸水的、抢着给他拿行李端饭的，跑得比兔子还溜。她们家盖房时，我就瞅着只要新求一上炕，那几个女子就你一把我一把的把手伸到新求的身下揣炕热不热，那眼神就像下蛋鸡一样烫人，你说哪个30来岁的男人被她们抖着大喵喵捏来弄去的裤裆不湿？她们拿了他的钱还不满足，相互间争风吃醋的要跟他好，还不知道是大的勾引小的还是小的勾引大的哩。再说新求起先没变坏时还是好着哩，人家山庄的路不是他修的吗还是学校不是他盖的？这几年把城里乡里的漂亮女人都搞了，那是人家的本事，其实男人个个都想搞，就是没那个本事，没钱干晒鸡巴哩。"

哪个又说了，说"二杆子"把屁都放成烟雾了，有钱和糊弄是两码事，叫驴没钱，但还是四山八洼地撵着母驴嫖，这可咋说呢，问题还是那狗日的杂种的德性瞎了。你说他是男人，见了女娃挑逗裤裆就湿了，那还要看女娃是谁呢，你嫖离得远的生过娃娃的媳妇，还可以算作风不正就算了，咱这野山里也不新鲜，但你糟蹋姑娘娃不说，还糟蹋到没过门的妻妹子身上，你让芝瑞芝英咋活一辈子哩，照那样说，如果他父母姊妹齐全，还应该对亲娘姐妹起歹不成？修了点路咋了，可他又把多少女娃的活人的路给断了。谁接茬附和说，兔子还不吃窝边草呢，旺田老俩口见他为他们家花钱盖了楼院，把他看得比娘老子还郑重地顶待着，说不出口的心病还是巴望着他能良心发现，不要糟蹋几个小女孩，可他一次又一次地使钱顶亲换亲，连最小的芝玉和唯一的儿子都不跟他们一心，跟上那驴日的走了，把可怜人逼到那一步了，不跳黑鹰崖咋哩？

......

刺槐湾人的日子，向来就这样在对新鲜事物的争吵中熬着，等更新的事情发生了，才能从对前一个被煮乏了的争议中抽出来，再掀一个高潮。他们为这样熬日子的争吵常常会邻里不和甚至打起架来。这不，由旺田俩口子跳黑鹰崖引出的争吵没过几天，"假村长"和"二杆子"打起来了，打得很凶，全村人都去劝架了，老少男女土蜂分巢似的围着他俩从早起闹到晌午，从上庄头打到下庄头又绕到上庄头。"假村长"坚持新求不是东西的论点，"二杆子"死扛新求就是有本事的主义。个个都似为信仰而战的教徒，像是各自要为"正确主张"献身一样，放肆地叫骂着，扑打着对方。最后两个人都受伤不轻，"二杆子"的腿伤更重一些，就都各自躺在自家炕后养伤了，村上的巷道旮旯又一色谈论起打架的事来。本来旺田老汉跳了黑鹰崖后，"假村长"打算动员庄里人每户收些钱要祭祀黑鹰崖的，打架后就把这念头了了。

人们都知道"二杆子"和"假村长"打架是有更深层的原因。

"二杆子"原本不是二杆子，原名叫朱新权，他和新求是中学的同班同学，又差一点成了挑担。他俩中学毕业后都没考上学，各自回到自己的村里，经人撺掇，旺田的大女儿芝芳和新求定亲后，二女儿芝瑞和新权定了亲。新权家的状况比新求家要好许多，不愁成家费用，所以在新求出门打工挣结婚费用时，新权就稳稳地守在了村里做起了刺槐湾的纨绔少年。刺槐湾像新权一样的知识青年还是很稀罕，他应该是块作未来村长的料，他没有急于成家，他开始了他中学时就预谋的人生奋斗。不料狗日的新求在新市打了一年工就挣回了两万多，成了家，领上芝芳两口子一起打工去了。也怪新权当时太木，没发现事情的危险，固执地做着村长梦，到芝芳生了孩子芝瑞去照顾一去不返时，他才被卡脖子了。他要领回芝瑞结婚，新求以丈人的身份向他追加2万元彩礼，他没办法，新求已经拿了两万多把芝瑞家的房院翻新了。他到处筹钱，才发现钱是所有人的骨头，借人的钱如拆人的骨架一样难。他才觉出有钱的人就躺下来也是站着，没钱的人就是站起来也是爬着，他对着那天文数字，已有的未来全飞到宇宙里去了。

所有人都看着芝瑞为新求生了儿子，除了"假村长"骂街时稍带咒上几句外，没人公开批评此事，因为附近村民都指望在新求的建筑公司去打工挣钱呢。新求的钱，新求的公司压住了周围所有村庄，所有的语言，新权自然成了第一个被掐死的虫子。新权也去打工了，可谁容得了他？新权转来转去，还是向新求投降了，他请了新求，要求去他的公司里干，新求没要他，但经常三百两百的给钱，并说可以替他出钱再说一门亲事，新权就处处替新求两肋插刀了。要说这新权也真不是东西，他得了新求的钱不干正当营生，却经常爬墙头往人家女人手里黑塞，但那点目的总没达到，算计来算计去，终于在醉酒后翻和他同龄但他该称六婶的远房寡妇的墙时出了事，被当夜驻村的派出所干警爆打一顿后带走了，做笔录时说自己的名字叫"二杆子"，自此村里人就改口叫他'二杆子'，没人再叫他的真名了。

也难怪新权，以前的刺槐湾不是这样的，老一辈中有个叫木瓜的，是村里的傻子，什么人事都不醒，村里的小媳妇全在坡野的庄稼林里耍他，结果是几个村的小媳妇都被他弄了，全是媳妇们乐意找他的。现在世道变了，所有的青年男女都出门打工挣钱，逢年过节回来时也搞那事，和城里一样明码示价，让新权出事的他的远房六婶就是在城里搞那事的，可他新权是谁呀，谁敢要他的钱呀？传到新求耳朵里可是祖坟都埋不安然的，他新权能不出事？现在的农村，一切都是钱说了才算数，且不说有钱了人的辈序爸爸爷爷的往上长，猪儿狗儿跟着哼小曲，就连地里的田禾墙头的草也腰粗得油光闪闪，在田野一走，就谁家有钱如秃子头上的虱子一样明摆在大家面前了。谁有了钱大家就往谁家去窜门，说些好听的媚话，或者遇上家务活帮着干一回，很是显示自己的能力。其实农民显示自己实力的要求比工人干部还强。世事的变化让若新权一样在情敌面前服软，倒穿鞋的现象太普遍了，所以新权也就没多少特别了。也有如"假村长"一样的人说，时下连弱智的妇人娃娃也都打工了，谁还谋算当村长呢？新权真是疯子！

"假村长"本来当过"村长"，农业社时，队里的干部油水少，不好偷懒，又是得罪人的活儿，很没人愿意干。"假村长"少年时就死了女人，也没有孩子，说话做事也还公道。某年公社分来了一台柴油机带动的磨面机，各大队都因缺安装的房屋而不要，"假村长"就跑到公社说愿意腾出自己的房院，结果把全公社的第一台"电磨"争取到了刺槐湾，他也很快成了大队长，到后来村干部有了收费权，开始发工资时，他老了，就把权交了，落了个"假村长"的大号。也好，据说，他母亲生他时他父亲正掏茅厕，他父亲就给他取了"刘出奋"的真名，这大号总比真名强许多。"假村长"不当村长了，但仍有村长那样直率的惯性，这种惯性让他在大家都向钱看的大转变中很落伍，常常生气，常常和人拌嘴甚至打架。

说到钱的压人，最难过的还是旺田。

旺田和"假村长"、木瓜是同龄人，尽管人一生出来就落在了贫富比论的明争暗斗中，但早些年村里贫富差别不大，也就是安架房和偏厦房的区别，像刺槐湾一样山高皇帝远的农村，傻人木瓜和"假村长"大队长也就一样出工，一样住房，自己娶了个俊婆娘，也算命运的照顾，也就日出而做，日落而息，晚上没钱买油点灯，就早早上炕盘女人的事，让女人生了一大堆女子。其实他那时也想少生几个，生多了口多，挨的饿多，但那事又忍不住，自己忍住了，女人还忍不住，就生多了，要送人就是找不到接手，还是糊哩糊涂推过来了。他一点没觉悟到什么突然就变了，自狗日的新求挣了钱后，他家的房子说拆就拆了，跟他们老俩口商量都没商量，一个招呼都没打就拆了又盖了。女婿不把他们老俩口当人也就算了，自己亲生亲养、擦屎擦尿拉扯大的孩子也很嫌弃他们老俩口，看他们的眼神如看被别人牵着卖艺的猴子一样轻，让他们从骨头缝里打出一个个寒颤来。女儿们像很在意他们曾打算把她送人的事，现在对他俩说话时牙齿缝间都喷恶气，有如喊禽骂畜，让他们受不了。"女大不中留，留下结怨仇"，他们老俩口就想早早把她们订亲打发了。但还是不行，一旦大女婿新求来时，一帮丫头就都脸红起来，瞎子也能看出早晚要出事，谁又能拿出比先了结自己的生命更好的主意呢？只有旺田知道他的女人是怎么让黑鹰鬼迷去的。都因为钱，原来像刺槐湾一样的农村人不需要钱，自种自吃，卖鸡蛋换点食盐肥皂等日用品，自给自足时人人都很安份，村里的人基本不愁寿终正寝，就是大家都开始拼命挣钱后村子不太平了，有的出门挖煤被砸死，误吃食物被毒死，有的建楼时掉下来摔死……啥原因都有，家家怕出事，时时有可能出事。

旺田老汉被派来的卧车接到附近卫生院检查，医生查明他外伤虽多，但没内伤也没要命的病，新求传来的话指使卧车把他又拉到新市大医院治疗，在那里的儿女都来了，日夜轮流陪护着他。住在医院里，穿白大褂的人都说他老来有福但有福不会享，把自己摔成了这样。他的儿女也一气儿怪他不该自贱跳黑鹰崖，给后代抹黑，让他们活人抬不起头来。老汉成日苦着脸，不笑、不说、不知道吃也不知道喝、似乎不知道黑也不知道明、不知道痛苦也不知道欢乐了。他的外伤半个月就治好了，但突然就来了怪病，夹不住大小便了，他和医生相互都折腾得一天一头大汗，但一个多月也没找出症结，把他拉来的会计就又把他接出医院，接在了一幢楼的 27 楼，说这楼房是新求为他买的，以后他就再不回刺槐湾了。旺田老汉不肯，大喊大叫的唬人，但那钢筋水泥的高层楼房门外一反锁，他就活像只小时候被他从野坡上捉来的蚂蚱，决无跳跃了。过了些日子，他还和在医院一样麻木呆痴，新求父亲带了一个小保姆来了，他仁就成了"一个笼里的三只蚂蚱"相互"开咬"起来。他们仁激动得"咬死咬活"，从外面传来的楼上楼下的反映只是笑，取走了他们的乐子。

　　他们的日子就这样被他们无休止地咬着，时间长了各自都觉得过这种生活天经地义起来，有了长此下去的念头。旺田老汉一点也不知道他被从刺槐湾拉出来后，"假村长"和"二杆子"打了架，更一点也没料到"贼杀的"新求打发了两架推土机把他们刺槐湾的路修得和山庄的一样大了。他自从到新市就不说话了，除了被逼无奈和其它"两只蚂蚱"拌几句嘴外，他不想说话了。但突然就来了电视台的洋记者，被"犬子"领着来采访报道"贼杀的"新求给他们刺槐湾修路的事，还让他在机器里看了修成的路的情况。他想砸了机器把那伙人踢出去，但最终没照自己的意思做，还是按照他们训练了几遍的话说了，但说了又后悔了，后悔也是没办法的事，其实说了些啥话说后他一句也想不起来了。

　　从那天被电视台的人举着个黑乎乎的机器眯上一只眼睛瞄了他老半天后，旺田老汉就心惊肉跳的，总预感到有一件快要发生的事就在脑门上悬着，不定哪一刻就要掉在他的眼前。他总忘不了那天瞄着他的那黑乎乎的机器，"眼睛"小得像他们乡下人最讨厌的蝗螀的裸眼，通红通红的，丑陋的"额头"就像电视里的猪八戒，最让他心颤魂飞的是那个长长的"嘴"，两片又黑又长又薄的唇里，净明净明的黑，比黑鹰崖下的黑龙潭要黑要深许多。他对着那机器说话时，那张黑嘴在朝他一伸一伸的，他看见他的女人被那张黑嘴吸进去了，像《西游记》里的照妖镜收妖怪一样，她被吸进去时朝他使劲招手，示意让他来救她，但他没有成仙又有什么法使呢？只能眼瞅着自己的女人被那张可恶的黑嘴一转眼就收进去了。他觉得这是不祥之兆，肯定预示着大凶将临，就像暴雨前的闪电一样，他已被雷神击中了。天要下雨，妻要跳崖，那不是他能管得了的，他只能等待一切结果任意的发生。

　　果不然，没过多少日子，还是那会计把他从这个已经有些习惯了的咬架生活中拉到了一处和他们刺槐湾的土房一样的平房院里，把只有他一个人的院门锁起来为他们分了笼，说是新求给他父亲找了老伴，要在那楼里给"老怪物"结婚。旺田想起了会计说"这楼房是新求为他买的，以后就不回刺槐湾"的话，心情很快失落，觉着自己像树上还想长着的叶子突然被摘掉撇了，从天上掉到了地下。他到了平房院里，他在新市的四个儿女还是照常轮换照料着他，他的遗屎眼的病还是没好，所以回头一想，对被分开来的结果又有了喜忧参半的感受，喜的是自己的日子独自过起来自由些，因为他的身份他的病，他是渴望自由的；忧的是他的儿女的婚事没有发展的迹象，是父愁子妻的心结。

在平房院里住了一段，他慢慢感到起初他看大门上挂的锁像新求老子穿制服别钢笔一样别扭多余，但现在眼睛自觉不自觉的就关注起那把大铁锁来，他希望那锁被忘锁了出现空当，他时时都想逃出去。他逃出去首先要做的就是要寻找他在黑鹰崖顶上遇到的只属于他一个人的晚霞，那景致太美了，把他都美成神了，那么多的黄金他还一块也没拿到哩，他做梦都想给自己取个仓满囤满，但他始终没有抓到空当。

"老怪物"果然结婚了，还是那个会计来接的旺田，旺田觉得那会计拨弄他就像警察拨弄犯人，就如他小时候对待从坡里捉住的蚱蠓那样随意，他说新求的爹要结婚，老汉执意要让他参加仪式，他要说不去，正寻思怎么说时，就已经被推搡着塞进了汽车里，又被拿到了27楼。

27楼的变化很大，里间全部刷新了，还挂了几幅喜字，"老怪物"用的烟荷包、木凳子还在，又添了几件新家具，彩电换成新的大的了，那"两只蚂蚱"打扮得精神了许多。不知道啥因由，旺田见了"老怪物"心情倒好了些。

临到晌午，新媳妇被接来了，什么模样什么打扮旺田全没看见，他头一眼瞥见她左面奶子上长着的红胎计就晕过去了，拉了一裤裆。那胎计是山羊形的，部位形状和他的女人的一模一样，他的女人又把那计完完整整的传给了大女儿芝芳，他一看到那就如在电影里踩上地雷一样被炸翻了。

旺田醒来时发现自己独自躺在了楼顶上的玻璃房里，四面的晚霞包围了他，穿着也被换成了凑底的新，只是身子下面有一滩热。晚霞多撩人啊，还是那么金光闪闪的，整个世界都是黄金，他想伸手去拿，但动了一下才发现手被绑着。他抬起头，突然就看见了许多天神，高大得顶天立地的天神像看贼似的盯着他。他胆怯的把手往回缩，但是缩不回来，被捆住了。他要跪倒向冲他发怒的天神认错，要告诉天神他真的一点金银也没偷，但还没张嘴呢，就看见了一个黑鹰神抓着他的女人，他知道黑鹰神要把她从黑鹰崖上扔下去摔死，但现在还没扔，他的女人分明还在那神手里挣扎着。他拼命一挣，原来那捆他的绳子朽着哩，没费多少劲就挣脱了，他连忙爬起身冲出玻璃房朝那神飞了过去，还一边求他——

"我不要金银财宝，我要我的女人！"

原载《开拓文学》2007年第二期

二度夕阳红

拦　丧

人不能把钱带进坟墓，钱却把许多人带进了坟墓。

常家庄的人说："人为财死，鸟为食亡。本来正常不过的事，可这狗熊的来家兄弟非要和庄里人使犟劲，硬要拿钱说事，和众人拧跟头，这回大家就拧成一股绳，动用我们的乡俗，非得要把他们的犟尾巴挪一挪。"

这话传到常家四房头的老二常二来的耳朵后，他像心头被钢针扎了一下，浑身为之一振，犯起了嘀咕：本来老父亲刚刚暴亡得跷蹊得很，灵柩在堂，丧事正在料理，本眷亲房全都丧服在身，不便出面说事。村里老辈们留下来的乡俗规矩是村里的丧事村里人办，人人有义务，家家都平等，历来也是在无一例外的这么做的，现在，他的父亲亡灵在堂，村里人应该都来守夜，替孝子们招呼前来吊丧的亲朋，都应该来忙乎在他父亲的丧事上才对，可他们非但没来，反而说起了这样火药味很浓的话，苗头就不好了。

话是他的哥哥大来说给他的。大来说是先听到"实际村长"在这样说，以为在吓唬他们，就没在意，可接着就听见瓜娃的女人也这么说，话跟"实际村长"说的一模一样，他自己正想这事咋这么巧，就听到村里的孩子们也在原模原样的说，估计问题严重，才告诉了他。他知道这情况大来应该告诉他，他们弟兄四个，三来虽说在外地乡政府干公事，可也就是个宣传干事，没什么来头；四来是个混混，现在还没成家，就在他的副业队干活；大来在村里留守，是个老实巴角的无用农民。他家的事例来都是他说了算，他知道就大来熟悉村里的情况，他告诉他这个情况是对的。虽然离开村庄多年了，逢年过节也很少回来，但对村子的大事他还是熟悉的，毕竟他也是这村子人，到外面不过是在打工。他知道"实际村长"是村子里的大事小事都说了算的人，这几年村里的干部没人当，只要腿脚灵便的，连傻子都出门打工了，乡政府没有办法，就让脑袋有点问题，但也是村里常住的唯一年青男人瓜娃顶了村长职务的缺。瓜娃是个智障人，四十岁才说上了门亲事，女人倒长得漂亮，也没什么毛病，就是不生育。他们那里对女人最嫌弃的就是不生娃，不知从哪朝哪代起就传下了"女人不生娃，不如一片麻"的说法。这"不如麻"女人先后嫁了四次，可后来终于没人要到底，就嫁了瓜娃。"不如麻"嫁了瓜娃后，就和村里的原来的村长，也是乞雨罚爷时的神角"司公子"钻到了一起。"司公子"的职业首要的是不能娶亲，在农村"司公子"和别的女人钻到一起是见怪不怪的事，但他们村的旧村长和"不如麻"钻到一起就成了"实际村长"了。他们那里这几年迷信又盛行起来了，人们精神的多一半还是被巫神马角统治着，谁要在自己的地界动一铲土时，也一定会求"实际村长"去代问神的意思的。现在听到这话，再加上父亲的蹊跷的死，二来难免头皮有些发麻，一时不知道怎么做才好。

二来是不相信那样就能死人的，他长这么大从来没听说过这样的死人法。快到年关了，他的副业队又接了个新的工程，要知道在西安那样的大城市找活是不容易的，这几年建设方对工程的施工速度越来越看重，专门派人监视，为了加快工程的快速进展，他打算就又不回家了，他给他父亲寄了一万元钱，也就算敬奉了阴世的阳世的所有先人了。谁能想到他父亲揣着那汇款单去镇上的邮电所取钱回来后就病倒了，说是他在邮电所取钱时他后面就站着个红毛鬼脸的大汉，他从柜台里接出钱来清点时，那红毛鬼脸老盯着他笑，他回家的路上那红毛鬼脸跟了他一路，他害怕得一连出了十几身的冷汗，说完就一头栽倒在炕上，再没有醒过来。好在他父亲取钱回来时大来就在父亲的屋里，发现那一万元好好的在父亲身上，见父亲受了刺激，就连忙请了医生也同时请了阴阳两头禳治的，但不到两个时辰父亲就走了，据说阴阳为他父亲禳解时"实际村长"是在场帮忙的，还根据他父亲的生辰八字和当天的冲煞情况给他父亲摆了卦，说是从卦象上看，他父亲的取钱只是个由头，实际是老人的阳寿尽了，必须得那天就走。是他二来错了不该寄那钱吗？是父亲错了不该去取那钱吗？是大来错了没替父亲跑路吗？好像这其中谁都没有错；人真能被吓死？人真的那么准确的阳寿？二来弟兄谁都没亲历过；"实际村长"放出这话是啥意思，是要诈他们兄弟的钱吗？是要给他提条件让他为村里修桥修路吗？都不知道，他现在一头雾水。

其实大来的话没说尽，就在今年八月初，他的父亲赶集时，为那看苹果园的狼狗买了些猪下水，回来的路上遇上了实际村长，实际村长问他"给那个媳

拦丧

151

妇子买的肉？"他的父亲一辈子外号"孽障人"，也就孽障得很，连句假话都说不出来，说"这肉是给狗买的，每集都要买一回，我家喂的狗白面饭不浇肉臊子都不吃"，照实说了实情，但就是这句实话惹出了大麻烦。隔了没几天的一个早晨，天还没大亮，他父亲还在苹果园的庵房里睡觉呢，突然就听得门外吵吵闹闹的，如锅溢一般，好多人还在高声叫骂，老人急得反穿了上衣出门查看时，却见他们常家坡还有周围几个村的人都到他的苹果园了，人多得黑压压的，老汉那次就被吓得晕死过去了，只是村里人正在气头上，一边叫骂一边上树，把已经成熟的果子给抢了，有些树枝都被弄折，没人发现老汉的晕死情况，大家还都以为园子里没人呢。直到傍晚老汉自己醒来回家后，大来才知道"孽障人"出了事。大来发觉后立时去找了三来，三来听了情况，就把他们乡的派出所的人全部喊上，回来直接找了当地派出所，两个派出所的人联合起来把周围几个村的人全抓到了当地派出所关起来，最后，每个人都被按情节轻重，罚了几百元的款才被放回来。那时二来在西安，没通知到，再说他们的父亲也不让给二来说，说是本来已经犯了众怒，事情闹大了不好，所以二来现在还不知道这桩事，大来现在说了，二来只是"哦"了一声。

二来是知道他们家那苹果园子本来是生产队的集体果园的，树苗是全村人买的，树是全村的人栽的，只是土地承包到户的那年，他们都还很小，队里有劳力有本事的人，借着哪块地是他们老先人留的，哪块地谁家种了多年等等无赖理由都抢走了好地。他们来家兄弟的祖上也是殷实人家，只是到了他们清朝的太祖公那辈，由于是独生被宠，吸上了大烟，家业败了，开始了三代单传，入社时他们家就没有私人土地。他们的母亲死得早，其时当家的父亲是村里最没能耐的，就因为当时生产队的树还不让砍，害怕政策不稳定，土地以后又要集中起来，所以那块地虽肥，但耕耙时被树挡挡挂挂的不好耕种的没人要的果园地才分到了他家，没想到地分到户几年后，苹果的价钱飞涨起来，涨到了每斤三块多钱，二十斤苹果就顶一个工人干部一个月的工资，"三十年河东"的世事转到他们这些本来没指望的穷困人家那里"三十年河西"起来。他们家很快就靠那些现成的苹果树发了，每年都要卖几千斤苹果，收入近万元，他二来就是靠那些年卖苹果得来的钱垫底搞起了贩运生意，再后来就成立了副业队，在新疆内蒙，太原深圳的大城市搞起了建筑，现在在各地已经有六个施工队，资产达几千万元。他二来知道，从开始村里人就眼睁睁看着只他们来家兄弟大把大把进钱时，很不服气，说"那苹果园是全村人的，大家应该分了"，可是说归说，狠归狠，也许他们害怕他们来家兄弟今天的实力，也许还因为其它原因，大家还是一直没有动手来分，直到现在苹果价钱跌下去又涨起来，这村里人还没有忘记分苹果园，终于还是把那园子抢了一回，终究还是只抢了果子没有抢树，也是他老父亲那话听起来别扭。他想这事如果村里人先给他二来打个招呼，他二来也许会同意把苹果园分给大家的，那树是大家合伙栽成的，可以说人人有份，既是他们要求他帮村里人建几个新园子，他也能办到，但他们不该把他的老父亲弄成那样，会让旁村人笑话他们常家坡的庄风不好。这不，把他的父亲给折腾死了，他还怎么去帮这村里人呢？

村里人没来守夜，光邻近村子的在他的副业队的人就已经来了四十多，加上请来的唢呐艺人、颂经艺人、阴阳木匠等等各色艺人，丧房的小院子已经装不下了，所有的丧葬程序还是按当地风俗，听各个执事艺人的吩咐，按既定程序顺利的进行着，村子里的人没来，但也没有捣乱，村子里人传来的话似乎变轻了，变成了吓唬他们的玩笑话。混混四来满村子跑，说"没有村里人，我二哥还是把丧事办得很场面很大，光来溜沟子还人情的就数百人，站都没地方站，他们不稀罕常家坡人也看不起这搭不起像样人情的穷光蛋"。对四来的话二来很恼火，二来把他煽了几个耳光，关起来了，说他这是放屁呢，他家的先人也在这村的地上埋着，骂村里人等于在骂他们自己的先人，应该好好教训四来，但村子对四来的话却没有一点反应。

出殡的时辰到了，丧房附近放了成百串鞭炮，成百捆大炮，村里还是没人来送丧，来帮忙的人就抢时间听凭主事人的吆喝吩咐，按村里的习俗由大来捧着"孝子盆"走在最前面，二来捧着遗像跟着大来，后面依次是三来四来和儿媳妇、孙子辈和侄男侄女，披麻戴孝，肩膀上搭一条一端挽在灵柩下的白绫，一边痛哭流涕，一边缓缓前行，乡俗中这叫"扯阡"。孝子后面紧跟着灵柩，最后面是其它的人，随着总管事人一声"起灵了"的呐喊，大家就统一行动把灵柩抬出来上路了。

天阴沉沉的，突然就下起了大雨，只一会儿路上淌起了泾流，脚下滑起来，送葬的队伍行动得越来越缓。谁说了声"带雨下葬，后辈才旺，这是老天爷在给常家人赐福呢，大家使劲赶时辰呀"。"就是的，先人葬进水滩滩，后辈的钱儿用不完，不能错过天赐的良机呀"谁紧跟着附和了一声，大家就加快了速度，很快就到村子中心了。突然一声吆喝："大家稳一稳，请长凳子过来，把大来

拦
丧

153

二来的麻孝拿来垫上，落下灵柩大家歇一下"，是总管的声音。本来因为下雨路太滑了，人们都在只顾看路面，随着这吆喝声的出现，大家才直起了腰。对这吆喝声反应最敏感的是二来，随着吆喝声的出现，他心里咯噔一惊，这几天村里对四来说的狂话反应很平静，就让他越来越不平静，预感很是不好。今天早上天阴得很低，雾霾极浓厚，几步之外就什么也看不清，他的眼皮就跳起来了，像是即将就要出事，他一直关心着今天出殡的重要环节，果然事情就来了。

大家抬起了头，就见刚才喊话的总管已经在前面走出了老远，在总管的前面有一个方桌，桌面上立着一个显眼的草人，草人面前摆着香火。"拦丧？"，几乎所有人同时想到了这个词。大家都听说过当地有拦丧的说法，那是几百年前的旧俗了，现在活着的人谁也没见过，因为谁也是不肯把丧事拦在自家门口的，但今天出现了，这种事一旦出现麻烦就太大了，送葬的人都害怕起来。据传说只要这么一拦丧，孝子就得请人祭路祭村，那是设祭坛搞祭典的规模大得没有边际的祭祀形式，这种惩罚是从不轻易用的，谁也承受不起……大家正乱猜时，总管事的人回来了，他说他查看了一下，以后沿路设的这种香案很多，看阵势老太爷怕是今天入不了土了。他把二来等孝子招呼到了一边，商量说没想到会出现这情况，是他的总管工作没做到家，既然村里人不让灵柩从他们的地界上通过，现在有两种办法，一种是从这里找一条能绕开那些"路障"的路径，比如把谁家的墙院或者庄稼毁掉一些找出路来，事后给人家赔点啥也行；另一种是就地停下来，今天的下葬日子就得作废，如果这样子，只能就地停灵柩，打起帐蓬再设灵堂，与村里人协商了。大来说这出殡又不可能走回头路，从这里到坟地又绝没有第二条路可寻，他盯着二来说这就太难了。二来拿不出办法，脸上绿一阵黄一阵的不说话。三来说他过去把那些东西掀开，有啥问题他自己担着，话没说完二来就给照他屁股踢了一脚不让他说了。四来上前认出那桌子是"实际村长"家的，要去找那桌子的主人拼命，大来也用武力制止了他。过了一会儿，二来叹口气说有啥办法呢，既然只一条路了，那就照办就是了。二来表了态，又招呼送葬的人停下灵柩，找材料搭灵棚了。

那些搞建筑的搭棚子是轻车熟路的活，既是下着雨，材料难找，但众人动手力量大，在大家忙乱了一阵后，当村的道上就搭好了一个布棚子，大家钻进这灵棚后，雨也渐渐停了，又支起香案，摆上供品，等待不可预测的事的发生。待灵棚里的活忙得差不多后，几个拿主意的人就聚到一起商量行动计划。总管说，看来常家坡人还挺歪，上千户人口的大村都不敢做的事，这小毛贼村庄的人还真就做出来了，我们是外面来的，不好插手村里的事，看来得从这村里请个人出来当这总管，或许事情就顺了，强龙难压地头蛇嘛。谁也说还得请村子里人来跑事情，他们愿意了，啥就都好说了。大家听了都表示同意。

谁家的灵柩一旦被迫停到了当村的官道上，那可不是好玩的，正就成了骑虎难下的态势，自己家里已经出殡，决不能再返还，前面的路又走不通，被卡得动弹不得，一副被村里人想怎样踢踏就可以怎样踢踏的形势已经出现了，那"孽障人"的灵棚就像是官道上的一块石头，来来往往的村人谁想踢就都踢一脚。更要命的麻烦是那乡俗繁琐得像张开了一张天网，阴俗套阳俗，大俗套小俗，旧俗套新俗，就如奥林匹克的五环旗一样套得严严实实，好像四面八方都张开着乡俗的眼睛，全世界的人都关注着这中计的"拦丧"了。现在首要的就是请村里人来了，铁定的事实，不请是不行了。二来就把村子分成了两部分，一部分由大来领着四来去挨家挨户的请，一部分更麻烦的人家由自己带上三来去挨家挨户的请，他知道这事的起因一个是三来动了派出所打人罚款，一个是他没有为村里人拿钱，就这样安排了。这时的请人就要钻进圈套去请了，首先要披麻戴孝，头上顶草帽，脚上倒穿鞋，打扮成负荆请罪的样子。当然也有这样去请时，被请人家必须要派出代表到场的规矩，来家兄弟连夜请了，村里人也连夜来了，来了，除实际村长和五六个成年的人外，大多数人家来的是女人娃娃。

实际村长到场后一看来的大多数是当不了事的女人娃娃，就向村里人发了火，他说话也不来点导语，朝眼前的女人娃娃嚷到："所有的女人娃娃都回去，让你们的能拿事的人来"。所有的女人娃娃一窝蜂地涌出去了，他也跟着出去了，他出门就清了清嗓子喊起来："能听到的老的小的都听着，人家这是'孝请'，有些人还没见过，掂不来轻重，打发女人娃娃来"过事"了，你就不怕这丧事星给落到你的院子里吗？谁想清楚了，谁家的当事人就快点来，不然没人会等你。"也就十来分钟，村里的青壮年人全到了。实际村长点了点人到齐了，就让大来二来先表了个态。大来二来自然明白他的意思，就按乡俗拿出早准备好的一沓钱，找来盘子放进去，招呼来三来四来一齐朝他们父亲的灵柩跪下，将礼盘举过头顶，请实际村长当总管，办理他们父亲的后事。实际村长向副业队的人推让了一下，就应承下来。

实际村长在当晚的会上就走马上任了，他说"孽障人"在常家坡孽障了一辈子，大家谁都欺侮过他，也就是一句过头的话犯了众怒，今天落了个临了临了，还被拦丧的不幸事故，说起来这事既有三来的错，大家也不对。先死的先成神，

拦
丧

活着的都是人，大家的错是大于个人的错的，现在大家都来了，就都向老哥哥先赔个不是认个错误吧，说着他起身奔到灵前跪下了。实际村长跪拜了，他是专业"罚爷"的，额头碰烂弄出点血来，就能任意的将庙里供奉的神像请出来又骂又打，多难听的话都能由着他骂出来，大家都亲眼看到的，谁还敢不随他？大家黑压压灵棚里外跪了一地。大家看着实际村长烧了纸就哭起来了，他的哭是真哭，他边哭边说："老哥哥对不住呀，实不该在你死成鬼了，还不让你顺顺当当的入土为安，可你知不知道这也是没办法的事，你当初承包了那苹果园是我的主意，我鉴你一辈子没啥出息，那是最后一次机会了，我是料定土地包到户后事世会变样儿的，果树的经济效益要好得多，你那么没本事，还死了老伴儿，娃娃又都小，一窝狼儿子一样，你拿啥给他们盖房娶亲呀。果然不出我所料，你包了那果园后，苹果价钱涨起来了，你是发了，可你是明白的，大家要分那队里的果园，闹了多少次了，我都给你压着，本来大家掏钱大家种的树，分了也是可以的，但我还是一直想着你的难处，就拖下来了，你是再不会说话也不应该拿狗说事，你犯的是众怒呀……"人们都没见过实际村长这样的哭，大家都跟着他哭起来，哭得泪流满面。

　　"老哥哥你是知道的，我只给你一个人说过，我是我们常家坡发大水，生产队的麦垛被冲的那年，在仓库里往出弄粮食时库房塌下被砸后，男根就坏了，你是没本事还留下了四个老虎儿子，我就啥都没了。男根绝了我就作了'司公子'的，那是我看到土地放到户后，咱农民人又要把好多钱花在迷信活动上，被骗被欺侮的事太多了，就走出来让大家不要上外面的当，其实啥是神呀鬼呀，坟呀门呀，财呀运呀的，都是假的。"他稍稍换口气，又接着哭诉起来："老哥哥你知道今天睡在大路上的事是咋发生的吗？，你的狼儿子都忘恩负义了，你的大来手头有钱，光一年的苹果都要卖七八千元哩，可村里最困难的'犟驴'给儿子说了个亲事，手头的钱不够，我使着他向大来借，大来一个子儿没借他，那犟驴硬是被逼得自杀了。你的二儿弄了个副业队，村里的亲房本眷要去打工挣点零使花，他还不要，说一定要来的就得先交许多钱的押金，愣拿钱说事儿，他的那副业队，还是村上的苹果园出的苹果买的钱弄成的，谁干都是干活，咋就要嫌弃我们常家坡的熟人不好管理，不要我们的人呢。三儿才出门做事呢，就弄上派出所的来村里又抓又罚，已经结了死仇，咱这村庄就这么不多的几十户人，说起来还是一个先人的后代，打断骨头还连着筋，我能不管吗？现在，村里就瓜娃可怜，没爹没娘，连打工都不行，我去关照了一下，大家都说我和瓜娃的女人不清白，叫我是实际村长，我也就实际村长了，我这实际村长不让你老哥哥今儿先睡在这大路上等一等，村里的这些困难都咋解决呢？”

棚里棚外，本村外村的全都哭了，个个把头越埋越低，越哭越伤心，这样下去何时才了？几个外来的人发现有哭的也得有劝的，就先擦了眼泪，过去把"实际村长"拉起来，拉出了灵棚，递上了一支香烟。"实际村长"啜泣了一阵，接过了递来的烟点上了，他吸了几口后，把烟扔了，再过去踩了一脚，折回棚里朝大家喊了声："都不要哭了，老哥哥现在啥都晓得了。"村里人也就停止了哭泣，但来家兄弟没有听到，还在拼命的哭喊。见这情形，"实际村长"说，你们四个孝子过来，在你们老爹的灵前，先向大家认个错，来家兄弟顺从的跪到了他们父亲灵前，大来继续哭着诉到："各位爷爷爸爸们，是我大来错了，现在我知道了，钱连个求都不顶，是我害了我答答，害了一庄人，我该咋弄才能消完我做的孽呀"。二来大概把实际村长的话全听清了，原来只哭不说话，现在突然又哭又说："是我不对呀，大家乡里乡亲的，我们常家坡自古就养条狗都不从外村拿。我这几年挣钱挣昏了头，忘记了我们的村庄，忘记了大家的恩情，我也后悔得很呀。我娘死得早，是常家坡人的奶水喂活了我，是常家坡的五谷洋芋喂大了我，是常家坡人的苹果给我换了个挣钱的副业队，我在外面这里捐一所学校，哪里捐一个工程，尽图了面子，给我们常家坡什么也没弄，后悔死了呀。我的爹妈我都没有尽上孝道，现在什么都没了呀，大家都是看着了的，钱能做啥呀，钱连给我答答送殡的半截路都买不到手呀，现在让我的答答死了还要睡在大路上，让千人唾万人骂呀，我的人还咋活下去里呀。我是没亏外面的人，却真的就是亏了我们常家坡人呀，这老天爷咋就这么迷糊，让人在钱面前就把啥都顾不成了呢，其实我在外面也不容易，我吃的苦只有我自己才知道，钱也不好挣，真比吃屎还难呀，哪里人能比得上我们常家坡人待我贴心呀。"大来二来是边哭喊着撕扯自己边在诉说，三来四来却是只嚎啕不说话，三来哭着哭着就在自己的脸上抽起来了，四来只是往地上扑，狠不得寻个地缝钻进去。大家看这孝子也真可怜，就都给拉扯到灵棚外面，真听不下去他们的哭喊了。

拉出去好不容易劝停了哭声，冷不防二来又窜进来扑倒在他父亲灵前呀呀的哭诉上了："答答呀，要怪你就全都怪我吧，是我二来害死了你呀，我知道好多人都是钱给送了命的，你也是我的钱才送了老命。我要晓得这样就不出去挣钱了，其实钱倒给你带来了很多麻烦，我知道是苹果园把你连累成这个样子

的，如果不是这钱，你就不会那么累，一个人图啥呀，伺候了果园还要伺候狼狗，其实我早都想到了，我就担心出这样的事，今天还是出来了，我肠子都悔青了呀。你都不知道，我贩半夏时，有一次差一点就丢了小命，有一次被人在地下室关了七天，差一席蔑子就活不过来了，我们一个农民人家，要那么多钱干啥呀？我糊涂呀，看到旁人不要命地挣钱，自己就跟着走了，我也不知道钱多了能做啥呀，现在你这么睡到大路上，你怎么去见我的娘呀，我现在不愁吃不愁穿，咱就把人给活成这样了呢？"。"实际村长"看二来真悲到家了，就示意大家把二来再拉扯到外面了。

"实际村长"对外村来的客人说："实在不好意思，我们村里埋个死人还要掏钱雇你们，太让你们笑话了，现在就我们的事情我们办了。"说完他对村里来了的人说，从现在开始，大家就各执其事，按老规矩走，我们大家拦的丧还要我们大家送出去，不过这是只传说没做过的事，外村的人都看着呢，我想我们应该把"孽障人"殡葬得更体面才是。现在这事就不是谁家的事了，应该就是众人的事了，用到谁家的啥谁家就得赶快拿来，不许磨磨蹭蹭。然后把孝子们都叫到当面，他给他们说："谁想给老泰山敬多少孝心就拿多少钱来，不过不能失大体，钱还是人的命根子，决不能乱花，谁拿的钱都要过我的手，我拿的这些钱就先给买东西的人，其它再说"。说着他把刚来时孝子请他的那一沓钱给了瓜娃，停了停，他又对孝子们说："灵已经停在村里的路上了，就得全村所有人参与，得放两三天舍饭，让庄里老小六十多口都到这里来吃；仪式嘛，要游幛，这是老辈还没从来没人享受过的，就从你们的老泰山开个头；棺材嘛要再来个大的套材，让这周围只听说没见过的人开开眼界，也就花四五百块；墓穴要重挖，大套材下不去；念经和唢呐接着再往下弄就行了。就这些，你们没意见就这样安顿了，谁要再弄啥时打个招呼"，孝子们化忧为喜了。孝子们没拿别的意见，他就把孝子解散了，把村里固定好的干事的执事班子的人喊来，吩咐靠实了各自的职责，大家才散了。

村里人散了，可是过了不到一个时辰，大家陆陆续续又来到了灵棚，每个人身上穿着冬衣，手里拿着木凳，怀里揣着香火，还带了一块干馍，这是来为来家兄弟的父亲守夜来了。大家再来时却像换了个人，礼性得很，谦和得很，谁都把老人和长辈往前面让。来家兄弟显然不熟悉这葬仪乡俗的套路，幸好"实际村长"本来没有走，在"实际村长"的教导下，他们来一拨随着唢呐声哭一次灵，叩头行一次礼，再来一拨，再随着唢呐声哭一次灵，再叩头行一次礼。来的人灵棚里装不下，"实际村长"就让人在外面接了几处电灯。人越来越多，灯也越来越多，把个村子照如白天。那好奇的女人娃娃也睡不下去，也三三两两来了，村庄里热闹起来了，丧事才像个丧事了。二来对村里人的到来感激得很，他忙吩咐随他来的他的副业队的工友请示了"实际村长"后，买来了好烟好酒，麻将扑克，按他在城里经过见过的丧事场面安排大家玩耍，但有人提议不耍，要"实际村长"讲他们那里的乡俗，说是"怕哪天把他也这样送走了，那东西就像"社火曲"一样给失传了"。"实际村长"接受了大家的建议，就捋了捋胡须讲起来。

他说乡俗是人们为保持一个地方的人的生活方式的代代流传而创造出来的规程，俗话说的"五里一个地方，十里一个乡俗"就是这个意思。他说乡俗有大乡俗和小乡俗，我们门上贴对联就是大乡俗，全国人都贴，但各地的贴法不一样，我们这里只贴红对联和黄对联两种，但到了河南陕西下去就复杂了，死了人的当时贴的是黄对联，当年过过年贴的是白对联，意思是黄色是阴界的颜色，告诉外面的人他们家里有新丧，也提醒自己家里人记住他们的亲人的阴魂正在阴界被管制，要多做好事善事，阴界看到了，就会善待他们亲人的亡灵，亲人的灵魂安慰了，活着的人就会顺渠安详。第二年贴的是绿对联，意思是希望亲人的灵魂如绿草一样长出来，迅速超生，让家庭后世兴旺起来，由于它有门面戴绿帽子的说法，我们这里就不兴绿对联。三年的红对联意思是换符了，这家人由丧事变成了喜事，他们亲人的亡魂已经转世到人间，家人再不被孝服所压制，庆贺新的运气的到来。其实哪里有什么亡魂，都是活人这哄骗活人的思念而相互安慰的谎话。"那么套材是啥意思？"谁问。他回答说过去的官家人死了，埋葬时为了区别他和一般人的身份，当官的就要用大一些的棺材，可棺材大了，尸体在里面放不稳当，就想了大棺套小棺的办法。"棺"和"官"同音，"材"和财富的"财"同音，还不是人们在活上想不出办法，就寄托死了的亡魂给他们带来官和财，那是件困难的事，套材说到底就是让尸体腐化得漫一点。"乡俗还有外来乡俗和本地乡俗，有阴俗和阳俗，有好乡俗和不好乡俗，村里的死人村里人埋就是我们村的好乡俗"，他继续接着往下讲了。他说像我们这样只有几十户人的小村庄，由于人口少，一家与一家之间容易发生矛盾纠风，动不动谁家与谁家就结了仇不往来了，甚至连话都不说了，这样一来，与人结的仇多的人家死了人谁去埋呀，所以我们村就从老辈子开始产生了这个乡俗，把死人的事和家家户户之间的恩恩怨怨分开，变成全村人的义务，就成了我们的小

拦丧

159

乡俗。他说大家别小瞧这样的小乡俗，如果不是这样的乡俗，农家人的社会还就不能维持下去，庄风还就不好交待了。他说清朝时哪个村里出了个商户，在外地挣了很大的家业，回来时带了好几十的家人，还雇佣工人在庄里盖房铺院，结果家里连续得猛病死人，弄清楚时，却是新来的人这里的山神爷土地爷都不认识，怎么都查不出他们的户口，就把他们的灵魂给驱赶走了……

　　太阳从东面的山头爬出来了，"实际村长"的乡俗讲了整整一夜，他讲了大俗讲小俗，讲过阴俗讲阳俗，问到哪里讲到哪里，讲得常家坡人一会儿在阴槽地府间游荡，一会儿在人间礼仪中踏青，一会儿化解着村庄矛盾，一会儿又在说戏聊天，听他的故事的人不累不烦，兴致勃勃，不知不觉一夜过去了，大家像是从他的故事中走进去又走出来了，人人都感到自己醒事了许多。看到太阳露了脸，"实际村长"起身说了句"乡俗是个屁，放出来就轻松了"，惹得大家一阵狂笑。谁接着说："老总管"你黑摸一下你现在长着几个屁眼，我咋觉着我们没放屁也轻松了，是不是你把我们的屁眼都偷去了？"嘿嘿嘿……哈哈哈……啊哈哈哈……大家明白"实际村长"已经变成了"老总管"了，笑得个个擦着眼泪各忙各的事了……

　　　　　　　　　　　　　　　　2010 年 10 月于老家

　　创作花絮：莩障人"被钱吓死了，让村子的人拦了丧，人们还是提要求拿花钱说拦丧的事。谁要是改变了"人为财死，鸟为食亡。"俗语现状描述，乡村就向文明进步了，您说呢？

梁已不是那道梁

这桩事说起来有些绕。

云花的小儿媳妇先是被云花娘家的亲小弟弟的媳妇的娘家亲大嫂领到新疆摘棉花，后来又领到新疆打工，第三次去了哪里就再没回来，三年了，一伙儿同行的，有的说被那大嫂卖了，净落了六千元；有的说这媳妇长得俊，也出不了打工的苦力，到乌努木齐去坐台时出了事，被人杀了；有的说这媳妇到新疆后得了大病，那大嫂舍不得花钱为她看，就死在了新疆。风言风雨乱传，说啥的都有，有的还讲得真是神乎其神，说的情形就跟亲见的一样。云花是只认那大嫂的，说她找不回她的儿媳妇，就要那大嫂顶小儿媳妇嫁自己的小儿子，那大嫂也同意。事实上，那大嫂和云花的小儿子断断续续勾搭了几年了，生了个小男孩今天也已经过了周岁了，云花为控制大嫂现在为他们举办明媒正娶的婚宴。

这些是我坐在席上后才知道的。

说是婚宴，却极缺少喜庆氛围。新落成的厅房是二层单面楼，琉璃瓦，白瓷砖外饰，在村口就看见它如青瓦土墙的村中心长出的单朵巨蘑菇，很显眼，强烈炫耀着云花家是这个村的富裕户的气息。我是云花的初中同学，我和她虽说是一个行政村，但却住在两个自然村，她们的村叫长虫湾，只有十二户人家，离我们的村子足有五里路，所以我还是小时候到过她们村里，到她家里去过。那时我们土窑大队就我们俩个上了镇上的初中，镇上离我们村要三十多里地，我们这些远乡里的学生就得住校。那时的住校生一个礼拜才能回家一趟，取些吃的用的，各村的住校生，不论男女，基本上都是同村的两三个结合在一起搭伙做饭，所以刚进校我就糊里糊涂和云花一起搭伙做饭吃了。那时我们学校住在一起的总共两个男生宿舍，一个女生宿舍，合起来有六十多人，男女搭伙的也有十多对，那些没有男女搭伙的学生就拿我们男女搭伙的学生寻开心，说我们都是些两口子，嘲弄我们。我们的土窑大队是全公社最小的一个大队，我俩的年龄也是住校生中最小的，大家就都欺侮我俩最凶。记得有一天的中午，我俩拌了一锅玉米面的拌汤，好不容易做熟后把炉灶借给别人，拿着碗舀上吃了一口后，像喝了一口浓盐水，一下子给吐了出来，不知道啥时候哪个坏种给我俩的汤中放了不知道多少的盐，她被气得哭了，我也跟随她哭起来，大家就围起我俩起哄，把毛巾、被子、搭在我俩身上，还用红纸蘸上水抹我们的脸，使我俩搞结婚迎娶仪式的游戏……就是由于住校的缘故，我俩常要一起走往返上学的路，我们两个村的人也戏弄我俩是两口子，就像说猪说狗一样不负责任，我俩却越来越在意外人的说长道短，后来就各自起伙了。饭分开做了，但星期天取东西还是搭伴一起来回走着，山路上我们放学走时已经就没人迹了，单个走时很害怕，不得不一起走。那时云花很鬼道，她总是把我俩的重物都让我背，轻的都是她拿。我就无奈地背上了她的重的家什。云花那时做饭很聪明，说话也很麻利，嘴像对头紧挤着的两只蜜蜂的胖乎乎的粉红幼虫卧在一片桃花的花瓣上，口形很小而且稍稍翘起，似乎那两只幼虫还在不时的动着，充满了甜蜜的幻想，特别在一动嘴的刹那，那虫嫩得像是粘在了白洁的牙上。她的皮肤白晰，时常扎着两个羊角辫，爱穿一件水红衬衣，嘴一动腮上一对深深的酒窝，眼睛大，眼稍长，时常明亮得放光，深邃而略带幽怨，她细腰长腿，外号"长臂猿"，全学校的老师也都喜欢她得很，说她算一朵校花，是个跳舞的料，但她的学习那是一塌糊涂，我考上高中的时候，她就停学了，急急地嫁了个邻村欠家湾的屠户人家，此后我们就再没碰过面。几十年过去了，儿时的记忆总是美好的，家乡的山水总是最亲切的，家乡的发展总是最让人牵挂的。前几天回家，我一进门云花就闻风来请我了，她裹着个红头巾，浑身穿得胖乎乎的，也看不清她的样子变成啥了。她说是她要娶儿媳妇过干事，我是城里人了，要我赏光参加她们家的婚晏，给她撑点面子，我痛快地答应了她，还说她"把生娃娃抓了个紧，我的孩子才上初中，你的已经要娶妻成家了"，她也调皮地说："当初你要是娶了我，你的娃娃也就成家了，谁让你给我当了几年女婿就不当了呢"。她的口气和当年一样总带着挑战。

我是一个人按日子去赶婚宴的。

到了云花家我才发现，远远看见的那大蘑菇楼房的庭院还是个半拉子工程，房子四周仍是毛地，混凝土和残砖断瓦把院子垫得坑坑洼洼，还没有平整。四围的土旧屋舍斜睨着拔起的新楼，仿佛山神土地都在怨愤不平。婚宴就设在那新楼门口的院子里。院子上面搭了个塑料条布的棚，棚下面摆了四张地桌，也没有礼薄嫁妆的摆设。来的人不多，有几个女人娃娃在院子里坐着，没有我预想的那么热闹。我进门时接我的不是云花，是一位花白头发的老人，觉气氛他也是正等着成年男人来做伴呢。他看我进门就起身热情地迎了上来，把我请在了门口席上落了座。我一坐下他就主动与我拉起了家常，聊天中我才知道了这桩婚事的原委。原来不仅新娘是云花弟媳的大嫂，还是云花小学的同学，比云花还要长两岁，论辈序云花还应该称她大嫂。那大嫂原来也是个本分女人，就是这几年打工跑疯的，出门没钱，租一间民房几个男人女人在一个窝里滚，不分男女，不分老少，滚着滚着事情就出来了，现在这大嫂已经生了云花小儿子的孩子，今天就要把孩子的周岁和儿媳的婚事一起过了，年龄大些的人吃不住这伤风败俗的场面就不肯来。

说到伤风败俗，老人叹了口气。他说自近些年男人女人都出门打工的现象兴起后，农村就乱了套了，谁在外面挣了些钱回来，在村里开了个澡堂，还谁挣了钱在村里开了个舞厅，那外出打工的人回来了就钻到那里面不出来，男女乱来的，赌博的，打架的，偷盗的就不仅在那两间房子里发生起来，满村子就像风一样刮开了，这些人还不仅仅在一个村里住着，今天涌到这个村的这家，明天又到那个村的那家，搅得满世界不得安宁。我说："云花原来是个安份娃娃"，老汉摇了摇头，恰巧这时云花抱着过婴儿出来，老汉示意给我，不说话了。

我朝老汉的目光瞄过去，才看清了云花现在没有包裹的模样，她的脸胀得像是充了气的车胎，不知是肿了还是胖成了那样，一走路脸上死红的垂肉就嘟噜嘟噜乱跳。她看上去老了，老得抬头纹里能藏住麻子，胸垂得能撩起来搭到肩膀上，马步式走路的样子没有一点旧时的机灵了，浑身散发着一股浓浓的腐烂病树上结的腐果子的味道，给人一种被农药中了毒后，掉在地上的已经坏烂得退尽了色的坏苹果的感觉。我心里一惊，马上怀疑我现在是否也变得如她这样丑陋了。心里寻思，她那当年的鹰勾鼻、贵妃嘴、风摆柳身材到哪里去了，就是把她那婀娜的身材煮了蒸了，只那骨头中的风韵也不可能是眼前这个样子。我正想这岁月对人的加害是非常厉害的，眼前的云花的变化说明了岁月是从人的骨形骨腔骨髓的深度来修理人的样子的，我看不到自己的样子，是不是我的骨头也被修改了，也已被加工成这样的水平了？一种可怕的冷袭上心头，让我浑身像地震一样的哆嗦起来。正狐疑时，云花发现了我，是她一看到我就朝我走过来，脸上的懒肉拼出了笑意，她朝我身边的老汉叫了声："爷，你起得还早，家里都好吧，我舅婆的身体还好吧。"接着就招呼我说："我的头任男人来了？"，也不寒暄几句，大大咧咧地就伸手揣我的衣服，掏我的口袋，盘问我穿的上衣是多少钱买的，我穿的鞋子多少钱买的，又掏出我的手机盘问是多少钱的，我的领带是多少钱的……盘问一番后就要嘲弄我，说我"太小气，当干部在城里生活才穿两百元的外衣，用的手机是小灵通，现在打工的人没一个穿四百元以下的衣服，没一个用千元以下的手机……"就像黑夜里赶回家，掏出钥匙开了门时发现床上睡了陌生人一样，走错门的感觉越来越明显的冲击起我来，云花的盘问让我越来越强烈地觉悟到我到这里来错了，云花不是我的同学的云花，这红干事也不是我们老家的那种喜气洋洋的干事，让我一时不知道我到了哪里又在干什么，像突然被外国人截住了一样，弄不懂眼前的云花是谁，该怎么对付，她下面要做什么……突然就想到了母亲这几年的不断叮嘱来："现在的土窑子不是以前的土窑子了，你那时候走的路已经没了，二十多年了，你认识的人也是死的死，嫁的嫁，剩的不多了，要少出去在村里走动，我害怕你迷了路，万一迷了路时就掏上五块十块钱后问一下，不要抹不开面子，如今村里的年青人遇到像你这样从城里大地方来的人，你不给他钱他是不给你指路的"。近些年我一回家，母亲首要的事就是重复她的这套叮嘱，我以为她这是老年的唠叨，以为在她的意相中就没有我离开村庄以后的生活，在她的脑海中只留有我还在十二岁以前在村里生活的概念，所以对母亲的话我一直满不在乎，这一刻我晃然觉悟到我错了，如果把母亲说的"路"理解成村庄里现在的人的思想观念发展变化的路子的话，那大概就理解了母亲的意图，也或许我今天也就不这么尴尬了。

云花一只手费力地抱着孩子，腾出来的一只手在我身上摸着，评议着，感叹着，她的话我实在听不进去，终于谁喊了她，她就双手团抱着那大龄婴儿甩了一句"你真是穷酸死了，我这辈子幸好没跟你过"就离去了。那被云花叫了爷的老汉一直在我旁边坐着，大概他是感到我的尴尬了，云花一离开他就拉我原位坐下来，看距离筵席上来的时间还早得很，就接着给我说我问的云花的事。

从老汉的说话中我知道云花嫁到欠家湾后，她的老公公是个杀屠，她的丈夫是他父亲的学徒，公婆养的娃娃多，两男四女，除她的丈夫外都比她小，她在家里落不下，只好随丈夫父子出门走艺时做帮手。那杀猪宰羊也是力气活，她干着干着，样子就变了，但在模样变老变丑的同时，挣的钱把她的腰也撑涨了。

她随她的丈夫父子干了不久，就独自找到了向城里饭店专供牛肉驴肉的门道，在各村子寻找老了病了死了的牲畜，宰剥之后给城里饭店卖，据说她是和饭店签了合同的，因为是长期供应，她卖的肉要比零卖的肉高出许多价钱，她家就发了。老汉说："她生意大的时候，一天就要杀四十多头牛驴，谁家的想处理的牲畜吆给她，她就都目测一眼体重后买下来杀了，她现在有一个杀牲的班子，几十人呢，她的屠宰场整天血流成河，肉用汽车往出去拉，现在猪都不杀了，你们城里人的钱就是没有她的钱多"。"那她的小儿子是咋回事？"我问老汉。老汉说："如今我们这长虫梁一道梁五六十里，二十几个村庄的女娃娃，谁不想嫁进她的门里呀，可她的小儿子三霸是个土匪，不学好，家里那么大的事业不干，偏要和他老娘顶牛，要出去打工。那娃哪里是去打工去了呀，就是出门踢钱去了，这个月去西安，领回来一个陕西女人，下过月去广州，领回来两个广州深圳的野女人，他的家里的媳妇没指望了，就被娘家的亲戚领出去打工了，不知道那娃真的死了还是活着，家里也没人出去追寻，这个老女人就钻空子嫁进来了，不知道这其中有什么蹊跷，就是今天要娶的这个老女人，比云花还大两岁，又和云花是同学，云花居然就还接受了。也是可惜了那女娃，不要说百里挑一，那是千里挑一，万里挑一的好女孩，不光是模样好，还礼性得很，见谁都爸爸爷爷的按辈份称呼，把村子里的没本事的人谁也不嫌弃，不另眼相待，真格乖巧得很，听说还是考上了大学的，因为云花不让她去上大学，不给她出上大学的钱，也是怕丢了云花家的亲事，她也就急急乎乎和三霸结婚了，现在丢失了也没人过问，真是人好命不好呀"。老汉说着说着眼匡湿润了，滚出两滴眼泪。

院子里出出进进来了的人又走了，也没人管事，桌子旁尽坐着些小孩子，叽叽喳喳的闹着，老汉也只有同我聊天打发时间了。听着老汉的话，我渐渐发现我正处于杀机四伏的地方，这欠家湾也摆起了鸿门宴，也就勉强和老汉一样等时间，同老汉聊下去了。看到来的一些人又走了，就感觉我们已经坐进席的和他们不一样，走不脱身，被套住了，有些后悔，但也只能后悔着和老汉聊天。老汉说"你不要看现在这长虫梁的这个湾那个湾的村庄里，都是砖房盖得齐齐刷刷的，人都吃饱穿暖了，汽车有了，彩电有了，个个出来骑摩托车了，可是现在的年青人的观念完了，思想意识完了，社会风气完了，那是更可怕的，比穷要可怕得多"。以前我听到老汉这样的认识会说这是杞人忧天，但现在突然就发觉如我一样远离农村生活的人，是不完全理解他们的，他们说话也是很有研究深度的。我于是想起了我小时候的疑问来：一只田鼠，你只要动了它的洞，它就会立即废了这个洞，不再把这个它自己辛辛苦苦打成的洞当它自己的家了。雀儿也是，你只要把它的窝动了一下，被它发现它的窝不是它自己喜欢的原来的样子，就以为窝已不是它自己的窝了，它也就把这个窝废弃不用，再去筑一个新巢。两只同一座山里捉的蚂蚱装进一个笼子里不咬仗，但两个山头捉来的蚂蚱放进一个笼子里后，它们就往死里咬，直到咬死其中的一只。我那时就这些疑问请教了多个大人，有的说那是因为小动物太笨了，只能记住一个样子，改变一下它就认不出来了；有的说那是由于小动物嗅觉十分发达，闻出了人留的味道后，感到不安全，就不再来了；有的说那是因为老鼠和小鸟太勤快的缘故，它们太喜欢住新家。这些说法我都不十分相信，现在突然想起来，受老汉的心事的启发，我猛然发觉了那个历史问题的更合理答案：动物和人一样都是有灵性的，有社会的，在它们眼里，狗和狗相互竞争，蚂蚱和蚂蚱相互咬仗，同类的个体才是它们物种内各自的社会成员，别的动物是存在于它们的社会意识之外的。在这些小动物中，山永远是那座山，梁永远是那道梁，它们的社会永远是不变的社会。它们也明白人比它强大，当你发现了它并动了它的窝的时候，它就会明白你要危害它，它就像人们知觉到了地震信号，发现了台风海啸消息，乞神求福一样，因为自己的不可抵御而不得不把自己的家连窝放弃了，就像这老汉一个人不得不在大家都不愿意时来参加这样的婚事，不得已要坐在这里一样，他也是怕另类动物占了它的"窝"。现在的村庄不是自己的村庄了，老汉自己做的窝也就不是自己的窝了。他能不感到可怕？

老汉说，不是世事变了，是人心变瞎了，现在的人心就瞎得没样子了。他说过去这农村人盖房过干事，包括碾场种地的农活，邻里之间是自觉自愿互相帮忙的，自古如此，大家都习惯了，可近几年说变就变了，谁家盖房娶媳妇要请村里人，不请就没人来。请就请吧，有的请来干一天活还要给人工钱，说是在外面一个小工也要五十元呢。有的请了虽然不要人工钱，但一天的吃的喝的却就砢码了，烧酒啤酒，好烟好茶，炒菜弄啥，一天下来，每人也要花好几十元，跟掏人工钱的差不多。他说你看那现在的青年人，回到村里不是团堆堆赌博喝酒，就是歌厅啥厅的玩死命，再要么就捏着个手机满村子吱吱吱地瞎逛，先人丢下的那么好的田土都荒了也不知道心疼，哪里还像个农村人的样子。他说他看这世道再照这样发展下去，迟早有一天这灾难就会来的，首先土地就要惩罚他们了，会让他们为现在待慢了土地而日后要付出代价。老汉的话让我想到了我老家的邻居。

今年春天，和我一起耍着长大的我家对门的小满，他父亲被查出得了胃癌，已经到了晚期，但老人浑然不知，还在往田里送粪。他的女儿就要参加高考，她的母亲也是半身不遂，但他从医院把他父亲领回来后，说了句"这病已经没治了，娃娃也考不上"就要领上女人去打工，他的母亲哭着求他，要他等一等把他的父亲殡葬了再去，他的女儿哭着央求他要他等到她把高考进行完了再去，但他都没有接受，还是于哪天偷偷地带着他的女人走了。他和他的女人走了，谁也不知道他走到了哪里，他离开不到一个月时间他的父亲就死了，他的家里人没地方找他给他递信，他也就没有回来，村里人也没人管，是我的母亲给我捎了信说了此事，说是村里人都说小满家的丧事，小满家没有能动的人就成了众丧，要先从离得最近的人家开始，按照远近亲疏依次出钱出物来殡葬，我家和小满家离得最近了，我又在城里干公事，要我们出大头，我母亲怕小满父亲的阴魂祸害我们家，我和小满又是一起长大的，就动员我行善事把死人想办法埋了，我也就按我母亲的意思埋葬了小满父亲。我把小满父亲埋了不久，小满的母亲又死了，是我挨个给村庄附近的副业队打电话寻找小满，终于在内蒙的一个煤矿上找到了小满，告诉了他他才回家的，但我就再没去料理小满母亲的丧事，现在一提起这长虫梁我就害怕。我也是不明白现在农村的青年人是怎么想问题的。对老汉说的这些话我是深有感触，也感到农村青年人的信仰观念正在丢失，瞅着这里那里的村庄看时，老辈传下来的那些象征性的屋子里的檩条正被抽掉，房子全都变成了软房，即将就要塌下来。

但也是说不清楚的事，又似乎没那么危险。

我们村的一个四十多岁的女人，还在上世纪八十年代初在赶集时勾搭了一个外地男人，怕村里人知道，就在全村的大小人都火急火燎的正忙着割麦子的一天，她偷偷背着村里人跑了。她跑了，她的丈夫是个没本事的人，是她的亲生父母都没有活到老意外死去后，村里的好心人帮她从邻村撺掇来的倒插门，生了两男两女四个娃娃，土地刚放下来，他们分到的土地都不好，她就在村里又偷又摸，小时候养成的习惯，总也没有改掉，艰艰难难地推着日子，谁也想不到她会那样跑了。她跑了后，她的丈夫就带着她的四个娃娃照旧的生活着，像是有她不多，没她不少的样子，女儿到了成家的年龄也和村里的女娃一样嫁出去了，所有的人似乎都已经忘记了那个逃跑了的女人。可过了十年了，那女

梁已不是那道梁

人突然回到我们村来了，来时带着个比她小得多的男人，大家才知道她跑到了河南，在河南又嫁了人，她再嫁的河南男人比她小十多岁。她回来时还认她在我们村里的她的丈夫，她的丈夫连一点意外都不表现，就那么一妇二夫和气地住在一个炕头，两个男人在一起下田干活，谁也不嫌弃谁，相处得没有一点矛盾，十分融洽，比亲兄弟还亲。她是我们村里跑成的头一个女人，听说我们村里以前也常逃跑女人，但是每次都是全村人出动，把逃跑的女人给抓回来了，有一个女人嫁到我们村不到一个月就偷跑了，她的偷跑及时被发现，她没有跑多远就被村里人追上，抓住她后还剁了她的一只脚，到现在还在村里活着，但这个偷偷摸摸的女人跑了又回来，村里人却不那么在意，起先还感到新鲜，议论了一阵，但很快就风平浪静了，也许在我们那山高皇帝远的土窑村，现在的人们是不愿意外传自己的村里现在还有两夫一妻的情况的。可是就那样住了一年，这女人和河南男人又走了，大明大放地走了，也没人拦挡，就让她们走了，她们的孩子一个也没带，孩子也不知道他们就走了。隔了三年后，那女人和河南男人重来了，这一次他们来时带着很多钱，他们把她家的老房子翻新重盖成了村时当时还少见的宽畅明亮的全砖房，给她留在村里的两个儿子都娶了亲，还给大儿子买了个四轮拖拉机让他跑起了运输，要知道那是我们村里最早的机械，之前村里连自行车都没有，所以大家看着那四轮拖拉机时都有些眼花。她和她的河南男人来把儿女的大事都办好后又走了，带上她的小女儿走了，此后就隔三差五的回来，他们回来一次，她家的样子就要改变一次，看得出当初村里人没有按老习惯把她抓回来，也还是有一些意想不到的好处，如果那女人不是那时跑了，跑成了，那我们村有拖拉机的历史还一定得再等些年，他们家的生活状况也一定改变不到现在的地步，硬邦邦的事实，谁又能说不是呢？

老汉说："像你说的那样的事如今普通得很，那个村都有，不足为奇"。

他说他们村的一个六十多岁的老光棍，听到邻村一户人家男主人死了，就主动去寻上门把那女人说了过来。那女人也五十多了，带着一个女孩，女孩子二十来岁，还没有嫁人，不料他把那女人娶过来不长时间，女人的女孩却开始闹着要嫁这老光棍，要自己的母亲回原来的地方。娘们两个争一个老头，争得还非常来劲，母亲拿女儿没办法，就托人说媒给女儿找了个婆家，可女儿偏要一条道走到黑，死活不肯嫁出去，闹得不是女儿服毒就是母亲喝农药，娘们两个交替着寻死，把他们村的老光棍给作难死了，没有办法，六十多岁的老光棍也出家走了，留下她们母女，任她们去咋闹。老光棍走了，这邻嫁过来的母女却不怎么闹了，都出去找老光棍去了。近些年村里的事越来越怪，六十多的老光棍也出现了这样的艳遇，还因为婚事被赶出门了，谁能料到呢？这事要出在过去，村里人一定会认为这是神在作难，为了村庄的众人安宁，早就有人出来祭祀村庄，安抚神灵了，可现在土地到户了，各干各的事，有力气有都出去打工挣钱了，就没人再顾这样的事情了。对于老光棍的出走，有的说他是投进了寺庙，削发为僧了，有的说他也去打工，给人看大门了，有的说老光棍无奈，干脆他自己先自杀了。可是过了一年多，老光棍居然回来了，回来时领着个蒙古族少年，一回来就急急的到乡政府给他领回来的少年和女人的女儿办了结婚登记，把少年招为他女人的女儿的女婿，给她们圆了房，他自己和那女人才平和了。那少年在这里的农村咋能住下去呢，他要带着他的新娘出去打工，可那女孩坚决不随他出去，就独自出门打工去了，去了就三年了也没回来，只是那娘们一人生了一个女孩子抱着，谁知道那娃娃是怎么生出来的呢？

婚事的程序终于开始了。

云花从新楼房的正门出来，看样子是打扮了一下，脸上白净了些，穿着也工整了些。她站在门口正中央的台阶上像队长一样呐喊了一声"席上的女人娃娃都起来，先把外面的老人请进来安顿到坐位上，人家新娘子要说两句，说完我们就开席"。随着云花的发话，院子里桌子旁坐着嬉闹的女人和娃娃都灰溜溜出去了，我和老汉相互拉了一下，坐在原地没动。大门里涌进来一帮人，原来先前来的我以为已经走了的那些人全没走开，现在都进来了。各个席上很快坐满了老人和长辈，菜也一下子上齐了，是我们老家那种叫九碗三行子的内容。我看了一下表，已经是中午十二点了，按农村习惯这时已经是吃第二顿饭的时间了，我也真有些饿。看着席桌上的人迅速坐齐了，云花说："各位长辈，各位亲朋，对不住大家，今天石娃的女人把我的小儿子的女人弄没了，她自己又愿意顶这个缺，按她自己的要求，我今天就给她办了这桩事，请各位长辈亲朋就来见证一下，以后再出现非份的事情，我杀牛剥驴的屠女人可翻眼不认人。由于要娶的是老妇人，宴席就拖到这时候了，我知道大家都饿了，饿了就饿了吧，一会儿上大盆牛羊肉，大家都要紧着饱的吃，不要怕把我给吃穷了，有这样的一百个干事也吃不穷我"。她说到这里时，回身向里屋张望了一眼又转回身说，人家石娃的女人有话要今天说给大家，就让她说吧。

随着云花的话音落下，从云花的背后钻出一个女人来，相貌显然比云花还老，那化妆真是一个绝呀：眉毛的油彩勾得就是两条干死的黑蛆，僵硬得像是一不小心就会滚落下来，竟然还戴了假睫毛，眼珠子一动，眼神死得跟猪的那种近视神态是一个样子……我看到这女人出来时大家把头都低下去了，我也不由自主地收回了目光。那被称为石娃女人的女人一出来就面朝来客跪下了，她低下头说："大家都知道我是个不要脸的女人，其实我也就是个草驴，可这个世界上，像我一样的农民，那个女人不是草驴呀。在我们长到十七八岁，我们的父母就为了几个钱，给我们找个婆家，把我们嫁出来了。我们的父母给我们找婆家的时候，谁为自己亲生亲养的女娃子负责了呢，还不是和驴一样，瞅个有吃喝的地方，就把我们像驴一样拉到一起，让我们自由交配后就再不回头看一眼了，从此今生今世再不管我们了，谁说我是草驴、说我是母猪都没说错"。也许是紧张，她欠了欠松散的身子，再接着说："其实我还不如一头草驴，我家一直养着草驴，我是知道的，草驴一年才发一次情，它发情了，主人就要认真对待它，给它找个好公驴交配，然后不让它再干重活，还要给它吃好的，喝好的。可我们这等女人就没有这种享受，男人一年四季天天发情，我们就得天天陪着发情，哪个女人都是刚结婚时样子端端正正的，但谁都过不了一年就成了外翻的八字腿，给男人整走样了，谁见过草驴随叫驴发情的吗？"。"这女人还没过门就发情了"，谁低着头说。"哪你咋不变成草驴呢"，谁也在议论。"大伯大爷你们是不知道内情，我和石娃成亲的那天晚上，我做了个梦，我梦见牵红线的娘娘到我家来了，来了就对我说她对不起我，她说她牵今年的线时太忙了，就把我的红线给搭错了，其实我的真正丈夫还在下一拨人里呢，她已经牵错了就改不成了，她让我不要狠她，她说只要我耐心等下去，她把我的真正的丈夫再错牵下凡后，我就和我应该的丈夫在一起了。她还说由于人太多了，凡世的人口越来越多，她也越来越牵不过来了，牵错的也越来越多了，但牵错了就错了，谁也没办法，她对牵错了的从不道歉，她是看我可怜，动了恻隐之心才给我说的。从做了这个梦后，我就在家里供了牵线娘娘，敬奉着她，请求她快些将我的本来丈夫牵下界来，不然我将就的时间越长，我走的弯路就越多，迟早要从头开始的。我等了二十多年了，我一遇到三霸就发现我等来的神配的男人了，我从他的身上闻到了我的男人的味道，你们在坐的凡人都是闻不出来的，你们没有牵线娘娘的特别关照，就没有灵性，那种味道就像厨灶里的油热了一样，遇到时直喷人，就往你的死肉里钻，让你无法抗拒。我一见到他的样子就认出来了，就像婴儿一出世就认得娘的奶一样，那是先一世就熟悉的。

我知道他已经成了家，女人是一个已经考上大学的娃娃，根本就不是他一路的人，就想到了我二十年前的梦，我想白蛇等许仙等了千年，我才等了二十来年，就给牵线娘娘烧了感谢她的还愿纸，把他又牵错红线的女人拐出去了，我们就走到了一起。我今天就告诉大家，那女娃既没有去坐台，也没有死去，她被我撺掇给了一个杭州的大学生，现在被那学生家里供着又上完大学，在广州市内工作了。我没有做伤天害理的事，大家可以到广州市去找她。"她站起来继续说："石娃和我不是原配，他打工时早和新疆女人勾搭上了，也生了娃，我是见过的，还小得很，他不去养活他弄出来的娃娃，就把和我一样草驴都不如的那个女人又亏死了……"云花出来把这女人捉鸡一样从两胳膊上提起，拎进去后，宣布："大家不要听这女人的瞎话，现在就动筷子，给各位把酒看满！"说完后走到了我面前，说："这长虫梁已不是过去的长虫梁了，新时代就有新事物，你不要见怪呀"。我说"这没什么"。

我旁边的老汉动了一下筷子，像在深思着什么，又放下了，"那媳妇还活着？"，他自言自语地摇了摇头，说是好坏长虫梁已经不是长虫梁了……

原载《花雨》2008 年 10 月
第三期 总第七十九期

创作花絮：云花的异变，显然不是年纪累加的自然变更。这场同学抱着大龄婴儿娶比自己年长的同学作小儿媳，且新娘为云花娘家的亲小弟弟的媳妇的娘家亲大嫂，因为弄丢了云花的小儿媳妇，就和云花的小儿子成婚的婚宴上，邪说自己是草驴……云花"舅爷"及婚宴上其他人的漠然表现让人感受到我们这个时代的乡村秩序的痛苦解体，让人看到了长虫梁地区人们在同类荒诞混乱社会秩序下的精神迷茫和无力自救……

梁已不是那道梁

温柔的陷阱

1

这是一个打工比种田的效益要好得多的时代!

这是一个人人都能出门打工挣到大钱的时代!

吴家崖的人都出去打工去了,吴家崖的老人看到谁家的男人或是女人还在村子里守着种田,心里就很不舒服,他们就要咒骂那种田的人,他们以为只要谁没灾没病,只要是还没到七老八十丧失劳动能力,就应该全都出去打工,他们想要通过他们的咒骂,把还在村里守庄稼的懒汉全部赶出去打工挣钱,他们宁愿儿女们不在眼前守着,在他们病时来端茶送水孝敬他们。他们整日计算着目前种一亩地能打四百斤小麦,四百斤小麦才能卖三百来元,但平均下来,一亩地光耕四次就得八十元,施三次化肥少说也得要一百二十元,打五六次农药,还得五六十元,种籽要三十多元,光硬开销就已经三百元,还不算人工和吃饭等的零散开支,他们越算越明白种田是划不来了。他们还不时的打听外面打工的即时行情,一个只须出苦力的小工一天五十元,一个有手艺的大工一天就八十元,一个能带人搞技术的匠工一天要挣一百二十元,他们算一个国家干部一月的工资才一千多元,一个小工一月就挣一千五百元,学点技术一月就净挣两千四百元,在这样的形势下,连学生娃娃都初中混不到毕业就都出门打工去了,他们能不把自己的亲朋邻居赶出去打工挣钱吗?

"唉,没出过门的老头老太太知道啥叫打工呀!"

吴明明蹲在墙根,绿着脸,他知道他今天被关进这里来了,根由还在吴家崖,是全庄人对不去打工的人的咒骂,他才出来打工,也因为打工他险些丢了性命。他现在最痛恨的就是吴家崖人,痛恨那些老头老太太,是他们使他掉进了女人的陷阱中，在这种地方头一次体验着思绪万千的滋味。他也恨他死去的老父亲，既然他将他带出去了，让他离开了吴家崖，就不应该再将他带回来，他被带出去就不是吴家崖人了，走南闯北在大城市混了多年，他又将他带回了吴家崖，他的骨头已经没长成吴家崖人那自小扛重担出苦力的骨架，他的心思就没盘算过吴家崖人苦庄务农的主意，他见的世面就是城市人那种领工资、吃饭店、坐汽车的生活，和他一块长大的娃娃都是城市的穿名牌、玩游戏、逛公园的孩子，他只是一个农民工人，从小就将他带进城市却没给他标准的城市生活，让他和身边城市的孩子不一样，低人一格的生活。他退了休，就不该将他带回吴家崖这个山沟沟里来，他没有吴家崖人的体格也没有吴家崖人的习惯，他怎么能和吴家崖人一样的在这里打工种田的生活呢？

打工！打工打工！吴家崖的那些老头老太太们，知道个屁呀！吴明明愤怒地拾了拾自己，但没拾起自己的身体，他感觉自己的骨头没了，没有可依靠的东西让自己站起身，他顺势躺下去，瘫软地躺在地上。他感觉自己头很重，费劲地把手伸上去摸了一把，湿湿的，将手缩回来时，却是血，血已经渗透了包裹的纱布在往外滴，像是不愿意再在他的身体里待了。此时的他，只感觉腹内腐蚀的掏心拔髓的难忍之痛，似乎他的消化液找不到可作用的对象，正消解他的肠胃和脏器呢，他感觉自己的肠胃被自己的消化液消化时，就像坏烂的食物里钻进了苍蝇的蛆蝾腾一样，恶心而无可奈何……他已经好几天没进食了，这种饥饿的感觉让他生不如死。他瞅啥都是绿的，他感觉他的血也如坏了的肉流出的绿黑的水一样，让他无力自死了……到底是谁的错啊？那些吴家崖的老头老太太们，怎么知道打工的人用体力挣的钱的多一半，都被黑心的工头们扣去了，支撑他们打牌洗脚的生活，他是真不愿意让自己的体力挣来的钱供那些人去那样糟蹋的，他凭啥要去养活那些人渣呢？他不愿意打工，但事情到这一步，就不由他了。他的老父亲把他带回了吴家崖，吴家崖人看不起他，他的姐姐也看不起他，憎恨他，所有的人都下眼瞧他，他恨这世上的人，他们都不想想自己的错，尽指责他吴明明，硬是让他到了这不光彩的地方。

唉，老父亲归天了，怨他又有啥用呢？

2

吴明明的父亲吴老二是村里退休回来的老工人，由于父亲年轻时是吃皇粮的，他家也是吴家庄村里唯一的工人家庭，他家就娃娃少，只有他一个儿子和他的姐姐一个女子，他的姐姐比他大五岁，由于那些年对工人的计划生育政策抓得紧，所以父亲就没给姐姐上户口也没把她领出去过，一直放在农村老家没被重视，他的姐姐就完全是吴家崖的乡下娃，没沾上父亲的光，倒长得比他懂事一些，看到村里人出去打工，她也就跟着打工的人出去打工了，不仅挣了些钱，还和城里人一样自由恋爱，自找了对象，已经结婚嫁出门了。他吴明明比姐姐小两岁，自小跟着父亲吴老二在外面混，被他的父亲吴老二给宠傻了。他老父亲的厂子是个啥保密厂，就是因为那是个保密厂，所以早年招工时，吴家庄的人都传说被招进那样的保密厂后，一个是地方不好，在甘肃边边的荒无人烟的沙漠地区，一个是军事化管理，不允许跟外面有任何来往，同蹲监狱的性质差不多，村里人都不愿意去，才打发老父亲去的。老父亲去了，村里人才发现真实情况并不是他们传说的样子，老父亲还是说回来就回来了，回来时经常要带些糖果花布、铝锅收音机一类的洋货，还穿着半截袖的洋款式衣服，有很多很多钱，要买啥就买啥，他回来有时会住好长时间，他们的两个孩子都是在老家里生的，看到这些，吴家崖的全村人都后悔当初听信传言，没有去报名，其实当时是谁都能得到他的那份公干的，大家看着他家的生活优越得很，他们家的孩子，尤其是儿子明明也优越得很，就都很羡慕他的父亲。老父亲在生下他吴明明这唯一的儿子后，就一个人把他带到厂里去了，在他的厂子的子弟学校上了学，后来他们随厂子搬迁到四川的成都，又搬迁到杭州什么地方，真是地方越走越好了，让村里人觉得吴老二家的路子真是越走越宽了，大家都诣媚他的父亲，有一种最成功，最幸福，最了不起的人就是他父亲吴老二的共同感觉。但是没想到他吴明明被父亲给宠歪了，在学校就不好好学习，经常惹猫斗狗，惹是生非，后来就酗酒赌博，打架闹事，现在老父亲退休回来，他也就被带回了吴家崖。

这些是他小时候就听说的，但从来没有像现在一样认真的回忆过，思考过，现在想起来，还真是越想越心酸。他不愿回忆这些年来的事，但又能做什么呢？他掉进了女人的陷阱里，是警察救出了他的命，现在警察把他拷在这单间里，这房子像是一间办公室，也不审问，也不放人，吴明明不知道警察这是啥意思，他现在有的是精力和时间回忆往事，他就这么一个人在这里，也不知道什么时候才能被放出去，他不回忆往事都不行……

3

他的父亲回到老家来了，回来就成了吴家崖的普通农民，除了每月厂里给他汇八百多元的工资，他也就起早贪黑的忙活庄稼，担粪打药，赶集磨面，和吴家崖的本土农民没有任何差别，但他吴明明总是成不了吴家崖人，地里的活不会干也不学着干，瞌睡多得吓死人，黑明只是大睡，偶尔起床了，就领上他父亲的工资，买上好烟好酒，下馆子吃，进赌场玩，穿得跟城里人一样，这个月的工资花完了就睡，等下月工资来了再花。老父亲借了一屁股债为他明明娶了媳妇，都生了三个娃娃了，可他明明的作风一点点都没改，还是老样子，吴家崖的人就帮吴老二骂他吴明明，说吴老二小的时候给儿子创造了个温柔之乡，把儿子给惯得没样子了，倒害了自己也害了孩子。他们要让他出去打工挣钱，可他吴明明拿上他父亲的八百元工资，每次出门不到十天就回来了，不是说找不到活，就是说打工太苦，他的身体坚持不了，可吴家崖的老头老太太不太相信他吴明明的说法，说人家十五六岁的娃娃都出门能找到活，能下得了苦，你一个三十多岁的大男人，正是年富力强的时候，怎么就打不了工呢，还是人家副业头头先给你放了工资定金，请你去干活，你都就让人家把钱原收回去了，真是怪事情。

吴家崖的人把他吴明明没有骂出丝毫的好转，却把他的父亲骂病了。有一天，他的父亲肚子痛得昏倒在路上了，谁发现后就喊了他，那时他明明身上没钱，他就只得喊了他的姐姐，直等到他在北京当保姆的姐姐从北京赶回来，姐弟俩才把老父亲送到了县医院，医院用啥机子一照，坏了，主治的医生背过老父亲对他说，老父亲的病是胃癌，已经到了晚期，不好治了，要他多多准备些钱，转院到省城的大医院去试试，看能不能通过做手术，用导管延续病人的生命，那样至少得准备五六万元。他吴明明听了害怕了，流泪了，但也就难过了一夜，第二天早上他和姐姐商量他父亲的病怎么办时，姐姐说这病不能治了，一则没那么多的钱，二则她在北京听说这样的病人做手术，大多数都不成功，手术台上都下不来就毕了。姐姐说他们父亲年龄也大了，七十多岁了，划不来再冒险死在手术台上，那样会对不起家里人也对不起自己，要是真过逝在手术台上，他们会后悔一辈子，还是保守治疗，让父亲自然过逝的好。明明听了姐姐的话，刚结的愁云散了。他吴明明回家后，按照姐姐的交待，把家里能凑的钱全凑了，总共凑了三千多元，他就带上这三千多元，和姐姐一起领着父亲去省城为父亲做保守治疗了。

他和他的姐姐把他们的父亲领到了省城，进了大夫推荐给他们的省军区肿瘤医院，医院的门诊大夫一番病情询问检查后，就让病人住院，开了住院证交给他，要他老父亲住到外科病房准备手术，他吴明明当时就没了主意，大夫的安排和他们想的不一样，说不到一块儿，他坚持要把他的父亲领回去，不住院了，可他的姐姐说先到外科去看看再说，已经来了，无论如何得在这医院住几天。他扭不过他的姐姐，他们领着他们的父亲就到了那所医院的外科。外科的医生给他们的父亲检查了一下，就让明明去交押金办住院手续。他让姐姐去同大夫商量保守治疗的事，要求少交些住院押金，姐姐去和大夫说了他们家属的想法，并就住院押金的问题和大夫达成了协议，把五万元的押金降为五千，不做手术，以减轻病人痛苦为主，保守治疗，住院费用按治疗情况陆续补交。协商成功后，姐姐问他真的带了多少钱，要他去交押金办住院手续，他哄她说他从家里凑来了两千元，已经在路上花了五百，还剩一千五了。姐姐听了狠得咬牙切齿，本打算把自己带的钱给他让他去跑路办住院手续，能麻利些，安全些，自己守着父亲细心些，周到些，但一见他的败家子样儿，就把他带来的一千五要去了，把预想的安排调过来，自己去跑路办住院手续了。

他的父亲住进了医院，住进去的第二天，他一早就出去逛荡省城了，也没给谁打招呼就偷偷出去了，是他的姐姐一个人陪着父亲到这儿排队检查心脏，那儿排队检查化验血液，一套体检做下来，整整忙乱了一天。他是到晚上才回到了父亲的病房，他回去后就拿出个当天买的手机玩，被姐姐发现了，姐弟俩争吵起来，明明赌气回家了，是姐姐把老父亲守护着住了一个星期，由于钱不够了，就送回了吴家崖。

老父亲回到家里不到一月就过逝了。老父亲过逝了他吴明明的感觉就像是从山顶跌到了谷底的深渊，进了家门，感觉以前的家已经没了，睡到床上，感觉以前的床也没了，他的姐姐也再不来吴家崖了，心里空落落的。他本来要把父亲病故的消息隐瞒下来，隐瞒了他父亲的厂里就不会知道情况，就会一直往他手里寄他父亲的工资，他还要想办法把父亲住院的手续从姐姐手里要回来，寄到父亲的厂里报销一部分，但他万没料到父亲死了才三个月厂里就知道了，发回来一年的工资，还有八百元丧葬费，再就是给他们的母亲每月寄二百元生活费，其它就什么也没有了。就父亲的厂里给母亲的每月二百元生活费，母亲还把存折给了儿媳妇，他吴明明每月光吸烟就得一百多元，手机费也得七八十，这些钱没来路，他还是将自己的女人打了个半死，把那存折给抢过来了，揣在了自己的怀里了。他吴明明从那时开始就没有钱花了，他一直在怀疑是自己的姐姐向他父亲的厂里告诉了他父亲死亡的消息的，害得他手头丢了一份工资的钱，所以非常痛恨姐姐，终是在他父亲去逝一年后，他找到姐姐家门上去质问，姐姐说她没有告密，她也想那是公家的钱，寄来的越多越好，他吴明明就是不信，就狠狠的打了自己的姐姐一顿，才算出了气。

吴家崖人还是照旧的骂留在村里守庄稼的懒汉，其实就是在咒骂他吴明明，他吴明明终于一气之下，也和吴家崖人一样，带上自己的女人出门打工来了。

他现在是知道了吴家崖人说的"世上没有后悔药"的话有份量了，如果是他早知道了一天，也不至于三十多岁了被关进来……他已经知道姐姐是不会告密的，不然父亲的住院费姐姐怎么拿了五千多，还在照顾他的两个孩子呢？他今天被抓进来，真是上对不起老，下对不起小，对不起全世界呀，也是作孽过份的因果报应吗？

4

他吴明明是随着村子里人一块儿出来的，他随着打工的"老手"们到了深圳时，这里招工的地方特别多，什么电子厂，建筑队，宾馆饭店，保安焊工，来的人先前还聚在一起为找工作犯愁呢，但第二天，就如赶麦场的搭上了场一样，哗啦一下每个人都找到了自己的工作。只有他吴明明两口子没经验，总是没人找他们谈，看着别人都跟着前来招工的人走出去了，第二天还是没人招他们，第三天来来的人找了他俩，但给的工钱太少却没谈成，第四天他们再等不下去了，身上没钱了，他俩决定只要谁来招他们都要谈成，要糊里糊涂先要干起活来再说，起码先找个吃饭睡觉的地方，把人安顿下来。就在第四天，他的女人就应聘下了一家电子厂的包装成品的活，说好管吃住，每月工资是五百元，他吴明明也应承了一家建筑公司的小工活，说好是不含伙食费，每月八百元，其实工钱跟前面谈的标准一样，只是多等了几天，他们这次是横下心出来打工的，所以就一来深圳就像当年革命者"要把牢底坐穿"一样，抱定吃苦受累的决心干了。

他被招进了建筑队，他到工地一看，这个建筑队的摊子大得很，四幢二十多层的楼房同时开工，工地上什么样的人都招，每天有专人出去在火车站、人才市场等民工集中的地方往进招人。领工的把他带到一个工棚，先问他有什么

温柔的陷阱

建筑特长，他们那儿有小工，就是搞装卸，和混凝土，干杂活的；也有架子工，钢筋工，电焊工，泥瓦工等等技术工，他们的工资水平高，每天就八十元；能带工的工种如施工员，驾驶员，调度员一类的，日工资一百二十元，介绍完了工地的工种情况后，那人让他按自己的特长选工作，他只有小工活可做，就选了力气活儿。他表了态后，工地上就派兵人把他领进住宿的工棚，安顿了床位，交待了纪律，领到了安全帽和饭票，他就正式打工了。

建筑工地的活，累那是不言自明的，重体力的活儿，人要侍奉着高速运转的大型机器，是机器要求人要如机器一样的转动，人干了多少机器才干多少。起初明明干起侍奉搅拌机拉水泥砂子的活来不是很顺手，一天咬牙坚持下来，到进工棚门时饭吃不进，水咽不下，真的就想一死，但他真就连自杀的力气都不愿意再拿出来了，一头扎倒就睡，睡到半夜饿醒来时再黑摸着吃……真是苦到了骨头里了，但他这次坚持下来了，他以前也出了几次门，这建筑工地也来过，但这种苦他是接受不了的，最长的一次做了十天他就回去了，他是知道这打工的艰难的：男人一天到晚出大力，这里的劳动强度比做农活的劳动强度要大上十倍还不止，所以这出门打工的男人回到家里就一点点苦力都不愿意再出了，出门打工的女人是没人把她们当人看的，就说当保姆吧，主人家就不允许你在桌面上和他们一起吃饭，让你在他家能动的家什东西，能去的房间地方，做活的标准是有严格限制的，比对监狱里犯人的要求还要严上多少，他们的厕所都不给你用，给你的那点工资对主人来说，就等于在牛身上拔了一根毛，保姆的下贱辛酸只有做保姆的人自己知道，打工根本不是吴家崖人的老头老婆子说的那么美好。明明这次是赌了气出来的，他回家已经没有了立锥之地了，回去就再没有重跑出来的车费了，他抱定了这回要把这工给打下去，把苦给吃下去，不能再半途而废了。明明是坚持坚持再坚持，他舍命地坚持到过了一个月后，干活逐渐顺手了，工地也熟悉了，开始变得不那么的劳累了，就庆幸自己又能活下去了。

他在建筑队干着干着，就听到哪里的商场在招人，活比建筑工轻松，待遇还比建筑工高。他和他的女人商量，要把建筑队的活辞了，想碰碰运气，再找份轻松的，工资高的活做。他的女人说他是"在山看着那山高"。规劝他"要守着一件事情做"，说是"在一个地方守住一件事情做时，时间长了自己还可以学点技术，艺不压身，有一样两样手艺在身了，打工就可以多挣钱"，还说"在一个地方守着一个活干的久了，老板也就不嫌你了，工友熟悉了也不欺侮，出门的安全程度也高"。说得倒是头头是道，似乎也有道理，他吴明明说不服自己的女人，就接受了女人的拦劝，收心回到原来的建筑工地，继续做起了原来的活。可是又过了一个多月的时间，他就突然想起"树挪死，人挪活"的说道，就还是想换个轻松的，工资高的活。他这次找他的女人商量时，口气很硬，说他自己已经决定换工作了，女人还是婆婆妈妈的劝他，说他们出来打工不容易，在深圳这样的大地方，像他们一样的打工仔是很容易被坏人骗了的，在家千日好，出门一日难，既然已经干了建筑，又是个正规公司，安全不用操心，就还是继续干下去。还说"在山看着那山高的人，最后把山山走到了，方知在山是最高的山"。这是他们吴家崖人代代口传的古训，大意是在骂干活做事浮躁不踏实的人，做这事时总想着那事比这事好做，就一心去做了那事，结果做了那事又发现另外一件事好做，一直转移下去，最后把所有的事都做了一遍，才发现最开始和他一起干活做事的人都取得了很大的成绩，就认为刚开始做的事是最好的事，但是对自己来说什么都晚了，已经来不及了。这话她的女人已经说过几回了，他只是说不过她，吴家崖的人也用这话比论着骂他，但很烦这话也很烦说这话的人。

其实人的头脑就是个录像机，不管你是不是在留意，他是把你所有的经历都记录下来了，只是人们都无心经常去播放，只要需要的时候，一旦播放程序启动了，那是想停都停不下来的，如若不信，谁也被关进来试试？

5

他吴明明还在建筑队干着，他干的活隔一段时间就被调整调换一次，把最苦的卸车、和混凝土的活，让给了如他一样被刚刚招进来的新人或者干错了活被惩罚的人，像学生娃娃上学升级一样，他现在被安排在做架子工的帮手了，工资也转为一千五的月工资，算是已经升到二年级了。可是明明还是惦记着哪里的商场的那个消息，因为给他透露那个消息的是个四川的女人，她不认识他就给他透露消息，还说愿意帮他的忙，足见外面的女人比吴家崖的女人要见过的世面是大得多，那女人长得也娇小玲珑，他就想知道那外面女人的世面到底有多大。人的心思是要长高的，比地里种的玉米长得还快，他吴明明的这个惦记很快就长得很高了，把他自己淹没在里面了，于是他就没有再跟他的女人说就偷偷找了那女人，那女人有能耐得很，只用了两天时间就给他联系妥了。

他那时去商场干的是卸车拉货，送货上门的活，每月的工资是八百元，还要扣住宿费三百元，伙食要自己去买，实际上他一分钱也攒不了，他后悔上了四川女人的当，他要想办法再回到原来的建筑工地去，可那四川女人隔上几天就来关照他一次，温情得很，她用她的小屁股撞他，用她的小手抓他的腮，还说些让他浑身发酥的话，他就觉得来到这里的一件啥事还没干成，他到这里来已经付出了代价，他不在这里做个啥事情就离开，他很不死心，他总觉得他要做的事情就快要做成了。他打算着他要做的这件事只要做了就行，做好做坏都无所畏了，做了他就会马上离开这个商场。但两三个月过去了，他要做的那件事在一直向他挪近，但就是离他还有很长的距离，他实在没有耐心再等下去了，他出来是打工挣钱的，几个月没积攒一分钱，还没处吃没处喝，这让他性急，他思来想去，终于认定他的那点打算意图是水中月镜中花，是可望而不可及的，他也认清了与其说在这里白耗下去等那渺茫的机会，还不如回建筑工地自己多挣钱，现在就把自己的女人侍候好来得实在。

他终究还是离开了商场，离开了那个四川女人，回到了他原来的建筑工地。但他没想到的是那建筑工地已经不再接受他了，好说歹说，都不再要他，理由是他们公司可以接收没技术的工人，但绝不接受三心二意，品行不好的工人。就为思想开了点小差，不仅丢了工作，还落了个品行不好的坏名声，他再找了别的几家建筑公司，可到哪家都干不足一月，人家听到他的坏名声就给他挽了账辞退了他。他就在满深圳的街上逛荡，也不能去见他的女人，他一想到他的女人就流眼泪，他现在觉得还是自己的女人靠得住。他觉得他再不能只在建筑工地找活了，得在别的方面试试。那天傍晚，他到滨河路茫然溜着，一个浙江女人过来同他搭腔，问他是不是要找工作，他一看她涂脂抹粉，细腰大胸，跟四川女人的熊相一样就来火，他转过了脸没有理她。但那浙江女人就是纠着他不放，他越是生气不理她，她越是来劲，像是用的劲太多了，把鼻涕擤在了自己身上怎么都擦不掉一样粘着他。他说他不是找活干的，她说她已经看出来了，她看出了他不仅在找活做，还看出了他还没有找到活计，看出他为找活已经一整天没有吃东西了。他说他吃不吃东西与她无关，她说她就要帮助有困难的人……无聊的纠缠真能烦死人，她说着也往他近前凑着，她的高胸几近在他的额头摩擦了，他只要一抬头，她的那东西就在他的头上面压着。他低头挪了几个座位她都紧跟着他，要逃跑都脱不了身了，而且是越纠缠越说不清，她最后要他现在就去她家为她做一件挪家俱的活，他才明白了整过事情的用意，他看出了她是既要让人替她干活，又不给人掏工钱的那种小心眼女人。在这异乡，言语又不通，人人都会站出来找外地人的麻烦，在这傍晚时分，又是被一个当地少妇纠缠着，指不定谁就会过来找他的麻烦，他见的这样的事多了，这样一合计，不就是挪东西嘛，最重也就是个电冰箱了，他在心里估计着，不如就给她去挪了，人离乡就贱了，平安才是福，给她挪了好早早打发了今天的霉运气。想到这里他就答应了她，跟着她去为她挪东西了。

他到了她家，她家是和当地普通人家的设施一样的楼房，面积不大，新的，就住着这女人一个人，据这女人说她和她的丈夫离婚几年了，家里的重活没人干，不得已才出去找了他来帮着挪东西的。她教他把电冰箱从厨房挪到了客厅，把她的床从大一点的卧室挪到了小卧室，挪过来挪过去，等到把她的活干完，已经到深夜了。他硬撑着干完了她的活要走，她却死活要留他吃了饭再走，他不愿意再同这样麻烦的女人扭来扭去了，也确实又饥又困，走不到哪儿去了，就在一条小凳子上坐了，边休息边打算今晚往哪里去过夜，女人看他坐在凳子上，就从衣厨里取出了些干净的男式衣服让他换上，说是这是她的丈夫留下的，现在没人再穿了，她看着也闹心，就送给他了。他不肯要，那女人就过来要脱他的衣服了，他连忙自己脱了，换上了她给过来的那上衣，女人要他坐到沙发上，他也就坐了。他坐下后，那女人拿出了水果啤酒一类，让他先歇歇乏，她去为他热饭，就进了厨房把门闭上。他喝了几口水睡意已经来了，那女人却在厨房里与他说着话，她说的他不愿意听也听不明白，就只是偶尔回应一声。也许是被那女人发现他在打瞌睡了，那女人就端来了几个菜，有鸡有鱼，有酒有肉，他心想这女人还这么大方。他伸手就要动筷子，早结束早离开，不料那女人却不许他动，说他身上很臭，要他在她家去洗了澡再吃，说什么西北来的都不讲卫生，他无意再搭理她，就只好去洗了，洗了就吃了饭，那女人陪他吃的，还给他敬了酒。

6

第二天他爬起身时惊得出冷汗了，他就在他挪了的女人的床上睡着，浑身被剥得一根线都没留，那女人也赤着身子躺在他旁边。他是天旋地转的从床上滚下来的，但怎么也找不到任何可以遮盖的衣服了，急得团团转，那是他第一次体验上天无路入地无门的感受，真是阎王不请自己去的无奈呀。那女人睁了眼，也没理他，完全是她看不到他的存在的样子，就那样精着身子下的床，精着身子钻到厕所里去刷了牙，就放水哗啦哗啦洗起来。他没办法了，就对不起

他的女人，对不起他的娃娃，对不起他的老娘了，就用力向那门后面的空水泥墙一头撞了过去……可是还是醒过来了，醒来时他被一条铁链子从脚右脖子上绑在了窗子上装着的一个铁架子上，还是赤着身子，他的头上碰出来的血给那女人流得满地都是。他觉得他的脸上硬邦邦的，伸手去碰了一下，才知道被什么包起来了。他不知道这女人现在谋算着要拿他干什么。那女人光溜溜的身子上披了一整块透明的肉红色大布，交着腿斜依在沙发上，那姿势把她的什么不该露的东西都在外面露着，淫荡地瞅着他狞笑着。这时大概又是深夜了吧，她的窗子开着，外面黑得很，静得很，像是全世界就他们两个活物了，不然这女人怎么能够这么野兽一样野形毕露呢。他知道他活过来也逃不过这女人的魔爪了，前一次没逃过，现在被她用铁链绑了就更逃不过去了。那女人见他醒了过来，就慢腾腾走到他面前，把她没有任何遮挡的两腿叉在他头上，慢慢蹲下身来，朝侧卧在地上的他说："占了便宜还要死要活的，你就笨得连怎么才能死都不知道，我真就那么不值钱了吗"。她说"我就老实告诉你吧，我是个没有男人的女人，钱我有，吃的喝的我也有，多得还用不完，但我就是缺个男人的东西来玩，不玩这东西我就不是女人了，现在你已经看了我的不能让人见的东西了，你就成了我的玩意儿了，你懂吗？"她还用绕舌的半普通话说："我是个不幸的女人，你是个不幸的男人，我到滨河路去了几次了，都没有找到你这样模样还过得去，死了又没人追究的男人，是你自己那个时辰去的，去了就被我遇上了，你以为谁会笨到在傍晚了，还真的要挪家里的东西呢，那是我临时随口编的理由，这理由并不高明，连我自己都不信，后悔这理由找的太随随便便了，但你也就信了。信了就是缘分，就是你我的缘分"。她踢了一脚他问："你知道缘分吗？对我这样的单身女人来说，缘分就是撞上谁是谁，中意谁是谁"。她说"你也就这样了，只要你顺了我，把我侍候满意了，我就会让你多活些时间，我已经弄死了几个男人了，你相信吗？"他那时只觉得与被当年南京大屠杀时的日本鬼子捉住了一样，油尽灯熄，只待毙命了，所以就爬在地上什么也不求了，那女人说完后，见他没反应，就给了他头部后脑勺一击，轰的一声过后，他就什么也不知道了……

7

房子的铁门开了，进来了三个警察，一个老一些的端了个双层的玻璃水杯，另一只手捏着一盒红色的香烟，一个塑料的一次性打火机；一个高个子的拿着个黑皮的本子，一个年轻娃娃什么也没拿，空着手跟在后面进来了。三个警察一进门就都坐在了办公桌周围，先瞅着吴明明不说话。"看样子这关了两天一夜后，今晚要审问他了"，吴明明心想："那个浙江女人可能也被抓住了，很可能是警察抓了那女人后，才把他从女人家弄出来的，既然这警察从那女人手里发现了他并解救了他，为啥又把他关了两天一夜不闻不问呢，是让他想什么吗？是他们忙于提审那女人吗？那浙江女人到底是什么人呢？她真是弄死了几个男人吗？那他又怎么离开的她家到这里的呢？现在警察将会怎样审问他呢？会从什么地方入手审问他呢？"一连串的疑问在吴明明的脑海中闪现。他在想他对那女人是真的什么也不知道的，他现在是该说实情好呢还是说假话蒙混过关呢？就在他还没有拿定主意的时候，警察们发话了：

"姓名？"

"吴明明。"

"年龄？"

"三十五。"

"哪里人？"

"吴家崖。"

警察们问一句，看一看桌上，吴明明突然发现警察看的是他的身份证，他就断定那浙江女人被提了，那身份证是浙江女人拿去了的，他心里七上八下。

"说，四川女人是怎么回事？"

"是……"他心里一惊，明白警察已经把啥都知道了，该不会把他的女人也找到了，把啥都给她说了？

"说，四川女人是怎么回事？"

"我的女人打早就喜欢做柜台的生意，多少年了，就是因为没钱就没做成，我们这次出来打工，就想挣点钱后在商场租个铺面，让我的女人做点生意，这是我们早就商量好的，不信你们可以问我的女人。"

"传证人！"

他的女人和那个四川女人都进来了。他的心里紧张得痉挛起来，话也不会说了。

"是你的女人吗？"

"……"他只是点头。

"是这个女人吗？"老警察指着四川女人问。

温柔的陷阱

"……"他还是只是点头。

警察们都笑了，高个子警察说"就为给自己的女人找个满意的工作，自己差点送了命，看来你还没有真的变坏。像你这样的农民，掉进毒贩女人的陷阱里，没被那死囚女人做死，真是太万幸了。

……

"现在放你回去，你要好好吸取这次事件的教训，我们已经为你作了动员，就回原来的建筑工地吧，一个西北人到深圳来很不容易，要好好珍惜。"

吴明明喜出望外，连声说："就是就是，女人的陷阱，太深了。"

她的女人过来了，她一直在哭，听到他说女人的陷阱太深时，冲过来拧住他的耳朵，气乎乎地问他："才知道女人的陷阱太深吗？"他连忙说：

"就是就是，女人的陷阱，太深了。"

"就是就是，女人的陷阱，太深了。"

………

2008 年 5 月于百货大楼旧办公室

创作花絮：陷阱需要温柔的伪装，根据不扎实的温柔后面常常设置着诱索的陷阱。遭"温柔一刀"的话题不仅仅是人们打发多余时光的笑料，一不小心，就变成了平凡百姓的人生故事。吴明明的幼年生活幸运地掉进了温暖之乡，不幸的是他把"温暖"和"温柔"不愿意分开，使幼年生活的"温暖条件"变为了人生成长中的"温柔一刀"。成年了，作了孩子的爹，他照旧惜图自以为是的"温暖生活"，结果又坠落了心仪女人用小屁股撞出的"温柔陷阱"；到河边散步的平常事，他竟然也能无故自摔跤，绊倒到毒犯女人设下的"温柔陷阱"里了。还有多少"温柔陷阱"属于他，谁能说得清？跳出既成的人生之辙，难啊！

银子的怪病

医院能治的疾病，是人的疾病中的一部分，人的有些疾病，当下的医院根本不认识，也治不了，这些病往往很怪。

银子新近得了一种很怪的病，医院说从来没见过。

银子是金家庄的"富2号"人物，也是金家庄的"权2号"，是村子里最大的那个"长"。他智慧超人，能力也超人，相貌堂堂，天生阔脑阔胸阔气质，人送外号"银诸葛"，金家庄一带的村民全是他的"粉丝"。

银子新近得的怪病，是一种罕见的怪病，他的眼球底部长出了一个肉柄，和变色龙的眼睛一模一样的肉柄，任何细小的"风吹草动"的信息传到他那里，他的眼球就敏锐的从眼框中伸出来，由一个肉柄高高举起，传说其甚而能高过自己的头顶，那眼珠子灵活自由的转动，各自工作各自的，能使他的一只眼去看他自己的后脑勺，另一只眼瞅他的前额是否光亮。他还能看清楚他自己的椎间盘是否在突出。他的眼球也能向前、向左、向右多方向灵活自由的转动，不仅能够使他远距离、多角度的回眸自己，他看别人时也就比常人多出了许多的角度。

银子得的这个怪病，人们问他有咋样特别的感觉，他说他自己没有感觉，不痛不痒，不困不累，无任何不适，不影响他的视力也不影响他的休息，不影响他的工作也不影响他的生活。但人们看到他的眼球只是在他受到干扰时才从他的眼框中伸出来，干扰过去后，就又慢慢收入了眼框，和常人一样了，就是在喝了酒或者遇上如得了大财一类的重大喜悦亦或是见了如失了窃一类重大不幸时，他的眼睛就伸出来不易收回，既是在睡觉时也在外面，保持着一定的警觉。除此之外，经过金家庄全体村民的认真观察，他的眼球不易收回时，他平躺下睡着时身体无变化，一旦站立起来后，他的身高就如给塑料娃娃打着气似的往上蹿，这时他就要说些异常玄幻的话。

金家庄人记忆最深的是银子的第一次发病。

前几天"银诸葛"和金家庄的"一把手"，"权1号"也是"富1号"人物的"金点子"一起去市里开会，成功的将村里的一个已经废弃多年的，早先生产队时期的"砖瓦场"，23亩闲地，以500万的高价卖给了几个河南到金家庄来办厂的客商。那天银子喝高了，很晚才回来，回来就放起了村里的高音喇叭，在喇叭里就说起了异常玄幻的话来。他说"人不吃夜草不富，狗不吃夜肉不肥"。他说"金家庄的人之所以穷，就是不吃夜草的缘故"。他说"他到城里的'大户人家'去看了，所有在发家致富的人都在吃夜草，大富的大吃，小富的小吃，不吃的就不富"。他说他看到"在夜里寻着吃了夜草的城里人，脑袋特别活，特别有灵气，把别人的世界也捏在了自己的手里"。他说他"看出了吃夜草的人明白：白天人们都睡清醒了，力气大得很，谁要强迫谁时，就要发生争执，甚而要发生打斗，谁也把谁没办法，但夜里不一样，人们就像是躲进茧子化蛹的蚕一样，丝毫的保护抵抗意识都不存在了，吃夜草的人想吃谁就吃谁，想吃哪里就吃哪里，想怎么吃就怎么吃，通过这夜晚时段，全世界的营养就都集中在吃夜草的人身上，他们就把别人的世界也捏在了自己的手里了。"他还说"绝大多数如金家庄人一样，不吃夜草的城里人，脑髓也还是死的，死脑髓哪里看得到真实动荡着的'活'世界呢，也还以为要富裕就一定得靠自己的力气来挣钱，所以也在夜里睡大觉，白天才干活，也不想想，人的力气果真值钱吗？金家庄人的脑髓也是死的，如一坨晒干了发白的牛粪一样比城里人的'死脑髓'还死，一斤小麦五毛钱，一年要弄一万元就得种四万斤的小麦，哪怎么可能呢，人家城里吃夜草的人，一夜就会有人送去几万十几万几十万，神不知鬼不觉的就富得进入天外天去了，白天干活的人的劳动价值，全被这几个少数会吃夜草的人当夜草给吃了，白天干活的人还如'做梦娶媳妇'一样做着富裕的梦呢，他白天辛辛苦苦种成的田禾苗苗，晚晚都被吃夜草的人'平一遍茬'啃去了，他们那样的富裕梦能做成吗……"

玄幻，真是玄幻！

午夜的村庄，高音喇叭响起，谁不想听也都得听。金家庄是城郊的果菜农为主的小商贩村庄，村庄的人习惯了走街窜巷的寻找卖主，习惯于听别人的说长道短，在这人们任何事情都不能做的黑夜里，高音喇叭响起来，把电视的音响和牛儿打鼾等等的一切乡村声息都盖住了，他们哪里能不听呢？

"'银诸葛'的话不对,这个时候放高音喇叭,他是疯了吗?"谁在怀疑的问。

"城里人大鱼大肉都吃不完,又不是五八年,谁还要吃草呢?"谁也在质疑的问。

"要吃草干脆你自己去吃,哇啦哇啦的吵个求,这深更半夜的,还让不让人睡觉,真是牛把胀草吃上了……"谁干脆站在村子里叫骂起来。

"今晚莫非是遇上啥鬼了,这家伙咋就神经兮兮的,这要把不该说的话给说出来,把他日弄女人的事也说出来,村里就非乱套了不可。"和他一块回来的"金点子"也喝高了,晃晃荡荡回到家里,刚进门,口干得很,弄了杯甜水放到眼前,还一口没喝哩,就听见银子在村里大喇叭中的玄说,心里这样想着,就晕乎乎赶到了村委会。

"金点子"赶到村委会时,就看到银子变了样了,他的身体已经胀得很大,突发了"巨人症",头快顶到屋顶了,样子就像被竖着拉长了的电脑里的像片一样,看上去他身体的各部位按某种比例放大了数倍,但衣服没有被同步放大,还是原来的尺寸,像个瘪三。他还在掌着麦克风说着那些玄话,他过去要把麦克风抢过来,他碰到他时,感到他的身体软乎乎的,就如女人的奶子一样,里面没有一点骨头,他顿时惊出了冷汗,酒全醒了。"难到是什么鬼怪把他的骨头架子抽走了?"他害怕起来,战战兢兢地继续从他手中抢夺那麦克风,他的劲还大得很,一把就把他扔到屋子外面去了。他爬起来,再冲进去,把室内的电闸拉下来,大喇叭才停止了工作。

"金点子"仔细听了一下,大喇叭确实不响了,他才出门喊起来,附近的人家听到了,来了几个人。

来的人看到了"银诸葛"的样子,全都想到了神仙附体或是恶鬼捣乱,谁都尽量躲藏自己,生怕那鬼魂转移到自己身上。银子此时的样子可怕得很,眼球从眼框中伸出来了,由两杆肉柄举着,那肉柄亮白亮白的,肉细得仿佛是刚从动物的内脏中拿出来的半截小肠,肉柄顶端的眼球咕噜噜四面八方乱转,看到的人全被吓傻了。有人提议将银子送医院,有人提议报告上级政府,"金点子"想了一会说"等等再看",他说:"这种症状,目前的医生都没有见过,太罕见了,如果送进医院,让医生能治不能治先错误的治上一通,不治旧病加新病,问题就更加难解决了。也暂时不能上报这种病情,如果报上去,上面为防止新出现的病而给弄去隔离起来,再研究来研究去,说不定会将我们金家庄的所有人都隔离起来,那还是很麻烦的事。"

银子的怪病

大家听了"金点子"的主意，感到头皮发麻，心底发颤，都顺从他的"等等再看"的主意，包括银子的家人。

过了一会儿，"银诸葛"软下来，到村委会办公室的邻时休息用的床上躺下去，他的身体一点一点缩小了，眼球下面的怪柄也一点点缩了回去，银子开始入睡了。谁说："给神烧柱香送一送吧，看来神要离开了，我们得把他送远些。"其实谁早准备好了香烛纸火，乡村里人是习惯这个禳病渠道的，随着谁的话音的落下，有人就已经拿出了准备好的东西，大家见到东西后一齐动手，很快就摆起了香案，搞起了祭祀神灵仪式。随着庄重仪式的进行，"银诸葛"的眼球彻底回到了他的眼框，眼睛闲合上了，身体也恢复了原样，他睡着的样子越来越自然，越来越安详了。

第二天太阳升起老高时，"银诸葛"醒来了，他醒来发现他自己睡在村委会，就问他身边的他的女人："这是怎么回事，他怎么到这里来的，怎么会睡在这儿？"他的女人见他这样问她，她的眼泪哗的涌出来，一时说不出任何的话来。在场的人很多，除了"银诸葛"的女人，还有"金点子"和他的女人，还有三、四个村委会附近的邻人。人们像是被哪级组织安排在这里值什么班一样，像带着某种使命似的，自觉的就来了，来了就议论村里成功卖出废弃砖瓦厂的事，却没人敢说"银诸葛"的病，像是他们昨晚送去的神还没彻底离去，怕被神鬼又听着了，忌讳说他的病一样。村里"一把手"的"金点子"正给大家讲着怎么利用这卖砖瓦厂得来的 500 万修路，搞自来水工程，扩建学校等等设想，大家纷纷发表意见，气氛正热烈时，"银诸葛"醒过来了，就听见他向他的女人的问话了。

在场的人根据"银诸葛"这样问他的女人问话，都估计他自己不知道昨晚发生的事，这是有预先的心里准备的，凡被神鬼借尸的人，自己都是不知道被借期间发生的事的，他的灵魂那一时段被神鬼从他的"凡胎"里拿出去了，他当然就产生不了自己的记忆，不知道他做了什么。"金点子"过去摸了摸他，从头一直摸下来，摸了好几遍，都是有骨头有肉的，骨头还是原来的骨头，肉也是原来的肉。"银诸葛"的女人和"银诸葛"说了他昨夜所做的事，略略说了一下他昨晚眼睛从眼框中伸出来，他的身体被拉长的事，"银诸葛"却矢口否认，他说他的眼睛现在没有任何不适的感觉，他的浑身也和原先喝过酒一模一样，除了酸困外，没有其它感觉，他怎么曾有过她说的那种奇怪样子呢？如果有过，怎么会一点儿痕迹都没有留下，他试着他的身体确实没有任何不适的感觉呢。他不信她的话。大家从他的说法中，发现他真不知道他经历了什么，看情况他真对昨夜的事丝毫没有记忆，确实是什么也不知道，大家就确认他昨夜是被神鬼借尸了。神鬼借尸在乡村是个平常的小事件，并不是像前些年闹"非典"一样出现了什么新的传染病，于是他的眼球伸出来，身体也被抽掉骨头架子的"长"高的病，就被大家轻易解释清楚了——其实不用解释，乡村人一看就会心知肚明的。

这是银子的头一次犯病。

金家庄的人一看这情况就知道是神仙在使法作怪，是金家庄犯了神而不是惹了鬼，鬼不可能有这么大的神力。

金家庄人犯神，还是和那个砖瓦厂有关系。

经历过建厂的许多人都还在世。老一层的人都知道那厂的所在处以前是一座城隍庙，规模很大，天王殿、菩萨殿、药王殿一应俱全，前前后后好几十间庙宇呢。那庙不只是他们金家庄一个村子人的，周围上千里的城市和村庄的人都来朝供，声名远扬。只是在文化大革命时期的"破四旧，立四新"运动中，被改造成了他们村子的炼铁厂。那个阶段全国上下到处毁神改庙，神鬼都被压回去了，炼铁厂也就改造成功了。但他们金家庄的城隍庙不同凡响，炼铁厂成立没几年，正当"战鼓咚咚响，烟囱冒黑烟"的高音喇叭唱起，炼铁厂的黑烟黑水黑渣弥天弥地的堆满了他们村子时，他们村的怪事就来了。谁家下的牛娃三条腿，谁家生出来兔儿没尾巴，谁家孵的鸡仔四只翅……村里的人疯了，村里的狗疯了，村里的树木也疯了，直到他们那个地区的革委会几个头头在社员批斗大会上发猛症突然栽倒而亡后，接任的新头头就把炼铁厂停了，改成了砖瓦厂。果然感应灵验得很，自炼铁厂改成砖瓦厂后，村子里的怪事渐渐少了，一步步归于平静。那改成的砖瓦厂也只是挂了个牌，把庙舍里的机器搬出去清理后空置起来，砖头厂也只因了个名，没有建砖窑，也没有烧过砖，一直就那么废弃着。近几年，由于金家庄位于城郊，村子的地价飞涨，有许多人看上了这块闲置的废地，可当地人出来阻挡，提议在原址重建城隍庙，争执不下。农村就是这样，最大的信仰是神，比神还大的信仰是钱，现在那几个河南人出了50万的天价，那地就买了，买了银子就出事了，银子是金家村的村长，银子出事是出给全村人的，不是出给银子一个人的。

银子的第二次犯病是在头一次发病后的第三天。这几天银子和"金点子"在村委会办公室认真总结这次出卖废旧砖瓦厂的经验，因为这件事情看着合同已经签了，钱也到帐了，但还是有许多后续工作，比如要及时向上级领导"汇报成果"、及时设想下一步的打算、及时进一步整理村庄还在废弃闲置的土地，准备再次出售的方案等等，这些工作都急着要做，不容耽误，所以尽管村长"银诸葛"刚生过怪病，但"金点子"还是把他找来，会同"班子成员"一道继续完成着这些后续工作。每当村里有了一笔收入时，他俩一、二把手的脑海里就会响起乡长常常讲着的一句话来："乡政府是一级人民政府，有权制定各类红头文件，也有权力制定地方条例，谁若占着茅坑不拉屎，该做的工作不及时做到位，那么我就要'对不起'，等你知道时，我的红头文件已经发到你手中，我让别人来干。"这话乡长几乎在每次会上都说，所以他俩还是坚持着，以公事为重。在村委会办公室里，书记"金点子"为照顾村长"银诸葛"的病情，就让他多休息，自己主持全面工作，代替村长多做事，让村长躺在临时休息用的那张单人床上"多睡觉，少说话"，只要在场就行。不料银子以为这是"金点子"在给自己玩猫腻，还给自己服了安定药，想把自己堂而皇之的甩在一边，他们几个好独吞出卖废弃砖瓦厂得来的 500 万块钱，心里琢磨来琢磨去，就琢磨着又犯病了。

他这次犯病是在白天，上午十一点多，"班子成员"忙活了一上午，乡村里的午饭吃得早，下田的人的午饭吃过了，已经到了下顿饭都快开火的时间，大家还都水米未进，"金点子"打发出纳去给大家卖"盒饭"。卖饭的人还没出门呢，就听到"银诸葛"突然长叹了一声，大家寻声看时，就见他又开始犯病了。他先是脸胀起来，胀得很大，头部像打着气的车胎那样倏倏的快速涨起来，一直的涨着，快要爆了，接着浑身哆嗦颤抖，越来越剧烈的颤抖，抖着抖着，他就在床上睡不稳了，就要下床站起来，大家扶帮着他下床站起来后，他的身体就开始"拉"高"拉"长，五官随着他的身体的"拉"高"拉"长逐渐变形。人们扶他的手明显感到他的身体出现了异常的变化，像在扶一个棉花包那样的虚，使不上劲。突然他就来了好大好大的劲，像是他突然就有了很大的"气功"，他转身的一个动作就把所有扶着他的人"打"翻在地，大家好像被一种强大的"气功"推过来，再也近不了他的身。"金点子"知道此时的银子可能又要去开扩音机在大喇叭里胡说了，就遛出去把村委会的电线剪断了。

果然，银子一转身摔掉了众人后就去开了村委会的扩音机，弄了半天没弄响，就走出门去，在村子里边走边大声说起了玄话。幸好这时村里能动弹的人都下田的下田，外出的外出了，娃娃们也都上学去了，围上来的只几个不会听话的老弱病残，不是太碍事。"班子成员"只得跟着银子乱走乱说，只听他说："人的眼睛本来是长在额头的高处的，就像蚂蚱、就像蚂蚁、就像变色龙的眼睛一样，长在头上的最高处，就不仅可以看清楚自己，也可以看清楚别人，看清楚世界，这是对动物眼睛的最好设计，是无视野盲区的设计，但不幸的是，女娲神把人的样子创造出来，为人的说话、人的生活方式、人的思想行为等等都安排定了以后，她一时非常兴奋，就满怀喜悦地欣赏着她的创造。她极其满意地瞅着她自主设计创造出来的人，看着看着，觉得再没有添加了，就用随手捡起的树枝搭了一个塔形的架，把她创造出来的和其它动物一样放在地上的人就随手拾起几个架了上去，这一架实在有点画蛇添足，人的社会就有了等级界限和等级管理，这后来的事是她没有想到的，欲望横流的人怎么会放过女娲神的疏忽错误而不发挥自己被架起来的优势呢？毕竟她架上去的是极少数的人，这极少数人又怎么能舍得自己的高位架子而去与地上的人为伍呢？这架子上的人担心的是架子不要塌了，下面的人担心上面的人可能会把屎尿拉在他自己的头上，上面的人比地上的人要不稳当得多，他们又怎么会关心地上的人呢？女娲神当然不知道她无意之间已经为人们做了画蛇添足的事，使人的社会日后变成了金字塔结构，她当时还觉得她创造的人这种动物太完美了，她还突然想到人太完美了就会破坏别的生命，将她设计出来的世界毁坏，就像在她的后花苑里放进了狗熊，花园将会不保一样。她于是又担心起来，又把她创造出来的人的眼睛全都往下挪了一些，并且在人的眼球上使劲一按，将人的眼睛陷进了一个深窝里，让人能看到的面积小一些，企图以这种修改来限制人的破坏性。然而她只是修改了人的眼睛却没有修改人的思想意识，没有系统修改相关的其它"设计"，她的这个局部的简单修改可坏大事了，这样一来，人的眼睛陷进一个深坑里后，人就再也看不到自己，据说人眼看到的影像还是倒立的，人就看不准世界的天高地厚，看不到自己在天地间的渺小，以为自己是最强大的东西了。最坏的是，她疏忽了她的那个架子，人一旦在自己的等级世界中稍微向上浮动了一点，就自己会虚幻狂妄起来，一张狂就干脆不要那经被挪动修改过的眼睛，把它收藏起来，用想象来代替了五官，这样就更不知道世界是什么，就更加'老子天下第一'，觉得自己已经不是平凡人了。"他说："人永远是人，就像猫长得再大也成不了老虎一样，人是变不成其它人所想象的东西的，人只是女娲神创

银子的怪病

造定了的一个动物种类，人其实很渺小，人是一种生物，和其它的生物一样，任何一个生命都是很渺小的，任何一种渺小的生命都只是世界的一个可有可无的组成部分，在任何一个没来到世界上之前，世界已经存在，在任何一个人离开世界之后，世界依然如故，人的虚幻只是自己的虚假幻觉，这种幻想终究是不被承认的，是被世界所抛弃的。"

银子在满村子信步走信口说，谁也近不了他的身，谁也不能把他个人的"电"给停了，况且他说的又不是人话，神气十足，谁敢这时候去招惹他呢？"班子成员"只得随在银子后面，一面关心他在说些什么，看有没有把不该说的说出来，把他日弄女人的事也说出来，一面留意围观的人中有没有能听懂话，破坏村里公务的人，将他们重点驱散。他们不能继续他们的工作了，他们不跟随病人去想办法把他弄安静，还能做什么呢？

人们看到银子的眼球从他的眼框中真的伸出来了，"他的眼球由两杆肉柄举着，那肉柄亮白亮白的，肉细得仿佛是刚从动物的内脏中拿出来的半截小肠，肉柄顶端的眼球咕噜噜四面八方乱转"。就看着他"突发了'巨人症'，样子就像被竖着拉长了的电脑里的像片一样，看上去他身体的各部位按统一的比例放大了数倍，但衣服没有被同步放大，还是原来的尺寸，像个瘪三。"亲见着银子的样子可怕得很，围观的人多被吓傻了，想要走开又走开不得，怕银子身上的神鬼发现自己走时生气，丢开银子转移到自己身上；留又留不自然，胆颤心惊的，只是偶尔张眼扫视一下银子身上附着的神鬼的威风，还是被吓得六神出壳，魂飞魄散，大家来了就得跟着"神"转。

还是"金点子"胆大，点子就是多，他给大家说，银子这一次说的和上一次说的不同，上一次满口说的是"吃草"，这一次又说创造人的女娲神的错误，上一次他是身体越来越高大，这一次是他的身体随着他的话忽大忽小，他这确实是病了，上次也不是"被神鬼借尸"，他得的这种怪情况确实是一种从来没有的怪病，得按病来治疗。说着他把一瓶水凑上去递给了银子，银子顺手一接就喝了，喝了又接着边走动边继续说他玄幻的话。

他说"人的狂妄其实不是人的错，是因为女娲神创造人的时候，用了一种叫'迷魂树'的树枝做了人的骨头架子，这种树能生产麻醉气味，会让动物产生迷幻反应，于是只要是人，他的骨头中就时时处处会产生让自己和别人都迷幻的东西，既迷幻着自己也迷幻着别人，这原本是创造人的神的错，人自己是不会知道的，女娲在创造其它动物时都没有使用这种树枝，所以其它的动物都不会自己迷幻，它们眼里的影像都是真实的世界，只有人的眼中的世界是虚幻的。"他说："女娲神当时随手拾来做架子的树枝就是她塑造人时剩余的'迷魂树'的树枝，所以那些被摆到架子上的人就比地上的人更加迷幻，架子上的人不仅自己的骨头中就时时处处会产生让自己和别人都迷幻的东西，架子上那几个少数人的周围也围满了让自己和别人都迷幻的气味，而且越往上面这种迷幻的味道就越浓重。迷幻的架子上的迷幻的人，他们怎么能够看到真实的世界呢？不是女娲神的疏忽大意的用了'迷魂树'的树枝做了人的骨头架子，还做了迷幻的架子的错，世界怎么能变成这么人人拼命往上做官捞钱的迷幻呢？"他说他"现在偶然间会清楚的看到真实的世事，已经看到了自己的渺小，看到了人的可笑……"

银子说着说着，像是他的话就说尽了，他找了一块大大的光石头坐下，不说话了，只是瞅着前来围观的众人，样子像是也乏了困了，他突然把嘴巴张得大大的，打了一个喷嚏，就倒在了他坐的石头旁边，眼睛慢慢收回进了眼框，身体也逐渐恢复正常，最后，当他的眼睛全部收进眼框后，他睡着了，打起了鼾。"金点子"说他给他的"那瓶水中放了安定药，这是药力上来了，让大家尽量小心不要弄醒他，找个担架把他抬回去，把他说的话一点也不能外传，谁传谁自己负自己的责任。也不能把村长得病的消息说出去，谁说出去了，谁就要替村长把事情弄到底。"大家都点着头表示很服从。于是银子就被"班子成员"们小心翼翼的用担架抬回了家里。银子的家里早就又是祭土，又是安神，又是颂经的摆开大祭坛了，人们不知道银子终于睡过去因为"金点子"的药力还是因为他的家里的祭坛上的神力起了作用。

世上没有不透风的墙，乡政府当天就知道银子得了罕病了，知道了就派人派车把他送进了城里最大最好的"市第一人民医院"。银子在医院住下了，大夫总检查不出什么病症，也绝不相信金家庄人对他的发病症状的描述，以为他们在编天方夜谭，大夫说："身体要变长，眼睛要是从眼框中伸出来的，除非人变成像蜗牛一样的软体动物，但那是绝对没有可能的。"果然各种仪器都检查到了，各种手段都使上了，就是没发现银子有病，大夫们生气地说这是金家庄人在闹医院的恶作剧，说的话太离奇了，绝对不可能发生那样的现象，就把银子驱赶出院了。

银子出院了，很不光彩的出院了。

医院为他诊病的那些大夫不知道会不会看病，愣说是金家庄人在闹医院的恶作剧，金家庄亲眼见过他发病时的样子的人也不多，加上他又是村长，众人关注，有些人就说是银子自己在故弄玄虚，在闹金家庄人的恶作剧，风言风语的消息越传说越乱，有人说这事是神在作怪，是金家庄的山神土地不让他们村干部出卖旧砖瓦厂，才来以这种形式进行阻挡；有的人说这是把旧砖瓦厂卖的价钱太高了，人家河南卖主的乡神不同意，前来索要公平，让村长得这样的怪病；有的说是村长和书记见钱就不合了，村长半夜出现这付神鬼在身的样子是要吓唬书记，多占那旧砖瓦厂出卖金的幌子。说啥样儿的都有，银子的精神压力越来越大，但他却不再犯病，在家里和正常人一模一样，饭量正常，体力劳动正常，说话思维正常，一切都很正常。

银子在家里休息了一段时间，一切都正常了，"金点子"确认银子已经"彻底恢复了健康"，就把上次停下的"公务事"再次拾起来，为了吸取上次的教训，避免对银子再次造成误会而刺激他，就让银子主持，重新讨论确定上次讨论的关于旧砖瓦厂卖到的 500 万怎么安排送情、怎么计划修路、怎么安排通自来水的事情。银子也很愉快的接受了"金点子"的意见，马上就去了村委会，准备开始工作，但他到村委会只待了二天，第三天又情况不对了，突然之间就又和前两次一样，自己跑到那床上胀大颤抖起来了，他的眼球仍然由两杆肉柄举着，那肉柄照旧亮白亮白的，肉细得仿佛是刚从动物的内脏中拿出来的半截小肠，肉柄顶端的眼球还是咕噜噜四面八方乱转"。大家看着他"突发了'巨人症'，样子就像被竖着拉长了的电脑里的像片一样，看上去他身体的各部位按统一的比例放大了数倍，但衣服没有被同步放大，还是原来的尺寸，像个瘟三，样子还是那么可怕得很。他还是要去开扩音机在大喇叭里胡说了，还是"金点子"就溜出去把村委会的电线剪断了。银子弄了半天没弄响，就走出门去，在村子里边走边大声说起了玄话。

银子这一次说的完全是另外一个话题，他说："天庭地府也变了，各职务上任职的神仙也都到期了，现在正在进行换届。神仙的换届还复杂得很。"他接过"金点子"递过去的水喝了一口，接着说："原来的神位是皇帝来封，现在多年没有皇帝了，神位不封了，老在一个职位上，每个神仙都干得疲倦了，大家都得不到官职提升，怨言很多，牢骚很大，懈怠情绪很浓，天庭地府都没哪个神仙再认真对待自己的工作了，眼看他们的政权和秩序就要被颠覆掉了，于是他们那里就要变法，变法就要修改天庭地府的宪章，再不设玉皇大帝和阎王爷的专治制度，也不保留如来佛祖的参政制度，而是要设立议会选举制，让各位神仙能上能下，能进能出，把神通广大者及时被发现重用，法力庸俗者及时被发现辞退，还要把职位系统也重新设置，加强神力监督，要有效防止神仙不负责任，制度执行不力，随意让天庭地府的小动物偷偷下到凡间为非作歹，私婚乱配，乱使神威，恣意破坏凡间秩序的现象有所收敛。"

他还说："听说天庭地府的这次变革名声上力度大得很，但实际上也还是雷声大雨点小，走了'换汤不换药'的过场，还是把原来的'药王爷'换成了'中西药总监'，把'龙王爷'换成了'水域总理'，把'山神土地'合在一起叫成了'地方司长'，名号换了人确绝大部分是原人，竞争来竞争去，由于各路鬼子的财力实力还是原来的旧样子，让阴间的鬼子们都空激动了一场。有些鬼子听说了变革的消息后，便信以为真，四处找路子，跑门子，塞票子，想捞个一官半职，但还是因为'德才兼备'程度不高，个人积蓄太少，同原来的大神竞争实力悬殊的缘故，落了个'财去鬼不安'的悲苦结局；有些鬼子听得变法消息后，尽往原来的大神身边凑，'八杆子打不着'也攀成了亲戚，还是捞了点变革的残茶剩饭，弄了个'地方司长'一类的小官；有些鬼子在这场天庭地府的变革中，趁着大神们职务的交流，也趁乱混了个在他们鞍前马后伺服人的'号司'这样替大神说话的小官；也有些鬼子在这场天庭地府的改革中，专门揭露大神的错误，得到了大神的恩赐，发了点'不义之财'……"

银子这样说着，"班子成员"仍然陪着，就来到了村里的土地庙，到了庙前他不说了，顺着庙屋外面的墙站了一会儿，就像上一次一样，银子只是瞅着前来围观的众人，样子像是也乏了困了，他突然把嘴巴张得大大的，打了一个喷嚏，就倒在了墙根下，眼睛慢慢收回进了眼框，身体也逐渐恢复正常，最后，当他的眼睛全部收进眼框后，他睡着了，打起了鼾。人们知道这是"金点子"递过去的水里的安定药药力发挥出来了，就又把他送回了他的家里。这次"金点子"多留了一个心眼，他用微型录像机录下了银子犯病的全部影像，用录音笔录下了银子说话的全部内容。他把他录的影像和声音资料全部拿到了医院，他要把这个真实的记录让医院的大夫们看，一来可消除大夫们的误会，二来可以帮助大夫们进行准确诊断银子的病情，但奇怪的是，他把他录的内容放给人们看时，那机子里却什么也没有。他的机子是用前反复试用过，确认没有故障的，现在再试也没问题，怎么就什么也没录下来呢？而且是两个机器同时没有任何记录，他为自己的冒失感到尴尬，为这奇怪的现象感到迷茫，他突然想到了神，神是不允许录音录像的——他心里害怕起来，就悻悻的从医院回来了。

此后，银子还是犯了几次病，犯病了他的头就首先胀大，全身颤抖起来，他的眼睛仍然照从眼框中伸出来，眼球还是咕噜噜四面八方乱转"，还是突然就出现了'巨人症'，样子就像被竖着拉长了的电脑里的像片一样，看上去他身体的各部位按某种比例放大了数倍，还是要到处乱走乱说，还是他自己不知道他自己说了什么，做了什么，他的那一段经历好像就从他记忆的"磁盘"上没有留下任何的痕迹。他不犯病时，和正常人一模一样，他的这种怪病对他的身体没任何伤害。"金点子"是头一个发现银子的犯病规律的人：银子总是在到了村委会，并且在村委会待过 24 小时之后就要发病，犯病时说的话也不同于疯话，说话口齿流利，不结巴，说的内容逻辑性也特别强，虽然听起来鬼异神秘，但条理清楚，不像是人说的话。除此之外，银子在任何地方，任何情况下都不发病，他的病怪就怪在不仅医院的大夫不认识，连录音机录像机都记录不下任何的影像资料，确实是世界上特别罕见的怪病。

"金点子"在想，如果把银子的这种怪病能够用什么办法记录下来，那将会是一个十分惊人的消息，发到哪个大的新闻媒体上，会名利双收，如果把这种病研究清楚了，哪得到的报酬能买下十个金家庄这样的村庄……

金家庄人在神威面前颤抖，金家庄的人在 500 万元面前闹心。

2010 年 5 月于秦州

创作花絮：世上的怪事，多是俗人俗事，说怪也怪；说不怪，就不怪。

坝堰上飘浮的红晚霞

阴湾村的坝堰里又漂起了尸体，这次浮出来的是两个人，死者是阴湾村的文书务良和守坝老人康成，都是不一般的人物，谁看到后就打电话到当地派出所报了案。

又是恼人的坝堰漂尸案！

多少年了，发生在这个坝堰里的案子几乎就没有破获过，不是死因不明，就是没有证据，水泡的案子没有作案痕迹，没有作案现场，许多这样的案子让干警忙活来忙活去，甚至于断断续续忙活多少年，积了许多，一个个都成了找不到一点破案线索的无头案，悬起来了，在派出所的案头积攒着，现在又出现了村干部溺死的事，干警对侦破发生在阴湾村坝堰里的溺死案都没有多少破获的信心了。

既然有人报案，那案子还是必须得接，得查，得要介入去破的，拿得出拿不出办法都得要去找些办法呀。

于是，派出所开始调查了。

二十亩左右水面的石头土坝，在阴湾村方圆几百里范围内已经是最大的水塘了，女人洗衣，男人洗澡，夏天来了，孩子们成群结伴到其中打浇水，学狗刨，让阴湾村里还走出去了一个省级游泳运动员呢，这土坝就成了阴湾村的一面旗帜，足以让阴湾村人以之自豪，以之骄傲，以之张显自己的不平凡，特别是阴湾村里一代又一代的孩子们。

这个土坝是上世纪六十年代时，在"水利是农业的命脉"的号召下，全国轰轰烈烈的兴建水利工程大运动的时期，集中了方圆七八个乡镇的数十万人修成的土坝。说是水利工程，其实那时由于政治运动太频繁，这个耗费数十万人修了一年多的工程，后面的灌溉配套设计没进行就转而搞起了"大闹钢铁"运动，这个工程就成了半拉子建设，成了国家扔给阴湾村人的废弃物。由于它在阴湾村的疆界里，阴湾村人就白白得了这个便宜。尽管土坝周围的土地太高太远，无法用其灌溉，但阴湾村人依然把它视为上天的赐赠，当作珍宝一样保护着，更重要的原因是这一片水面给阴湾村人带来了"风水"，使阴湾村的"风水"成了方圆数百里最好的地方，故而阴湾村人没有像对待农业社的其它固定资产一样将其毁坏掉。由于兴建时还没来得急起名或者是阴湾村人根本不知道这坝的名字，后来阴湾村人干脆就把这坝叫"坝堰"。

最喜爱这坝堰的是这次的死者康成老汉，现在八十多岁了，在这坝堰刚修成的那年，他就从抗美援朝的战场上回来，回来就从阴湾村搬到这个坝堰上搭了草房居住下来，一直住到现在。康成是阴湾村那一带的头号怪人，当年因为他上过抗美援朝的战场，当过部队上的什么官，还立过什么功，国家就给他安排在城里工作，但他却坚决地推辞掉了，固执的回到了阴湾村。他一回来就把家搬到了坝堰边，那时他还年轻，二十来岁，人们都知道他的男人的东西正常着哩，许多的女人见国家每月给他发很多钱的工资，这在乡村很稀有很难得，甚至好多姑娘找人撺掇着要嫁给他，但他终究一个女人也没要，一生未娶，就一个人在这坝堰边上的高处独自住着。与本村人不一样的，还有他用南方人的技术在坝堰里搞的网箱养鱼，在住室里搞的新疆人的火墙。人们问他为什么这样古怪？他说这坝堰的风水好，世界上再没有这么好的风水了，住在这个风水顶好的地方，做的梦都是顶好的，他就要一个人占有它，把人世间的好梦做尽。乡村人还有靠做梦生活的？人们就当康成的脑子短路，把他的话当笑话传了。

坝堰的风水确实不错。

坝堰里的水清澈见底，由于其中的水是周围的山泉水绕过沟沟汊汊汇集而来，所以坝堰里的水不仅清澈而且凛冽，透着一股别样的凉气。坝堰是阴湾村人的一面大镜子，无论什么时候，你来到坝堰的边上，你都会看到天空的所有景色都被倒映在坝堰的水里，坝堰里倒映着的景物却比外面要漂亮许多，生动许多，明丽许多，像被清水洗过了，干净、清亮、美丽。天上升起了太阳，坝堰里也升起了更加艳丽的太阳；天上飘起了白云，坝堰里也就飘起了更加清亮的白云；特别是天空里出现红霞的时候，坝堰里也就出现了油画一样的红霞，而且坝堰里的红霞比天上的红霞更加奇幻迷离，水动霞动，霞变水中的画也变，成了活画了，水一动，站在坝边看景的人就晕晕的，那坝面瞅上去似画非画，似景非景，冥蒙飞彩，不仅刺激你的感官，让人的视觉、触觉、听觉联动而幻觉顿生，直让人感到天上的红霞是从这个坝堰里跑出去的，所有的天空都被装在这坝堰中了。周围的草木走兽也是，灿烂的桃花开了，倒映在水里；美丽的鸟儿来了，倒映在水里；人们去赶集了，也被倒映在水里……女人们从坝堰里一照，脸更白了；男人们把粪桶农具顺便放进坝堰里一冲，回家更轻松了；孩子们来到水边，把水面一搅，水面就成了哈哈镜了。当地人常要从这片水面感受体验摩术一样的美妙情趣。

坝堰上的天空是经常起晚霞的，黑晚霞和红晚霞都有。就像阴湾村人说的，福之祸所至，祸之福所依。坝堰给阴湾村人带来了好风水的同时，也给他们带来了别的村庄没有的灾难与不幸。最大的灾难与不幸莫过于淹人了。据说这个坝堰在修建的时候，由于那时修坝的工程技术尚不发达，全凭农民手工施工，操作炸石头山炮的人也是麻利一点的年青农民，技术不很熟练，炸死了许多人，当时的人以为那是因为修建坝堰时没有祭土，所以动工中死人就很正常，再加上那是个食物极度短缺的极端困难年代，炸死的人比饿死的人少得多，也就没人在意炸死人的事。可是人们都没有料到那些被炸死的人还是阴魂不散，按当地人的信仰传说，被炸死的某几个年轻力壮的人的阴魂一直留在了这个坝堰里，祸害阴湾村人。哦，不是这样，当地人的准确说法是那几个亡魂在这个坝堰里创造了一个鬼魂盘踞的岗位，他们的鬼魂一年后就抓住一个经过这坝堰的运气不佳的人的灵魂，随意指使，最后会让这个人带上吃的喝的等自己消费用的东西，还或者要带上自己喜欢的鸡狗猫一类的宠物，甚至于把牛羊也带上在这坝里寻死，其亡魂顶替了前面的亡魂，前面的亡魂就可以脱岗转生。新来的亡魂在自己带的东西消费完了以后，就同他所接替的前一个鬼魂一样，再在这坝堰周围抓住一个经过这坝堰的人的灵魂，让这个人带上吃的喝的等自己消费用的和自己喜欢的东西自动来这里寻死，让其亡魂顶替了自己，如此因袭循环，这其中还有一个很凄美的传说故事哩。

据说，在这个坝堰刚修成时，第一个投水溺死的是阴湾村当时长得最漂亮的姑娘。那姑娘叫爱霞，其时十八岁，相貌生得相当标致，既是在其时的困难年代里，人人都饿得瘦骨嶙峋，个个脸上颧骨高突，又黑又老，谁都比实际年龄看上去要苍老许多，仿佛满世界的人都在提前老掉了十年，人人都在急着离开这个世界似的，唯有她一个特别，像是错降生到阴湾村的下凡仙女，根本不像是那一带的凡人。熟悉她的人都知道，由于她的勤劳聪慧的品质，她的朴素

的生活习惯，对食物不挑不捡，节俭随意，性格开朗大方，爱笑，特别是她待人很礼貌热情，所以十分招人喜欢，让人高看。她生得那是脸蛋圆润，五官大方，皮肤白皙，柳眉大眼，瞳仁说话，细腰俏臀，四肢特长。她行动轻盈如彩蝶，香气袭人若桂兰，形貌雍荣赛牡丹。她经过的地方似乎风都在愉快的朗笑，水都会兴奋的舞蹈，花都要羞赧的开放。她还是一个在校的高中学生，有文化，是当时工地上数万人中没谁可比的出众女娃，当时工地上的人都说像她那么漂亮的姑娘，他们那样的穷山沟只怕是几百年才能出现一个。由于她的漂亮，工地上的数万人就流传一个顺口溜：修坝不修坝，去了看爱霞。可是不幸得很，就那么"数百年才能出现一个"的漂亮出众姑娘，没有同谁闹意见，也没有遇到什么不顺心的事情，突然就带着自己的最心爱的花格子衣裳投坝溺死了，只把她的美丽留给了当地人传说，演变成了一个迷人的神话般的动人故事了。据说那姑娘投坝死后，这个坝堰就接连不断的有人投水自杀了，于是这坝堰在人们眼中就又有了阴森恐怖的阴影。对众人关于坝堰住鬼的说法，有的人深信，有的人不信，有的人以为要信就有，要不信则没有。事实上相信其真有的人还编撰了许多故事，但那都是些臆想，从来都没有找到支持的证据。他们说，入了夜再去看坝堰吧，到了夜里坝堰就成了天地间最漆黑可怕的地方，黑得发光，鬼亮鬼亮的，像一张地狱张在那里的大口，直把人和牲畜往进去吸，就如蛇吸蛤蟆一样，还能感觉出那种吸食你的阴森森的劲风呢。人们在一个不平安的夜晚从坝堰边经过，如若听到了鬼的哭闹声，那么村子里就必然要出凶事了，村子里的人到坝堰投水自杀的前前后后，坝堰的晚上都出现过呜呜啦啦的鬼魂的哭泣喧闹声。不相信其真有的人也就是不愿意掺和在这种为了一定目的而胡掐的谎言中，实际上心里也还是摇摆不定，一忽儿说自己不信，又一忽儿却不得不相信，究竟是谁也没有找到其假的证据。这其中有一个人，就是康成老汉，他是态度最坚决的不相信人们的这种传言的。康成老汉住在这坝堰边上快五十年了，而且是一个人，他不但没被坝堰里的水鬼捉去，反而活到了八十多岁，成了阴湾村的高寿老人。

案子照旧找不出侦破的线索。

关于坝堰，从根根到苗苗就这么点内容，都反反复复调查了多少遍了，挖不出什么新货了。

所有的人在发现康成老汉和文书务良的尸体的前前后后都没发现异样情

况。

阴湾村周近的人也没有一个人觉察到什么反常。

死者阴湾村的文书务良是个五十多岁的壮汉。他的家人说他是4月1号的早上从家里出去的，他走时说清明节快到了，他要到城里去买些给他父亲上坟用的东西。他的女人劝他说那些东西村子里就买到了，没必要进城。他的母亲也同样劝他不要瞎跑路。他说他还是得进城去，顺便去他们村的对口扶贫单位办点事，看看能不能给村上要点开春耕种用的资金。他这么走了就再没回来，他的家人也没怀疑什么，五十多岁了，这么平常的事，能出什么问题呢？可谁知道他就这样死了，死在了坝堰里。大家努力回忆着，他看上去是村干部，可近三年来没有同任何人发生过一次矛盾，连脸都没有红过。他的家境也比较宽裕，没有内债也没有外债，没有他被人谋害的可能。发现他的尸体是4月5号清明节的当天早晨，尸体经全面鉴定，没有丝毫打斗留下的外伤痕迹，也检查化验不出体液毒素，完全排除了服毒死亡的可能。那他是怎么死在坝堰里的呢？

村里人说，断然是被住在坝里的鬼魂捉去，顶替了自己，这事轮到务良了。

可是又不像，以前坝堰里出现死人的凶事时，要么在出事前坝堰或者村子里就要闹鬼，要么在出事后跟着就要闹鬼，多少都有预兆，可这次不一样，务良和康成老汉出事之前坝堰平静得很，出事之后依然平静如水，好像就没有出现两人无端死亡的凶事。

由于这次出事的是村干部，乡政府对这案子抓得紧，社会舆论压力也大，可破案的干警就是老虎吃天爷——没处下口。

真是塌房爱遭连阴雨。

康成老汉的死，对阴湾村人的震动，不在务良的死亡所产生的影响之下，他是国家发给他大工资的人，收入多，消费少，没人与他闹矛盾，一个人在那坝上住了半百年，经的见的溺水者也多了，会有啥去死的理由呢？一个孤老头！阴湾村里不相信坝堰驻鬼的人像是心里折柱，难以自圆其说了。

阴湾村周围的人更加分不清坝堰里驻鬼说道的真假了。

务良是有家室的，家人替其料理后事。康成老汉的死，成了阴湾村的公丧，得要靠村子里威望高的老人们出面拿丧事的主意，主持办理他的全部埋藏事宜。

首先是清理老人留下的遗物。

老汉住房的破旧程度，要比作一个牲畜的圈舍，也只相当于一个简易的穷

坝堰上飘浮的红晚霞

困人家的那种，破锅漏水，破碗斜端，烂衣无补，烂被石棉，见不到一样可以继续使用的东西，让为他整理遗物的人很失望。人们骂骂咧咧的戳着康成老汉的死尸脊梁骨，看他的尸体的眼神都轻蔑了许多。谁还是不相信老汉生前领着几百元的工资会这么的穷，他显然是有工资折子的，就猜测说老汉死前一定把值钱的东西藏起来了，说不定还有银行存折呢。于是大家就拆墙掘地的搜寻起来。

老汉生前是个不信神也不信鬼的犟人，住的房子也不管建房的规矩，就是借大崖挖了个土窑，门口延伸出去搭了点草苦子，里面的空间分割成寝室区、厨灶区和贮藏区，一个转身就能明了一切，五六个人入内就很拥挤，大家终是找不出老汉的工资折在哪，都很茫然，但又都不死心。就在大家各自开动自己的脑筋寻找财物的时候，不知道是谁的脑子那么有智慧，竟然发现了离他的房子不远处的一个新挖成的土坑，离人们传说的爱霞的墓穴不远，够深，恰好可放下去一个棺材，谁一见都可猜出土坑的情形是一个挖成不久的墓穴。原来当地的风流男人都相互取笑，说死了要埋在当地最漂亮女人爱霞的身边，那只是笑话而已，说说罢了，爱霞是非正常丧亡，属于忌讳葬，谁也没想到真有人在这里掘墓了。

破案的干警来到这墓穴处，就定性的说出了康成老汉死亡案件的结论：自杀。断情形墓穴离死者的住房不远，又在死者的责任田里，这墓穴是他自己给自己掘的墓穴。于是一番测量拍照之后，就决定要将老汉的尸体埋葬在这现成的墓穴中。

可是，就在拍照的警察远处咔嚓拍一下，近处咔嚓拍一下，站着咔嚓拍一下，蹲着咔嚓拍一下，详详细细的"取证资料"的时候，他突然面带惊慌的停了下来，说这个墓穴的底部镜头拉近时，可以看到它下面的土是翻动过的新土茬，这不符合当地人挖墓穴的习俗，得停下来检察一下。于是在那个警察的指挥下，有人就下到墓穴底下开挖了。果然，墓穴底下的土是新填进去的，土茬很混乱，搅动迹象明显。

就在警察的指挥下，所有人全都围上去看墓穴底下的秘密的时候，那个首先发现墓穴的人却不声不响的回到了康成老汉的屋子里，因为这一时刻没人"保护现场"。他就独得了搜寻老汉的银行存折的机会。

不大的功夫，挖墓底的人从墓底下挖出了一只外面包着牛皮的皮箱，再挖下去就确实是实底了。警察没有让人当场把牛皮皮箱启开，他要人们把皮箱搬回康成老汉的屋子里再弄开。于是阴湾村全村人围成的圈圈着那个皮箱又飘回到康成老汉的院子。

先行在康成老汉的屋子里搜寻存折的人也还没找到什么，他见远处的人全回到这里了，就停止了响动太大的搜寻，也不出去凑众人的热闹，继续潜伏在屋子里判断着存折可能藏匿的地方，伺机继续搜寻。

院子里的牛皮皮箱，大家围着细瞅时，却是一个古董，据说还是朝鲜人的制作方式，当地人没见过，打开来时，皮箱里是一个红匣子，很精美的棺椁模样。再弄开小棺椁，里面是一双红色的鞋垫，另外就是一件红色小腰的女衬衫，再无别的东西，没有金银也没有珠宝，没有工资卡也没有银行存折，康成老汉也收藏女人的东西？这出乎所有人有意料，惹来了大家的惊呼。

红色的鞋垫已经朽得很严重了，但依然可以清楚的看到上面绣着的鸳鸯戏水图案，缘边是密密的同心结，针角细密，构思精巧，懂针线活的年龄大的女人看了，都同声夸赞说，没有文化没有手艺的人绝对是做不出来的，针角均匀得跟机器扎的一样，女工活巧得简直就是工艺品模型。警察小心翼翼的用摄子把鞋垫拿出，再把那件红色小女衫小心的展开检查时，六十岁以上的老年人都惊呼这衬衫看上去眼熟得很，似乎在那里见过。乡村人说话冲动，谁过来瞅了一眼，张口说了一句：该不是爱霞穿的那件吧。对！老人们都肯定的说，他们就是在爱霞身上看到的这衣服，印象深刻得很，那年这种红道道黄道道白道道的布料才头一次出现，叫个"的确良"，那时连公社领导的女人们都没穿上呢，爱霞不知道怎么就有了，就穿出来了。而且这种对襟的衣裳阴湾村人都没见过，所有几个公社的人都是头一次见，自然印象不会末没灭。可是，爱霞死的时候，康成还在朝鲜的部队上哩，是爱霞死了两年后康成才回来的，康成老汉怎么会有爱霞的东西呢？人们肯定的说，爱霞当年还没有出嫁，年龄也不到谈婚论嫁的阶段，还是一个在校的中学生就死了，东西怎么可能到康成手里呢？想不清楚，再想，还是想不清楚，大家都说，这事是真奇了怪了。

就在人们冥冥茫茫的想象康成老汉生前的故事，推测其中的蹊跷的时候，康成屋子里突然传出一声轰隆隆的巨响，一些人一窝蜂地涌进了屋子，就见靠南边墙角的烟道塌下来了。由于太突然，猛然涌进去一帮闹哄哄的人，场面一乱，谁也就不知道是谁把那烟道弄塌的。"烟道里有东西"，谁激动地喊了一声，大家一同朝烟道上部望去，烟道上部还未塌下来的黑眼眼里，果然有一团白花花的纸包。"谁都不许动"，警察已经进来了，喝住了人群，就指挥谁上去把

坝堰上飘浮的红晚霞

那个纸包取下来。警察接过去把纸包打开一看，外皮是一张很容易着火的油纸，里面是两摞麻纸，是抗美援朝时期的那种质地相当差的，又粗又脆的那种姜黄的旧麻纸，细细辨别，上面还有歪歪扭扭的鬼符一样的铅笔字，那麻纸像是被水浸过，结成了块，很多的纸上面的字迹都无法辨清了，依然没有工资折也没有银行存折。在大家看来没有用处的纸包，警察却如获至宝，见那些旧纸上面有文字，就像得到了银行存折一样兴奋，他们把那纸包小心收好，带走了。不久派出所就传过话来，要让阴湾村人把两个死者埋了。见警察给他们给了话，他们不再介入调查什么了，阴湾村人就裁减了许多葬仪程序，把两个死者当非正常死亡的人草草埋了。

后来就从派出所传来说法，说那纸包里的麻纸上面是康成老汉的日记，里面记录着康成老汉和务良文书的死亡原因。说就凭现在已经分辨清楚的几张纸上的文字，断定了两个死者中，康成老汉是被务良弄下水淹死的，务良弄死康成老汉也不是他自己的主意，实在是个意外。传说中，说那些古旧纸上的字是从五十多年前写的，早年被水淹过，上面的铅笔字绝大多数无法辨认，派出所已经把它拿到上级公安局去做技术鉴定了。听到这样的传言，阴湾村的人才想到了务良的父亲。务良的父亲长得人高马大，有一身出奇的大力气，性情勇武，喜欢舞刀弄枪，耍得一路绝好的黑虎掏心拳，在解放初期，他不仅仅在阴湾村，而是他们县的很有影响的人物。传说他曾到谁家里去串门，遇上一群女人正聚在一起一边做针线活一边闲聊天，他想吓唬她们一下，就用一根中指顶在人家的屋脊梁上抖动，当时在场的女人们就以为是发生了地震，就一面颤颤兢兢地喊着"过去了过去了"，一面连滚带爬地往室外逃跑，胆小的谁和谁还被吓得尿了裤裆。还传说他外出时，看到哪个村庄的人在碾场，他想戏弄碾场的人，就走过去，把场里正用的两个大碌碡抱起来，架在了一个高处，那些碾场的人被他吓坏了，就请他吃了饭，好酒好肉招待了他，他才把他们的碌碡又取下来交给了他们。由于他力气大，与人玩耍时，无意之间就会伤到人的筋骨和器官，所以他走到那里人们都躲着他。他解放前参加了什么黑社会组织，解放后被政府抓起来枪杀了，临死前给他的儿子改名为"务良"，意思是希望儿子以自己为鉴，以后向善良方向发展。事实上，在康成回来前后的一个月里，务良的父亲已经被杀，埋到土里了，虽说他俩年龄相仿，但康成是幼年从军，离开村庄很早，回来后又没有任何接触，根本扯不上关系，务良的父亲怎么可能和康成老汉扯上关系呢？阴湾村人很难相信这个传言。再说了，虽然务良的父亲在世时有些霸道，人们都不喜欢他，属于人见人躲的那号儿不合群之人，但阴湾村一带的风俗是讲究"人死不记仇"的，务良也确实吸取了其父的教训，为人忠厚，诚实善良，没和任何人结仇，他怎么能和康成老汉扯上关系，死在一块了呢？假使务良的父亲真的和康成有仇，一个冤仇能留五六十年？对于派出所出来的这种传言，阴湾村一带的人们全感到一头雾水。

康成老汉的死是要政府一级一级上报的，报上去后，阴湾村就来了个退休的部队官员，年龄和康成老汉不差上下，说是与康成老汉生前是战友，年轻时在一个班，关系很好，是来为老战友吊唁的。县长陪着，乡长村长同时接待了他，从他的口中，就传出了人们不知道的康成和爱霞的旧事。来人说康成年轻时在部队上是他的连长，他那时只是个排长，康成还是他的上级，但他俩关系好到生活上一直不分你我。他说现在的人不经过战争的磨难，是不能理解的，他俩那时候两人的衣服随便穿，两人的东西互相用，洗脸都用一条毛巾，没有上下级关系明显感觉，吵架也多，但那是自己同自己吵架的感觉，谁也不往心里记。他说战场就是天天要死人，事事在死人，时时有人死的地方，这会儿大家在一起，突然就会出现一场战斗，短的只几十分钟，几十分钟过去，大家再回到一起时，说不定就少了谁，在那种心情下，谁还能和谁计较啥呢？他和康成那时结成的同生同死之谊一直保持着。他说康成之所以回来没接受国家的安排，是缘于他在朝鲜时接到了老家的一个十分漂亮姑娘的来信，向他求婚，他当时感动得泪流满面，之后一直魂不守舍的样子，他说他当时就决定要为这姑娘放弃他的一切，他还见到了那姑娘寄给他的黑白照片和红色鞋垫，他是为了给心爱姑娘一辈子幸福才决定放弃政府工作的。来人说上过战场的人，都有死去过的意识。那老干部说，人的经历决定人的生活态度，参加过残酷战斗，上了朝鲜战场的人，是天天过目死人的情景，时时准备死亡自己，生命就在一时一刻间的事，瞅着炮弹落在昨晚还和你一起睡觉，你身上还有其体温的战友的头上，脑髓被眨眼间炸飞；瞅着一分钟前还同你掏心窝说知心话，下一刻就被炮弹把他的胳膊大腿撕下来扔到你头上；瞅着刚刚和大家谈笑风生，共同分罐头吃的战友不防间被子弹打坏骨架，被无麻醉的情况下截肢时的惨叫……谁还能希求啥呢，那时感觉活着的幸福，平安的幸福，健全的幸福就是最大不过的幸福了，谁也不会想活下来之后会做些啥。康成是在那种情况下接到了老家里漂亮姑娘求爱的，他珍惜这件事的情感是常人无法体量的，政府安排的工作在我们这些人眼里，算不了啥，不是最有份量的事。

　　上面对那些旧纸上的技术鉴定结果发下来了，消息很快传了出来。原来，那些纸上确实是康成老汉记载的坝堰里死人的事。其中的文字破译出了一些内容，大致情况是：

　　×年×月×日（也就是上个月的某一天）。昨夜我想了一晚上"73，84，阎王不请自己去"的话。想到我今年就过84到85了，我想我得考虑一下我去下个世界的事了。我老发现那卷毛的土匪尾巴（指文书务良，是康成老汉给务良叫的绰号，大家都知道这是康成老汉一个人使用的绰号，其它人没人敢叫务良为'土匪尾巴'，也没人叫他卷毛，只康成老汉一个人这么放肆的称呼）和另村年轻的媳妇狗事，连着遇上几次了，就像看到交蛇会不吉利，预兆凶事一样，我预感到自己今年可能会有凶险的事出现，甚至于可能是自己的大限将到，回顾自己八十多年的人生，我这辈子弄了个屁呀……

　　×年×月×日。人都难逃一死，可我的死和人不一样，谁来做我死后的事呢？为了不给自己留下死后尾巴，我得先将不必要人见的东西埋深，处理掉，我自己不埋，那是万万不可让旁人去处理的啊，可怎么埋呢，埋到啥地方才安全呢？

　　×年×月×日。也是到处理这些东西的时候了，我不想烧了它，其实应该烧了的，烧了到那世或许还可见到，但下不去手烧它，我知道人是没有那世的，先埋了，以防死不了时还是个活着的精神支撑。其实到那边去也好，到那边或许就见到那个叫爱霞的人了，我是一面没见上，却为她生活了一辈子，也是该见面的时候了。可是我去了，爱霞交待的这坝里来寻死的事，就没人管了。

　　×年×月×日。今天又遇上卷毛的土匪尾巴和年轻的媳妇狗事了，就在我的屋子外面，光天化日的，那狗男女竟然胆大的以为那地方没有醒着的活物，土匪尾巴就把那媳妇推下土坑。那坑里可前几天才埋了我的命啊，怎能容忍？我刚要喊他们，预备起身赶赶去时，那媳妇却由土里跳了出来，一出来就跳进坝里了，土匪尾巴随着跳出来闪眼间跳下去了。我老汉是最看不了死人事的，年轻时战场上看太多的死人，住在这坝上就是防止多死人，看得死人太多了，一见到死人就由不得自己了，再大的仇恨也太不过死人的事，还是得把他们弄上来。

　　……

乡村是缺少新鲜事的地方，人们遇上有说头的事是不轻易放过的。社会上猜想着，议论着，传扬着康成老汉和村干部务良的这桩怪事。有的说，人没尾巴没处看，大家认为务良精明能干，表面老实规矩，谁知道他还在弄这样的事，还连命都送了？有的说，务良的事其实知道的人也有，就是因为他是村里的文书，办个院窠一类的事在他笔下过，大家才装聋卖哑看着也不掺言。有的说，人都是生有时死有地的，务良命该死在坝里。传说啥的都有，传说这话的人不仅把话越传越多了，而且越传越圆满，越传越神乎了。随着传言，警察就到坝堰上来了，找出了日记中务良跳坝的痕迹。警察命人将坝里的水放光，水底於泥上的痕迹露出来了，乱得很的脚印，一个痕迹专家鉴定来鉴定去，就印实了康成老汉"还是得把他们弄上来"的日记内容，并进一步描述说，从水底於泥上的脚印推断，是那媳妇投水后，务良为打捞那媳妇接着跳进去，被水底的於泥吸住了，是康成老汉从岸上用长杆将那媳妇拉上来后，拉务良时，被猛不防拽下了水，两个人同时陷入於泥中淹坏的。警察于是找出了那媳妇，那媳妇说的和痕迹专家的推断一模一样，还说是因为务良让她假扮那一代曾经最漂亮的爱霞来耍子才出的事，完全证实了痕迹专家的推断描述。

　　据派出所传出的话，那纸里还有很多日记内容。

　　×年×月×日。×××从坝上经过时，不小心掉进了坝中，我要用绳子把一头扔下去让他抓住把他拉上来，等到我找到绳子来到坝上时，他已经沉下去了，又是一个悲伤事出现了，真教我难过，老了就不中用了啊。

　　×年×月×日。我不认识的一个年轻媳妇和一个后生来到坝上，我听到他们躲在深草丛里的欢爱，还听到他俩欢爱了一整天后，因女的已然有家室，无可能俩人在一起而相约要挽手跳水，说要学梁三泊与祝英台那样双双化蝶。那才是一对小毛孩，现在的娃娃不知道是咋了，我最看不惯轻生的人，真应该把这类毛小子弄到朝鲜战场上去，让他们试一试战友被炸飞的脑袋砸在自己脑袋上的滋味。我住在这里就是要阻拦这种糊涂事的发生，就走上去骂了他们，他们灰溜溜的离开了。我想这也算我从坝里捞出的人命吧。

　　×年×月×日。×××的孩子在坝里玩耍，淹坏了，当时我不在场，去镇上领工资了，就错过了一回挽留生命的机会。现在的人，会管孩子的没孩子管，有孩子管的倒不去管孩子，我在这里住了多少年了，还是挡不尽这样的事情发生，最不该死的是孩子呀，真是力不从心得很。

　　×年×月×日。×××的女人赶集回来，买了一只猪仔，路过坝×时，不小心猪仔掉进了坝里，她惊叫着也随她的刚刚买来的猪仔跳了下去。当时我正趴在自己的炕上瞅她呢，是我用长竹杆把她扯出来了。嘿嘿，我住在这坝上就是为了看人们的生生死死的，我没有亲眼看到爱霞投水的过程，但这几十年我看到了人的死总是那么随便，总是那么糊涂，一念之差中的瞬间之事。现在粗算起来，在这坝堰里应该死掉而被我阻挡了的，也有十四五个，没有挡成的，也有八九个，那些是实在没办法的事。

......

最后，社会上的闲人就将康成和务良的消息串并起来，做作出了一个新鲜故事传播开来：起头是那个拍照的警察根据康成老汉的纸片上鉴定出来的文字内容开始的，极其动人，在阴湾村一带流传十分广泛。

×年×月×日正午，沙黄的山岭上空，天蓝如洗，白云悠闲，飞鸟鸣趣，涧流欢笑。在抗美援朝战场的某部前沿阵地，一位年近三十岁的华人志愿军步兵连长，清晨还没走出营地就听见了喜鹊们兴奋的喳喳响叫，虽然不知道当天会有什么事发生，但却有一种喜悦将临的预感。吃过午饭，通讯员兴高采烈地找到了他，满面春风的递给他一个信封。连长接过信封一看，是来自老家的。虽然他那时还不识字，但瞄一眼那类牛皮纸的信封以及信封的制作式样，就知道那是来自老家的，因为老家人穷，经常是找一片纸自己剪贴粘糊信封，而且剪贴的格式是长边的上边缘粘封，别的地方是见不到这样的信封的。他把信封放在鼻子近前一嗅，分明上面带着他异常熟悉的家乡的水土的芬芳，也足够让连长确定信封来自他的故乡。再一细瞧，上面的字迹柔和娟秀，分明是女式的字体。怪了，连长想，自己还不满十二岁就出家投了部队，那是奔黄泉走地狱一样的无奈了。父母在一月之内相继死去，哥哥嫂嫂待他又心黑又歹毒，不给他吃的也不给他穿的，他过得指不定哪天就被饿死或者冻死。好在天未绝他，那年他的哥哥被强制抓了兵，是嫂嫂情急之下用他换回去了哥哥，他在国民党部队混着，后来随部队被改编成了解放军，来到了朝鲜。多少年了没有老家的任何音讯，他知道他在老家是没有一个亲人的，是谁会给他来信呢？还是个女人？连长找人偷偷给他读了信，他才知道那信是他老家的村子里一个叫爱霞的姑娘发来的，那爱霞是个十八岁出头的大姑娘了，还在上高中。他从信里知道，他们这些人到朝鲜来参战，家乡的人们都动员起来支援他们志愿军了，在全国上下齐动员的形势下，爱霞得知了他是她们村在抗美援朝前线的人，就给他写了这信，最重要的意思是如果他真的活着，就要他给她回信，还要和他订终身。

他找人替他写了回信，介绍了部队的情况，并表示他们部队的人都娶的是年龄很小的姑娘，他愿意和她永结同心。不久就又收到了姑娘寄给他的信件，这次里面还夹了一张姑娘自己的照片，要知道在那个时候普通人有一张照片是极其不易的，但是姑娘还是寄给他了。瞅着姑娘皓月一样明亮的双眸，端详着姑娘充满幻想的甜甜蜜笑，他立时感到他的脑子都变成发电机了，里面的电不停的往出冒，全身都被电得麻酥酥的。在一次又一次的电麻感觉当中，他又觉得他的脚下有了根了，有了牢固的强大根底了。他原来是不打算再回他的那个可恶的阴湾村的，既是冻死饿死在外面也不回去，主要是不愿意再见到他的哥哥嫂嫂，他不想瞅着自己的过去伤心。可是自从接到了家乡姑娘的信件后，他知道他的不现实了，一方水土养育一方人，任何人都是离不开养育自己的水土的，这好像是一个定律。战友们一有空就议论的话题是战争结束了，怎么回家怎么建设家庭的事，他一直都是无家的，他为此伤心落泪了好些年，但姑娘的来信说明了他还是有家的，他的家乡根本就没有忘记他，他们部队的大首长清一色娶的是年轻的女大学生，部队的女大学生是从来都挨不到他们连长级的人物娶的，现在他们家乡的漂亮女学生要和他恋爱，他也就和他们部队的大首长一样了。他开始学文化，学写字，劲头十足的学习他所需要的一切本领。可是自收到了姑娘寄给他的一双精美的绣着鸳鸯戏水的红鞋垫后，就再没有姑娘的音信了。他和他没见面的姑娘热恋了仅仅三个多月，他通过部队与地方武装部门的关系渠道打听姑娘的信息，没有结果，他直接和当地政府联系，仍然没有结果。他在没有姑娘音信的日子里苦苦熬了两年，终于在五七年回来了。回到了那个给他写信，并与他订了终身的他俩的家乡后，他才知道那个让他魂牵梦萦的叫爱霞的他热恋着的姑娘死了，已经死去两年了，是自己投水溺死的，为啥要投水溺死却没人知道。姑娘绝不是自己投水寻死的人，这其中必有重大内情。连长这样想，当地人也这么议论。姑娘死了，这个世界再没有他需要的任何东西了，他唯一想尽快见到的就是喜欢他，他也非常喜欢的姑娘。他还没有见过他倾全心牵挂着的姑娘呢，他一来就知道了给他写信的爱霞姑娘是当地百年一等的漂亮女孩子，从当地人的描述中，他知道了她的美丽，她的聪慧，她留给众人的万口一词的赞赏，这些都更加让他心潮激荡，有一种被仙女下凡相中相恋的神话感觉……他必须尽快去见她，不管是阴世还是阳间。

就在连长回来的那年的春天，连长也投了他热恋着的姑娘投水的坝堰，他要追随着姑娘所去的途径去找他的姑娘。他带着姑娘寄给他的鞋垫和信件就投进了坝堰，他知道姑娘也没有见过他的面，他带上那些东西是为了见到姑娘后，能证明他就是他自己。他不知道姑娘是从坝堰的什么方位投的水，就费了好多心思去猜测，最后选中了一个他认为是姑娘最可能选中的地方，因为那个高处姑娘遗留下的味道最浓，他就从姑娘味最浓的高处，张开怀抱，决然投向了深深的龙宫地府。那种飘扬的感觉很美妙，如仙如神，轻松如云，瞬间就没有任何的精神沉重感了，就觉得他的姑娘这么美妙的在他的前面飞翔着，朝着一个非常美好的只有他们两个人的去处飞翔着。"叭！"，突然一声巨响，像是一个重重的巴掌抽到他的脸上，这一巴掌的力量太大了，把他从水面上击了回来，他落在了浅水的泥中。他的脸被这一巴掌击得生疼，痛得他全身都火辣辣的。谁能阻止连长的冲锋！他爬起来，再回到他出发过的留着最浓姑娘味道的高处，整理行装，自我动员，再发起了第二次冲锋。还是一声巨响，他又被抽了一巴掌，又被坝堰如吐痰一样把他唾了出来。挡我者死！连长愤怒了，他在身边找不到武器，就找了一块大石头作轰开水面的炮弹，照旧从原来的出发点实施了第三次冲锋。这次，他看到了水面彻底被他的石头炮弹击开了，像一朵花一样的开了，他像蜜蜂一样从那花芯钻了进去。水体怎么那么硬呀，像块更大的石头，撞得他眼冒金星，浑身一软，他紧抱的石头脱手了，世界断绝了与他的全部供给，没有了空气，也不许他睁开眼睛，他无法知道他的目标在哪里，一口一口冰冷的水呛进他的气管中，憋得他的心肝要爆炸、他的头颅要爆炸、他的全部都要爆炸。他觉得他出拳没人接他的招，他跺地时地也不在了，他的灵魂从他的骨肉中被往外撕扯，真是剥心刮骨的痛……他猛然清醒过来，他后悔得很，他不知道自杀的人在将死的时刻是这样无边巨大的痛苦，他不想在这么无边的黑暗中就这么无助无为的死去，他猛然觉悟到，他的向他求爱的姑娘也一定不希望他投入这样人所罕见的异常巨大的痛苦当中……他突然就看到了爱霞，她长得和人们讲的一模一样，穿一件水红上衣，两眼如电，行动如风。她朝他笑了，笑得非常阳光，非常灿烂，非常温暖，她说她认识他，她要他先出去，去找一件衣服，那是她为他做的，还说那衣服里有她给他写的最后一封非常重要的信……他努力地跺脚，使劲地挥拳，突然就抓住了一个她给他递来的东西，他接住用劲一拉，他就被他抓住的东西拉出了水面。

连长明白了，他的想象中爱他的爱霞姑娘没有走远，还在这个冰冷的坝里等着他，他这次能活着出来，就是她让他出来找她给他的东西的，他一定得完成她给他交待的事，他必须找到那件她留给他的衣服。

连长果然找到了，就在爱霞生前用过的箱子底下，有一件爱霞生前十分重视的男上衣，绿色的军干服，上面的小衣兜里有一旧信封，他展开时，那信纸上却写着她给他的诀别信，并留下了她被她们村的土匪（也就是务良的父亲）强奸侮辱的经过："×年×月×日，在修建大坝的工地上，队长叫我回村去给书记传递上级政府要全公社的人口情况的话。我在往回走的路上，路过一个村庄，正行至一片小树林时，一个黑影从路边的大树后面窜出来，用一块红布蒙着脸，看不清是谁。我刚要喊人时，那蒙脸人已经捉住了我，不由我分说，把一双臭袜子塞进我嘴里后，就将我拖进了不知哪里的草垛里，将我打昏过去……后来我还是知道了，那蒙脸人是×××（务良父亲的名字）……"。连长知道爱霞死亡的确切缘故了，他的爱霞还在坝堰里不走，原来是死不瞑目呀，是在等待他来为她雪耻报仇……他横下一条心，不除凶手，势不为人。于是连长就推辞掉了所有属于他的国家待遇，住在坝堰上，以图和他的情人互相斯守，夜里能做上好梦。他一面谋划着报仇的方案，一面等待着报仇的机会。也是恶人自有天报应，就在他全力筹划他的寻仇方案，誓要手刃那害死爱霞的"土匪"的时候，那"土匪"被政府枪杀了，连长不知道他是不是得继续活下去，他活下去还有什么理由。就在他失望落魄的时候，他作了一个梦，梦见爱霞和他成亲的喜事，是在部队上，那是他做的第一个成亲梦。他以前从没梦到这种场面。梦中爱霞让他就住在这坝附近，方便她俩见面，她说她很后悔自己跳了水，都是因为太年轻，不懂珍惜……她说像她一样太年轻，太不懂珍惜的人有很多，人都是从这阶段过去，她要他住在这里劝止和也一样还不懂珍惜的人来跳水。

今年的4月1日，连长夜里又梦见了爱霞，梦见他和爱霞举办婚礼，依然在部队里，在朝鲜战场上的那个三所里859高地的山洞里，他俩还是那么年轻，爱霞依然是个在校的高中生，是私奔到部队上来同他成亲的。战友们见到了爱霞姑娘，全被她的美貌所征服，整过营地都沸腾起来，所有的人都激动得快要疯掉了。部队首长听到了他和爱霞的故事，也激动得很，全都前来参加他俩的战地婚礼了。团长特批了他们婚礼用的罐头，饮料，牛肉，战地上人很多，战友们狂欢，狂喜，狂吃狂饮，所有的人都喝醉了，他自己也喝高了……梦醒时，却又是一场空欢喜。这是连长做的第三百六十次同样的梦了，说它空它也不空，就是这永远没变的梦给了他延续生活的信心，让他的内心里还有一线属于他自己的明亮天空。从一定角度上说，就是为了做这个从来不变的梦，他才高寿到了八十多岁。由于昨夜的好梦，那天老汉起床很早，就在他心情激动的到坝堰

坝堰上飘浮的红晚霞

周围的山梁上散步的时候，他突然间在通往坝堰的路上就看到了当天第一个走在这官道上的人，不！准确的说，是最早走来的两个人，是两个让老连长最不愿意见到的人。老连长恶心地盯着务良和阴湾村过门不久的小媳妇说说笑笑地走着，突然他就看到他俩转身闪进了一个麦草垛里，与他印象里的场面何其相似呀，也是四月，也是麦草垛，也是老嫖客和小姑娘……老连长瞅着这情景，立时血撞脑门，咬牙切齿，筋骨都痉挛起来。真是狗改不了吃屎！就在老连长心思怎样下手惩罚狗男女时，那麦草垛已经越来越剧烈的晃动起来，那女人尖锐的呼救声和男人卖力的哈哧哈哧声也越来越响，越来越刺耳的传过来，这声响在万物未醒，只有老连长一个人的世界里格外震颤，格外血腥，使老连长痛苦得揪心撕肺。正当老连长向狗男女所在的麦草垛扑过去的时刻，那狗男女也发现了他，突然停了狗事，爬起身，闪眼间逃了。也真怪了，此后他接连遇上了几次这对狗男女的丑事，他感觉到了所见对自己的威胁……

就在我们讲拍照的警察，根据康成老汉烟道里的那些旧纸上的字迹鉴定出来的日记内容编成的故事的时候，那拍照的警察却万分得意，脸上升起了一片灿烂的红霞。他把那些下麻纸片"证据"一一加工，把派出所多年积攒的坝堰悬案一一对照清理，所有的案子都有了头绪。他意外的得到了侦破坝堰积年漂尸案的"钥匙"，他兴奋得手舞足蹈，不久就把积攒在派出所案头的坝堰漂尸案全整理结案了，正构思结案报告呢。

这是一个令人匪夷所思的故事，现在人们知道了，在地理位置十分偏僻的乡村，意外的发生了世界上最感人的爱情故事，是中国人民志愿军整编第三军第十二师第二十□团第四营第□连连长殷康成，为守望与没有见过面而且永远不可能见上面的爱人的爱情，为了爱人的梦中嘱托，当年放弃了国家给予的优厚生活待遇，为了那份美好的爱情，独自一人住在阴湾村的土坝上，用他一生的抚恤金支助四邻八乡的贫困者，用他一生的光阴，执著的守护了一个美丽的爱情。他的坚守，阻止了四十多起投水自杀的事件的发生……

康成老汉走了，阴湾村人像是失掉了生命的守护神，坝堰上死人的事越来越多了，特别是年轻人，还有孩子。现在的人们一家一户一两个孩子，人们实在忍受不了坝堰的溺亡，就动员全村人把水放掉，把坝堰给填平了。人们知道康成老汉的钱他已经捐给了县里的教育部门，要求支助家庭困难的学生，康成的战友也掏钱为阴湾村建了学校，命名为"志愿军小学"。人们常记着阴湾村"志愿军小学"落成的那天，随着学校升旗仪式的开始，坝堰上空升起了一片红霞，那红霞越来越像村人熟悉的坝堰里倒映着彤云紫阳、水波粼粼、铺天盖地的美景，人们看到红霞美景当中什么时候就出现了一对恋人，是康成和爱霞，还是年轻时候的穿花格子衣裳的漂亮女人和部队军官胸佩勋章的威风飒爽康成，他俩携手飞上了天，飞进了南天门。哪个老人说，康成和爱霞修炼成神了，得给神修庙供祀！

2011 年于向阳小区书斋

创作花絮：孤独的善良人高寿终结于其善良故事中了，葬仪的舞台上表演的是依自己的智识掘他人之金的丑剧。为情而专，为爱坚守，最感人的爱情常出现在意想不到的人群之间。

坝堰上飘浮的红晚霞

野雀湾婆娘的吆号

野雀湾里有一首人人会唱的山歌：

野雀湾，弯又弯，

看地是竹笋，看天是笆篮。

山是青石的山，全庄没有一片砖。

路在石茬里绕，地里是石渣子田。

不出草料出笑料，个个嘴是薄板板。

一脚错踏这穷熊湾，一辈子走不出这穷熊的山。

哎—哎—小哥哥，一辈子走不出这穷熊的山。

这山歌给野雀湾唱了个"穷熊山"的吆号，人们不知道这山歌是谁编的，人们都当成是自己编的，特别是野雀湾里的婆娘们，就是这成日唧唧喳喳的"家里的"守家族聚在一起，嚼着野雀湾人的日子。

野雀湾是森林里的一个小村庄，至今也就六十来户人家依山而居，因湾里地势避风向阳，水泉遍布，早先时候周围林子里的雀儿多在这里筑巢安家而得名。据传这野雀湾是许久许久以前一位进山砍运薪柴的农夫，柴还未拾够就突然听说其家里住人的窑塌了，家人全部遇难了，就索性定居在这里，后来来了个薄板板嘴的野婆娘，他们结合了没再回去，从此繁衍成了今天这个村庄了。"文革"中我的父母被划成"黑五类"关进了牛棚，为保全我的性命，他们把我寄养在了"山高皇帝远"的野雀湾一位未生孩子的可靠人家，我的童年就是在野雀湾过的，这里是我的第二故乡。我离开后不久养父母就相继去世了，自打十二岁被接出野雀湾后，三十年了我再也没回过那里，沉淀在童年记忆底片中的那首山歌以及瘿瓜瓜病（大脖子病）、树枝栅栏、人畜同舍、先麦面干炕馍、大襟上衣大裆裤……的印象始终与梦相伴。不惑之年得隙还乡，第一眼便发现只有那山歌还在女人们嘴里原样噙着，其余一切都骗了我的梦，最让人好奇的是自古以来这里的人们按族里辈份"祖爷"、"六嫂"地见面称呼，遇到重复或排序出现称谓指代不明时，就以"庄头下的"、"咀背后的"、"苜蓿地里的"等等一类加以区别，我怎么也没想到人们十分看重的这种维护宗族秩序的称谓竟然变成了一串绰号：澡疯婆婆、板凳爹、上炕大娘、狗吓媳、叨勺老嫂、花裙子……这不，"走求子走"来了……

<h1 style="text-align:center">1</h1>

"二求子家里的回来了！"

消息传开，澡疯婆婆、上炕大娘、叨勺老嫂、花裙子唤着庄里的老老少少围到二求子家来了。

"在部队里，你都见了些啥？"叨勺老嫂代表大家发话。

"啥也没见。"二求子婆娘瞅瞅来了这么多人，脸"腾"地红起来了。她不知道怎么回答大家，她知道这帮梳辫子挽簪簪裹头巾的女人要听什么，她不知道这些人会编出什么故事。她真的什么也没看到。

"那你在部队住了这么长时间，都做啥哩吗？"叨勺老嫂又问。

"啥也做不成。"

"就没那个？"

"没到城里的好地方转转？像坐小车，吃鱼虾一好儿的。"上炕大娘打断叨勺老嫂继续追问。

"……"

"我是说部队里的男人白天都在干些啥，不是你说的鸡毛蒜皮，你问的那有啥意思！"没等二求子婆娘想好，叨勺老嫂又把话头抢回。

"真的啥都没干。"

"男人也没干？"

"没干。"

"那你白天在屋里干啥哩？"

"我不识字，他让我白天不要出门，怕出门再找不回去。"二求子婆娘脸上越来越难为情了。

"那二求子干啥哩？"

　　"他忙得很，早上还没麻明院里的喇叭就嘀哩嘟噜的响了。喇叭一响，他就走了，急火火的。"二求子婆娘说着说着，渐渐开朗起来。

　　"那他一天做啥你见过嘛？"澡疯婆婆问。

　　"见过。"

　　"咋见的？"

　　"从窗子里看见的。"

　　"你从窗子里看到了啥？"叼勺老嫂觉得有希望，性急地追着盘问。

　　"他住的楼高得很，几十层哩。窗户也高得很，站在跟前蹦（够）不着，要站个板凳站上去才能看清楚。"二求子婆娘话头上来了，边说边站起来，预备学二求子的样子。

　　"我看他的工作也简单得很，他们一帮人站在一个大得很的院里，就只干个做样子的事情。"

　　"做啥样子？"花裙子问。

　　"就这样"，说着，二求子婆娘掠了掠前额的头发，甩直胳膊，拉长脖子，挺起腰杆儿，腆起小腹，把右脚向右挪一步说："叉开"，收回腿时说："合住"，再把左脚向左挪一步说："叉开"，收回腿时说："合住"，还甩胳膊瞪眼睛地表演起来，逗得大家全放肆地狂笑起来：

　　"啊—哈哈哈哈哈……"

　　"啊—哈哈哈哈哈……"

　　"还有没了？"，笑得差不多了，上炕大娘还问。

　　"有。"

　　二求子婆娘想了一会，高抬外翻的八字大腿，挥起胳膊，边舞边用力蹬地地走起来，口里还念念有词：

　　"走—走—走求子—走！"

　　"走—走—走求子—走！"

　　……

　　滑稽的表演再一次逗得大家笑起来，直笑得掂着肚子转圈圈，直笑得眼眶泪盈盈，直笑得气短脸发烧，直笑得脚下轻飘飘。像百鸟窝里被捣了一扁担，激上窜下的高音调把太阳都搅得晕晕的。笑罢，大家都心满意足地散开了，二求子婆娘也就有了"走求子走"的吆号。

　　"花裙子，我俩一路，咱回。"上炕大娘看人陆续散了，招呼个伴儿回家，但没人应。花裙子的孙女枣花说："我奶奶一个人早走了！"

2

花裙子早走了，怕被捎进去受奚落。

五十多岁的人了，被大家跟上叫"花裙子"，多难听啊，会牵连着后代受侮辱的，可庄风已经变成这样了。叨勺老嫂七十多了，大家还跟着叫，有啥办法呢？都怪自己的一念之差。

那是猴年的事了。

大女孩在城里工作，把穿过的半新旧的衣物一包一包地拿回来，让她拆改给家里人穿或送给亲戚朋友，其中有件翻毛领的呢绒短上衣和一件皱折花边的乳白底色、大彩莲花图案的花裙子她一直没改拆或送人，她非常喜欢，她有别的想法，所以总压在箱子底里，独自在家的空闲时，她常要拿出来端详一番。

那衣服的材料太稀贵了。那上衣翻领上的毛毛白得雪咧咧的，绵得让人打心底里舒坦。那皮子软得如一条塑料布，不像他们山里的皮张，手一抓就折得咯吧咯吧响。那毛毛长长的，绒乎乎的，瞅一阵让人眼晕。她活了一辈子了，还从来没见过这么好的毛领，手一摸，油滑油滑的，爽得很。那小上衣的料子挺挺的，厚而不重，硬而有弹性。那样式巧巧的，穿上会把两个啮啮（方言，双乳）勒得高高的，把腰束进去，屁股蛋蛋也显出来了。那裙子还是三道松紧，褶皱蜜密的，该浪费多少布啊，这上面的浪费不叫浪费，是富有的展示。看着看着，她就看出道道儿。那裙子的料子溜光溜光的，质感像做好的肉脿一般，动感那么强烈，瞅着让人心里跟着它颤。把它留下来，就留住了心底的殷实。她16岁就被蒙着脸骑着驴趁着天黑嫁到了野雀湾，她就再没有想望别的，三十多年了，她眼前晃悠的除了牲畜屁股就是草木庄稼，她听过裙子没见过裙子也没想自己有裙子，她梦见的最好的衣裙就是的确良的老式裤褂，现在，这么好的让她大开眼界的衣服到她手上了，空闲无人的时候，她一个人闲呆下来就心里痒痒的，就要把这身衣服翻出来端详比划一番。女人是天生爱衣做衣好打扮的，而她的这一辈子注定要像男人一样风里吹雨里泡，满山满洼跑着过了，她觉得她没有了资本也没有了资格再穿这样的衣服，她只要这么痴痴地瞅它，瞅着瞅着，耳根就烧起来，脸上摸去就有了弹性的润滑感。她发现自己还是很想望美好的，她的心并没有死，只是在年轻时停着，像在等待什么。

也是人狂没好事，该着那年夏天出事。

那天下了一忽儿暴雨就晴了，吃过晌午后，家里人都出去了，三个孙子也到场上玩得很尽兴，看样子一时不会回来，她就把那身衣裳翻出来，瞅了一会竟然想穿上看看。"没人看见的，就只给自己穿一回，人就活个精神，自己给自己一点精神总是可以的……"她这样想着，就鬼使神差地穿起来，套了几次那衣服太小都没穿上，她又跑到外面四周看了看，见没一点动静，就折回去把门掩上，把自己的衣服脱光了，把那身衣服穿上，在衣柜的穿衣镜前仔细玩味。她的头发从二十岁就雀儿磊窝似的盘在了头顶上，很少洗过，现在看起来就如冬天的枯草，又涩又黄。她穿上那裙子，S腿也被藏起来了，端庄得很。要是再年轻上十岁二十岁又该是啥样呢……正想得多时，不知那个小孙子带着急跑的脚步声喊："草垛着了———草垛着火了———"这一喊惊得她魂魄出壳了，她本能地就蹿出去了，她忘记了自己还在干什么。远远地看见草垛时，烟冒得不大，才把心落下来，头上手心都是冷汗。正要折回，大榆树下的从她家院子上埂路冒出来了："场里二嫂，穿花裙子哩？"。也是该着了，叼勺老嫂、黑狗家大娘、泉下大哥都冒出来了，于是一场哄笑，笑得她当时真觉得自己像是化了，化成烟雾了。

"哎哟—，这是给谁穿的花裙子？哈哈哈哈哈哈……"

"哎哎—，二嫂是想心上人了吧？嘿嘿嘿嘿嘿嘿……"

"我说—，二嫂的心上人是谁呀？哼哼哼哼哼哼……"

"……"

笑过之后，就再没人喊她"场里二嫂"了，除了儿子、孙子喊她"妈"、"婆"外，庄里人都叫她"花裙子"了，她无法阻止他们。那事总算过去了，那套惹祸的衣服她还在箱子底里留着哩，只不过再不拿出来看了。

唉，为什么自己要先溜了呢？这不是自己吓自己吗，其实这种事在野雀湾是个个都有的，那"野狐仙"还是自己给自己取的吰号呢，不是比"花裙子"更难听？这样想着，她又后悔起来。

这是二求子婆娘从部队探亲回来时表演的一幕，二求子婆娘是很少有人听她说话的人，村子的人都嫌她脑子不够用，知道她会把背心倒着穿，会给狗儿戴笼嘴，会把酸菜和大肉放在一起煮，平日见她说话就抢走话茬，堵她的嘴，压她的人，今儿她因去了男人的部队，得了众人面前的话语权，很得意，很形象地叙描着她在男人的部队里的见闻，身手具用，手舞足蹈，极认真地表达她看到的野雀湾人没见过的见闻，乐得大家捧腹流泪。

3

庄里人都知道，"野狐仙"的"号"是自己取的。

她原本有一个好听的名字，父母取的，叫"巧雀"。巧雀人长得俊，是野雀湾里顶顶俊俏的媳妇，但她的命不好。还真应了那话："男女搭配不齐，俩口子总要一强一弱"。巧雀的男人疙瘩的祖上原是野雀湾里家业出头的人家，疙瘩的父母就生了疙瘩一个娃。据老年人说，疙瘩刚生出来前额就有一个疙瘩，不哭。有人说这前额有疙瘩说明孩子可能是傻的。又有人说前额高的孩子会非常聪明，奇貌出奇才。父母当然希望会是后一说，既有可能是吉兆，就把这胎里带来的疣物当成了孩子的名字。疙瘩慢慢长大了，额上的疙瘩慢慢下去了，平了，没见有什么特别。疙瘩是野雀湾头一个被送出去上学的孩子，可他五年才上到小学三年级，从那时起，智力上就落后起来。疙瘩长大了，成家成了大问题。

巧雀自小很机灵，被疙瘩父母相中，疙瘩的父母就给巧雀的弟弟盖了一院新房并娶了媳妇，和巧雀家认了亲戚，巧雀就被嫁给了疙瘩。巧雀嫁过来五年后，阿公阿家就过逝了，留下了疙瘩夫妇和他们的一男一女俩个孩子。疙瘩虽不会念书，但过日子倒不落人，他们的日子倒还推得平静，只不过巧雀嫁过来后就再没人叫她的名字了，由于院北有一棵高大的谁也说不上长了多少年的榆树，庄里人都叫她"大榆树下的"，巧雀对这个叫法很不满意。

巧雀觉得庄里人都有"花"吆号，自己没有倒觉不如人，一个花名号后面还有一段笑话哩，叼勺老嫂的"花"名还传遍了全乡，说不上有啥不好的。大家把花名当成了空闲晒太阳的资本，自己也得有，她不能就这样默默地从野雀湾里终老了，白活一回。有个什么"花"名呢？她的"花名"得她自己起，而且要"花"就来个有味的，带刺的。她这样谋算着。

那年春末夏初的一天，巧雀回娘家偶然听弟弟说他从外面听来的话：养狐狸一本万利，狐皮一张可卖上千元，狐肉也在大城市兴得很，一斤卖个五、六十元哩。也就巧得很，回来的第二天，巧雀到林子里去挖野菜，掏回了一窝不知是啥东西的小崽，刚能走路，三个。她带回家，老人们一眼就认出是野狐的儿子。她默默养起来，死鸡死鼠只要是肉它都吃。凭着巧雀的机灵，这三只野狐儿子很快就被她养大了。村里人说，野狐不是人养的，人是养不活野狐的，"老榆树下的"长得就妖妖的，和一般人不一样，是狐仙托生，才能养活野狐。

"野—狐—仙"，嘿！这三个字都够味的，"野"有自由自在、天马行空、我行我素、行云流水的味道。"狐"对女人来说有妖艳美丽、聪明智慧的意思。这"仙"吗，是超出俗人的境界。"野狐仙"，挺好的。想着想着，她就觉得这个名字就是自己想要找的"花"名，她很满意，也很得意。这"花名"是天赐她的，为什么会这么巧呢？这是神仙的安排。从此她自己便承认自己是"野狐仙"，她希望大家喊她"野狐仙"。她如愿了，她真有了"野狐仙"的"花"名。

果然，第二年秋里突然来了一位生人，男的，穿着阔气极了，头大，方脸很白，口阔，头发向后背，身材高大魁伟，走路时脸上的肉嘟吃嘟吃地颤，踏得地咚咚的响，极像是古今（传说）里的"强人"。来人站在巧雀家的老榆树下，也不进屋，说他要和巧雀牵（签）个什么"合同"，要帮巧雀建一个养狐狸的厂，给巧雀 2 万元让巧雀给他养狐狸。巧雀家围满了看热闹的人，捣蛋的孩子们联合一气儿喊了起来：

"巧雀子巧—野狐仙！"

"巧雀子巧—野狐仙！"

……

巧雀没见过也没预计到这事，先是脸一红跑进屋关上门躲了起来。来人很老练地一面向看热闹的人说着什么，一面阻止孩子们的叫喊，面带难色，越来越尴尬。巧雀从窗隙里观察了一会，确定了来人没有歹意，就鼓起勇气壮了壮胆子出来了，似乎要去捡神仙给她的"百宝囊"一样，但似乎又还没拿定主意就出来了，凭她的性子和好奇，她向来人走去，答应了他的要求。那人也没进屋，站在院里谈妥后就走了。来人是城里的什么敬礼（经理），随着他离去的脚步，"野狐仙"的名号传远了，传得比叨勺老嫂的名声更远了。

没隔多少日子，野雀湾开来了一辆两头低的小卧车，黑颜色的，亮得像抹了一层清油，车玻璃还有窗帘哩，神秘得很。野雀湾人都认得这回来的不是上回来的那个人，换了几个。车里的人一进庄就打听"野狐仙"，把野狐仙接走了，还给野狐仙换了衣裳：花裙子、花衬衣、还有长尖尖的黑皮鞋呢，还给疙瘩给了钱，一沓沓呢。照例来看热闹的人比上次还多，挤在人群中的黑狗家大娘捅了捅叨勺老嫂，皱着眼说："看，比你叨勺老嫂还风光吧！"

看热闹的人跟在车后走出了庄，看着车开远了，大人小孩一起又笑又呐喊起来，高高的青石山把他们的呐喊声挡回来又弹出去，在山里的天空下混响着：

"野—狐—仙！噢—噢—噢！"

"野—狐—仙！噢—噢—噢！"

………

4

黑狗家大娘突然得了一种病，心病，像是把魂丢了。

几个月来，她被一种感觉钩住了，缠住了，咬住了，咬去了她的思想，咬去了她的情趣，咬去了她的精神。她觉得脑袋里空空的，涨涨的，像是被挖去了什么又换上了什么。七十二岁的人了，她一辈子从来没有过这样易恼易躁的体验，这种感觉折磨着她，让她发慌，让她烦闷。

叼勺老嫂年龄比自己长两岁，尽管她也叫她"上炕大娘"，但论辈份自己比她还长一辈呢，她应该叫她"大妈"才对，她为什么要欺侮她？她没有这个资格，但她拿她没办法。她竟然靠一种坏毛病也走红过一回。自己老了老了还得了个骚叽叽的"上炕大娘"的"花"号，让大家奚落她，她算是白活了。不知道是哪个狗啃骨头的起的头，让大家这样叫，还有比她老的，她的上辈也跟着叫，她当时没有反抗，现在叫顺了就没办法了。她曾向人发过火，但没人理她，别人只会笑，坐在一起说她的笑话，全改了嘴上的诨了，她又有什么奈何呢？

唉，也是怪自己。

那年公社改派了驻村干部，是个女娃子，其实以前的驻村干部只是听说过，没见过，他们是从来不到野雀湾里来的，只有四十来户人，划不来驻。这个女娃子真的来了，第一次来，当村长的死老头子就接到了自己家里，那女娃大个子，白得很，嫩得像个水萝卜，像是从月里娃起就没被太阳晒过，从没被风吹雨淋过，从没下田拔草掰先麦，一见就让人喜欢得不得了。她高棱棱的鼻梁，杏圆杏圆的眼睛，眉毛像画的一样好看，年龄像才十五六岁。一见那娃，自己就忍不住热情全上来了，赶紧让女娃子上炕，女娃不肯，她以为是女娃怕生，怕被耽着了，休息不好吃不好，人家就再不来了，就传出去"野雀湾的人情不好"，就一面招呼儿子，一面和死老头子把女娃给抱到炕上。那女娃不像咱乡里的女娃那样有力气，他们老俩口没费多大劲就把她抱上去了，全当成了是自己亲生的闺女。不料那女娃子哭起来了，连鞋都没穿就从吊起的揭窗下跳出去，跑了。他们好

尴尬，一番好心热肠像是为他们惹来了大祸，预兆很是不好。

不出所料，太阳偏西时，派出所的来了，是来"了解那女娃早上到她家的情况"的，说是他们家要侮辱公社的干部，犯了法了。笑话，天大的笑话，那女娃子他们当成了顶顶尊贵的客人才那么热情的，她们怎么会侮辱她？她们怎么侮辱她了？派出所的明白了，原来城里的女娃子不懂山里的待客礼仪，把"上炕"理解成要"干那事"了，才逃跑的。

"嘻，嘻，嘻，见城里娃漂亮就要上炕……"

"嗤，嗤，嗤，山里婆子想要城里娃娃……"

"咄，咄，咄，老了老了还炕上得急得很……"

派出所的还未走哩，"上炕"的笑话就风风火火传开了，比泼水还快，一会儿就把整过村庄淹没了，满村的唾沫星子呛得大嫂一家脸红，呛得她们气短。

事情过去了，自己落得个"上炕大娘"的"花"名。所幸的是，庄里人更多的是把这花名当成了表现大娘的热情的记号，当了对野雀湾封闭落后的笑料的提示，当成了全村人没见过世面的笑话来传说，笑哩笑哩就笑掉了侮辱的内容。

也是的，庄里人说说是没教养，打牛后半截的，公社的干部也传扬"上炕大娘"的笑话，让她名"臭"乡里，她很想不通。他们就那么偏心眼，帮叼勺老嫂传了好名声，她还走红了呢，为什么要给自己传"臭"名？她解不开这个疙瘩。

5

叼勺老嫂是野雀湾的头一个吆号。

那是"贫下中农上讲台"年头的事了。叼勺老嫂本名叫憨娃，叫"憨娃"其实一点也不"憨"，那年她才三十来岁，头发就全白了，其实就是天生的白头，两条黄瓜腿早早地向外拧成了口对口扣的"八"字，脸上的皱纹深深的，一副衰老相。憨娃家的日子推得炕上无席，吃饭无筷，窗上无纸。村里要选"贫协主席"，她就靠这副古怪相貌被当成没事人送出去了。

憨娃有个习惯，不知道是从那朝那代的哪个地方传过来的，洗脸时用嘴叼起勺把的头头，把水舀起浇在手上搓洗，跟着她的这个习惯，庄里人都叫她"叼勺老嫂"。

叼勺老嫂到了公社，每天都从裤腰里摸出她的小木勺，把倒进脸盆的水再舀起来浇到手上搓洗，水洒得一地她还坚持自己的习惯，逗得公社的人个个捧腹大笑，笑得伴死伴活，把"叼勺老嫂"笑成了一个流行的名字。说是作报告，其实憨娃就不会说正经话，是公社派人替她讲的，她自己连代讲的啥都不知道。倒是从那以后，公社不知换了多少茬人了，但人人都知道野雀湾里有个叼勺老嫂。

叼勺老嫂也确实沾了这"花"名的光了，自从这"花"名传出去后，公社就把她当成了宝贝，救济粮给她家给得多，义务工给她家免得多，所有的便宜她都占得多。她算是靠"花"名风光够了。

叼勺老嫂凭什么？她是女人，可她一辈子连个娃都没养；她是庄稼人，可她一辈子连个牲畜都喂不起，把公社送她的羊没地儿圈给卖了钱了；她是五保户，贫困户，可她连只鸡都不养，跟在闲人屁股后头游手好闲。她凭什么要庄里人养活她，照顾她，就凭一个"花"号就占上便宜了？

叼勺老嫂凭"花"名占上便宜了，野狐仙又凭"花"名占上便宜了。那妖女人现在抖起来了，她的野狐厂办成了，她常坐着卧车来回跑，她的厂名叫"野狐仙养殖厂"不说，她连坐的卧车的前玻璃上也贴着"野狐仙"三个字。这妖女人太狂了，从来没人敢穿裙子的野雀湾里，她竟打扮得亮着啮啮露着肚脐地骚哩，你看她夏天穿的衣裳，像塑料纸一样，里面的什么都看得着，嘴弄得红红的，像顿顿在喝人的血，她在喝野雀湾里人的血！她还要庄里人给她喂野狐，听她的指挥，呸！庄里人见她头都不敢抬，眼都不敢睁，谁给她干准会招打。

庄里人不敢看野狐仙，庄里人心里想看野狐仙，庄里人偷看了野狐仙，说她的"那东西"是假的，是个塑料壳壳扣着哄人哩。庄里人说她的肉其实不那么白，那么香，那是抹的东西太多了才那么显眼……庄里人就靠编排"野狐仙"的"花边"笑话来打发日子。

上炕大娘疯了，泉下大哥也疯了。

野雀湾疯了。

人们把村里的变故都归咎到野狐仙和他养的狐狸头上。野雀湾人谋算着要给野狐仙的养殖厂里投毒，把那骚女人赶出野雀湾，但打发谁谁都推脱着让旁人去，最后还是谁也没去。贴着"野狐仙"三个字的卧车还在来来往往地跑着，像碾在野雀湾人的脊梁上。

6

野雀湾里再没人提"野狐仙"三个字了。

野狐仙惹恼了全村人，人人心里对她憋着一股劲。

7

泉下大哥的儿子双肚要结婚了，泉下大哥的疯病突然好了。

双肚的喜事要在他工作的省城里办，听说找的女人是同单位的省城姑娘。

泉下大哥是庄里最有威望的，家家户户的红白干事都少不了他"总管"，事事跑前跑后的，所以大家都从心底里敬重他，感谢他。他是庄里辈份最低的，庄里随便出来一位还抱在怀里的月里娃，他都得按辈分叫爸叫爷。他也50多岁的人了，全庄人按这种情况给了他出路，给他的面子是一律地称他"大哥"，他就这样自然的成了野雀湾所有人的大哥了。

大哥只有一个儿子双肚，而双肚又给野雀湾这么露脸，18岁就考上了省城的大学，毕业后又留在省城工作还攀上了省城的婆娘，野雀湾里的人自然要欢喜庆贺搭人情，特别是庄里的婆娘们唧唧喳喳窜上窜下，如起巢约伴的麻雀，尽兴地热闹起来。泉下大哥也盘算着要把这一辈子搭出去的人情全部收回来。

由于路途远，庄里的婆娘们又怕出门，泉下大哥就决定和老伴儿先去省城，答应乡亲们"把省城的事办完了，回来后再补办酒席，按庄里的规矩请大家坐席，招呼大家"。

10天后，泉下大哥和老伴回来了，大家闻讯赶去，探听看他们老俩口在省城里见到了啥大世面，喜事办得咋样？

面对众乡亲，泉下大哥起初还面带戚惶，在大家的追问下，他一想自己还没有吆号，就索性描述起了经历。

"嗨，啥城里人，连个坐人的板凳都找不到。"

"咦，还凶？"叼勺老嫂有点不信。

"真的啊，我们进门时双肚和他的婆娘都不在，只一个帮忙接我们去的娃娃陪我们，还一会就不见了。我一看，靠墙的家具都盖着，我乏得很，满屋找不到一条坐人的板凳，他妈已经等不到进门了，刚进去就坐在了门背后的地上。我瞅来瞅去，只有当庭地有一个木头的板凳，又宽又长，我想：'看起来只有这他娘的个 x 是个木头的'，就给坐到上面，又觉得不对，'把个板凳放到当庭干啥'，我和他妈就把板凳挪到了门背后坐下。那帮忙的娃娃看到后，把肚子都笑烂了，说那是'铡什么的'，要让我们坐到那'啥法'上去。结果我一屁股坐下去，谁晓得那'啥法'还虚篷篷的，把我的头磕在墙上，到如今还疼得受不了呢。"

人们都笑眯眯地听着，想象着城里人办喜事的样子，听到这里，都大笑起来。打过工的几个笑得最闹了，他们说，那不叫"啥法"叫"沙发"，不是板凳是"茶几"，相当于农村的地桌。大家明白了，都狂笑起来。"走求子走"抓住机会说，"大哥，你一回省城走成了'板凳爹'了"，哈哈哈哈哈哈……笑声又掀起了高潮。

大家正笑着呢，双肚娘不见了。泉下大哥慌了神，赶紧出去寻。大家都跟上跑出去帮助寻找。寻来寻去，双肚娘却哪也没去，在厨房门背后呆呆地站着呢，痴痴的，也不言语。

原来，双肚娘赶到双肚新房的当天，本就困得脸上泛黄，腿子打颤，还让双肚的婆娘领着去洗什么早（澡），我以为是城里人的规矩，洗了早会使新媳妇早生孙子，那曾想是人家嫌我们身上臭，让人们洗垢甲哩。咱山里人咋晓得城里人还有那阵势，电灯照得明晃晃的，那么多的女人全脱得赤条条的……双肚妈一看就跑了，她吓疯了，差一点就出车祸了。

"省城里人都那样？"婆娘们都不信。

"真是那样的，啥人吗！"泉下大哥愤愤的。

双肚娘被吓成"澡疯婆婆"了，全庄人半信半疑。

第三天，双肚就引着新媳妇来到了野雀湾，说是来给庄里人敬酒来了。

按野雀湾的规矩，新婆娘在宴庆的那天要由"贵人"陪着，不许出门，不许下床的。双肚的新媳妇既然来到了野雀湾，就索性从了野雀湾里千年的规矩。请的"贵人"是上炕大娘和花裙子。花裙子抱孙子了，三四个呢。今天她是抱着个"月里娃"来伴双肚的新媳妇的。酒宴正欢呢，花裙子抱的月里娃屄在了新媳妇的炕上，花裙子还笑眯眯地说："噫—好得很，娃把喜送来了，男娃送情，头胎肯定是养儿子"。说着就唤了起来：

"狗汪喔—汪！"

"狗汪喔—汪！"

刚唤了两声，新媳妇还没明白过来，一只黑油油的精灵一般凶猛的大狗已窜到了炕上，吓得新媳妇杀猪一样尖刺地喊了一声："妈妈—"就破窗子跳出去了。满院的贺喜的人都被怪叫声惊懵了，都赶到出事地点察看是怎么回事。

野雀湾婆娘的吆号

225

新娘不知哪来那么大力气，把窗棂撞碎了，飞得满院都是。她的头撞破了，血流如注，不醒人事。村里的医生看到这阵势傻眼了，不知所措，泉下大哥急得大哭起来。正乱时，野狐仙的轿车鸣着喇叭开到了大门口，乡亲们虽不情愿但很自觉地把新娘子抬上了车。据说，因为送得及时，新娘的命保住了，头上整整缝了二十针。双肚娘得了澡疯婆婆的绰号时，花裙子的绰号变成了更难听的"狗舔屎"了。

尾　　声

"野雀湾，弯又弯……"　在我离开野雀湾的汽车上，传来了野狐仙泼辣得有点放肆的歌声，我情不自禁地溜着哼唱起来。此时我真切地感受到了野狐仙内心的体验，只有走出去又回到这"穷熊山"，才更能理解、更难忘记这山歌的曲韵内涵。

回到城里不久，我收到了来自野雀湾的信，是野狐仙写来的，大意是说她很在乎我听她的故事，也很感谢我给庄里人讲外面的世界，这帮了她很大的忙，现在泉下大哥已答应给她的厂里做工，野雀湾的人都想去了。过了十来天，我又收到了一份来自野雀湾的惊喜，泉下大哥也来信了，是说野雀湾能养狐狸，他寻思着肯定也能养别的，要我帮他筹划一下。我顿时产生了一种冲动，我发现自己也需要像"野狐仙"一样的绰号……

原载《六盘山》2004 年第
一期总第 89 期

创作花絮：越偏远的乡村越长于守旧。若野雀湾一样的村庄，固守着旧时的社会生活规范：见面称呼人要依辈份搭言、野生动物不可以饲养、婴幼儿拉到炕上要狗来舔、小娃娃必须穿开裆裤，但社会的发展进步的文明新风还是必然地吹到了这里，乡村历史的河流中就被吹出了新鲜的浪花，浪花拍打出了野雀湾婆娘的吆号，于是有了这篇笑话题材的小说。

后 记

在朋友的鼓励下，在出版人的激发下，这本小说集缓缓成形了。

此刻，最清楚的记忆是开始写小说时，就一个场面，一个话题，一个情节的描摹了一篇《感悟男人》的微小说，呈与《天水日报》的编辑老师的情景，编辑老师掂量着我的五页手誊稿纸，反复瞅了瞅，说："这题目好像有人写过了。"再瞅一遍说："这个小说可以写大的。"其时我以为那篇稿子就被灭了，没想到二周之后，给登了出来，这件事是激励我写作小说的初始诱因。后来，架不住朋友们的激励鼓动，又写了几篇，被刊用，就走上创作小说的辙了。

小说写作多是表现人们社会生活的不容易，表达人性本来的善良，表述世事繁复的曲折，叙述的场面大，背景深，呈现性强，是不好把握的类型，也属退稿率显高的类型。我在朋友们的鼓励下写作小说，起步还算不太艰难，但后来的艰难就陡然出现了，让人时时有无路可走的感觉。这艰难主要在生活经历的浮浅和理解生活的能力不足，让写作过程迷茫，找不到叙述的支点，搭不牢人物故事的构架，立不稳主人公立体的形象，让人时常感觉无奈。我曾写过一篇题为《紫缘》的三万字的东西。投给杂志社，一月后给退回来，打开附着主编老师退稿意见的杂志社信封时，感觉很是无奈，反复斟酌退稿原因，一是叙述方法陈旧，二是情节过繁，让人在很长的时间找不出突破途径，时时处于接受退稿的心态中去投稿。我常常把自己的东西拿给朋友们审理，听取朋友们的意见，是周应合老师在小说细节描写方面给予我有益的帮助，是汪渺老师提示我人物要少，环境要集中，语言要美。在朋友的帮助下，也积累了几篇自己的东西，现结集出版，也是与朋友们的交流，亦是对多年帮助，支持，鼓励我写作的朋友们的感激，在此对他们表示深深的感谢！

本书在编辑过程中，受到了很多朋友的有益指导与帮助。好多朋友提议找位知名书法家为此书题写书名，并表示愿意帮助联系名人题写的相关事宜，以扩大其影响。我不喜欢这种"假骥"的思路，经过来来回回思忖，试着接受朋友的美意，还试着退一步从名人的名书法作品中集字，反复斟酌，劝了自己好长时间，还是接受不了，自己写成的这么粗劣的文字，"裸光屁股"在这几页纸上示人了，其中的瑕劣，是不可以拿名人的大翼来掩盖的，本来无需掩盖，也一定是掩盖不了的，写作与书法是两类艺术品种，总感觉这么猫披虎氅的作法不怎么心安理得，最后决然将书名交与出版美编任其制作了。关于题序的事，多位朋友都操心了，有看重本书帮本人联系大人物写序的、有在朋友圈替我张扬找人写序的、有主动表态愿意与本书作序的，人生难得一知己，对此我深感温暖，也深表谢意，终是得罪要好朋友没用序的设置，是因为我对出书写序的感受太特别。眼前人出书，俯拾的是序一序二序三，官员序、名人序、权威序，洋洋千言，官员写作官，名人捧成就，权威谝漫谈，几乎找不出与书中的内容文字、书中的写作话题、书中的文章思想有明暗关联的语句，给人一种落在雕塑作品上的异物的感觉，让人难言其是帮了出书的忙还是坏了出书的事，也有随时间的距离拉长而回归本来后，又后悔自己出书时用的序是错误决策的例事。我也知道，好多邀人写序一二三，开卷书法七八九的书，虽然可展示作者的世事够大，交往面甚宽，人活得有档次，事做得高品味，有一定渲染效果，但这种宣传架不住推敲，事实上，官员会终不为官甚至也有中道臭官的、名人有名噪一时甚至假名实盗者、权威有腾出座位时甚至中途自毁声誉的，实则为书作埋一隐患，没多少必要去假设别人的什么状况一定不会发生。再者作官、负名、执权是完全不同领域的事，虽都是现时被吹捧的头戴光环者，但不同类别的成就间，实则分马牛不相及，并非名号大的人就一定文章作得也上档次，一个人在一个领域有大出息就已经够了，非得让他于所有方面都显赫，那是强人所难。求人写的序，题的书法，创作的摄影作品来了，到手觉得不够恰切，为了不得不照顾对方不可侵犯的显著名誉地位，还是不得不同自己在心理打着架强行挤出页码安排进去，心里却不平得象埋起了圪圪瘩瘩的坟冢，从此要长久祈愿着冢里人不要闹鬼，何必难为自己呢。最简单的理解是：决定书的使用质量的是作者的文字蕴含，非是名人名家的序言和题字赞扬，前者为主体，后者属附件。思来想去，还是没用序言的设置，对热心朋友在此解释一下，真诚道一声：谢谢！也有朋友劝我找赞助，出版合同中也有"赞助单位名簿"的项目，我自己的想法是，文学作品是精神层面的创造，得给精神需要看这书的人，给了不需要看书的有钱人、不喜欢看这写农村题材小说的身份高贵的人、被攀附其名誉地位权力的人，使其转手交与废品收购者后没见人就打成纸浆，书的寿命太短不说，书的作者会亏得更大，看多了这现象，就愿意少印点，送与图书馆、穷乡村、做工人，给惜书爱书会读书的人，就已经够了，不必受钱的支使，就没有纳入赞助的设想了。

  本书原稿中有一篇《凭啥要我相信你》，揭露的是官场上下级关系间，因为彼此间情况熟悉而相互利用，互无诚信的社会现象，大体内容是在一个偶尔误会情境中，主人公得到了一个极其秘密而不可外宣的本没发生的其领导丢失巨资的信息，为讨好曾于自己有大恩，在自己困难中出手相救的领导，就自己让身边的工作人员填补领导丢失的资金，而被其瞅中的身边下级人员又用主人公的公产补此空缺的笑话，展示出了人际交往中的谨慎有余而信任不足的情状，透露了权力角色中人性奸佞虚伪的可笑，可能揭得有点猛了，力道没收好，出版社斟酌了一阵子，还是给毙了。毙稿的信息，传达着出版社的编辑老师认真审读了书稿的负责精神，是既对出版方负责也是与作者负责，现成的事例已经说明，诸多受人亲睐的小说，

后记

229

也曾于毙稿边缘偷生，不必烦恼，于是临时换了一篇字数相近的赞扬乡村土民人性坦诚的《拦丧》，替了空缺。本来类似一万字的短篇还有十来个，没想到预备的东西还真救了紧，让人捡了个慢处收藏紧处用的幸福感受。我知道我这里所辑的这几篇作品，还不够成熟，还不具备完全意义上的作品概念，自己在小说创作上，也仅是邯郸学步，喜爱而已，在上一层面看，谬误一定不少，肯请接触到此书的人们，多提宝贵意见，笔者将不胜感激。

编 者

2014 年 5 月 5 日